DE REGEL VAN DRIE

boekerij.nl

SAM RIPLEY

DE REGEL VAN DRIE

ALS JE DIT LEEST,
BEN JIJ DE VOLGENDE

Vertaald door Martijn van Opbergen

BOEKERIJ

ISBN 978-90-492-0281-1
ISBN 978-90-528-6696-3 (e-book)
ISBN 978-94-023-2312-2 (audio)
NUR 330

Oorspronkelijke titel: *The Rule of Three*
Productie Nederlandstalige editie: Deul & Spanjaard, Groningen
Vormgeving binnenwerk: Eveline Deul
Vertaling: Martijn van Opbergen

Omslagbeeld: Arcangel, bewerkt door PINTA Grafische Producties
Omslagontwerp: Simon & Schuster

Voor Liz

DE REGEL VAN DRIE WACHT
GEDULDIG EN TROUW
EERST KWAM HIJ VOOR MIJ
NU KOMT HIJ VOOR JOU

Ten eerste: haal diep adem.

Ik kan niet genoeg benadrukken hoe belangrijk het is dat je blijft ademen. Doe het maar. Nu, ja. Adem langzaam in. Even wachten. En adem dan nog langzamer uit. Zie je? Je bent al rustiger. Ik wil dat je rustig bent, want je moet goed luisteren.

Ik ken je en ik weet dat je doodsbang bent. Doodsbang en in de war. Ik weet dat niemand je gelooft, dat je wanhopig bent, dat je denkt dat je gek wordt. Ik ken je omdat ik jou was. Ik dacht dat ik alles wist. Dat ik het allemaal doorhad. Maar niets was minder waar.

Ik zal je alles vertellen wat er gebeurd is, tot in de details. Ik zal precies vertellen wat er gebeurd is en hoe het gebeurd is. Want misschien merk jij iets op wat ik over het hoofd heb gezien. Ik weet dat het antwoord hier ergens moet zijn. Ik heb het zelf alleen niet kunnen vinden.

Dus concentreer je op wat ik te zeggen heb. Let op elk detail.

Maar voordat we beginnen, wil ik dat je één ding goed onthoudt.

Wat je gaat lezen, heeft mij niet kunnen redden.

Maar misschien kunnen we, als we samenwerken, jóú redden.

Veel geluk,

[redacted]

AMY

1

Ik ben niet altijd gek geweest. Maar ook niet bepaald gezond.

Dat heb ik door schade en schande geleerd. En zoals voor de meeste levenslessen geldt, begreep ik ook deze te laat om er iets aan te hebben. Wat had ik moeten doen? Had ik iets kunnen veranderen? Vragen als deze spoken voortdurend door mijn hoofd. Of liever gezegd, ze cirkelen rond het afvoerputje van mijn geestelijke gezondheid. Wat tot een andere vraag leidt: als ik toen wist wat ik nu weet, zou dat me geholpen hebben?

Misschien vind je daar ooit het antwoord nog op.

Dat hoop ik tenminste.

Ik ben niet bang meer en dat is nieuw voor me. Mijn hele leven ben ik bang geweest. Voor de wereld, voor pijn, voor de angst zelf. Angst is mijn hele leven een metgezel geweest, als een vriend waar ik niet op zat te wachten, maar die mijn hints niet begreep. Je zou kunnen zeggen dat het mijn enige echte vriend was, mijn trouwste vriend. Maar nu heeft zelfs die vriend me verlaten.

Ik kan niet zeggen dat ik me rustig voel – gekken kennen geen rust – nu het einde nadert, maar ik ben tevreden. Ik begrijp nu wat ik kan doen. Wat ik moet doen. Een laatste goede daad. Eentje voor onderweg, zeg maar. Dit, wat je nu leest, is die goede daad.

Graag gedaan.

Maar laten we in dit stadium niet somberder zijn dan nodig is, want er komt nog ellende genoeg. Laten we beginnen met iets vrolijks. Met een feestje. Wie houdt er nou niet van feestjes? Ik zal je vertellen over mijn verjaardag.

Niet mijn meest recente verjaardag. Daar zijn we nog niet aan toe. Ik wil niet te veel in één keer op je bord laden. Trouwens, ik heb zelf niet eens gemerkt dat ik jarig was, zo druk was ik met mijn werk, mijn onderzoek. Druk met kijken, met luisteren, met proberen in leven te blijven. Het is dus zinloos om mijn verhaal daar te beginnen.

Over die noodlottige dag vertel ik later nog wel eens.

Eerst ga ik je vertellen over de laatste verjaardag waarvan ik heb genoten. De laatste verjaardag die iets voor me betekende, in allerlei opzichten.

Klaar voor de flashback? Komt-ie.

Steve zei: 'Ik verwacht niet dat je naar ons luistert.'

Jenny zei: 'Maar dat zou je eigenlijk wel moeten doen.'

Natuurlijk luisterde ik niet, want ik was met bonzend hart bezig na te gaan of ik alles bij me had. De heilige drie-eenheid: geld, make-up en mijn medicatie.

Mijn ouders wisselden veelbetekenende blikken en gebaren uit. Een compleet taalsysteem zonder geluid. Ik zag het vanuit mijn ooghoeken terwijl ik de inhoud van mijn tas nog een keer inspecteerde. Ik had de hele tijd het idee dat ik iets vergat, maar ik was te onervaren om te weten wat je zoal mee moet nemen. Ik was achttien en dit werd mijn eerste echte feestje.

'Je vat nog kou zo,' zei Steve.

'Ik ben in totaal niet eens een minuut buiten.'

'Een jas kun je nog uittrekken. Een jas die je niet hebt, kun je niet aantrekken.'

'Ik héb een jas.'

Hij snoof. 'Dat ding komt niet eens tot op je billen.'

Ik rol met mijn ogen. 'Nou en?'

'Niet zo brutaal. Ik wil alleen maar...'

'Je ziet er enig uit, lieverd.' onderbrak Jenny hem, haar hand kalmerend op zijn arm.

Ik reageerde niet, want ik vond dat geklets over mijn outfit maar niets. Ik was me sowieso al veel te bewust van mezelf, altijd bang dat mijn kleren inderdaad zo suf waren als ik vreesde. Ik had te veel van de middelbare school gemist en kende de ongeschreven regels niet. Tijdschriften kunnen je ook niet alles leren over de buitenwereld.

Jenny veegde een verdwaalde haar van mijn schouder. 'Je vader weet niet hoe het is om zo oud te zijn als jij. Hij was bij zijn geboorte al een ouwe zeurpiet. In het ziekenhuis hebben ze de kraamafdeling maar overgeslagen en hem meteen naar geriatrie gebracht.'

Ze glimlachte, tevreden met zichzelf. Dit was al haar tweede glas wijn. Dat Steve beledigd gromde, leek haar zelfs nog meer voldoening te schenken. Aan de glazige glans in haar ogen te zien begonnen haar pillen te werken. Ik was blij dat ze zo opgewekt was.

Ooit zouden ze naar elkaar gelachen hebben, zou Jenny er misschien nog een paar plaagstootjes achteraan hebben gegeven, ondanks Steves gestamelde protesten. En ik zou natuurlijk ook een duit in het zakje gedaan hebben en Maya ook. De drie vrouwen in zijn leven zouden gezamenlijk hun pijlen van spot op hem gericht hebben, die grote oude brombeer. En hij zou ons waarschijnlijk lachend het hele huis door hebben gejaagd, dreigend met de vreselijkste straffen, waaronder de beruchte kieteldood.

Toen realiseerde ik dat we al een tijdje niets gezegd hadden. Alsof we alle drie aan hetzelfde dachten en onszelf even waren kwijtgeraakt in dezelfde onmogelijke fantasie.

Steve kwam als eerste terug op aarde. 'Luister maar niet naar je moeder. Ik weet best hoe het was om zo oud te zijn als jij. Ik weet nog goed hoe hoog de druk was om mee te doen met mijn vrienden.' Hij praatte zacht, omdat hij me wilde toespreken als een leeftijdsgenoot, in plaats van een vader. 'Als iedereen om je heen iets doet, is het ontzettend moeilijk om er niet ook in mee te gaan.'

Steve was altijd al de ongeruststе van de twee geweest. Vandaag zou ik voor het eerst in lange tijd de hele avond weg zijn en ik kon het dreunen van zijn hart bijna horen. Hij wist dat zodra ik de voordeur uit stapte, hij me niet meer kon beschermen.

Jenny zei niets, vulde hem niet aan, maar ik wist dat ook zij aan het *d*-woord dacht.

Nee, niet díé *d*. Doe normaal zeg.

'Ik ga geen drugs gebruiken,' beloofde ik. 'Kom op, mijn nachtkastje staat al vol met pillen.'

Steves preek had ongetwijfeld te maken met wat ze in de sensatiekranten hadden gelezen over ecstasy. Horrorverhalen over doodnormale jongeren die in één klap verslaafd raakten of op een houseparty bezweken aan een overgekookt brein. Ik begreep niet waarom iemand naar zoiets toe zou willen gaan, pillen zou willen nemen die ze van een wildvreemde met waanzin in zijn ogen hadden gekocht en de hele nacht zou willen dansen op die vreselijke, zielloze muziek.

'Dus het laatste wat ik wil, is nog meer rommel slikken.'

Er klonk frustratie in mijn stem, maar ik kon niet boos op ze worden. Ik was net zo goed bezorgd om hen. Ik zei altijd tegen Steve dat hij minder olie moest gebruiken bij het koken, tegen Jenny dat ze het rustiger aan moest doen met de wijn. We hielden elkaar zo stevig vast dat we ons niet realiseerden dat we elkaar dreigden te verstikken.

Ik weet nu dat ze banger waren dan ik op dat moment besefte. Steve deed ontzettend zijn best om me niet te smeken om thuis te blijven. Het was geen toeval dat Jenny zo vroeg al aan haar tweede glas wijn zat. Ik denk dat ze altijd bang waren. Ik denk dat ze zo gewend waren om hun gevoelens te verbergen dat ik me nu afvraag of ze me ooit hun ware zelf hebben laten zien. Ik heb hun pijn nooit echt herkend, omdat ik te veel werd afgeleid door mijn eigen pijn.

Zo egoïstisch kan verdriet je maken.

Mijn tienerjaren had ik meer in het ziekenhuis doorgebracht dan in het klaslokaal. Ik zag meer artsen dan leraren, praatte vaker met therapeuten dan met vriendinnen. De tijd daarvoor kon ik me nauwelijks herinneren, dus nu ik op het punt stond om door die voordeur te stappen, voelde het alsof ik ging doen waar ik mijn hele leven op gewacht had: leven.

Alsof dit mijn eerste verjaardag was, niet mijn achttiende.

'Onze dochter is niet dom,' zei Jenny tegen Steve. En toen tegen mij: 'Nee toch, lieverd?'

Ik knikte.

Steve zuchtte. 'Ik wil alleen maar zeggen dat je gewoon nee moet zeggen. Laat ze jou maar uitlachen. Uiteindelijk gaan ze je alleen maar meer respecteren.'

'Vast.'

'Amy,' zei Jenny toen zacht, terwijl ze over de rand van haar wijnglas naar me keek.

'Ja?'

Ze zei niets, maar maakte een gebaar naar mijn linkerarm dat ik niet meteen begreep, tot ik me realiseerde dat de mouw iets was opgekropen en mijn pols te zien was. Met mijn rug naar haar toe trok ik de mouw weer omlaag, over de harde, verkleurde huid. Toen ik me weer omdraaide, had ze haar gezicht afgewend om me niet in verlegenheid te brengen. Ze wist dat ik het vreselijk vond als iemand mijn littekens zag. Ik droeg nooit iets anders dan lange mouwen en had altijd een hele hoop armbanden en riempjes om die pols. Ik had een enorme verzameling van die dingen. Ik kon ze op allerlei manieren combineren, net waar ik zin in had. De meeste had ik gemaakt tijdens creatieve therapie, op een na: de geluksarmband die ik van Maya had gekregen. Het sieraad had mijn pols niet meer verlaten sinds het moment dat ze het me gaf. De volgende dag was ze dood.

'Ik hoor een auto,' zei Steve met een stem vol vaderlijke spanning. Hij tuurde door het raam en draaide zich toen naar me toe, zijn bezorgdheid met moeite verbergend. 'Waarom ga je met de auto? Wie rijdt er?'

'Niets aan de hand,' zei ik, terwijl ik naar hem toe liep en zijn handen in de mijne nam. 'De vader van mijn vriendin rijdt. Hij brengt ons. Alles is goed, echt. Het is net zo'n type als jij. Supervoorzichtig. Geloof me nou maar.'

Hij slikte. Deed zijn uiterste best om zijn kalmte te herwinnen. Ik merkte hoe klam zijn handpalmen waren. Ik glimlachte om de paniek in zijn ogen te verzachten en met wat moeite lukte het Steve om me een knikje te geven.

'Je moet hem waarschuwen dat het veel gladder is dan het lijkt,' zei hij, terwijl hij moeite deed om zijn stem gelijkmatig en rationeel te houden. 'Het is flink afgekoeld vanavond en het heeft de hele middag geregend.'

'Doe ik. Echt. Ik zal hem waarschuwen dat het veel gladder is dan het lijkt, omdat het vanmiddag geregend heeft en daarna flink is afgekoeld. Goed?'

Hij wilde nog meer zeggen, nogmaals benadrukken dat ik voorzichtig moest zijn, maar hij hield zich in. In plaats daarvan zette hij een voorzichtig glimlachje op, speciaal voor mij. Hij wilde niet nog een dochter kwijtraken, maar hij wilde ook niet dat ik te lijden zou hebben onder zijn angst.

Jenny kwam dichterbij. 'Twaalf uur thuis.'

Ik weerstond de neiging om te protesteren. Het was een groot voorrecht dat ik uit mocht en wilde dankbaar zijn, zonder te zeuren over de eindtijd. Bovendien was Jenny nu eenmaal de strengste van de twee. Steve daarentegen kon met geen mogelijkheid nee tegen me zeggen en op mijn slechtste momenten wilde ik daar nog weleens misbruik van maken. Ik had Jenny's onwrikbare discipline net zo hard nodig om te overleven als Steves onvoorwaardelijke goedheid. Het was een uitstekend systeem, waarin ze elkaar perfect aanvulden. Wie weet was het allemaal een strategie van mijn psychiater.

Amy moet voorzichtig aangepakt worden, kon ik me voorstellen dat hij tegen ze gezegd had. *Maar zeker niet te slap*.

En dus waren mijn ouders voorzichtig en zeker niet te slap. Ze bleven me standvastig en onophoudelijk overstelpen met liefde, ondanks mijn explosieve gedrag, stemmingswisselingen en oneindige huilbuien. Ik verdiende ze niet.

Jenny had me al uitgebreid apart genomen om me duizend-en-een dingen op het hart te drukken, zoals dat ik bij foute jongens uit de buurt moest blijven, mijn sleutel niet moest verliezen en ons telefoonnummer niet mocht vergeten. Terwijl ik alleen maar weg wilde om een leuke avond te hebben.

Ik had me met militaire precisie voorbereid op deze avond. In de dagen en weken ervoor had ik me geen enkele keer verslapen, niet gezeurd, nooit ruzie gemaakt. Ik had alles opgegeten wat ze me voorzetten, braaf mijn medicatie genomen, elke dag mijn huiswerk gedaan en me steeds als een modelkind uit een reclame gedragen. Ik wist dat ze me anders nooit zouden laten gaan. Ik had nog nooit met zoveel vastberadenheid gedaan alsof ik normaal was. Ik was er klaar voor om weer leuke dingen te doen. Ik was bereid om te proberen gelukkig te zijn.

En eindelijk waren Steve en Jenny eraan toe om me weer te vertrouwen.

'Wil je me één ding beloven?' vroeg Jenny terwijl ik de voordeur opendeed.

Ik verwachtte een laatste preek en zuchtte. 'Wat nou weer?'

'Dat je het fantastisch gaat hebben.'

'Je hebt het verdiend,' voegde Steve eraan toe.

Ze waren zo lief dat ik er ongemakkelijk van werd. Ik had helemaal niets verdiend.

'Ga maar gewoon naar bed straks,' veranderde ik van onderwerp, ondanks dat ik heel goed wist dat ze doodongerust op zouden blijven tot ik het huis weer binnenstapte. Maar hoe kon ik me ontspannen, iets waar ik zo hard aan toe was, als ik me de hele tijd zorgen moest maken dat zij zich zorgen zouden maken?

Ik stapte naar buiten, zwaaide lachend naar mijn vriendinnen in de auto aan het einde van de oprit en wilde net gedag zeggen tegen Steve en Jenny, toen Steve plotseling zijn armen om me heen sloeg voor een flinke knuffel. En dat 'flink' mag je gerust letterlijk nemen, want zijn gestalte vulde de hele deuropening. Hij was zo'n logge reus. Hij bewoog zo traag, zo bedachtzaam. En hij was soms zo onhandig dat het vertederend was. Hij kon me met één hand optillen, maar ik moest zijn flessen voor hem openmaken, omdat dat hij dat met zijn enorme worstenvingers zelf niet voor elkaar kreeg. Dat soort momenten vonden we altijd hilarisch.

Hij kneep me half plat. Voor het oog van mijn vriendinnen hield Steve me zo lang en zo stevig vast dat ik bijna stierf van schaamte. Zo snel mogelijk wurmde ik me los uit zijn omhelzing, terwijl ik deed alsof ik niet merkte hoe verdrietig dat hem maakte.

'Ik hou van je,' riep Jenny me na terwijl ik naar de auto holde. Ik was zo wanhopig op zoek naar geluk, naar een nieuw leven, dat ik niet eens achteromkeek.

Het werd een geweldige avond. Ik werd dronken. Ik lachte. Ik danste. Ik had zelfs voor het eerst echt gezoend met een jongen, al hijgend en kreunend. En toch. Ik weet dat het een fantastische avond was, maar ik kan niet terughalen hoe het voelde. Ik heb er geen emotionele herinnering aan. Hoe heette de jongen die zijn hand in mijn broekje liet gaan? Was ik te gespannen om ervan te genieten? Ik kan me mijn vriendinnen niet eens meer voor de geest halen. Alsof de waterverf waarmee hun gezichten zijn geschilderd is uitgesmeerd door de duim van spijt; alsof de felgekleurde herinneringen zijn verbleekt tot grijstinten.

Ik weet bijna niets meer van dat feest, van dat plezier, van die Amy.

Niets staat me nog helder voor de geest, behalve Steves verstikkende knuffel die me zo in verlegenheid bracht en Jenny's 'Ik hou van je' dat ik niet beantwoordde. Want toen ik om middernacht thuiskwam, voor het eerst in jaren echt gelukkig, trof ik mijn lieve, loyale ouders met een touw om hun nek aan, hangend aan het plafond van de garage.

2

Spijt. Er is zóveel waar ik spijt van heb. Ten eerste van het feit dat ik Steve en Jenny altijd 'Steve en Jenny' noemde. Typisch zo'n stomme tienergril, iets wat ik in een sitcom had gezien of zo. Het leek me lekker rebels en het sloot perfect aan bij mijn behoefte om mezelf op zoveel mogelijk manieren te onderscheiden. Op die leeftijd wil je zo graag uniek zijn, maar vaak kom je niet verder dan een ander te imiteren. Natuurlijk vonden ze het vreselijk, maar dat maakte me alleen maar vastberadener om ermee door te gaan. Op een gegeven moment werd het normaal en tegen de tijd dat mijn zus dat fatale auto-ongeluk kreeg, was het te laat om nog terug te kunnen. Het achtervolgt me nog steeds dat ik ze het plezier niet meer heb gegund om 'papa' en 'mama' genoemd te worden door de enige dochter die ze nog hadden.

Dachten ze daar misschien aan toen ze hun stroppen knoopten?

Had ik maar iets van hun verdriet weggenomen, dan hadden ze me misschien niet alleen achtergelaten.

Duidelijkheid en wijsheid achteraf, dat zijn de twee dingen die ik het meest haat in deze wereld.

Naast mezelf natuurlijk.

En op dit moment veracht ik mezelf nog meer dan anders. Niet zo raar ook als je maag wordt leeggepompt.

'Ik voel me net een ballon waar alle lucht uitgeperst wordt.'

De arts kijkt niet eens op van zijn klembord. 'Hoe dacht je dan dat je je zou voelen in een situatie als deze?'

Best kans dat die neerbuigendheid in zijn stem de bedoeling was, dus geef ik geen antwoord.

Elizabeth helpt me met mijn alibi. 'Ik denk dat een van die corpsballen iets in je drankje heeft gedaan toen we waren roken.'

Hoofdschuddend slaat de arts de pagina om. Hij lijkt wel teleurgesteld dat ik die cocktail van alcohol, medicijnen en drugs heb overleefd. Hij schudt in elk geval verdacht vaak met zijn hoofd. Zijn neusvleugels trillen zo heftig dat ze elk moment op kunnen stijgen en hij klakt voortdurend afkeurend met zijn tong. En ik voelde me al zo rot, hier liggend op dat ziekenhuisbed met de golven van pijn door mijn keel vanwege alle slangen die erin zitten.

Lizzy ziet mijn gezicht vertrekken. 'Kunt u haar niet iets geven tegen de pijn?'

De arts kijkt niet op. 'Met alles wat ze al in haar bloed heeft? Geen goed idee.'

Ik pak Lizzy's hand en knijp erin. 'Laat maar. Ik wil gewoon naar huis.' Het medelijden en de bezorgdheid op haar gezicht doen me meer pijn dan mijn leeggepompte ingewanden en opgezwollen slokdarm. 'Morgen voel ik me vast al beter.'

'Precies,' zegt de arts. 'Al verbaast het me dat je er niet nog veel erger aan toe bent.'

'Waarom klinkt het alsof u denkt dat het haar eigen schuld is?' snauwt Lizzy. 'Zij is hier het slachtoffer. Ze hebben iets in haar drankje gedaan.'

Eindelijk kijkt hij op. 'Willen jullie dan dat ik de politie bel? Binnen een uur kunnen ze er zijn om een verklaring af te nemen.'

Ik verschrompel onder zijn argwanende blik. 'Ik... Dat hoeft... Ik weet niet precies wat er gebeurd is. Ik heb echt geen idee wie...'

Lizzy zegt: 'Mag ze dan nu eindelijk mee?'

De arts zucht verslagen en knikt.

Ondanks dat Lizzy niet weet wat er gebeurd is, steunt ze mijn verhaal. Ze weet dat de kans anders levensgroot is dat ik opgesloten word voor mijn eigen bestwil. En dus verklaart ze dat we de hele avond samen zijn geweest, dat we drugs hebben gebruikt, zij net zoveel als ik, dat ik de hele tijd heb zitten lachen en grapjes heb zitten maken en dat ik toen ineens out ging, zonder dat er in de verste verte sprake van was dat ik mezelf iets aan wilde doen. De arts lijkt niet helemaal overtuigd, maar waarschijnlijk wíl hij ons gewoon geloven. Of misschien begrijpt hij heus wel wat er aan de hand is, maar kan hij er toch niets tegen doen zolang Lizzy mijn verhaal bevestigt.

Driemaal had scheepsrecht moeten zijn, maar het is wéér mislukt, net als de eerste twee pogingen. De eerste keer sneed ik niet diep genoeg. De tweede keer brak het touw. En ditmaal heb ik alle pillen uitgekotst voordat ze iets konden uitrichten.

Imitatie is de oprechtste vorm van vleierij, zoiets had ik eerder al gezegd en daarom heb ik Steve en Jenny proberen na te doen. Ik dacht dat het simpel zou zijn. Ik bedoel, hoe moeilijk kan het zijn om jezelf te verhangen? Stuk touw. Strop maken. Klaar. Maar dat is naïef gedacht. Ik weeg heus niet veel, maar ik wist niet dat het meeste touw helemaal niet zo sterk is. Ik had natuurlijk klimtouw moeten aanschaffen. Of dat high-performance touw dat Steve en Jenny gebruikt hadden. Ik had gewoon iets goedkoops bij de bouwmarkt gehaald. Is het niet om je rot te lachen dat ik heb willen bezuinigen op het touw waarmee ik mezelf wilde ophangen? Wat had ik willen doen met die paar dubbeltjes die ik bespaarde? Eén bloem extra op mijn crematie? Maar laat ik niet te hard voor mezelf zijn. Suïcidale gedachten willen per definitie zeggen dat je niet helemaal helder meer kunt nadenken.

Waarom het niet lukte om mijn polsen door te snijden, heb ik nooit begrepen. Ik had de duurste scheermesjes in huis gehaald die ik kon krijgen. *Voor een ultraglad resultaat*, stond er. *Veroorzaakt geen huidirritatie. Zorgt voor langdurig gladde benen en schaamstreek*. Ik heb echt diep genoeg gesneden en ook op de juiste manier. Dus niet zo'n halfslachtig overdwars 'Joehoe-ik-wil-hulp'-krasje, nee, in de lengterichting, met de pezen mee. Ik heb nog nooit zoveel bloed gezien. En toch werd ik wakker in een ziekenhuisbed. Hoera, ze hadden me kunnen redden. Met dank aan mijn veelvoorkomende bloedgroep.

Dat het vanavond wéér mislukt is, dat snap ik tenminste nog. Het was de eindfase van een lange periode van huilen en jammeren, van een heel erg diepe dip. Hoe instabiel ik mentaal misschien ook ben, fysiek ben ik een oermens. Dat lijf van mij krijg je niet zomaar kapot. Ik heb gewoon alles geslikt wat ik te pakken kon krijgen en heb toen maar op het beste gehoopt. Maar dat bleek niet voldoende. In leven gebleven door luiheid, als een soort omgekeerd darwinisme.

Definitie van een paradox: ik ben te zwak om mijn eigen kracht te overwinnen.

In al zijn neerbuigendheid tekent de arts voor mijn ontslag en eindelijk mag ik met Lizzy mee. De hele rit naar huis ben ik stil, want ik weet dat ik meteen begin te snotteren als ik mijn mond opentrek. En dat wil ik niet. Ik wil niet dat ze me zo ziet. Ze vindt me waarschijnlijk toch al een sneu geval en heeft vast diepe spijt dat ze destijds vriendinnen met me geworden is, die eerste week op de universiteit.

Jammer dan, muts.

'Gaat het?' vraagt ze.

Ik knik en wijs naar mijn zere keel, als verklaring voor mijn zwijgen. Misschien gelooft ze me, misschien ook niet, maar ze is attent genoeg niet door te vragen. Ik houd er niet van als mensen me niet geloven. Dan wil ik nog weleens vals worden. Zeg nooit dat ik overreageer, want dan krijg ik een rood waas voor mijn ogen.

Erg comfortabel is Lizzy's auto niet. Maar meer dan een oude rammelbak kan ze zich niet veroorloven, omdat ze een gewoon meisje is, met gewone ouders, die zich niet van kant hebben gemaakt en haar geen aanzienlijk bedrag hebben nagelaten.

Lizzy is alles wat ik zelf zou willen zijn. Ze is langer dan ik, slanker, slimmer, knapper... Maar boven alles is ze normaal. Ze heeft het heus ook niet altijd makkelijk gehad, maar ze zit in elk geval niet onder de littekens van mislukte zelfmoordpogingen. Ze hoeft geen kilo's pillen te slikken. Ze is gewoon aardig en fatsoenlijk en... Wat mis ik haar nu, in deze laatste paar weken.

Waar was ik? O ja. Ik slaap zestien uur aan één stuk, terwijl mijn lichaam herstelt van alle rotzooi die ik genomen heb.

Ik doe mijn ogen open en glimlach.

Ik glimlach omdat zij naast mijn bed staat. Ze staat precies in het licht van de plafondlamp, wat haar een soort halo geeft, eentje van 60 watt. Ze ziet er prachtig uit.

'Je lijkt wel een engel,' zeg ik.

Ze moet lachen. 'Wat hebben ze je gegeven, joh?'

Ik haal mijn schouders op. 'Je bént een engel. Je hebt me gered.'

'Lief dat je dat zegt, maar vergeet de dokters niet. Die hebben ook hun best gedaan.'

'Die hebben gewoon mijn maag leeggepompt. Dat kan iedereen.'

'Dat lijkt me sterk.'

'Maar jij hebt me geréd. Me beschermd.'

Ze weet wat ik bedoel: ze heeft voor me gelogen.

In al haar pracht kijkt Lizzy op me neer, mijn hoogstpersoonlijke beschermengel, maar ze lijkt wel verdrietig. Dat ís ze ook. 'Je wilde het echt, hè?'

Ik geef geen antwoord. Wend mijn ogen af. Ik kan het niet verdragen dat deze engel teleurgesteld in me is.

'Waarom?' vraagt ze.

Ze weet best waarom. Ze weet alles over Steve en Jenny en Maya en over het lege omhulsel van een meisje dat ze hebben achtergelaten. Dus dat is haar vraag niet. De vraag is: waarom nú, waarom op dit moment? Wat precies heeft me over de rand geduwd?

'Omdat hun sterfdagen er weer aankomen?'

We kennen elkaar al een tijdje, dus weet ze dat dit altijd een zware periode voor me is, zo vlak voor mijn verjaardag. Want dat betekent dat het binnen een periode van slechts een paar weken de sterfdag van Maya is en die van Steve en Jenny. Niet geheel verrassend heb ik mijn negentiende verjaardag niet gevierd, net zomin als mijn twintigste. En aan mijn eenentwintigste ben ik ook niet van plan iets te doen.

Ik haal mijn schouders op. Dat valt nog niet mee, want ik lig in bed, onder een deken. Het voelt ongemakkelijk. En zo voel ik me ook. Ik ben klein, ik ben niets.

'Vertel toch wat je dwarszit,' zegt ze.

Er spreekt geen dwang uit haar stem, geen verplichting. Ze vraagt het omdat ze het wil weten. Omdat ze me wil leren kennen. Hoe kan ze me helpen als ze me niet kent?

Ik knipper met mijn ogen. Mijn wangen worden nat.

'O nee hè,' zegt ze me haar zachte, hemelse stem. 'Niet doen. Niet huilen. Je hoeft niets uit te leggen. Ik ben er hoe dan ook voor je.'

Ze buigt zich over me heen en veegt mijn tranen weg met haar duim. Eerst de ene wang, dan de andere. Haar aanraking is zachter dan het kussen. Ze raakt me aan met een warmte en liefde die ik niet verdien.

'Ik ben jou niet waard,' zeg ik.

'Doe niet zo raar. Natuurlijk wel. Ik wil je gewoon helpen, Amy. Laat me je helpen.'

Ik moet slikken. Ik knik. Ik heb haar hulp nodig, maar ik wil dat helemaal niet. Ik wil niet eens mezelf zijn.

Ze jaagt me niet op en wacht tot ik uit mezelf iets zeg.

'Ik mis ze zo,' zeg ik.

'Dat snap ik,' zegt ze.

Ze wacht opnieuw. Ze heeft oneindig geduld met me.

Ik haal diep adem in een poging rustig te worden. Een belachelijke poging natuurlijk, want ik ben zo ontzettend níét rustig. Maar ik moet mezelf toch bij elkaar rapen, een beetje moed verzamelen en de kracht vinden om in verstaanbare taal te communiceren in plaats van in snikken en nog meer tranen.

'Ik zat tv te kijken,' begin ik. 'Of nou ja... Hij stond aan en ik zat er met mijn gezicht naartoe, dus ik zat min of meer te kijken. Snap je?'

Natuurlijk snapt ze dat. Alsof ze dat zelf niet kent. Alsof we dat niet allemaal kennen. Ik ga verder: 'Er kwam een reclame. Ik zat niet echt op te letten, maar ineens hoor ik de muziek. Ik weet niet wat voor muziek, iets met opera of zo. Maar Lizzy, het was zo mooi. Zo mooi. Nu keek ik pas goed. Het was een autoreclame. Geen idee wat voor auto, maar ineens begon ik te janken, want ik vroeg me af welke muziek Maya op had staan in de auto toen ze...'

Mijn stem breekt en ik sla een hand voor mijn ogen. Lizzy komt dichterbij om me een knuffel te geven, maar omdat ik op mijn rug lig, gaat dat niet. Dus klautert ze over me heen, gaat naast me op bed liggen en laat een arm op mijn lichaam rusten. Ze zegt niets. Dat hoeft ook niet. Woorden kunnen hier toch niets uitrichten. Geen woorden kunnen mijn pijn wegnemen, Maya tot leven wekken of de tijd terugdraaien en voorkomen dat Steve en Jenny zich ophangen in de garage. En dus houdt Lizzy me vast terwijl ik huil. Ik weet niet hoe lang ik huil, want op een gegeven moment val ik in slaap. En als ik wakker word, ligt ze nog naast me, haar arm nog steeds op mij.

'Doe dit nooit meer,' zegt ze. 'Wil je me dat beloven?'

'Dat beloof ik,' zeg ik, maar ik ben blij dat ze mijn gezicht niet kan zien, want ze verdient mijn leugens net zomin als ik háár verdien.

Op zich is deze belofte overbodig. Waarom zou ik mezelf van kant maken als ik toch wel doodga? Ik hoef alleen maar af te wachten.

Het enige probleem, het grootste probleem, is dat ik niet op deze manier wil doodgaan: verdoemd, vervloekt, hoe je het ook wilt noemen.

Zelfmoord plegen is één ding. Dat is mijn keuze. Mijn recht als mens om een autonome beslissing te nemen over mijn eigen leven. Het is een ondraaglijke gedachte dat die beslissing voor me genomen wordt.

Definitie van een paradox: ik wil blijven leven, zodat ik zelf kan kiezen wanneer ik doodga.

3

'Je hoeft echt niet de hele dag bij me te blijven,' zeg ik de volgende ochtend, terwijl ik Lizzy het bord met haar ontbijt geef.

Ze pakt het aan en haalt haar schouders op. Alsof het de gewoonste zaak van de wereld is dat ze zo lief voor me is. Misschien is dat voor haar ook wel zo. Misschien is dit zoals normale mensen met elkaar omgaan.

'Hou op, Amy,' lacht ze. 'Natuurlijk blijf ik.'

Ze heeft al een paar keer college laten schieten om voor me te zorgen, maar loopt ze daarmee te koop? Nee. Misschien houd ik daarom zo van haar. Er zijn zat mensen die alleen iets voor een ander doen vanwege de erkenning, die niet uitgepraat raken over alle opofferingen die ze voor je brengen, al is het maar de deur voor je openhouden. Jouw schuldgevoel is hun beloning. Maar zo zit Elizabeth niet in elkaar. Niet mijn lieve Lizzy.

We eten toast, want dat is, op een bak cornflakes na, letterlijk het enige soort ontbijt dat ik kan maken. Ik heb een supergeavanceerde broodrooster met tientallen knopjes, maar op de een of andere manier kan ik er alleen maar slap en zompig of zwart verbrand brood mee maken. Vandaag heb ik gekozen voor zwart verbrand en ik schraap zoveel verkoolde kruimels van mijn boterham dat de gootsteen binnen de kortste keren op een asbak lijkt. Lizzy is tevreden met slap maar warm brood. Dat is een stuk minder werk. We smeren een dikke laag margarine op ons brood en beginnen in stilte te kauwen. Onze communicatie bestaat hooguit uit wat geluidjes en oogbewegingen, waarbij we elkaar proberen te overtroeven met het trekken van gekke bekken. Lizzy is uiteindelijk de eerste die lacht, dus win ik.

'Bedankt,' zeg ik. 'Dat je blijft, bedoel ik.'

Ik ben klaar met eten en gooi mijn bord in de gootsteen, waar de afwaskaboutertjes het hopelijk snel zullen vinden. Al lijken die de laatste tijd niet zo alert, want waar ik zei: 'in de gootsteen', bedoelde ik eigenlijk: 'boven op een wankele, torenhoge stapel borden, pannen en bestek.'

Lizzy rolt met haar ogen terwijl ze haar eigen bord op dat van mij legt. 'Je hoeft me niet te bedanken.'

'Wel hoor.'

'Nee hoor.'

'Ik heb het zojuist gedaan.'

'Dat was niet nodig.'

Ik glimlach. Zij glimlacht. Ik voel me al wat beter.

'Je kunt best weg,' zeg ik. 'Ik zal het echt niet nog een keer proberen.'

Ze kan de scepsis in haar blik niet verbergen en dat begrijp ik heel goed.

'Ik voel me zó klote,' leg ik uit. 'Mijn maag is bont en blauw en mijn keel voelt rauw alsof ik een ezel heb gepijpt.'

Ze trekt een wenkbrauw op. 'Ik dacht dat jij meer van de paardenlullen was?'

'Ik probeer mijn horizon een beetje te verbreden.'

Ze lacht. Ik lach. We geven elkaar een knuffel.

Het lijkt misschien niet heel relevant wat we die ochtend voor ontbijt hadden, maar ik heb het idee dat ik alles moet opschrijven wat ik me herinner. Volgens mij is het gewoon het meest logisch om alles in chronologische volgorde te vertellen. Als ik zou beginnen met waar ik nu ben, zou je er toch niets van snappen. Ik zou alles in omgekeerde volgorde moeten uitleggen en dan zou je veel te veel letten op wat er met me gebeurt in plaats van op waarom het gebeurt. Terwijl het daar juist om zou moeten draaien. Het 'waarom' is wat jou uiteindelijk gaat helpen. Tenminste, daar ben ik van overtuigd op het moment dat ik dit schrijf. Misschien verander ik later van gedachten en ga ik meer tijdsprongen maken. Misschien bouw ik nog weleens een flashforward in. Of ik laat stukken weg. Dat kun je inconsequent vinden, maar ik weet toch ook niet precies waar ik mee bezig ben? Probeer je maar niet te veel aan me te ergeren. Ik doe gewoon wat me op het moment het beste lijkt. Als ik alles honderd procent zeker wist, dan had ik dit niet hoeven schrijven. Trouwens, dit is bedoeld als survivalgids, maar wie weet ben ik allang dood als je dit leest. Best mogelijk. Het is een gek idee dat ik dit schrijf in het nu en dat jij het tegelijkertijd in de toekomst leest.

En dat ik op dit moment nog leef, maar in jouw heden dood ben.

Echt bizar.

Maar goed, ik zal de chronologische volgorde meteen even verbreken, want ik wil je één ding vertellen dat je absoluut niet mag vergeten. Iets wat je voortdurend in je achterhoofd moet houden.

Het is een code, een patroon, een puzzel die ik zelf nog niet begrijp. Klaar?

Drie.

Het heeft allemaal te maken met het getal drie. Ik kom er

later nog op terug, maar ik wil dat het getal drie vanaf het begin in je hoofd zit. Ik bedoel, misschien schrijf ik wel een of andere gebeurtenis op die ik op het moment zelf helemaal niet belangrijk vond, maar misschien besef jij dat het wel degelijk belangrijk was, vol van betekenis en dat ik het niet in de gaten had.

Door alles op te schrijven, hoop ik dat ik de rode draad op het spoor kom voordat het te laat is. Maar op dit moment kan ik je lang niet alle antwoorden geven en daar baal ik van.

Ik baal dat ik tekortschiet en daardoor jou en mezelf in de steek laat.

Maar ik geef je in elk geval de voorsprong die ik zelf nooit heb gehad.

Verspil hem niet.

Ik meen het, verdomme.

'Ik blijf zo lang als je wilt,' zegt Lizzy. 'Ik vraag Cath wel of ik haar aantekeningen mag overschrijven. Vindt ze vast niet erg. Ze heeft sowieso graag het gevoel dat ze nodig is. Terwijl we je gewoon gebruiken, stomme doos. Je moet vooral niet denken dat je heel wat bent.'

Ik schud met mijn hoofd nog voordat ze uitgepraat is. 'Nee echt, je hoeft niet te blijven. Ik wilde het niet echt.'

Ongelovig fronst ze haar wenkbrauwen. Terecht.

'Of eigenlijk wilde ik het wel, maar toch ook niet. Als yin en yang, licht en donker. Het dualisme van de menselijke geest, snap je?'

'En nu in gewone taal alsjeblieft.'

Ik zoek naar de juiste woorden. Het is moeilijk om mezelf goed uit te drukken, want ik weet niet eens meer welke gevoelens echt waren en welke veroorzaakt, verdraaid of verwrongen door drank en drugs.

Ik zeg: 'Diep vanbinnen denk ik dat ik heus wel wist dat ik niet genoeg pillen had. Ik was over mijn toeren, ik dacht niet goed na. Ik wilde gewoon dat de pijn ophield. Het was heel anders dan die eerste keer toen ik mijn polsen doorsneed. Toen was ik niet over mijn toeren. Ik had het wekenlang gepland. Ik was volkomen bij zinnen, had een ijskoude, heldere vastberadenheid. Ik had een doel. Compleet anders dan afgelopen nacht.'

Ze wil me graag geloven, maar ze kan het niet. Ze denkt dat ik lieg.

'Ik zweer het, Lizzy. Ik zweer het. Ik zou nooit liegen, in elk geval niet tegen jou. Tegen iedereen in deze kloterige schijtwereld, oké, maar niet tegen jou. Nooit tegen jou. Alleen jij bent belangrijk voor me.'

Opnieuw trekt ze een wenkbrauw op, maar deze keer valt er niets te lachen.

'Echt, ik zou nooit tegen jou liegen. Tegen al die klootzakken en kutwijven, geen probleem, maar niet tegen jou. Tegen jou zou ik nooit liegen. Kom op, je gelooft me toch wel?'

'Oké, oké,' zegt ze. 'Ik geef het op. Als je zweert dat je het niet echt wilde, dan geloof ik je. Maar je hebt me wel flink laten schrikken, Amy.'

'Sorry, duizendmaal sorry. Dat is wel het laatste wat ik wilde.'

Ze kijkt me streng aan. 'Flik me dit nog één keer en ik vermoord je.'

De laatste woorden komen er schor uit. We glimlachen en omhelzen elkaar nog een keer.

'Je plet me met die dikke tieten van je,' klaag ik.

'Wees blij dat ik er geen geld voor vraag.'

We laten elkaar los. Ze gaat met een hand door mijn haar, dat in de war is geraakt.

'Maar als je ooit weer zo verdrietig bent, kom dan naar me toe. Nog vóórdat je suïcidale gedachten krijgt, oké? Bel me op, praat met me. Alsjeblieft. Ik bedoel, ik heb toch niets beters te doen dan studeren en masturberen.'

'Dat zal ik doen,' zeg ik. Ik zou het graag menen.

'Ik dacht echt dat ik je kwijt was.'

Ik weet niets te zeggen. Er is een angst in haar ogen verschenen zoals ik die nog nooit heb gezien. Het maakt me van streek om haar zo te zien, die perfecte Lizzy, die alles is wat ik zelf zo graag zou zijn.

'Wat is er?' vraag ik, al wil ik het antwoord niet horen.

Even lijkt het of ze mijn vraag negeert. En dat lucht me op, al weet ik niet waarom.

Maar mijn opluchting duurt niet lang.

'Het is heel maf,' begint ze, 'en heel stom. Maar ik heb een soort voorgevoel gehad. Als in een droom, ondanks dat ik klaarwakker was.'

'Waar heb je het over? Wat voor voorgevoel? Wanneer was dat?'

Het komt er vol spot uit en meteen voel ik me klote. Ze kijkt naar de grond, vermijdt mijn blik. 'Ik dacht aan je zus... aan je ouders... en ineens kreeg ik een vreemd gevoel. Ik kan het niet goed uitleggen. Maar het was alsof ik met mijn ogen knipperde en dat jij toen dood was.' Ze kijkt op. 'En vlak daarna belde het ziekenhuis.'

Ze is volslagen ernstig, maar ik vind het moeilijk om haar serieus te nemen. 'Had je geblowd?'

Ze schudt meteen hevig het hoofd. 'Ik had natuurlijk wel íéts gerookt, maar ik was helemaal bij. Dat maakt het juist zo gek.'

'En wat dan nog?'

Ik haal mijn schouders op. Dit betekent niets. Iedereen heeft weleens een raar gevoel. Maar we letten er alleen maar op in de zeldzame gevallen dat het aan lijkt te sluiten op de echte wereld. Allemaal toeval, als je het mij vraagt. Maar goed, ik ben dan ook niet bijgelovig ingesteld.

Ze is verbaasd over mijn lauwe reactie. 'Vind jij het niet verontrustend dan?'

Ik schud mijn hoofd. 'Waarom zou ik? Je had gewoon een gedachte. Misschien hadden we het eerder die dag over de dood gehad – geef toe, daar praten we best vaak over – en waren er flarden van dat gesprek in je hoofd blijven hangen. Wat jij een voorgevoel noemt, was misschien gewoon een herinnering aan iets wat je vergeten was.'

Nu is het Lizzy's beurt om het hoofd te schudden. 'Nee, zoiets was het niet. Echt niet. Serieus, Amy, het was een voorgevoel. Ik zag je. En je was dood.'

Ik glimlach. 'Maar ik ben hier, springlevend. Dus dat zogenaamde voorgevoel van jou is niet uitgekomen.'

Ik kan aan haar merken dat ze nog steeds gelooft dat het echt was wat ze gezien heeft, maar ze kan ook niet ontkennen dat ik inderdaad nog leef.

Ik probeer mijn keel te schrapen, maar tevergeefs. Ik kan niet meer slikken.

Ik kan niet meer ademen.

Ik sper mijn ogen open, mijn gezicht wordt rood. Ik breng mijn handen naar mijn keel.

'Amy!' schreeuwt een doodsbange Lizzy.

Dan kan ik mijn lachen niet langer inhouden. Woedend geeft ze me een stomp tegen mijn schouder.

'Dat was niet grappig,' zegt ze. 'Dat was echt niet cool.'

'Ik vond het best grappig. Waarom doe je zo schijterig? Dat is niets voor jou.'

Ze aarzelt, zoekt naar de juiste woorden. 'Nou, gewoon, je weet wel...'

'Ik heb geen idee wat je bedoelt.'

'Die regel,' legt ze uit. 'Dat het onheil altijd in drieën komt.'

Ik wacht tot ze verdergaat, want het is me een raadsel wat dit met mij te maken heeft.

'Je zus,' zegt ze dan. 'Je ouders. Jij.'

'Dus? Dat zijn er vier. Als er íéts van waar is, van die regel van drie, dan is hij al lang uitgekomen. Maya, Steve, Jenny. Drie mensen.'

'Misschien.' Ze lijkt niet overtuigd. 'Maar je ouders zijn tegelijk gestorven, toch? Dus dat telt als één keer.'

'Zou je denken?' vraag ik.

Haar ogen worden groter als ze naar de wandklok achter me kijkt. 'Shit,' zegt ze. 'Bijna vergeten dat ik werkcollege heb bij Neukbaar-of-niet. Red je het zo? Is het echt geen probleem als ik even weg ben?'

Ik verzeker haar dat ik het prima vind. Ik wil juist wel even alleen zijn.

Even later is ze vertrokken en zit ik alleen in mijn studentenkamer met geen ander gezelschap dan mijn eigen gedachten. In mijn hoofd is het één grote, donkere warboel van pijn en verdriet. Een stormwolk waarin het onophoudelijk bliksemt en dondert. Maar in het oog van die storm is het windstil en dobbert kalm die ene gedachte die me de rest van mijn korte leven zal bezighouden: komt het onheil echt altijd in drieën?

4

Oost west, thuis best. Het zal wel. Ik ben nu de eigenaar van het huis waar ik opgegroeid ben, al heb ik er niet meer gewoond sinds mijn ouders besloten dat ze ademhalen zonde van hun tijd vonden. Natuurlijk is het hier leeg, maar het is meer dan dat. Er heerst een onheilspellende verlatenheid. Het voelt alsof ik terugga in de tijd als ik door de kamers en de gangen loop, op zoek naar van alles en niets. Onder hun stoflakens lijken de meubels op geesten die wachten in het vagevuur. Stil als standbeelden en toch jammerend in een koor van een tergende stilte.

In het begin heb ik het nog geprobeerd te verkopen – ik kon alle herinneringen niet verdragen – maar de geruchten hadden hun werk al gedaan. Er blijken maar heel weinig mensen happig op te zijn om in een huis te wonen waar een doodgewoon echtpaar zichzelf heeft verhangen. Een automatische garagedeur lijkt een prima verkoopargument, totdat je hoort dat de rails zijn gebruikt om de fatale touwen aan te bevestigen. En zelfs al zou een potentiële koper zich daaroverheen kunnen zetten, dan zou hij alsnog afhaken als hij hoorde dat de dochter van datzelfde echtpaar is omgekomen in een verkeersongeluk. Wat zou jij doen als je moest kiezen tussen een krappe studio vol ratten of een ruimtelijke woning met drie slaapkamers, inloopkasten en overal de brute stank van de dood?

Je zou voor de ratten gaan, toch?

Ik neem je niets kwalijk. Ik ook.

Al die dood hangt in de lucht als een giftige wolk. Met elke ademtocht dringt het dieper mijn lichaam binnen en wat ik ook doe, ik krijg het er niet meer uit.

Ik merk dat ik met de armband speel die ik van Maya heb gekregen. Het is een eenvoudig zilveren ding, nog net geen kermisprul, maar het is mijn liefste bezit. Soms raak ik hem aan als ik geluk nodig heb, soms als ik bang ben.

In een huis waarin niet meer wordt gewoond, hangt een bepaalde geur. De geur van leegte. Niet dat leegte ergens naar ruikt natuurlijk; het is meer de afwezigheid van die kleine geurtjes die opvalt. Geen heerlijke aroma's van koffie of eten die uit de keuken komen zweven. Geen weeë bloemengeur van luchtverfrissers. Geen luchtjes van huisdieren. Geen chemische prikkeling van schoonmaakmiddelen. De geur van het niets hangt in mijn neusgaten.

Het is overal.

In de woonkamer ontbreekt elk spoor van leven.

In de tuin groeit niets meer.

Dit is geen huis, dit is een graf.

Bij elke stap die ik zet, voel ik me achtervolgd door de geesten van mijn ouders. Soms draai ik me om, in de hoop ze te betrappen, maar steeds zijn ze me te snel af. Ze willen dat ik weet dat ze er zijn, maar ze willen geen contact. Misschien maar beter ook. Wat moet je zeggen tegen een geest?

Wat zie je bleek, Jenny.

Hé Steve, ben je afgevallen?

Ik ben gespannen, al weet ik niet waarom. Er groeit een onrust in me waar ik geen verklaring voor heb. Wat verwacht ik hier te vinden? Wat denk ik dat er hier gaat gebeuren?

In mijn paranoïde staat begin ik de lakens over de meubels op te tillen om te zien of er zich niemand onder verbergt. Die vorm daar onder dat laken, is dat een fauteuil of een monster in hurkhouding?

Het is klaarlichte dag, maar ik doe snel zoveel mogelijk lampen aan. Mijn hart bonkt als een bezetene. Mijn oksels zijn kletsnat.

En ik moet maar steeds denken aan wat Lizzy zei. Iets met patronen, iets met een regel die zegt dat het onheil altijd in drieën komt. Is het gewoon een bakerpraatje of is het daadwerkelijk geworteld in oeroude ervaringen? Is het iets wat de mensheid heeft besloten te vergeten om niet gek te worden?

Ik probeer niet naar de garage te kijken, bang dat de garage terugkijkt. Dat de deur ineens opengaat en ik naar binnen getrokken word.

Het was ooit best een fijne garage. Vol spullen, van alles wat, maar altijd keurig. Steve had tegen elke wand metalen stellingen gemaakt, van onder tot boven. Zo kon hij toegeven aan zijn verzamelwoede, aan zijn drang om alles te bewaren en nooit iets weg te gooien, zonder dat hij Jenny met haar obsessie voor orde en regelmaat in de weg liep. Ze had een hekel aan rommel. Ze maakte lijstjes voor alles. Afwijken van haar planning was ondenkbaar. We waren nooit te laat op school.

Steve noemde haar generaal Jenny, maar nooit in haar gezicht. Het was ons spelletje, ons geheimpje. Als Jenny weer eens bevelen liep uit te delen, wachtte Steve tot ze zich omgedraaid had en salueerde dan naar mij. Ze is er nooit achter gekomen. Ze heeft het nooit gezien. Het was iets van Steve en mij. Maar nu voel ik me vreselijk slecht dat ik zo met haar spotte, haar zo buitensloot.

Misschien was ze eenzaam. Misschien wist ze diep vanbinnen wel dat ze buitengesloten werd. Misschien had ik meer moeten doen om echt contact met haar te krijgen.

Misschien...

Ineens ben ik in Maya's slaapkamer. Nu is het gewoon een lege ruimte, maar ooit was dit verboden terrein voor mij. We scheelden drie jaar en dat was duidelijk te merken. Zij had haar rijbewijs al, ging met jongens om en had maar weinig geduld voor haar irritante kleine zusje. Die laatste paar jaar mocht ik haar niet echt. We hebben zeker ook leuke momenten meegemaakt, maar dat was allemaal daarvóór, voordat ze geobsedeerd raakte door make-up, muziek en jongens. Vanaf die tijd herkende ik haar nauwelijks meer. De hormonen raasden door haar lichaam en ineens werd ze veel sneller ouder dan ik. Misschien heb ik haar soms zelfs gehaat.

Het is vreselijk om toe te moeten geven. Maar het is de waarheid. Ze kon bij tijd en wijle echt een enorme trut zijn. Nu besef ik dat zij ook maar gewoon een bijna-volwassene was en ik slechts een tiener, een kind nog eigenlijk. Ik durf te wedden dat als ze nog leefde, we nu dikke vriendinnen zouden zijn. Dat we elk weekend uren met elkaar aan de telefoon zouden hangen en elkaar van alles op de hoogte zouden houden: mijn studie, haar nieuwe werk, onze experimenten met verboden middelen, onze relaties, onze overwinningen, onze nederlagen.

In mijn eigen slaapkamer sta ik even te staren naar de gaatjes van de punaises die ooit mijn posters op hun plaats hielden. Heel gek, maar ik heb geen flauw idee meer welke popsterren er op me neerkeken als ik sliep. Misschien maar beter ook. Ik zou me er nu waarschijnlijk kapot voor schamen. Waar droomde ik van, destijds? Van welke nachtmerries schrok ik als meisje midden in de nacht wakker?

Daar ben ik benieuwd naar, juist omdat ik tegenwoordig geen nachtmerries meer heb. Geen echte tenminste. Ik heb natuurlijk weleens enge dromen, maar dat zijn geen nachtmerries. Want wat kan er nu erger zijn dan mijn echte leven? De dromen waaruit ik met bonzend hart en badend in het zweet wakker schiet, de dromen die me aan het huilen maken, dat zijn geen enge dromen. Integendeel. Soms droom ik dat Maya weer leeft. Dat Steve en Jenny zichzelf niet van het leven hebben beroofd. Soms droom ik dat alles normaal is. Dát zijn mijn nachtmerries. Niet omdat ze zo vreselijk zijn (totaal niet zelfs), maar omdat ik die eerste paar tellen na het ontwaken niet besef dat ik heb gedroomd. Die paar momenten waarin ik half bij bewustzijn ben duren net lang genoeg om te geloven dat ze niet dood zijn.

Totdat ik me alles weer herinner.

Op die dagen kom ik mijn bed niet uit, hooguit om mijn natgehuilde kussen uit te wringen. Het is vreselijk, zoals mijn onderbewustzijn me soms kan kwellen. Onder mijn schedeldak hoor ik de duivelse schaterlach galmen van de sadistische grappenmaker die in mijn lichaam woont.

Dan schrik ik op van het geluid van mijn mobiele telefoon.

Het duurt even tot ik hem uit mijn tas heb gevist, want ik ben er nog niet aan gewend om hem altijd bij me te hebben. Eigenlijk was het een impulsaankoop. Ik was stoned, het leek me wel een geinige gadget en ik kon het geld missen. Het is best grappig om met zo'n ding rond te lopen en iedereen naar je te zien kijken alsof je een of andere hotemetoot bent.

Ik druk op de rubberen knop met het groene telefoontje erop en hoor Lizzy zeggen: 'Hee schat, wat ben je aan het doen?'

'O, gewoon, mezelf gek maken van angst. En jij?'

'Niets bijzonders. Ik verveel me kapot. Ben je al klaar bij dokter Kuif?'

'Daar ga ik over een uur naartoe, tenzij ik nog een acceptabel excuus kan bedenken.'

'Ik lig nog liever bij die psychiater van jou op de divan dan dat ik hier aan mijn essay zit te werken. Ik snap niet eens wat de opdracht is, met al die moeilijke woorden en dat vage gedoe.'

Ik brom maar een beetje instemmend, want ik heb eigenlijk geen idee waar ze het over heeft. Mijn hoofd staat totaal niet naar studeren. Alsof ik op dat moment al besef dat ik iets veel belangrijkers te doen heb.

'Maar goed, wat dacht je ervan?' zegt Lizzy. 'Zal ik langskomen? Kunnen we nog een beetje kletsen voordat die vent weer in je onderbewustzijn gaat roeren.'

'Ik moet nog wat persoonlijke shit uitzoeken. De administratie van mijn ziel bijwerken, zeg maar.'

Ondanks dat ik vaag probeer te doen, begrijpt ze me onmiddellijk. 'Iets met het huis?'

Ik maak een geluid waarin je een bevestigend gegrom zou kunnen horen.

'Een potentiële koper?'

Ik wil er eigenlijk niet over praten, maar het zijn op zich geen onredelijke vragen die ze stelt. Zij kan er ook niets aan doen dat ik van die stemmingswisselingen heb.

'Er lijkt interesse te zijn,' zeg ik. 'Niet dat er al een bezichtiging is afgesproken, maar ik ben toch maar even gaan kijken hoe het huis erbij staat.'

'Heel verstandig.' zegt ze. 'Voor hetzelfde geld is het intussen gekraakt door een bende mensenetende zombies.'

'Ik zat persoonlijk meer in over de horrorclowns.'

'Je legt je prioriteiten weer helemaal verkeerd. Maar goed dat je mij hebt om je bij de les te houden.'

Ze weet niet half hoezeer ze gelijk heeft.

We praten nog een beetje over de essayopdracht en of we de docent in ons broekje zouden laten of niet, en voor een heel kort maar zalig moment vergeet ik waar ik ben en wat ik hier doe.

Maar mobiel bellen is waanzinnig duur, dus uiteindelijk komt Lizzy ter zake: 'Heb je zin om naar de klote te gaan als je klaar bent bij dokter Kuif?'

'Is de paus soms katholiek?'

Ze slaakt een kreet van vreugde.

'Ik hou van je, trut,' zegt ze en hangt op.

Ik verlaat het huis. Mijn oude huis. Ik heb niet gevonden wat ik zocht, maar ik begrijp dan ook zelf niet waarom ik vandaag teruggegaan ben. Waarom kom ik hier überhaupt nog?

Misschien omdat ik diep vanbinnen hoop dat mijn leven één grote waanvoorstelling is. Een eindeloze, gedetailleerde boze droom, waaruit ik uiteindelijk toch ooit wakker zal worden. En dan zal ik naar Maya's slaapkamer rennen om haar te vertellen over de afschuwelijke nachtmerrie die ik heb gehad, of naar beneden, waar ik Steve en Jenny weer papa en mama ga noemen.

Het is koud hier op de veranda. Was het al zo koud toen ik hier aankwam? Waren die wolken toen ook al zo donker en zwaar? Wanneer heb ik voor het laatst een blauwe lucht gezien? De warmte van de zon gevoeld?

Terug in de auto hoef ik niet te huilen, want dat doen de wolken wel voor me. De ramen en de carrosserie worden onophoudelijk bestookt met druppels. Het regent zo hard dat er een sluier over de auto geworpen lijkt te zijn en ik maak gebruik van deze onverwachte privacy door een joint te draaien. Ik ben niet van plan om hem helemaal op te roken voordat ik ga rijden (zo dom ben zelfs ik niet), maar al van een paar hijsjes word ik flink duizelig. Ik stel de rugleuning van mijn stoel daarom wat schuiner en luister met gesloten ogen naar het geluid van de regen op metaal en glas.

Er zit een ritme in het getik.

Bijna een melodie: *pets, pets-pets, pets.*

Er komt geen einde aan. Honderden regendruppels komen in steeds datzelfde patroon op mijn auto terecht.

Pets, pets-pets, pets.

Maya, Steve-Jenny, ik.

Dan gaan de hemelsluizen pas echt open. Duizenden regendruppels vallen nu, nog altijd in datzelfde ritme. De resonanties van het natuurgeweld doen mijn stoel trillen, waardoor ik het *pets, pets-pets, pets* niet alleen hoor, maar ook voel.

Ineens zit te ik hyperventileren.

Ik ben doodsbang.

Mijn ogen vliegen open en ik merk dat het donker is geworden.

Omdat een schaduw mijn auto omhult.

Of nee, een gestalte houdt het daglicht tegen.

Duister en glanzend, bizar vervormd door het noodweer en de druppels op de ruit, staat een figuur met een zwarte kap over zijn hoofd vlak naast mijn auto, vlak naast mijn portier, vlak naast mij.

Ik hap naar adem als ik een bleke hand mijn kant op zie komen.

Het is de Dood zelf. Hij komt me halen.

5

Mijn schreeuw van doodsangst en verrassing gaat verloren in het gebeuk van de regen op het dak. De Magere Hein aan de andere kant van het glas geeft in elk geval geen enkel teken dat hij me gehoord heeft. De lange, knokige vingers van de lijkbleke hand vormen een vuist. Een vuist van huid en beenderen, die op mijn ruit tikt: *tik, tik-tik, tik.*

Mijn verbazing gaat over in verwarring, die overgaat in schaamte.

De hand behoort niet toe aan een geraamte. Oké, de huid ziet wat bleek in de koude regen, maar van een Magere Hein is geen sprake.

Door het geruis van de regen heen hoor ik een stem. 'Amy?'

Ik trek aan de hendel van mijn stoel, zodat ik weer rechtop zit. De stem klinkt vaag bekend en ik draai het raam een stukje omlaag.

Koude druppels komen door de kier naar binnen en slaan op mijn hand en in mijn gezicht.

'Jefferson?' vraag ik voorzichtig.

In de stromende regen ontwaar ik een oud, gerimpeld gezicht met daarop een scheve glimlach.

'Jefferson!' roep ik. Ik glimlach ook, want ik ken dit gezicht. Ik ken deze oude man, die ik in al mijn rouw en verdriet helemaal vergeten was.

'Wat zit jij daar nou te doen?' vraagt hij.

De wietwalm die door het raam ontsnapt, beantwoordt zijn vraag.

'Dat kan toch niet goed zijn voor je verstand?' zegt hij afkeurend.

'Alsof ik dat niet al lang kwijt ben,' smaal ik.

Stralen water lopen van de capuchon van zijn zwarte parka. Zijn adem vormt wolkjes in de ijzige lucht. Hij is verkleumd. Hij is doorweekt.

'O god,' zeg ik, 'wat stom van me. Stap in, Jefferson, voor je kouvat.'

Hij schudt zijn hoofd. 'Ik weet iets beters. Kom mee, dan maak ik een lekkere warme kop thee voor je.'

Hij gebaart over zijn schouder naar zijn huis, dat naast het mijne staat. Het is nauwelijks te zien in de mist en de regen. Een luchtspiegeling bijna.

Ik hoef geen thee. Ik houd niet van thee.

'Dat klinkt goed,' zeg ik, vooral uit schuldgevoel omdat ik Jefferson, die vriendelijke oude Jefferson, totaal vergeten was.

Zijn grijns verbreedt zich. Hij is blij dat ik zijn uitnodiging aanneem. 'Rennen dan maar,' zegt hij. 'Anders verzuip je nog.'

Ik kan me niet anders herinneren dan dat Jefferson in zijn eentje in het huis naast ons woonde. Hij was er al toen wij hier kwamen wonen, alleen in dat huis en erg op zichzelf. De ideale buurman. Nooit gaf hij problemen en hij klaagde ook nooit over die twee baldadige buurmeisjes die de hele dag liepen te gillen aan de andere kant van het tuinhek. Maya had op een gegeven moment een oogje op een van de kleinzoons die weleens bij Jefferson op bezoek kwamen, maar die jongen studeerde al en had geen interesse in een schoolmeisje. Jefferson leek al oud toen ik een tiener was, toen ik een kind was zelfs, maar hij lijkt nu niet ouder geworden te zijn. Hij moet ontzettend oud zijn, dat kan niet anders, maar hij maakt nog steeds een robuuste indruk. Als een oeroude eik die de elementen al zo lang getrotseerd heeft dat hij de jongere bomen rondom hem ook wel zal overleven.

Hij heeft in elk geval Steve en Jenny overleefd, en Maya.

Misschien overleeft hij mij ook wel, al zijn we daar op dit moment helemaal niet mee bezig, nu ik aan de keukentafel zit en hij bij het fornuis staat.

Een beetje ongemakkelijk proberen we een gesprek te voeren. We zijn nooit erg close geweest. Ondanks dat ik langer wel dan niet naast hem heb gewoond, ken ik hem niet echt. Hij moet ooit een vrouw gehad hebben. Maar waren ze al gescheiden voordat ik geboren werd? Of is ze dood?

Hij vraagt naar mijn studie, naar mijn auto, mijn kleren. Het gesprek gaat over van alles en nog wat, behalve over Maya of mijn ouders. De pauzes tussen de vragen in worden steeds langer, want het is op zich al moeilijk om te praten met iemand die je niet goed kent en bijna onmogelijk als je de allesbepalende gebeurtenissen in je leven probeert te vermijden.

Gelukkig kookt het water en gaat hij de thee maken. Nu hebben we eindelijk iets anders om over te praten.

'Lekker,' lieg ik na de eerste slok.

'Goed tegen de kou.'

Ik kijk om me heen. 'Volgens mij is dit de eerste keer dat ik je huis vanbinnen zie.'

Hij knikt bevestigend.

'Best gezellig,' zeg ik. 'Minimalistisch, maar gezellig.'

'Ik heb hier alles wat ik nodig heb,' verklaart hij, 'en niets wat ik niet nodig heb.'

Ik neem een slok thee. Hij neemt een slok thee. In een western zou er nu zo'n struik voorbij komen rollen.

'Het is niet erg hoor,' zeg ik. 'Ik ben zo labiel als wat, maar je mag best over hen praten. Ik ga heus niet huilen. Of nou ja, waarschijnlijk wel, maar ik ben het gewend. Ik heb genoeg zakdoekjes bij me. Ik beloof plechtig dat ik je tafel niet ondersnotter.'

Hij glimlacht. Hij grinnikt.

Het geluid klinkt diep en troostend. Geruststellend.

'Het waren prima mensen,' zegt hij. 'Alle drie.'

Mijn ogen worden vochtig. 'Ze waren geweldig.'

'Je mag trots zijn op jezelf.'

Ik frons mijn wenkbrauwen. 'Hoe bedoel je? Hoezo mag ik trots zijn op mezelf? Heb je wel gemerkt hoe ik eraan toe ben?'

'Waarom doe je zo negatief over jezelf, Amy? Je bent door een hel gegaan, maar je bent er nog. Dat is geen geringe prestatie. Je hebt het beter gedaan dan de meeste mensen ooit zouden kunnen. Je hebt genoeg voor je kiezen gekregen voor een heel leven en je bent nog niet eens eenentwintig. Ik kan me niet eens voorstellen hoeveel verdriet je de afgelopen jaren hebt gehad en toch ben je er zonder kleerscheuren uitgekomen.'

Hij weet kennelijk niet van het snijden en de suïcidepogingen.

Hij gaat verder: 'En vooruit, je rookt weleens wiet en je loopt rond met van die enge zwarte make-up. Maar wat maakt het uit?'

Ik veeg mijn ogen af met een zakdoekje en snuit mijn neus. 'Tja, als je het zo bekijkt...'

'Nog wat thee?'

Nee, ik wil geen thee meer. Ik houd nog steeds niet van thee.

'Ja, lekker.'

Het water is nog warm, dus duurt het niet lang voor hij weer een verse kop voor mijn neus heeft gezet. 'Het spijt me dat ik niet méér gedaan heb. Mensen van mijn generatie... We zijn niet zo goed met gevoelens en ik wilde je ouders niet meer van streek maken dan ze toch al waren. Ik maakte mezelf wijs dat ik hun lijden alleen maar erger zou maken.'

Ik laat hem verder praten.

'Toen mijn vrouw overleed, rouwde ik in stilte vanwege mijn zoon. Voor hem wilde ik sterk zijn. Ik dacht dat als ik hem maar bezighield, hem afleiding bood, dat het makkelijker zou zijn. Maar in wezen was ik gewoon laf. Als je er niet over praat, hoef je er ook niet de confrontatie mee aan te gaan. Je kunt jezelf wijsmaken dat er niets aan de hand is, zolang een ander er maar niet over begint. En zo heb ik me dus ook gedragen met je ouders, dom genoeg. Ik kletste maar wat over onbenulligheden omdat ik niet over Maya durfde te beginnen. Omdat ik niet durfde te vragen hoe het met ze ging. Had ik het allemaal maar anders gedaan. Want als ze er met iemand over hadden kunnen praten, dan zouden ze zich misschien niet...'

Ik schud mijn hoofd en leg mijn hand op de zijne. 'Geef jezelf alsjeblieft niet de schuld van wat zij hebben gedaan. Als íémand schuld heeft, dan ben ik het. Ik had het zo moeilijk met Maya's dood dat ik geen seconde stil heb gestaan bij hun verdriet. Ik had ze nodig, maar ik besefte niet dat ze mij ook nodig hadden. Ik heb ze in de steek gelaten. Jij kunt er niets aan doen, Jefferson. Ik wel. Ik heb ze vermoord met mijn egoïsme. Ik...'

Ik moet zo onbedaarlijk snikken dat ik mijn zin niet eens kan afmaken. Tranen en kwijl druipen van mijn gezicht.

Al snel ben ik door mijn zakdoekjes heen. Als een natte berg liggen ze op Jeffersons tafel.

'Het spijt me,' zeg ik.

'Dat is niet nodig. In dit huis hoef jij nooit spijt te hebben.'

Op de een of andere manier weet ik een glimlach op mijn gezicht te toveren. Hij is zo vriendelijk, zo zachtaardig. Wat ben ik blij dat ik vandaag naar het huis ben gegaan. Dat ik nog even een jointje heb gerookt in de auto. Anders was ik Jefferson niet tegengekomen en zou ik nooit meer aan hem gedacht hebben.

Ik merk dat hij naar mijn pols zit te kijken. Mijn armbandjes zijn opgekropen en onthullen het bleke, onregelmatige littekenweefsel. Snel doe ik de armbanden goed, maar ik weet dat hij het al lang gezien heeft.

'Je weet toch dat ik er voor je ben? Ieder uur van de dag, elke dag van het jaar. Wat je ook nodig hebt, ik ben er voor je.'

Ik leg een hand op zijn bovenarm en geef er een kneepje in. Raar om te beseffen dat je iemand die je vergeten was zo gemist hebt.

'Mag ik je iets vragen?' zeg ik.

'Natuurlijk.'

'Hebben Steve en Jenny het weleens over mij gehad? Hebben ze weleens over me gepraat tussen Maya's dood en die van henzelf?'

'Uiteraard. Het waren je ouders.'

'Ik bedoel geen ditjes en datjes. Hebben ze weleens écht over me gepraat?'

'Ik snap niet wat je bedoelt.'

'Ze hebben geen briefje achtergelaten,' zeg ik.

Zijn gezicht betrekt. 'O,' stamelt hij. 'Meen je dat?'

Ik knik. 'Niets. Nog geen post-itje met "doei" erop.'

'Och, Amy toch.'

Ik concentreer me op mijn ademhaling om een nieuwe huilbui

te voorkomen. 'Het zou me zo enorm geholpen hebben als ze een briefje hadden achtergelaten. Als ik had kunnen begrijpen wat er die dag door hun hoofd ging. Lag het aan mij? Was ik dan zo egoïstisch? Zo'n nare dochter? Had ik papa en mama tegen ze moeten zeggen?'

'Nee,' zegt hij ferm. 'Je mag jezelf niet de schuld geven, Amy.'

'Maar als het mijn schuld niet was, als ze me niets verweten, waarom hebben ze dan niet even een afscheidsbriefje voor me achtergelaten? Waarom niet? Met een paar regels was ik al tevreden geweest. Een paar regels om uit te leggen dat ze niet langer met het verdriet konden leven. Dan zou ik het begrepen hebben. Dan zou ik geweten hebben dat ik ze niet had kunnen tegenhouden. Waarom hebben ze me alleen gelaten zonder te zeggen waarom, zonder zelfs maar sorry te zeggen?'

Zijn mond is opengegaan, maar hij zegt niets. Hij heeft de antwoorden net zomin als ik.

Het enige wat hij uiteindelijk weet uit te brengen, is: 'Nog thee?'

Ik glimlach. 'Mag ik je iets vertellen, Jefferson?'

'Natuurlijk.'

'Ik heb een hekel aan thee,' geef ik eindelijk toe. 'Het is koffie voor watjes.'

Even lijkt hij beledigd te zijn, dan barst hij in lachen uit.

Nog nagrinnikend vult hij de fluitketel weer. 'Ik ben bang dat ik geen koffie in huis heb.'

'Maakt niet uit. Ik wilde er zo onderhand toch eens vandoor gaan.'

Terwijl Jefferson bij het fornuis scharrelt, kijk ik de kamer rond. In een wand van de keuken zie ik een deur die waarschijnlijk toegang geeft tot de kelder. In mijn eigen huis heb ik ook zo'n deur, alleen is deze voorzien van een grendel. Best raar eigenlijk. Jefferson ziet me kijken en glimlacht. 'Zodat de spoken me 's nachts niet lastig komen vallen.'

Ik glimlach ook. Dan valt mijn oog op een schilderij. Wat onbeholpen geschilderd, maar toch best grappig. De compositie is een beetje vreemd: een zwarte kat, een hoefijzer en een klavertjevier.

'Apart ding, hè?' zegt hij. 'Maar ik vind het leuk. Je kunt nooit te veel geluk hebben, wat jij?'

'Een zwarte kat brengt toch juist ongeluk?'

'Dat hangt van je perspectief af.'

'Ben je bijgelovig?'

'Volgens mij wel. Ik klop weleens iets af. Telt dat?'

Dan vraag ik: 'Geloof jij dat het onheil altijd in drieën komt?'

'Daar heb ik nooit zo op gelet. Hoezo?'

Ik wrijf over Maya's armband. 'Gewoon. Laat maar.'

Met een vreemde uitdrukking op zijn gezicht schenkt hij kokend water op.

'Wat is er?' vraag ik.

'Hoe bedoel je?'

'Je kijkt alsof je iets te zeggen hebt, maar het niet wilt zeggen.'

Hij gaat weer zitten, zijn handen om zijn mok. Hij zit schuin tegenover me, zo dichtbij dat ik hem kan horen ademen.

Met droeve ogen kijkt hij me aan. Hij verkeert duidelijk in tweestrijd.

'Toe nou, Jefferson, zeg het. Alsjeblieft'

'Weet je zeker dat het zelfmoord was?'

Mijn wenkbrauwen schieten abrupt de hoogte in. 'Hè?'

Jefferson drukt zich tegen de rugleuning van zijn stoel, vergroot de afstand tussen ons. Hij heeft duidelijk spijt dat hij iets gezegd heeft, maar nu is het te laat. De vraag is gesteld, nu moet hij zich ook nader verklaren.

'Ik heb ze die dag nog gesproken. Je vader vertelde dat je die avond een feestje had. En dat hij het liefst vooruit zou willen spoelen naar de volgende dag, als jij weer veilig en wel thuis zou zijn. Hij zat er zelfs over te denken om je stiekem te volgen. Om voor de deur te blijven wachten, voor het geval dat je hem nodig zou hebben. Hij wist heus wel dat hij je niet kon opsluiten, letterlijk en figuurlijk, en dat wilde hij ook helemaal niet. Hij gunde jou je eigen leven. Zijn grootste wens was dat het beter met je zou gaan, dat je weer gelukkig zou worden. Daar leefde hij voor.'

'Heb je Jenny ook gesproken?'

'Niet vaak, maar die ochtend wel. Ze informeerde naar mijn kleinzoons, zoals gebruikelijk. We hebben niet lang gepraat. Een minuut of twee, toen moest ze naar de winkel. Ze wilde wat bagels in huis halen voor de volgende ochtend. Ze vermoedde dat jij wel een kater zou hebben en ze wilde voorbereid zijn. Daar hebben we nog even om gelachen.'

'Dus jij denkt dat omdat ze bagels ging halen, ze nooit zelfmoord zou plegen? Dat Steve niet suïcidaal kon zijn omdat hij wilde dat het beter met me ging?'

Hij is even stil. 'Zoiets, ja. Ik heb gewoon nooit kunnen begrijpen wat ze bezield heeft. Ze wilden jou zo vreselijk graag zien leven dat ik niet kan geloven dat ze ook maar iets zouden doen om het zwaarder voor je te maken, hoeveel verdriet ze zelf ook hadden.'

'Maar wat is er dan wél gebeurd?'

Hij staart in zijn thee, op zoek naar antwoorden, naar uitvluchten, naar een ontsnappingsmogelijkheid. Hij doet zijn mond open, maar weet niets te zeggen. Hij haalt enkel zijn schouders op.

Mijn hart gaat tekeer in mijn borst. Mijn wangen zijn warm. Ik voel de tranen alweer komen. Ik moet hier weg.

'Ik heb nog een afspraak,' zeg ik. 'En op dit moment kan ik het niet aan om het hierover te hebben. Misschien later, ooit, maar zeker niet nu.'

Hij knikt zonder me aan te kijken.

Ik heb de buitendeur al open als hij me nog iets naroept. Maar ik wil niets meer horen en loop verder. Ik ben hier niet sterk genoeg voor.

Later heb ik spijt dat ik niet beter opgelet heb. Spijt dat ik niet geluisterd heb, omdat datgene wat hij te zeggen had me misschien had kunnen helpen om er meer van te begrijpen. Maar op dit moment ren ik weg, omdat ik er nog niet klaar voor ben om vragen te stellen bij wat er zich in die garage heeft afgespeeld.

Natuurlijk hebben Steve en Jenny zichzelf gedood.

Welke andere verklaring zou er kunnen zijn?

6

Als je gek aan het worden bent, is het goed om een vaste routine te hebben. Sinds een jaar of zes bestaat mijn routine eruit dat ik naar Llewellyn ga. Een paar weken na Maya's dood sneed ik mijn polsen door. Een week later (ik stierf nog van de pijn en mijn armen zaten dik in het verband) zat ik bij hem in de spreekkamer.

Zijn eerste woorden: 'Ik heb begrepen dat jij iemand nodig had om mee te praten.'

Nee, natuurlijk niet. Maar dat lag niet aan hem. Ik wilde met helemaal niemand praten. Ik weet niet meer precies wat ik die eerste sessie allemaal heb gezegd, maar ik vermoed dat een holbewoner een grotere woordenschat had. Verder dan wat gegromde eenlettergrepige antwoorden zal ik niet gekomen zijn. Ik zag een tegenstander in hem, een vijand die verslagen moest worden. Het heeft maanden geduurd voor ik me een klein beetje open begon te stellen. En pas na jaren begon ik te beseffen hoezeer hij me hielp. Hij was de eerste die ik belde toen ik Steve en Jenny aangetroffen had.

Hij is de enige constante factor in het leven dat ik nu leid. Ik zie hem elke week, behalve in september, als hij vakantie heeft. Hij kent me beter dan wie ook.

'Dat heb je al eens eerder gezegd,' deelt hij mee als ik me hierover beklaag.

'Maar het is zo oneerlijk,' antwoord ik. 'Want ik ken jou juist helemaal niet.'

'Ook dat heb je al gezegd.'

'Echt?'

'Echt. Tijdens onze eenentachtigste sessie.'

'En dat weet je zonder in dat chique notitieboek van je te kijken?'

'Ik heb een goed geheugen voor datums.'

'O ja? In welk jaar won Anthony Hopkins een Oscar voor zijn rol in *The Silence of the Lambs*?'

Zijn enige antwoord is een stijf glimlachje. Waarmee ik bedoel dat zijn lippen nauwelijks breder worden, zijn mondhoeken niet omhooggaan en er niets verandert in zijn ogen. Hij trakteert me regelmatig op een dergelijke 'glimlach'.

'Ik zei dat ik goed ben met datums,' zegt hij, 'maar dat wil niet zeggen dat ik van elke willekeurige gebeurtenis de datum weet.'

'Nou ja zeg, het is de enige horrorfilm die ooit de Oscar voor Beste Film heeft gewonnen.'

'Ik heb niet zoveel met publieksfilms.'

Nu kijkt hij in zijn notitieboek. Hij schrijft iets op.

Ondanks ons flinke leeftijdsverschil ziet hij er niet oud uit. Hij heeft een vierkant, haast neanderthalerachtig hoofd. En dat bedoel ik niet negatief. Zijn huid is het hele jaar door licht gebruind en er spreekt een zweem van kracht uit zijn donkere ogen. Hij heeft meer weg van een profsporter dan van een intellectueel. Hij is altijd gladgeschoren, zonder het minste spoortje huidirritatie. Zijn leesbril staat meestal op het puntje van zijn neus, zodat hij mij onbelemmerd kan aankijken en in één moeite door iets in zijn notitieboek kan schrijven. Het is een notitieboek van soepel leer, met een metalen sluiting en een touwtje.

Llewellyn heeft de indrukwekkendste kop met haar die ik ooit heb mogen aanschouwen. Geen inhammen te bekennen, geen spoortje grijs. Elke haar is pikzwart van wortel tot punt, van kruin tot nek. En het is echt belachelijk dik. Hij draagt het in een soort zwierige kuif, die nonchalant golft en toch op de een of andere manier nooit beweegt. Ik heb er nog nooit ook maar één haartje aan zien ontsnappen en dat terwijl ik toch uren en uren naar die glorieuze, massieve kuif heb gekeken. Ontelbare keren heb ik zitten hopen dat het gevaarte een keer zou instorten. Maar helaas, in plaats van stylingproducten lijkt Llewellyn pure magie te gebruiken.

Ooit, toen ik een stuk jonger was en mijn tienerlichaam één kolkende poel van hormonen was, zonder richting of doel, was ik een beetje verkikkerd op Llewellyn, met zijn krachtige, sexy, autoritaire uitstraling. Dan stelde ik me voor dat hij die leesbril afzette, zich bij me voegde op mijn fauteuil en ik, begeleid door geluiden van krakend en piepend leer, mijn vingers door dat dikke haar liet gaan.

Ook toen had hij die kuif al. Ik vraag me af of er ooit een moment is geweest dat hij het voor het eerst zo heeft laten stylen, of dat hij uit de baarmoeder is komen rollen met die magische kuif.

'Waarom gebruik je zoveel drugs, Amy?'

'Moeten we het hier wéér over hebben?'

'We moeten niets wat jij niet wilt. Maar laat ik het anders verwoorden: wat vind je er zo fijn aan om drugs te gebruiken?'

Zal ik hem vertellen dat het chemisch gezien gewoon onmogelijk is om me zonder drugs net zo prettig te voelen? Dat is een antwoord dat hij vast niet accepteert, al is het waar. De vraag is in feite ook niet waarom ik zo graag drugs gebruik, want ik heb al tientallen keren uitgelegd dat ik het gewoon leuk vind. Wat hij echt wil weten, is waarom ik zo'n behoefte heb aan al dat bovenwerkelijke geluk. En dus zit ik een tijdje in stilte na te denken – serieus na te denken – over wat drugs voor mij betekenen. Welk effect drugs op me hebben dat ik op geen enkele andere manier kan bereiken.

Gedachten en ideeën wisselen elkaar in razend tempo af, totdat er één overblijft: ik kan er het tumult in mijn hoofd mee onderdrukken.

Hij wacht tot ik verderga.

'Het is altijd zo'n drukte.' Terwijl ik praat, begin ik het zelf steeds beter te begrijpen. 'Mijn hoofd staat nooit stil. Nooit eens rust. Tenminste, niet meer sinds... Weet je, er gaan geen vijf tellen voorbij of ik denk aan wat er gebeurd is. En op alle andere momenten denk ik nog steeds de afschuwelijkste dingen. Ik voel me alsof ik opgesloten zit in een kamer zonder deur of ramen en iemand in mijn oren aan het schreeuwen is met een megafoon.' Ik kijk naar mijn handen. 'En die iemand ben ik zelf.'

Llewellyn maakt notities. Met snelle, felle halen gaat zijn pen over het papier. Hij schrijft altijd met een vulpen. Blauwe inkt. Ik heb er weleens een flits van opgevangen en weet daarom dat zijn handschrift vloeiend en sierlijk is. Bijna kalligrafie.

'Maar als ik drugs gebruik,' ga ik verder. 'Ben ik eindelijk even niet in die kamer. Denk ik even niet aan al die dingen waar ik niet aan wil denken.'

De vlug krassende hand komt tot stilstand. 'Dan kun je de volumeknop in je hoofd zachter zetten.'

Ik knik. Wat voelt mijn hoofd zwaar. Mijn nek kan het bijna niet houden.

‘Is daar echt niets tegen te doen?’ vraag ik.

‘Natuurlijk,’ zegt hij en heel even voel ik me licht en hoopvol. Maar dat is direct weer over als hij vervolgt: ‘Ik zal een receptje voor je uitschrijven.’

En hij maakt nog een aantekening in zijn notitieboek.

Aan het einde van een sessie slaat hij het grote, dikke boek altijd met een klap dicht en maakt de sluiting vast met het touwtje. Ik vraag me weleens af of hij dat met opzet doet, als een boodschap dat de tijd erop zit, of dat het zomaar een gewoonte is. Maakt hij het touwtje weer los als ik weg ben, om zijn notities over te lezen of er nog iets bij te schrijven? Hij zal het boek toch in elk geval weer open moeten doen voor zijn volgende cliënt, tenzij hij voor iedereen een apart notitieboek heeft. Ik stel me voor hoe het verhaal van mijn leven, het verhaal van mijn krankzinnigheid, daarin is vastgelegd. Elke week een stukje erbij. Als een logboek van mijn geest.

Wat zou erin staan?

Zou ik het meisje herkennen dat erin beschreven wordt?

Ben ik haar eigenlijk wel?

Llewellyn tikt met zijn pen tegen zijn onderlip. ‘Je lijkt afgeleid.’

Het is een constatering, geen vraag, al schuilen er tientallen vragen onder de oppervlakte.

‘Ik denk de laatste tijd veel aan patronen.’

‘Hoe bedoel je, patronen?’

‘Als er een samenloop van omstandigheden is, je weet wel wat ik bedoel.’

‘Nee, ik weet van niets. Leg eens uit?’

Ik haal mijn schouders op. Ik voel me altijd net een klein kind als ik met hem praat. Alsof ik niet meer op mezelf of op mijn eigen gedachten kan vertrouwen. En het ergste is dat ik ook niet kan doen alsof. Daarvoor kent hij me te goed.

Net op tijd vind ik mijn stem terug. 'Wist je dat mijn ouders bijna exact drie jaar na Maya zijn overleden? Dat het maar drie weken scheelde?'

Hij knikt.

Dat verrast me. 'Vind je dat niet vreemd?'

'Het is niet ongebruikelijk dat mensen dergelijke dramatische beslissingen nemen op een dag die belangrijk voor ze is.'

Ach ja, natuurlijk. Dat klinkt best aannemelijk. En toch kan ik Jeffersons woorden niet vergeten.

Weet je zeker dat het zelfmoord was?

'Geloof jij in het lot?' vraag ik Llewellyn.

'Hoe bedoel je?'

'Is alles al bepaald voor ons? Hoe we leven, hoe we sterven? Als een soort plan, waarbij het niet uitmaakt wat we doen of niet doen?'

'Geloof je dat?'

Ik speel aarzelend met Maya's armband. 'Ik... ik weet niet wat ik moet geloven. Hele volksstammen geloven in het lot. Volgens mij is dat niet veel anders dan geloven in God. Misschien is 'God' ook maar een naam die we aan het lot geven. Ik bedoel, we kunnen niet uitkiezen wanneer we geboren worden, toch? Waarom zou dat dan met onze dood anders zijn?'

Hij maakt aantekeningen.

Als het stil blijft, zeg ik: 'Gaan we... er nog over praten?'

'Hm?'

Ik weet dat hij het weet. Hij wil dat ik het zelf zeg. Hij zit net zo goed te wachten tot ik erover begin als dat ik zit te wachten tot hij erover begint. Ik heb soms het gevoel dat ik niet zozeer bij hem in therapie ben, maar een examen moet afleggen. In dat geval ben ik hard bezig om te zakken.

Ik heb al nagedacht hoe ik het ga zeggen. Ik heb geoefend. Het was even zoeken naar de juiste woorden, maar ik denk dat het gelukt is.

'Over die overdosis die ik per ongeluk heb genomen?' verklaar ik.

Een wel heel neutrale manier om te zeggen dat ik me zo vol met pillen had gepropt dat mijn maag leeggepompt moest worden, maar dat is ook mijn bedoeling. Elke andere omschrijving zou te dicht bij de waarheid komen en ik wil niet dat hij ook maar vermoedt dat ik het echt wilde. Hij heeft absolute macht over me. Eén vingerknip van hem en ik zit weer in de kliniek.

'Wil je daarover praten?' vraagt hij.

'Niet echt. Maar ik heb het idee dat het moet.'

'Ik ben het met je eens dat het verstandig zou zijn om over deze ervaring te praten en over de gevoelens die je erbij hebt.'

'Waarom is het verstandig om de pijn opnieuw te beleven?' zeg ik zacht. 'Ik heb nooit begrepen waarom je uitgebreid moet gaan uitleggen hoe je je voelt als je je klote voelt. Wat heeft dat nou voor zin?'

Ik kom hier al jaren en nog steeds begrijp ik er niets van.

Terwijl hij aantekeningen maakt, staar ik weer eens gefascineerd naar die magische kuif. Misschien dat ik met pure wilskracht eindelijk eens één haartje los kan laten komen.

'Twijfel je aan het nut van deze sessies?'

'Nee,' zeg ik. 'Ik weet dat ik hierheen moet.'

'Je moest van de rechter in therapie, ja. Maar niet per se bij mij. Wil je dat ik je doorverwijs naar een van mijn collega's?'

'Echt niet. Die laten me meteen opnemen.'

'Alleen als je een gevaar vormt voor jezelf of anderen. Maar volgens de gerechtspsycholoog die je onderzocht heeft, is het beter voor je als je deel blijft nemen aan de maatschappij en dus een ambulant behandeltraject ondergaat. Onder bepaalde voorwaarden natuurlijk.'

'Juist. Of ik ga elke week naar jou, óf ze stoppen me alsnog in het gekkenhuis, daar komt het op neer.'

'Ik zou willen dat je niet meer met dat woord naar psychiatrische instellingen verwijst. Het is een ontzettend niet-productieve manier om te praten over geestelijke gezondheid.'

Ik knik begrijpend. 'Mijn oprechte verontschuldigingen aan al mijn mede-gekkies.'

Hij geeft geen reactie. Zelfs aan zijn gezicht kan ik niets aflezen. Dat kan ik trouwens nooit.

Ik barst in lachen uit.

'Wat is er zo grappig?' wil hij weten.

'Ik stond er ineens bij stil dat ik in al die tijd dat ik je ken maar één gezichtsuitdrukking van je heb gezien.'

'We hebben de neiging om gemene dingen te zeggen als we ons kwetsbaar voelen,' legt hij uit. 'Zo proberen we controle over de situatie te krijgen. Door aan te vallen in plaats van te verdedigen.'

'O ja, doen we dat?'

'Vertel eens in je eigen woorden wat er gebeurd is.'

Achterbaks, hè? Hij stelt geen gerichte vragen. Hij laat me gewoon praten. Het gaat hem niet alleen om wat ik vertel, maar vooral ook om wat ik niet vertel. Hij let net zo goed op wat ik zeg dat er gebeurd is als op wat er daadwerkelijk gebeurd is. Ik ben meteen gestrest. Ik schuif heen en weer in de fauteuil. Friemel met mijn vingers.

En al die tijd heb ik nog niets gezegd. Het enige geluid is het krassen van zijn pen op het papier.

'Ik kan me niet meer precies herinneren wat er is gebeurd,' zeg ik uiteindelijk.

'Vertel dan maar wat je je wél herinnert.'

Hij kijkt weer even in zijn notitieboek, wat me een moment geeft om mezelf te kalmeren. En dat heb ik nodig ook, want ik ben al zo lang open en eerlijk geweest tijdens deze sessies dat ik me afvraag of ik überhaupt nog tegen hem kan liegen. En misschien wíl ik ook niet liegen. Maar het kan niet anders. Hij mag niet weten wat er echt gebeurd is. Het risico is te groot. Ik wil niet terug naar de kliniek, waar ze me continu in de gaten houden omdat ik anders suïcide pleeg. Waar alles voor me beslist wordt. Een mens zou van minder gek worden.

'Het was afschuwelijk,' zeg ik. Wat op zich waar is, alleen niet waar het om gaat.

Ik weet niet of hij doorheeft dat ik ontwijkend antwoord geef. Hij blijft aantekeningen maken. Aangezien hij blijft zwijgen, ga ik maar verder.

'Het deed echt pijn. Mijn keel is nog steeds gevoelig.'

Kras, kras, gaat de vulpen over het papier.

Ik fixeer mijn blik op dat notitieboek, op het logboek van mijn geest. Ik wil het lezen. Ik wil lezen over mezelf. Het gekras verstomt. De pen beweegt niet meer. Ik ruk mijn ogen los van het notitieboek en merk dat hij naar me kijkt.

Hij wacht.

In zijn ogen lees ik de vraag. Ik weet dat hij het gaat vragen. Ik voel het.

Snel en met groeiende wanhoop begin ik weer te praten. Ik vertel over hoe ik wakker werd in het ziekenhuis. Over de pijn.

Over de angst. Over het overweldigende gevoel van verwarring, van dissociatie. Ik ratel maar door, want ik weet dat als ik maar één seconde aarzel, één keer naar adem moet happen, hij zal vragen: 'Wilde je het echt?'

Ik heb het koud. Ik zwijg. Een verlammend gevoel overvalt me dat oneindig veel sterker is dan ik. Ik ben naakt. Ik ben alleen.

Ik had net zo goed NATUURLIJK MEENDE IK HET kunnen gillen.

Hij maakt aantekeningen en vraagt dan: 'Waarom?'

Ik kijk naar mijn handen en vertel hem hetzelfde als wat ik Lizzy heb verteld. Over die reclame op tv, over de muziek, over dat ik me afvroeg wat Maya aan het luisteren was in de auto.

Intussen pluk ik de ene tissue na de andere uit de doos naast me.

'Je weet dat ik de autoriteiten moet waarschuwen als ik denk dat je een gevaar bent voor jezelf of je omgeving?'

'Niet doen. Alsjeblieft,' jammer ik zachtjes.

Hij zegt niets. Maakt zelfs geen aantekeningen.

'Ik zal het nooit meer doen. Ik wilde het niet echt, denk ik. Ik bedoel, ik heb niet gesneden. Als ik echt dood wilde, had ik dat wel gedaan, toch?'

'Zes jaar geleden lukte dat ook niet, dus waarom zou je het opnieuw proberen?'

'Omdat het toen in elk geval bíjna gelukt was. Een paar millimeter dieper, dat was genoeg geweest.' Ik ga met mijn rechterwijsvinger over het litteken op mijn linkeronderarm. Mijn mouw zit eroverheen, maar ik weet precies waar het loopt. 'Dat zeiden ze, tenminste. Dat ik heel dichtbij was. Het scheelde maar een paar millimeter.' Ik tik op het uiteinde van het litteken, vlak bij de binnenkant van mijn elleboog. 'De volgende keer hoef ik hier alleen maar iets harder te duwen en ik ben hartstikke dood.' Ik kan er niets aan doen, maar ik moet lachen. 'Als ik echt dood wil, heb ik de instructietekening letterlijk op mijn lichaam staan.'

Kras, kras, kras, gaat de pen.

'Maar goed, wat denk je ervan?' vraag ik. 'Word ik ooit nog beter?'

'Ik kan je geen definitieve oplossing voor je problemen geven, want die bestaat niet. Wat ik wel kan doen, is je helpen om zelf een oplossing te vinden.'

'Kom op zeg, wat een dooddoener.'

Hij slaat het leren notitieboek dicht en maakt het touwtje vast. 'Tja, voor iets anders hebben we geen tijd.'

7

Licht. Lichten. Witte lichten knipperen vlak bij me in een beangstigend tempo. En dan dat kabaal. Al dat kabaal. Maar geen geluid. Hoe kan er kabaal zijn zonder geluid? Pijn. Alle pijn van de wereld heeft zich verzameld op het punt in mijn bewustzijn waar mijn geest en mijn ziel bij elkaar komen. Ik ben een cocktail. Een roestvrijstalen cocktailshaker waarin één eenheid paniekklikeur zich vermengt met twee eenheden frisse mousserende verwarring, aangevuld met een schep ijskoude doodsangst. Schenk in een Amyvormig glas, garneer met een schijfje zelfhaat en besprenkel met verse spijt. Toe maar, proef maar. Die komt binnen, hè? Drink maar. Eén is leuk, twee is chaos en drie... neem er nooit, nóóit drie.

'Meisje, gaat het? Kun je me horen? Hé, meisje, gaat het?'

Nee, ik probeer te slapen en wie de fuck is dit eigenlijk? Iemand die veel te hard praat of veel te dicht bij me is. Iemand die dus nodig moet oprotten uit mijn persoonlijke ruimte of moet stoppen met schreeuwen. Hoe dan ook: 'Laat me met rust.'

'Ze zegt iets,' roept de stem, maar niet tegen mij. 'Ze leeft.'

Natuurlijk leef ik. Ik ben alleen maar moe. Waarom laten ze me niet gewoon slapen?

Handen trekken aan mijn kleren. Ik wil ze van me afduwen. Maar iets of iemand houdt mijn armen op hun plaats. Wat is dit? Een nachtmerrie?

'Ik probeer je te helpen,' klinkt de stem, terwijl die handen maar aan me blijven plukken.

'Laat me los,' schreeuw ik fluisterend.

Het lijkt wel of ik stomdronken ben. Mijn mond is droog, mijn ogen zitten dicht. Ik ben out gegaan bij iemand thuis en de vader van degene die het feestje geeft is eerder thuisgekomen en probeert me eruit te schoppen.

'Ik ga al, ik ga al,' probeer ik. 'Laat me nog één minuutje uitrusten.'

'Nee,' zegt de boze vader, 'daar is geen tijd voor. Je moet nú wakker worden. Kom op.'

'Ik bén wakker,' verklaar ik. 'Ik heb alleen even mijn ogen dicht. En blijf van me af.'

'Je moet hier weg.'

'Ik ga ook. Eén minuutje maar.'

'Alsjeblieft. Je moet nú weg.'

Wat een eikel, die pa. Ik weet niet meer precies wie dit feestje geeft, maar diegene is vast ook al zo stom. Als dit straks allemaal achter de rug is, zal ik hem of haar eens flink de waarheid vertellen over die achterlijke vader.

Grommend probeer ik mijn armen op te heffen om de grijpgrage handen van mijn lijf te duwen.

'Wegwezen,' mopper ik. 'Anders gooi ik hier alle ruiten in voordat ik wegga.'

'De... ruiten? Alsjeblieft, we moeten nu echt weg.'

Een zure walm slaat op mijn longen en ik moet hoesten. Wat voor een aftershave heeft die man wel niet op, joh?

'Wat is dat voor smerige lucht?'

'Je auto staat in brand,' zegt de vader.

'Wat?'

'Je auto,' herhaalt hij. 'Die staat in brand. Kom, laat me je helpen.'

Eindelijk doe ik mijn ogen open en zie de hele wereld vervormd voor me. Het wegdek helt naar één kant af en de gebouwen erlangs staan schots en scheef. Ik knipper een paar keer en merk dan de gigantische barst in de voorruit op. Ik draai mijn hoofd om naar de vader te kijken.

Misschien is hij inderdaad iemands vader. Het is een redelijk jonge man, die voorovergebogen naast mijn auto staat en mij eruit probeert te sleuren. Wat niet meevalt, want mijn stoel is gebroken en naar voren geklapt, waardoor ik dubbelgevouwen met mijn gezicht op het stuur lig.

Mijn auto staat in brand.

Ik zie geen vlammen, maar ben nu voldoende bij bewustzijn om de hitte te voelen en de dikke zwarte rook te zien die onder de auto vandaan komt. Niet uit de motorkap, nee, vanonder de wagen. De brandstofleiding. Het vuur bevindt zich onder mij.

'Haal me hieruit.'

'Ik doe mijn best. Kun je bij je gordel?'

'Natuurlijk.'

'Maak maar los dan.'

Ik zou wel willen, maar ik kan mijn ogen nauwelijks openhouden en als ik naar de sluiting wil reiken, merk ik dat ik vrijwel geen controle over mijn arm heb. Hij valt als een dood gewicht neer zodra ik hem onder mijn lijf vandaan trek. Toch voel ik uiteindelijk de sluiting onder mijn vingers.

'Juist ja, maak maar los.'

Onder de kalme, redelijke toon klinkt paniek door in zijn stem. Hij is waarschijnlijk banger dan ik. Hij hoest en zijn gezicht is zwart van de rook.

‘Je kunt het,’ zegt hij.

Ik heb mijn hoofd gestoten en voel een soort lome tevredenheid, zowel in mijn hoofd als in mijn lichaam. Zoals wanneer je te veel gedronken hebt en niets liever wilt dan toegeven aan je vermoeidheid. Op zo’n moment zou je zomaar in slaap kunnen vallen op een plek die daar niet geschikt voor is, met kleren aan die je normaal uitgetrokken zou hebben en in een houding die allesbehalve comfortabel is. Er is maar één ding dat je bezighoudt en dat is slapen. Zo voel ik me nu. Ik wil weer gaan slapen en me niet meer bezig hoeven houden met die kerel. Laat mij maar gewoon slapen, brandende auto of niet.

‘Probeer het,’ zegt hij weer. ‘Ik kan er niet bij.’

‘Oké, oké...’

Ik wil dat hij zijn kop houdt. Dus probeer ik het opnieuw.

Mijn vingers gaan tastend over het harde plastic van de sluiting. Wat voelt dat fijn. Ik zou dat ding nog wel uren kunnen aaien.

‘Goed zo,’ moedigt hij aan. ‘Ga door.’

Goed zo? Ik voel me helemaal niet goed. Het zou al een stuk schelen als hij eens ophield met dat getetter in mijn oor.

Mijn duim vindt de rechthoekige knop. Die voelt lang niet zo prettig aan als de rest van de sluiting.

Ik druk erop, maar er gebeurt niets. Dit hele gedoe is ook veel te vermoeiend. Misschien moet ik even rusten, even op krachten komen.

‘Nee,’ zegt hij. ‘Niet weer gaan slapen. Je kunt het.’

‘Nee, echt niet. Het is te zwaar.’

‘Maar het ging juist zo goed. Nog even doorzetten. Even die knop indrukken.’

‘Wat is er zo bijzonder aan die stomme knop?’

Ik voel hoe hij dichterbij komt, hoe zijn warme adem over mijn wang strijkt. Ik doe mijn ogen open om naar hem te kijken, maar zie enkel vage, onscherpe vormen.

'Toe nou,' zegt hij. 'Wil je het nog eens proberen? Voor mij?'

Hij jammert zachtjes, als een smekend kind.

'Goed dan,' grom ik gefrustreerd.

Ik druk de knop in.

Met een klik komt mijn gordel los.

Meteen grijpt hij me en trekt me naar zich toe. Ik slaak een kreet van pijn, want ik zit nog steeds dubbelgeklapt op de bestuurdersstoel, stevig tegen het stuur aan gedrukt. Mijn benen doen pijn, mijn armen doen pijn, mijn rug doet pijn, mijn hoofd doet pijn. Alles doet overweldigend veel pijn. Ik schreeuw het uit. Ik schreeuw dat hij moet stoppen, me los moet laten, me met rust moet laten.

'Sorry,' zegt hij. 'Het spijt me vreselijk.'

Het spijt hem helemaal niet, de klootzak. Hij houdt maar niet op. Hij blijft maar aan me sjorren. Tranen van pijn staan in mijn ogen en ik kreun wat, maar kan me niet verdedigen. Ik ben te zwak, te hulpeloos.

De koele lucht voelt ijskoud op mijn gezicht, dat nat is van het zweet. Ik zweet over mijn hele lijf, realiseer ik me. Door de koudeschok vliegen mijn ogen open en na een paar tellen heb ik mijn gezichtsvermogen weer terug.

Nu pas zie ik dat de jonge man geen jonge man is. Nu mijn ongefocuste ogen zijn gelaatstrekken niet langer verzachten, zie ik dat het een oude man is. Hij ziet er oud en breekbaar uit, maar toch rukt hij zo hard hij kan aan mijn jas, probeert me uit alle macht de auto uit te krijgen.

Uit de auto die verkreukeld tegen een lantaarnpaal aan staat.

De vlammen flakkeren intussen helder op en als de wind de rook niet zou wegblazen, zou ik al lang gestikt zijn. Zulke zwarte, dikke rook heb ik nog nooit gezien. Logisch dat ik zo zweet. Het lijkt wel een oven hier. De oude man zit onder de schroeiplekken. Hij hoest en spuugt wat zwart slijm op het wegdek.

Iemand schiet hem te hulp – een jonge vrouw van ongeveer mijn leeftijd.

Opnieuw schreeuw ik op fluistertoon.

'Help me.'

Met vereende krachten trekken de oude man en de jonge vrouw me uit de auto. Ik voel de vlammen aan mijn benen likken wanneer ze vrijkomen en de grond raken. Een laatste intense pijnscheut gaat door me heen als ik eindelijk helemaal uit het wrak word gesleurd.

De oude man laat zich uitgeput op het wegdek zakken, kokhalzend, hoestend en niet meer in staat te bewegen. Ik snap heel goed hoe hij zich voelt.

'O hemel, gaat het?' vraagt de jonge vrouw. 'Ik zal een ambulance bellen. Weet iemand een telefooncel te staan? God, wat moet ik doen?'

'Ik heb een mobiele telefoon,' zeg ik en ik tik zwakjes op mijn jas.

Ze trekt het toestel uit mijn zak en begint onwennig op de knopjes te drukken. Met wat moeite ga ik rechtop zitten. Mijn krachten lijken langzaam terug te komen. We bevinden ons in een straat ergens buiten het centrum. Niet overdreven druk. Weinig verkeer. Ik kijk zoekend om me heen, maar ik zie geen andere verongelukte auto.

'Wat is er gebeurd?' vraag ik aan niemand in het bijzonder.

De oude man hijgt al niet meer zo erg als net. 'Je slingerde met een aardige vaart van de weg, recht op die lantaarnpaal af.'

'Echt?'

Hij knikt met zijn verschroeide hoofd. 'Ik heb het zelf gezien. Wat gebeurde er?'

Ik kijk naar mijn brandende auto en dan weer terug naar hem. Hij kijkt me onderzoekend aan. Niet beschuldigend, maar zichtbaar in afwachting van een antwoord. Een antwoord dat ik niet heb.

'Ik weet het niet meer,' is het enige wat ik kan uitbrengen.

8

Ik ben niet echt ernstig gewond. De oude man, Sebastian, is er veel erger aan toe. Ik heb een hersenschudding opgelopen toen ik met mijn hoofd op het stuur bonkte. Een lichte. Tenminste, dat zegt de arts die me onderzoekt, dezelfde als die een paar weken geleden mijn maag heeft leeggepompt. Aliprandi heet hij.

'We kunnen elkaar niet op deze manier blijven zien,' grapt hij met een stalen gezicht. Hij heeft een licht accent.

Ik reageer niet.

Hij schijnt met een klein lampje in mijn oog. Mijn gezicht vertrekt van de pijn.

'Je hebt geluk gehad,' zegt hij.

'Zo voelt het anders niet.'

'Het had veel erger gekund.'

'U hebt makkelijk praten.'

Ik heb onmiddellijk spijt van die woorden als ik hoor dat Sebastian tweedegraads brandwonden heeft opgelopen. Ik vraag me af hoe het afgelopen zou zijn als hij me niet ondanks mijn protesten uit dat wrak had getrokken. Zou ik op tijd bij bewustzijn gekomen zijn om te beseffen dat ik aan het verbranden was?

Ik kan mezelf bijna horen schreeuwen vanuit een alternatief universum.

'Heb je hoofdpijn?' vraagt Aliprandi.

'Ja.'

'Hoe erg, op een schaal van een tot tien?'

Ik denk even na. 'Een vijf. Niet heel extreem dus.'

'Zie je dubbel?'

'Nee hoor.'

'Probeer mijn vinger eens te volgen met je ogen?'

Hij houdt een lange wijsvinger voor mijn neus en maakt er allerlei bochten mee.

'Kun je je herinneren wat er is gebeurd?'

Ik kijk opzij en schud mijn hoofd.

'Je weet helemaal niets van het ongeluk?'

'Het ene moment ben ik aan het rijden, het volgende word ik uit een brandend wrak gesleurd.'

Hij kijkt nadenkend, maar ik kan hem niet goed peilen.

'De laatste keer dat je hier was, was omdat je een overdosis had genomen. Weet je dat nog?'

'Ik weet nog dat u het vervelend vond dat ik niet dood was.'

Zijn ogen worden groot. 'Pardon?'

'Niets. Laat maar.'

Ik wend mijn hoofd af, maar hij blijft me strak aankijken. Hij wacht totdat ik hem weer in de ogen kijk voordat hij begint te praten. 'Ik heb een eed gezworen.' Hij gaat wat voorover zitten en steunt met zijn ellebogen op zijn knieën. Ik bespeur iets van droefheid in zijn houding. 'Het is mijn werk om mensen in leven te houden. Ik heb altijd mensen willen helpen, lang voordat ik geneeskunde ging studeren. Dat zit nu eenmaal in me. Dus ja, ik raak gefrustreerd als mensen zichzelf met opzet dingen aandoen. Niet omdat mijn werk daardoor moeilijker wordt, maar omdat er een grens zit aan wat ik kan doen. Als iemand zichzelf te zeer beschadigt, kan ik niet meer helpen.'

'Voor sommige mensen is in leven blijven gewoon te pijnlijk.'

'Ik wil dat je naar een psychiater gaat.'

'Doe ik al.'

Ik krijg medelijden met deze arts als ik de hopeloosheid in zijn ogen zie. Ik heb er spijt van dat ik ooit heb kunnen denken dat hij geïrriteerd was toen ik die overdosis had genomen. Ik heb zijn frustratie aangezien voor boosheid. Maar eigenlijk wil hij me gewoon helpen. Hij weet dat ik hulp nodig heb, maar hij kan niets doen.

'Misschien is die hoofdpijn toch een negen,' zeg ik.

'Dan geef ik je daar iets voor.'

'Bedankt.' Dat zeg ik niet vaak tegen mensen.

Aliprandi staat op. Hij ziet er verslagen uit.

Ik draai mijn hoofd, zodat ik niet naar hem hoef te kijken. Ik weet nu dat hij me niet veroordeelt, toch voelt het wel zo.

Hij vertrekt en een verpleegkundige neemt het van hem over. Ze meet mijn bloeddruk, mijn polsslag en mijn temperatuur, en geeft me een zuurstofmasker als ik opmerk dat ik het een beetje benauwd heb.

'Maak je maar geen zorgen,' zegt ze. 'Over een paar dagen gaat het vast al beter.'

Ik glimlach. Ze is echt aardig en dat waardeer ik.

'Komt er iemand om je op te halen?' vraagt ze.

'Nee,' zeg ik. 'Ik denk dat ik een taxi neem naar de campus.'

'Maar dat is hartstikke duur.'

'Geen probleem. Ik ben rijk.'

Ze kijkt me verwonderd aan.

'Mijn ouders zijn overleden,' leg ik uit, 'en ze hebben me een berg geld nagelaten. Spaargeld, levensverzekering, dat soort dingen. De meeste verzekeraars keren niet uit bij zelfdoding, maar sommige wel, op voorwaarde dat je je niet in het eerste jaar na afsluiten van kant maakt. Zo'n soort verzekering hadden mijn ouders. Wat een mazzel, hè?'

'O,' is het enige wat ze kan uitbrengen.

Even later vertrekt ze en blijf ik alleen achter. Ik heb geen idee of ik nu moet blijven of weg mag. Niemand heeft me dat verteld. Als ik Lizzy wil bellen, merk ik dat ik mijn mobiel niet heb. De jonge vrouw die de ambulance heeft gebeld, heeft hem natuurlijk nog. Shit, niet aan gedacht om hem terug te vragen. Ik ben er nog niet aan gewend om met zo'n ding rond te lopen. Tot vandaag beschouwde ik het als niets meer dan een grappige gadget. God, wat denk ik daar nu anders over. Iedereen zou er een moeten hebben.

Voor het eerst sinds ik wakker werd in die brandende auto heb ik tijd om na te denken. Maar zoals ik al tegen Sebastian zei: ik weet het niet meer.

Ik weet niets meer van het ongeluk voordat ik bijkwam.

Ik weet alleen dat ik Llewellyns spreekkamer verliet. Dat ik in de auto stapte en richting campus reed. Misschien dat ik een paar kilometer gereden heb, tot net buiten de binnenstad.

Wat is het laatste wat ik gezien heb?

Geen flauw idee.

Ik zie de straat waarin het gebeurde. Ik ben gewoon aan het rijden. Beide handen aan het stuur, keurig tien over twee. Er is wat verkeer. Niet veel. Een paar auto's. Misschien eentje vóór me, op ruime afstand. Zo ruim dat ik niet eens naar binnen kan kijken of het kenteken kan lezen.

Dan... Ja, wat dan? Met half dichtgeknepen ogen concentreer ik me uit alle macht, maar er komt niets.

De lantaarnpaal. Die heb ik gezien. Dat is het laatste wat

ik me kan herinneren. Ik reed gewoon. Ik slingerde niet, ging nergens op af. Alles was normaal.

Ik denk dat ik aan Maya dacht. Ook nu zie ik haar gezicht weer voor me. Ik raak de armband aan en ik krijg... geen herinnering, maar een gevoel misschien. Een koude rilling langs mijn ruggengraat. Wat was dat? Heeft het iets te betekenen? En daarna, wat gebeurde er daarna? Heb ik die rilling ook gevoeld voordat ik mijn auto te pletter reed? Zag ik Maya vlak voor het ongeluk?

Misschien stak iemand zomaar over? Sebastian misschien? Misschien zag ik hem pas op het laatste moment en moest ik zo abrupt uitwijken dat ik van de weg raakte? Dat klinkt best plausibel. Niet dat ik me hem herinner, maar dat is niet zo vreemd. Als het inderdaad zo gegaan is, heb ik hem immers maar heel kort gezien.

Ik merk dat ik zwaar adem.

Ik probeer me te ontspannen. Ik ben bang dat ik gek word. Ik kijk de kamer rond, op zoek naar afleiding. Maar er is hier niets wat me kan helpen rustiger te worden. Ik doe mijn ogen weer dicht en probeer mijn ademhaling te reguleren. Rustig aan maar. Neem de tijd. Adem langzaam in en langzaam weer uit. Het werkt. Een simpel trucje tegen de stress. Ik geloof dat ik het jaren geleden van Llewellyn geleerd heb.

Ik voel me al wat kalmer.

Nu ik mijn ogen dicht heb, let ik meer op de geluiden om me heen.

Het is stil in deze kleine ruimte. Gedempt hoor ik de geluiden van het ziekenhuis rondom me. Voetstappen op de gang. Gefluisterde flarden van een gesprek uit de kamer naast de mijne. Gekras op het raam.

Wacht even, wát?

Mijn ogen vliegen open. De jaloezieën zijn neergelaten.

Heb ik me dat gekras verbeeld?

Nee, daar heb je het weer. Het klinkt zacht, zwak, bijna voorzichtig. Alsof iemand met zijn nagels over het glas gaat. Maar dat slaat nergens op.

Ik laat me van de onderzoekstafel af glijden. Mijn benen zijn bloot, op de kompressen op mijn schenen na. Het zijn maar lichte brandwonden, heeft de dokter gezegd. Balen. Ik had gehoopt dat ik mijn benen nooit meer zou hoeven scheren. Het linoleum voelt ijskoud onder mijn blote voeten. Met elke stap laat ik kleine plekjes condens achter.

Zoals gezegd is de kamer niet groot. Een paar aarzelende stappen en ik kan het raam al bijna aanraken. De jaloezieën zijn van een soort stevige stof, te dik om doorheen te kijken. Het gekras is nog steeds te horen. Een vreemd, niet erg aangenaam geluid. Probeert iemand daarbuiten mijn aandacht te trekken?

Maar wie dan? En waarom?

En zo nee, wat is het dan voor geluid? Ondanks mijn pogingen om mijn ademhaling te reguleren, groeit mijn angst. Ik weet niet wat griezeliger is: dat ik me dit geluid verbeeld of dat het echt is. Als ik het wil weten, zit er maar één ding op.

Van de gewone ziekenhuisgeluiden is niets anders meer over dan achtergrondruis. Ik hoor alleen nog het gekras en mijn eigen ademhaling. Nog een paar stappen, dan sta ik recht voor het raam. Ik steek mijn hand uit naar het kettinkje waarmee je de jaloezieën kunt ophalen. Met bonzend hart sluit ik mijn vingers eromheen. Dan trek ik langzaam aan de ketting.

Net zo langzaam gaan de jaloezieën omhoog.

Ik hap naar adem van ontzetting, van doodsangst.

Aan de andere kant van het raam zie ik mijn zus. Alleen is het raam niet langer een raam in de wand van een onderzoeksruimte in een ziekenhuis, maar de voorruit van Maya's auto. Ze klauwt over het glas, probeert wanhopig weg te komen. Achter haar slaan de vlammen omhoog. Met gebalde vuisten beuk ik op de voorruit terwijl ik haar naam roep.

'Maya! Maya!'

Rook vult de auto en omhult haar, totdat ik alleen nog haar vingers op het glas zie. Bleke vingers, rood van de helse hitte om haar heen en zwart van het roet.

Ik schreeuw, huil, probeer haar tevergeefs te redden.

Dan vallen de vingers slap omlaag en verdwijnen in de rook.

De deur vliegt open en de aardige verpleegkundige komt naar binnen gerend. Haar ogen worden groot van schrik als ze ziet dat ik zo hard op het raam sta te bonken dat het glas gebarsten is en vol uitgesmeerd bloed zit.

Nu pas zie ik het asfalt achter het raam, de geparkeerde auto's en de mensen die een hand voor de ogen van hun kinderen houden, zodat ze niet dat geschifte meisje zien dat het raam aan diggelen staat te slaan.

Ik struikel naar achteren, weg van het raam. Mijn benen begeven het, maar de verpleegkundige weet me nog net op te vangen. Ik denk dat ze om hulp roept, maar ik hoor nauwelijks wat ze zegt, omdat ik onbedaarlijk moet snikken en tussendoor de naam van mijn zus roep.

'Laat me gaan!' schreeuw ik. 'Ik moet haar redden! Ik moet haar redden...'

9

'Jezus, wat is er met jou gebeurd?' is het eerste wat Lizzy zegt als ze de deur opendoet. Ze schrikt duidelijk van het verband om mijn handen en hoofd, van de blauwe plekken in mijn gezicht.

Ik antwoord niet meteen. Eerst sla ik mijn armen om haar heen en geef haar een stevige knuffel, zodat ik me ten minste voor een paar tellen veilig voel. Ze beantwoordt mijn omhelzing. Eerst voorzichtig, vanwege mijn verwondingen. Het doet inderdaad pijn, maar dat boeit me niet. Ik heb haar nodig.

'Ik ben verdoemd, denk ik,' zeg ik voor de grap.

'Wat is er gebeurd, Amy?'

Ik vertel het haar. Hoe ik naar huis ging na een volslagen doorsnee sessie bij Llewellyn. Hoe ik aan het rijden was, wakker werd in een brandende auto en door een oude man eruit ben gehaald. Ik vertel dat ik geen enkele herinnering heb aan het ongeluk zelf. Maar ik vertel haar niet wat er in het ziekenhuis gebeurd is. Hooguit zeg ik iets over de onderzoekjes die ze hebben gedaan voordat ik naar huis mocht. Nadat ze me schreeuwend en op het raam beukend hadden aangetroffen, moest ik nog een dag blijven om nog meer scans en tests te ondergaan. Gelukkig is het heel lastig om iemand tegen zijn of haar wil vast te houden. Ik heb inmiddels genoeg ervaring om precies te weten wat ik moet zeggen en dus konden ze niet anders dan me laten gaan toen uit de tests bleek dat ik niets mankeerde. Niets lichamelijks, tenminste.

Lizzy kijkt me met grote ogen aan, haar hand voor haar mond geslagen. Ze schudt vol ongeloof haar hoofd.

'Je hebt geluk dat je nog leeft.'

Ik zit op haar bed, mijn rug tegen de muur, mijn knieën opgetrokken tegen mijn borst. Het is duidelijk dat ik nog helemaal ontredderd ben van het ongeluk, maar wat ze niet weet, is dat het gezicht van Maya aan de andere kant van de ruit nog veel aangrijpender was.

'Dus het is gebeurd meteen toen je bij Llewellyn vandaan kwam?'

'Yep.'

'Zat je zo aan die magische kuif te denken dat je niet op de weg lette?'

'Ha ha,' kreun ik.

Ze grijnst tevreden. Dan vraagt ze: 'Maar als je net een hele nacht in het ziekenhuis bent geweest, heb je dan nog wel zin om naar de klote te gaan?'

'Als ik ooit vrijwillig drugs afsla, doe me dan een lol en verlos me uit mijn lijden.'

'Afgesproken.'

Ik probeer om niet aan het ongeluk en aan Maya te denken terwijl Lizzy haar drugs tevoorschijn haalt. Het spul zit in een mooi versierd doosje dat ze onder haar matras bewaart.

We hebben het altijd zo heerlijk als we onder invloed zijn. Meestal hebben we niet eens de behoefte om de deur uit te gaan. Ik heb fantastische avonden meegemaakt, alleen wij samen op haar kamer. Gewoon een beetje op bed springen, wat kletsen of een film kijken. Eigenlijk kun je dat niet begrijpen als je nog nooit drugs hebt gebruikt. Ik erger me altijd kapot als mensen zeggen dat ze niets nodig hebben om het leuk te hebben. Dat is hetzelfde als beweren dat je geen ijs in je cola nodig hebt. Nee, klopt, je hebt het niet nodig, maar mét is lekkerder. Je bent niet verplicht om 's ochtends koffie te drinken, maar je wordt gewoon sneller wakker als je het wel doet. Eten hoeft niet lekker te zijn om je in leven te houden, maar je geniet er meer van als het ergens naar smaakt. Drugs gebruiken staat voor vrijheid. Het bevrijdt je uit je beperkingen, uit je intrinsieke gebondenheid. Je kunt best gelukkig zijn zonder xtc, maar nooit zó gelukkig. Het maakt zoveel serotonine in je hersenen vrij dat het letterlijk onmogelijk is om je op een natuurlijke manier net zo goed te voelen. Als je nog nooit xtc gebruikt hebt, heb je je nog nooit zo gelukkig gevoeld als je je zou kunnen voelen.

Serotonine is puur geluk.

Maar dit is natuurlijk geen verkooppraatje. Blijf van de drugs af, jongelui.

(Onzin.)

Ik heb een keer, helemaal van de wereld, gefascineerd naar een laag poedersneeuw op een heg zitten kijken. Onder het zachte wit zag ik dat de heg menselijke vormen begon aan te nemen: mannen en vrouwen, jong en oud, met ledematen van takken en bladeren, bestrooid met een suikerlaagje van sneeuw. Hoe langer ik bleef staren, hoe echter de vormen werden, hoe waarachtiger. Ze leidden korte, magische levens waarvan alleen ik getuige was. Toen knipperde ik met mijn ogen en waren ze weg. Zelfs de heg was verdwenen. Er was alleen nog een lege woestenij die zich uitstrekte in de duisternis. Ik weet niet eens of het wel echt sneeuwde. Het was een transcendente ervaring, bijna spiritueel. Mijn verbeelding had iets uit het niets gecreëerd en ik had het zien gebeuren alsof het werkelijkheid was. Een film geschreven, geproduceerd en geregisseerd door mij en alleen voor mij zichtbaar. Een buitenwerkelijke ervaring.

Maar niets is voor eeuwig.

De dinsdagdip is vreselijk. Ze zeggen weleens dat drugs gebruiken alleen de allereerste keer leuk is. Alle keren daarna is het enkel nog nostalgie, probeer je die eerste ervaring, die enige ervaring te evenaren. Nou, dat is bullshit. De eerste keer dat ik ecstasy nam, heb ik er niet eens van genoten. Ik was te bang, te zenuwachtig. Ik voelde er niets van. Maar dat was toen, toen het me nog iets kon schelen.

Nu? Kom maar op met die drugs.

Lizzy haalt een klein plastic zakje uit de doos en houdt het omhoog. Er zitten een stuk of tien pillen in, ongeveer zo groot als een aspirientje.

'Snuiven of slikken?'

'Dat je dat nog moet vragen.'

Niet iedereen weet het, maar snuiven is de beste manier om xtc te nemen. Deze handelswijze kent echter twee nadelen. Ten eerste is er het probleem dat je poeder dat stevig in een pilvorm is geperst weer in poeder moet omzetten. De ideale manier om dit te doen is met een vijzel. Sommige mensen zweren bij een elektrische vermaler, maar dat is onzin. Ja, het gaat sneller, maar door de wrijving wordt je ecstasy veel te warm. Uiteindelijk houd je meer een soort pasta over in plaats van poeder. Een beetje zoals een klont cocaïne die nog niet versneden is met pijnstillers of bakpoeder of ontwormingsmiddel. Over coke heb ik het later misschien nog wel eens. Maar terug naar xtc: maal niet te snel. Neem de tijd. Probeer de hoeveelheid wrijving zo laag mogelijk houden.

Ram de pil niet aan gort met de stamper. Maak langzame cirkelbewegingen en vertrouw er gewoon op dat de dingen vanzelf zullen gaan. Maar ja, hoe vaak heb je een vijzel bij je precies op het moment dat je zin hebt om eens lekker hard te gaan? Precies, nooit. Maar daarvoor zijn creditcards uitgevonden. Houd hem stevig in je hand en schaaf de pil beetje bij beetje af. Na een tijdje zit je met een berg harde stukjes, maar die kun je dan pletten met de rand van je kaart. Het is een langzaam, frustrerend proces, dat helaas gedoemd is te mislukken. Want het resultaat zal zo fijn zijn als grof zand. Meer een hoopje kristallen dan poeder en dus echt vreselijk pijnlijk om te snuiven. Het brandt al als het tien keer fijner is dan dit, dus geplet met een creditcard voelt het alsof er een straal zand in je neusholte wordt gespoten, je keel in, je longen in. Je ogen gaan tranen. Je neus begint te lopen. Je vergaat van de pijn. Maar het is het allemaal waard.

Want zelfs in het ergste geval zal die pijn uiteindelijk verdwijnen als een rookkring in het maanlicht. Het ene moment is het er nog. Herkenbaar, tastbaar bijna. En het volgende moment: weg. Foetsie.

Ja, trut, nu ben je high.

Als je het spul slikt, duurt het wel een halfuur voordat je iets merkt, soms zelfs een uur. Dat heeft te maken met het tempo van je spijsvertering. Het werkt veel sneller als je het direct via je longen je systeem in knalt. Daarbij is het effect veel krachtiger, aangezien alles in één keer in je bloedbaan terechtkomt.

Alsof je een staaf dynamiet laat ontploffen.

Alleen... lukt het vandaag niet. Ik verpulver de pil, ik zit naar dat dunne witte lijntje op tafel te kijken, ik stel mezelf voor hoe godsgruwelijk goed ik me zal voelen als ik straks mijn hersenen barstensvol serotonine heb, ik bedenk voor de zoveelste keer hoeveel beter alles is met drugs en toch kan ik het op de een of andere manier niet.

Ik blijf doodstil zitten.

'Wat de fuck?' zegt Lizzy.

Haar ogen zijn niet op mij gericht, maar naar de hand waarmee ik een opgerolde reclamefolder vasthoud, klaar om het lijntje witte poeder op te snuiven. Die hand, nog steeds in het verband, trilt als een bezetene. Ik kijk er ook naar, nog verbaasder, nog ongeruster zelfs dan Lizzy. Onder mijn blik begint de hand alleen maar harder te trillen, totdat mijn hele pols, mijn hele onderarm wild op en neer gaat. Als in een krankzinnige en doodenge dans.

De folder vliegt tussen mijn vingers vandaan.

Ik begin te huilen.

In een mum van tijd is mijn gezicht kletsnat van de tranen. Lizzy neemt me in haar armen. Ze doet meer dan me tegen zich aan trekken: ze trekt me ín zich, in haar troost, in haar medelijden. Ik druk mijn gezicht tegen haar schouder, maak hem nat met mijn tranen.

'Hé,' fluistert ze kalm. 'Alles is goed. Alles is in orde. Het is voorbij. Je hebt een ongeluk gehad, maar je mankeert niets.'

Ik wil iets terugzeggen, maar de woorden komen niet. Ik kan enkel een beetje incoherent, onverstaanbaar hijgen. Lizzy kust me op mijn hoofd. Ik voel haar lippen op mijn huid, daar waar mijn haar uit elkaar gaat. Ze probeert me te kalmeren, me gerust te stellen.

En na een tijdje lukt dat. Ik kan zelfs weer praten.

Ik maak me los uit haar armen. Mijn gezicht vertrekt van afschuw als ik zie hoe nat ik haar heb gemaakt. Niet alleen met mijn tranen. Hele draden kwijl liggen op haar borst, als een slijmerig spinnenweb.

'Godver.'

Ze kijkt omlaag en moet lachen. 'Maak je niet druk.'

Ik maak mijn neus droog met de rug van mijn hand en veeg die af aan mijn spijkerbroek. 'Je moet iets schoons aan hoor.'

'O ja, joh? Dacht je?'

'Sarcastische trut.'

'Snotkoningin.'

Door mijn tranen heen moet ik lachen. Sinds Maya's dood heeft alleen Lizzy me zo kunnen laten lachen.

Ze is nog niet klaar: 'Keizerin van de Stromende Neus... hertogin van de Groene Waterval, prinses Snuitefluit...'

'Klaar?'

'Nooit.'

'Sorry,' zeg ik. 'Ik ben echt gestoord.'

'Daar hoef je geen sorry voor te zeggen. Voor je muzieksmaak daarentegen...'

'House is de toekomst.'

'Boenkeboenk met wat onsamenhangende kreten eroverheen? In zo'n wereld kan ik niet leven. Het einde van de beschaving. Culturele degeneratie, dat is het. Maak me dan maar liever dood.'

Meteen staat mijn gezicht weer op serieus. 'Als ik eerst mag.'

Ze pakt me bij mijn schouders en gaat iets op haar hurken zitten, zodat we oog in oog zijn. Ze kijkt me onderzoekend aan. 'Wat gaat er toch om in dat hoofd van je? Wat het ook is, het moet eruit.' Ze laat me weer los en gebaart in mijn richting. 'Ik bedoel, dit kán toch niet?'

'Hou je bek,' zeg ik. Ik lach erbij, maar eigenlijk verdient ze een serieuzere reactie. 'Ik werd ineens bang, Lizzy.'

'Dat had ik in de gaten. Maar waarom? Waar ben je bang voor? Het is gewoon een pil. Gewoon xtc. Het is niet zo dat je deze niet kent. Hij komt uit dezelfde partij als laatst, van die vriend van Freddy, weet je nog? Freddy met de armen? Ik vind hem best leuk, maar hij ruikt vreemd. Al vind ik die geur óók leuk. Is dat niet raar?'

Ja, dat is fucking raar, dus ik knik enigszins geestdriftig. Ik kan maar moeilijk uitdrukken wat ik vind, omdat ik niet begrijp waarom ik zo bang ben. Ik weet alleen dat het zo is.

'Er was niet echt belangstelling voor het huis van mijn ouders,' leg ik uit. 'Ik weet niet wat ik er deed. Misschien omdat ik me alleen dáár dicht bij ze kan voelen, dicht bij Maya. Ik hou van Steve en Jenny en ik mis ze, maar...'

Ik val stil, totdat Lizzy vraagt: 'Maar?'

'Ik haatte ze.'

Lizzy wacht af.

'Ik haatte ze zo ontzettend, Lizzy. Ineens moest ik ook om hén rouwen terwijl ik mijn handen al vol had met rouwen om Maya. Vuile egoïsten.'

Lizzy zegt niets.

'Ze waren mentaal niet in orde, dat snap ik. Ze waren zichzelf niet. Dat weet ik allemaal en toch haat ik ze.'

'Dat begrijp ik wel,' zegt ze zacht. 'Het lijkt me normaal om in zo'n geval woedend te zijn.'

Ik ga verder: 'Dankzij die woede heb ik het volgehouden al die jaren, omdat het beter is dan pijn. Beter dan verdriet. Zonder die woede zou ik misschien een sterker touw hebben gekocht, dieper hebben gesneden, meer pillen hebben gekocht.'

'Zeg dat soort dingen toch niet.'

'Luister, toen ik in het huis was geweest en weer hierheen

wilde komen, kwam ik onze oude buurman tegen en toen hebben we wat gepraat. Het klinkt misschien stom, maar ik was hem compleet vergeten. Hij was altijd gewoon die aardige oude man die naast ons woonde. Hij was er altijd, altijd vriendelijk, maar sinds ik daar weg was, heb ik nooit meer ook maar één seconde aan hem gedacht. Totdat hij dus op het raam van mijn auto tikte.'

'Je had genoeg andere dingen om aan te denken.'

Ik knik. 'Ja, dat is zo. Maar goed, we zaten wat te kletsen en ineens vraagt hij of ik wel zeker weet of Steve en Jenny zelfmoord hebben gepleegd. Want hij had ze die dag nog gesproken en ze hadden blijkbaar allerlei plannen voor de toekomst gemaakt. Waarom zouden ze dat doen als ze zich even later gingen ophangen?'

'Wat heb je gezegd?'

'Niet veel. Ik wilde daar gewoon zo snel mogelijk weg. Ik wist niet hoe ik moest reageren. Ik was niet klaar voor zo'n soort gesprek.'

'Maar wat heeft dat hiermee te maken?' Ze gebaart naar het lijntje ecstasy dat ik niet durf te snuiven.

'Wat als hij gelijk heeft? Als het inderdaad anders zit dan iedereen denkt?'

Ze fronst haar wenkbrauwen. 'Hoe bedoel je? Wil je soms zeggen dat ze vermoord zijn? Hoe zou dat gebeurd moeten zijn, dan?'

'Dat zeg ik helemaal niet.'

'Dan snap ik niet waar je naartoe wilt.'

'Ik ook niet, Lizzy. Maar ik heb nooit begrepen waarom ze geen briefje hebben achtergelaten. Wat nou als ze zichzelf niet waren?' Lizzy doet haar mond al open om te antwoorden, maar ik ben haar voor. 'Ja ja, ik weet het. Het is een ziekte, dus ze waren per definitie zichzelf niet. Maar is er misschien iets gebeurd toen ik op dat feestje was? Heeft iemand iets tegen ze gezegd? Hadden ze iets gebruikt? Heeft iemand ze gedwongen om zichzelf op te hangen? Heeft iemand mij gedwongen om mijn auto tegen een lantaarnpaal te zetten? En is dat ook hoe het met Maya is gegaan?'

'Ho zeg, doe eens rustig. Wat bedoel je nu precies? Je zei zelf dat die aanrijding een ongeluk was.'

Ik adem diep in om rustig te worden en de wirwar aan gedachten in mijn hoofd samen te ballen tot iets wat enigszins logisch klinkt. 'Ik ben bang dat je gelijk had met je voorgevoel. Ik ben bang dat het onheil inderdaad in drieën komt. Eerst Maya, toen Steve en Jenny en nu ben ik dus aan de beurt. Ik ga ook dood. Ik voel het.'

10

Lizzy staart me verbijsterd aan en net als ik begin te denken dat ze me gelijk gaat geven, barst ze in lachen uit. Ze schudt haar hoofd alsof ze net een goede grap heeft gehoord. Ze vindt me belachelijk. En eerlijk is eerlijk, dat ben ik natuurlijk ook.

'Ik meen het,' zeg ik. 'Stel dat ik gelijk heb? Dat het onheil echt altijd in drieën komt? Als die ouwe knakker me niet uit de auto had gehaald, dan was ik nu dood geweest. Als hij die ochtend één minuut langer nodig had gehad om zijn veters te strikken, dan was ik nu dood geweest. Minder dan een minuut zelfs. Het was een vuurzee. Een paar tellen later was het zo heet in die auto geweest dat hij me niet meer had kunnen redden.'

'Luister nou,' zegt Lizzy op de voorzichtige toon van iemand die hoort wat je zegt, maar het totaal niet met je eens is. 'Als je echt in die regel gelooft, dan is het toch al gebeurd? Je zegt het net zelf.'

'Hoe bedoel je?'

'Je ouders. Steve. Jenny. Dat zijn twee mensen. Met Maya erbij maakt drie. Je hebt al drie dierbaren verloren. Dus zelfs als het waar is dat het onheil in drieën komt, dan is het al gebeurd. Het is achter de rug.'

Ik schud al met mijn hoofd voordat ze uitgesproken is. 'Laatst zei je iets heel anders. Toen zei je dat Steve en Jenny tegelijk zijn gestorven. Op dezelfde avond. Eén dubbele suïcide. Eén gebeurtenis, één... weet ik veel. En dus zijn ze samen de tweede keer dat me iets ergs overkwam.'

'Sorry dat ik over dat stomme voorgevoel was begonnen. Ik... Ik had gewoon een gek gevoel gehad, maar ik had je nooit van die afschuwelijke gedachten moeten aanpraten. Dat was stom van me.'

'Nee, ik ben blij dat je het verteld hebt. Ik heb ook een gek gevoel. Al een hele poos. Sinds die overdosis, toen ik wakker werd in het ziekenhuis. Ik had het alleen zelf niet in de gaten. En als jij niets gezegd had, zou ik er nooit aandacht aan gegeven hebben.' Ik praat zo snel dat ik buiten adem raak. 'Misschien lukt het daarom niet om mezelf van het leven te beroven. Omdat het niet de bedoeling is dat het mijn eigen keuze is. Misschien werkten de pillen niet omdat ik voorbestemd ben om te sterven, zoals de rest van mijn familie.'

Haar ogen staan wijd open. Er spreekt waanzin uit die ogen, maar dat komt juist doordat ze denkt dat ík gek geworden ben.

'Voorbestemd?'

'Kijk niet zo raar. Je durft zelf niet eens over drie putdeksels achter elkaar te lopen, bijgelovige doos die je bent.'

'Dat is anders.'

'Hoezo is dat anders? Het is alleen maar anders omdat jij nooit iets ergs hebt meegemaakt.' Ik streel de armband van Maya. 'Ik heb nog niet eens verteld over het ergste deel van het ongeluk.'

'Wat bedoel je? Hoe kan het nóg erger zijn?'

Ik houd mijn handen omhoog om het verband te laten zien. 'Dit komt niet van het ongeluk.'

Ze wacht af.

'In het ziekenhuis,' begin ik met dichte keel en zware tong, 'hadden ze me alleen gelaten in zo'n kamer en ineens hoorde ik geluid bij het raam. Een raar geluid dat daar helemaal niet zou moeten zijn.'

‘Wat voor geluid?’

‘Een soort gekras. Alsof iemand aan het glas krabde.’

‘Bah.’

‘Zeg dat wel. Ik had er niet op moeten letten. Ik had gewoon weg moeten gaan.’

‘Wat was het dan? Wat was het voor geluid?’

‘Het was Maya.’

Er verschijnen rimpels in Lizzy’s normaal zo gladde voorhoofd. ‘Wat bedoel je met Maya? Je zus? Heb je je zus gezien?’

Ik slik iets weg en knik. Mijn lippen voelen als schuurpapier. ‘Ik zag haar door de voorruit van haar auto, waar meer rook in kwam te staan. Ze probeerde te ontsnappen en ik… ik kon haar niet helpen.’

Ze neemt mijn verbonden handen voorzichtig – ze snapt hoe pijnlijk ze zijn – in de hare.

‘Lizzy, het was zó echt.’

‘Je had net een auto-ongeluk gehad.’

‘Ik weet het.’

‘Je had je hoofd gestoten.’

‘Ik weet het.’

Ze zwijgt. Ze kan niets meer bedenken om te zeggen.

‘Maya was er niet echt,’ zeg ik. ‘Maar ik heb nog nooit zó’n heftige hallucinatie gehad. Zelfs niet toen ik twee pillen had geklapt van de beste xtc die we ooit hebben kunnen vinden. Of toen ik de zwaarste wiet had gerookt die er bestaat. Dit was uitzonderlijk. Ik kon de hitte voelen achter het glas. Ik kon de rook ruiken.’

‘Een flashback van je eigen ongeval,’ zegt ze zacht.

Ik schud mijn hoofd. ‘Al probeer ik het nog zo hard, met mijn ogen dicht, dan nog kan ik Maya’s gezicht niet op die manier voor me halen. Niet zó gedetailleerd. Ze was het echt, Lizzy. Ze was het echt. Ze was er natuurlijk niet, maar ze was het echt.’

'Wat probeer je nou eigenlijk te zeggen?'

'Ik denk dat ze me een boodschap wilde geven.'

'Wat bedoel je?'

'Ik denk dat ik haar heb gezien, vlak voordat ik dat ongeluk kreeg.' Ik friemel weer aan de armband. 'Ik denk dat ze me wilde waarschuwen en dat...'

Ik wend mijn ogen af. Ik kan Lizzy's blik niet langer verdragen. De bezorgdheid die eruit spreekt, de twijfel, de verwarring. Nu begint ze pas te beseffen dat ze het meisje tegenover zich helemaal niet kent. Ik ben zelf bang, maar ik maak haar ook bang. Niet om mij, maar vóór mij. En dat vind ik vreselijk. Ik haat die gedachte net zo erg als ik mezelf haat.

Haar kwijtraken zou nog erger zijn dan doodgaan, dus droog ik mijn tranen, zet mijn mooiste glimlach op en zeg: 'Sorry, ik weet zelf ook niet wat ik loop te bazelen. Het is gewoon... Ik ben zo overstuur van dat ongeluk, van dat ik Maya heb gezien. Ik probeer te begrijpen wat het allemaal te betekenen heeft, maar dat is onmogelijk.'

Ze glimlacht geruststellend. 'Ze hebben je gewoon te veel pillen gegeven in het ziekenhuis.'

'Niet genoeg, zul je bedoelen.'

We geven elkaar een knuffel en na een paar keer diep ademhalen ben ik mezelf weer. Dan pak ik de opgerolde folder en snuif die dikke lijn xtc op.

De pijn in mijn ene neusgat is zalig. Geen enkel gevoel ter wereld kan hieraan tippen.

Tenminste, zo zou het moeten zijn.

Maar nu is de pijn alleen maar pijn. Een chemische, branderige pijn. Mijn ogen worden waterig en de smaak achter in mijn keel doet me bijna kotsen. Toch doe ik alsof ik de tijd van mijn leven heb terwijl Lizzy haar lijntje neemt.

Tien minuten later zijn haar pupillen zo groot als de volle maan, maar ik voel niets.

Ik merk helemaal niets, net zoals die allereerste keer.

Dus doe ik alsof. Ik ben zo vaak naar de klote geweest dat ik precies weet hoe het voelt. Ik kan het uitstekend imiteren. Ik ken die eerste rush zo goed dat ik Lizzy's voorzichtige twijfels direct kan wegnemen.

'Whooh,' hijg ik.

Ze straalt. 'Jaahaa, trut, daar ga je.'

'Daar ga ik,' beaam ik.

Ze zal de eerste paar uur niet terug op aarde komen, dus zal ik nog een tijdje toneel moeten spelen. Maar dat kan ik. Dat wil ik. Voor onze vriendschap, of wat daarvan over is.

KORTE BLIK IN DE TOEKOMST: Lizzy blijft niet in mijn leven. Ik zal haar wegduwen zoals ik iedereen wegduw. Het was enorm lief van haar om voor me te liegen in het ziekenhuis en om voor me te zorgen, maar ik weet dat ze het uit medelijden deed. Ze gaat alleen maar met me om omdat we dat zo gewend zijn. Maar ze vindt me niet echt leuk meer. Logisch ook. Ik ben een gezellig blowmaatje, leuk om een pilletje mee te doen, maar is dat alle drama waard? Als ik dit uiteindelijk zelf inzie, neem ik afstand van haar. Want als ik het niet doe, dan doet zij het wel bij mij. Zal ze me verlaten, net zoals iedereen heeft gedaan. Jij gaat me ook verlaten. Dat voel ik. Je gaat me opgeven, nog vóór het einde.

Je bent egoïstisch. Je bent alleen geïnteresseerd in jezelf, hebt alleen belangstelling voor wat ik kan doen om jou te helpen.

Wat er met mij gebeurt? Dat interesseert je geen moer.

11

Sorry, ik heb misschien een beetje lullig gedaan tegen je. Je hebt het al zwaar genoeg met in leven blijven en zo. Ik zou makkelijk een positieve draai aan de dingen kunnen geven en mezelf als een soort heilige kunnen afschilderen, maar daar heb jij niets aan, toch? Je leest dit niet omdat je mij aardig wilt vinden. Je wilt dat ik eerlijk ben. Je wilt dat ik je de waarheid vertel. Nee, dat wil je niet alleen, dat móét.

Dus nogmaals sorry dat ik zo lullig deed. Het gaat niet echt lekker met me.

Vergeet niet dat ik dit allemaal voor jóú doe.

Als Lizzy over de eerste euforie heen is, heb ik meer tijd om na te denken. Voor die tijd krijg ik de kans niet, omdat ze al mijn energie opslokt. Gelukkig word je snel moe als je barst van de gelukzaligheid. Dat is waar amfetamine om de hoek komt kijken. Knal een mix van ecstasy en speed in je systeem en je krankzinnig gelukzalige grijns verdwijnt de eerste uren niet van je gezicht. Maar gelukkig is goede speed moeilijk te vinden en hebben we die vandaag dus niet, anders had ik Lizzy van mijn leven niet kunnen bijhouden.

Ze heeft een tv met een videorecorder op haar kamer, dus vaak zetten we een film op als we zitten te spacen. Terwijl zij met rode ogen naar de bewegende beelden zit te gapen, staar ik naar de muur. Die barst in het stucwerk, is die nieuw? Hoe lang zit dat spinnenweb daar al? Je staat er versteld van hoeveel kleine dingen we niet opmerken. Maar het is pas echt onthutsend als je bedenkt hoeveel dingen we wel opmerken, maar bewust negeren. Neem nou dat stelletje in het koffiehuis dat fluisterend ruzie zit te maken. Alleen is het geen ruzie, hè? Hij sist dreigementen en zij zit stilletjes te huilen. Maar we doen gewoon alsof ze een meningsverschil hebben, toch? Elk stel heeft weleens ruzie, zo gaan die dingen. Laten we ons er maar niet mee bemoeien. Dan maken we het alleen maar erger, ja toch? Dat zijn zo van die kleine leugentjes die we onszelf vertellen. We kunnen ons toch niet voorstellen dat we tegen onszelf zouden liegen? We doen gewoon alsof ze aan het kibbelen zijn, anders zouden we moeten toegeven dat dit weleens kan uitmonden in huiselijk geweld. En dan zouden we er iets mee moeten. Misschien boffen we en zijn ze vertrokken als we de volgende keer hun kant op kijken. Dan verstomt eindelijk dat stille stemmetje van twijfel en schaamte.

Zelfs al hadden we iets kunnen doen, het is nu toch te laat.

Wat voor leugentjes heb ik mezelf allemaal verteld?

Wat dacht ik dat er in Steve omging toen ik hem bijna een jaar voor zijn dood 's nachts in een stortbui in de achtertuin aantrof, tot op het bot doorweekt? Ik heb hem mee naar binnen genomen, een handdoek voor hem gepakt en iets warms te drinken voor hem gemaakt. We hebben er nooit meer over gepraat. We spraken sowieso niet veel met elkaar toen. Hij mompelde nog iets over dat hij een geluid had gehoord buiten en ik wist dat het onzin was, maar ik heb niet doorgevraagd. Ik wilde de waarheid niet onder ogen zien.

En Jenny dan? Glazige ogen en grote pupillen, gewoon midden op de dag. Wat heb ik mezelf wijsgemaakt? Ik wist dat ze pijnstillers gebruikte, antidepressiva en alles wat ze verder in handen kon krijgen en desondanks wilde ik niet geloven dat ze een probleem had. Problemen moeten opgelost worden, of niet soms? Maar zolang we niet in het probleem geloven, hoeven we ook niet te zoeken naar een oplossing. Dus heb ik haar in bed gestopt en tegen Steve, toen die terugkwam van tennissen, gezegd dat ze hoofdpijn had en even was gaan liggen.

O, die kleine leugentjes.

En er is nog veel meer. Nu ik erop terugkijk, was elke glimlach gelogen, elk vriendelijk woord onoprecht. Ik ben blij met die vraag van Jefferson, want nu word ik in elk geval gedwongen om terug te kijken en te stoppen met doen alsof. Ik wist hoe slecht Steve en Jenny eraan toe waren, maar ik wilde er niet aan. Misschien maakt verdriet je niet egoïstisch. Misschien ligt het gewoon aan mij.

Toch is dit zeldzame moment van zelfonderzoek niet genoeg.

Het lukt me niet om mezelf te overtuigen.

De barst in de muur wordt een gapende kloof, een scheur in het weefsel van tijd en ruimte die me terugbrengt naar die avond. Terwijl ik uit mijn dak ga op dat feestje, zijn Steve en Jenny in de garage in de weer met hun stroppen. Steve is twee koppen groter dan Jenny, dus is hij logischerwijs degene die de touwen aan de rails van de automatische garagedeur vastmaakt. Spraken ze met elkaar? Praatten ze over wat ze gingen doen? Over hoe het zou zijn? Hoe lang het zou duren? Hoeveel pijn het zou doen?

Hebben ze het over mij gehad?

Of verliep alles in stilte? Zonder woorden? Gewoon een taak, uitgevoerd met Jenny's typische efficiëntie en Steves praktische instelling?

Steve gebruikte een krukje, Jenny een keukenstoel. Ook de

lengte van de touwen verschilde. Zoals ik al zei: ze scheelden behoorlijk qua lengte. En ook qua gewicht. Ik vraag me af hoe ze wisten of Steves rail hem zou houden. Hij woog zeker een kilo of honderdtwintig, waarschijnlijk meer. Daarom vermoed ik dat hij als eerste stierf. Door al dat gewicht zal zijn luchtpijp eerder dichtgedrukt zijn geweest dan die van Jenny. Hoe lang heeft ze nog geleefd toen Steve al was gestopt met spartelen? Heeft ze zich toen bedacht?

Ik heb destijds het verslag van de lijkschouwer gelezen. Maar misschien had ik dat nauwkeuriger moeten doen, want ik merk nu dat ik veel vergeten ben. Wat ik wél weet, is dat er absoluut geen twijfel was over de doodsoorzaak. Geen dubbelzinnigheid. Geen ongeval, of een misdrijf, of domme pech of weet ik wat. Het was suïcide. Verhanging. Verstikking.

Zwart op wit.

En toch... Toch heb ik nu vragen die ik toen helemaal niet had. Zoals: was het touw nieuw gekocht? En zo ja, waar? Had Jenny het gekocht of Steve? Was er een bonnetje? Zijn er krabsporen in hun nek of op het touw aangetroffen die kunnen suggereren dat ze zichzelf hebben geprobeerd los te maken? Het tijdstip van overlijden is trouwens nooit nauwkeuriger vastgesteld buiten die drie uur dat ik op dat feestje was.

En er is nog meer wat ik me afvraag. Als iedereen het er direct over eens was dat er sprake was van suïcide, heeft de politie de overige mogelijkheden dan überhaupt wel onderzocht? Ik kan me de gezichten nog herinneren van de agenten die ik die nacht over de vloer had, maar ik heb er geen namen bij. De rechercheur met wie ik een paar dagen later heb gesproken, was best vriendelijk. Lestrange heette hij volgens mij. Wat hij me te vragen had, duurde niet langer dan twee koppen koffie. Ik geloof niet eens dat hij aantekeningen heeft gemaakt. Nu denk ik dat hij niets anders deed dan zich aan de procedure houden. Het protocol, of hoe heet dat. Op de automatische piloot. Daarna zei hij dat we contact zouden houden en gaf hij me zijn kaartje. Waarschijnlijk ligt dat nog in het oude huis. Maar ik weet niet of ik wel terug wil. Ik weet niet of het me veel oplevert als ik me nog een keer met hun dood ga bezighouden.

En dan Maya. Haar auto-ongeluk. Op wat voor manier zou ik daar meer over te weten kunnen komen? Ik weet niet eens wat ik verwacht te vinden, of wat ik denk dat er met haar gebeurd is. En wat gebeurt er met mij? Meer dan een vaag gevoel is het niet, maar ik raak het maar niet kwijt.

Ik hoor Lizzy gapen.

Het is al ochtend en ik heb geen moment geslapen.

'Hoe lang ben jij al op?' vraagt ze terwijl ze over haar gezicht wrijft.

'Een uurtje of wat,' lieg ik.

'Heb je wel geslapen?'

Ik knik. 'Ik ben net wakker.'

'Hoe voel je je?'

'Verdoemd.'

Even denkt ze dat ik een grapje maak, dan realiseert ze zich dat ik serieus ben.

'O,' is het enige wat ze kan uitbrengen als ze zich ons gesprek van gisteravond herinnert.

Ik sta op en pak mijn jas. 'Ik moet ervandoor.'

Ze kijkt op haar horloge. 'We hoeven nog lang niet weg.'

'Ik ga niet naar college. Ik ga terug naar het ziekenhuis.'

Met moeite gaat Lizzy rechtop zitten. 'O god, gaat het? Is er iets met je hoofd?'

'Alles is prima,' stel ik haar gerust. 'Ik wil die kerel opzoeken die me gered heeft. Die Sebastian. Ik wil met hem praten. Ik wil weten wat er gebeurde toen ik tegen die lantaarnpaal aan knalde. Misschien weet hij iets.'

'Zoals?'

'Zoals... of het vooropgezet spel was.'

'Maar je zei dat het een ongeluk was.'

'Dat wil ik nou juist weten. Ik weet niet precies waarom ik van de weg raakte, maar ik weet honderd procent zeker dat ik mezelf niet iets aan wilde doen.'

Ze knikt. Ze lijkt te begrijpen waar ik heen wil, al gelooft ze me niet. 'Dus als hij zegt dat hij je met opzet tegen die lantaarnpaal aan zag rijden, dan weet je dat je... gedwongen werd?'

'Precies.'

Zuchtend en steunend staat ze op. 'Je begrijpt toch wel hoe dit klinkt?'

'Ik verwacht niet dat je het begrijpt.'

Haar handen vinden mijn schouders. 'Ik *wíl* het begrijpen. Geloof me. Het is alleen zo...'

'Gestoord?'

'Ja. Al wilde ik dat woord niet gebruiken. Ik denk gewoon dat je niet te snel conclusies moet trekken als er andere verklaringen mogelijk zijn.'

'Ik hoop dat je gelijk hebt. Echt. Ik ben alleen... Ik ben zo bang dat dit het noodlot is of zo. Of een vloek... Ik weet niet hoe je het moet noemen. Ik ben bang dat dit is wat er met Steve en Jenny is gebeurd en met Maya. Dat ze vervloekt waren of zo, of...'

'Denk je dat jij op dit moment vervloekt bent?'

Ik zucht. 'Ik weet niet hoe ik het moet noemen. Ben ik

vervloekt? Verdoemd? Is dit mijn noodlot...?' Ik onderbreek mezelf. 'Nee, ik weet niet wat voor naam ik eraan moet geven. Het is een soort regel. Het onheil komt altijd in drieën.'

Ze kijkt toe hoe ik mijn jas dichtrits. 'Kan ik nog even pissen?'

'Ga je mee dan?'

'Natuurlijk. Waarom niet?'

'Omdat je me niet gelooft?'

'Je bent mijn vriendin. Misschien geloof ik niet elk idee dat er in jouw koppie opkomt. Maar ik sta altijd achter je. Altijd. Maakt niet uit hoe gestoord je doet.'

Mijn ogen worden vochtig. 'Verdomme, Lizzy, ik hou van je.'

Ik veeg een paar tranen weg.

Ik snuit mijn neus.

Lizzy lacht en zegt: 'Ik ook van jou, prinses Snottebel.'

12

Sebastian is toch niet zo oud als ik dacht. Toen ik wakker werd in die brandende auto, leek hij jong. Wat later, toen ik weer een beetje kon zien, leek hij oud. Maar hij zit er ergens tussenin. Van middelbare leeftijd, zoiets. Al is dat in mijn ogen nog steeds oud. Toen hij zo oud was als ik nu, bestond ik nog niet eens. We vinden hem op een afdeling niet ver van die waar ik ben onderzocht. De brandwondenafdeling natuurlijk.

Het bezoekuur is al voorbij, maar we kunnen zo doorlopen. Dankzij al dat verband rond mijn handen en hoofd vallen we hier niet op. Ik hóór gewoon in een ziekenhuis. Misschien dat een of twee keer iemand van het personeel met een opgetrokken wenkbrauw naar Lizzy kijkt, maar iedereen heeft het te druk om zich met ons te bemoeien. Al zou dat zonder mijn verband wel anders zijn, denk ik. Ik vrees dat Sebastian er behoorlijk slecht aan toe is. Hij ligt niet voor niets op de brandwondenafdeling. Of zouden ze hem alleen als voorzorgsmaatregel nog daar houden?

Ik hoop maar dat dat laatste het geval is. Maar die hoop wordt snel de bodem ingeslagen als ik hem zie.

Zijn bovenlichaam is naakt. Verband en kompressen bedekken zijn torso, een arm en de helft van zijn hoofd en gezicht. Hij draagt een zuurstofmasker, heeft een infuus in zijn pols en is aangesloten op allerlei apparaten waarvan ik niet eens weet wat ze doen.

Zijn ogen zijn dicht.

Lizzy blijft aarzelend staan als ze hem ziet. Ik moet haar met me mee trekken. Er liggen nog een paar andere patiënten op de afdeling, de meeste achter een scherm of gordijn. Het is stil. Het ruikt onplezierig.

Ik ga naast Sebastians bed staan en hurk neer naast zijn hoofd. Aan de niet-verbrande kant. Ik denk niet dat hij me anders goed zou kunnen horen, met al dat verband.

Ik wil hem niet laten schrikken, dus fluister ik: 'Sebastian.'

Hij beweegt een beetje in zijn slaap. Zijn hoofd vooral.

Ik noem nog een keer zijn naam, iets harder nu, maar niet veel.

Hij beweegt opnieuw. Weer dezelfde verschuiving van zijn hoofd.

Ik waag het erop en leg een hand op zijn schouder, die warm en klam aanvoelt. Ik duw er zachtjes tegen.

'Ze hebben hem iets gegeven,' fluistert Lizzy achter me. 'Laten we kijken of er nog wat van die pillen in de buurt zijn.'

'Een beetje respect, ja?' sis ik. 'Hij heeft mijn leven gered.'

'Het was maar een grapje.' Even is ze stil. 'Min of meer.'

'Sebastian,' zeg ik voor de derde keer. Ik fluister nu niet meer en schud iets harder aan zijn schouder.

Ik hoor hem kreunen vanachter het zuurstofmasker, waarna het onverbonden oog opengaat. Hij heeft even nodig om het op mij te fixeren.

'Goedemorgen,' zeg ik opgewekt. 'Ik hoop niet dat ik stoor?'

Hij gebaart zwak naar het masker.

'Afdoen?'

Hij maakt een hoofdbeweging die op knikken lijkt.

Zijn ademhaling klinkt meteen rasperiger en zwaarder.

'Sorry,' zeg ik, 'dat je er zo bij ligt. Dat heb ik nooit gewild.'

Hij schudt het hoofd. Net zoals met het knikken van zonet is het gebaar zo zwak dat het wel een imitatie lijkt. Ik hoop maar dat hij alleen maar suf is van de pijnstillers.

Hij slikt en knippert een paar keer met zijn ogen.

'Het... het is goed,' zegt hij.

Hij probeert hardop te praten, maar zijn stem is zwak als een fluistering. Dan maakt hij een geluid alsof hij kreunt of zijn keel schraapt.

'Ik ben blij... dat je nog... leeft,' zegt hij.

'Dankzij jou,' vertel ik. 'Ik ben je zó dankbaar.'

Hij maakt een beweging met zijn hand. Een bescheiden wegwerpgebaar, alsof hij zeggen wil: *dat mag toch geen naam hebben.*

'Sebastian,' begin ik, terwijl ik die hand in de mijne neem. 'Ik weet niet hoe het kon gebeuren, dat ongeluk. Ik kan me niet herinneren wat eraan voorafging. Kun jij me misschien helpen het te begrijpen? Heb je het gezien? Heb je het moment gezien dat ik van de weg raakte? Of vlak daarvoor?'

Hij schudt zijn hoofd zo goed en kwaad als het gaat.

Met hangende schouders kijk ik naar Lizzy. Ze weet niet wat ze moet doen of zeggen, maar ik kan merken dat ze mijn teleurstelling aanvoelt. Ze had graag gewild dat ik antwoorden had gekregen, zelfs al gelooft ze mijn theorie niet.

Sebastian maakt opnieuw het schrapende of kreunende geluid.

'Die vrouw,' zegt hij.

'Vrouw?'

'Die de ambulance had gebeld,' raadt Lizzy. 'Met jouw mobieltje.'

Mijn hart gaat sneller kloppen. 'Die vrouw die het ongeluk heeft zien gebeuren?'

'Ja...' brengt Sebastian uit.

'Heeft ze iets gezegd? Toen jullie me aan het helpen waren? Of anders daarna? Heeft ze iets gezegd, Sebastian? Ik móét weten wat ze gezien heeft.'

Weer dat gekreun of geschraap, maar ditmaal mondt het uit in een enorme hoestbui, die met elke kuch heftiger wordt, totdat hij ligt te schudden op zijn bed en de hartmonitor waarschuwend piept. De smetteloos witte lakens zijn bezaaid met bloedspetters. Ook zitten er grote vegen bloed op zijn mond en kin.

'Kan er iemand komen?' roept Lizzy, terwijl ik geschrokken terugdeins.

De hartmonitor gaat nu tekeer als een bezetene en de arme Sebastian ligt maar te schokken en te hoesten. Bij elke kuch gulpt er een nieuwe straal bloed over de lakens en over zijn verband. Instinctief doen we een paar stappen achteruit.

'Holy fuck!' hoor ik Lizzy schreeuwen. 'Help ons! Hier!'

Een verpleegkundige komt aangerend, duwt ons aan de kant en brult dat we weg moeten. Gehoorzaam beginnen we naar de deur te lopen, weg van het afschuwelijke tafereel.

Als we vlak bij de deur zijn, zie ik Sebastian met zijn ene vrije oog in mijn richting kijken, alsof hij mijn aandacht wil trekken. Misschien heeft hij nog meer te zeggen, maar hij hoest zo hevig en ongecontroleerd dat er onmogelijk een verstaanbaar woord uit kan komen. Hij probeert het wel. Ik zie dat hij het probeert, dus blijf ik staan.

'Wat is er?' vraag ik.

'Weg jullie!' schreeuwt de verpleegkundige.

Sebastian steekt zijn handen naar me uit en heel even denk

ik dat hij zijn hoesten voldoende onder controle heeft om iets te zeggen. Maar dan valt hij stil en wordt zijn lichaam slap van het kalmeringsmiddel dat de verpleegkundige hem heeft ingespoten.

'Bent u nu tevreden?' moppert ze. 'Was het dit waard?'

'Nee, natuurlijk niet. Dit wilde ik niet. Ik wilde alleen maar met hem praten.'

'Práten?' herhaalt ze verbijsterd. 'Die man mag nog geen woord zeggen. Hij is twee derde van zijn longweefsel kwijt en zijn luchtpijp is zo zwaar geperforeerd dat een slok water hem fataal kan worden.'

'Mijn god,' zeg ik terwijl ik een hand naar mijn mond breng. 'Komt het wel goed met hem?'

Ze trekt haar wenkbrauwen zo hoog op dat er duizenden rimpels van puur ongeloof in haar voorhoofd verschijnen.

'Nee.' Ze sist van ingehouden woede. 'Het komt niet goed met hem.'

De tranen schieten in mijn ogen en ik wil iets zeggen, maar Lizzy pakt mijn hand en trekt me weg, weg van de priemende blik van de verpleegkundige, richting de dubbele deur naar de gang.

'Het is niet jouw schuld,' drukt Lizzy me op het hart. 'Je moet jezelf de schuld niet geven. Niet doen hoor.'

Later hoor ik dat hij die nacht komt te overlijden.

13

Ze heet Charlotte, zo ontdekken we wanneer we mijn mobiele nummer bellen en zij opneemt. Ze werkt in de openbare bibliotheek, een gebouw waar ik nog nooit een voet heb gezet. De universiteit heeft immers een eigen bieb. Al vind je daar natuurlijk vooral studieboeken en wetenschappelijke tijdschriften, terwijl ze hier meer gewone boeken hebben. Fictie vooral, in elk genre dat er bestaat. Nooit bij stilgestaan dat er zoveel voor de lol gelezen wordt. Vrijwillig lezen, hoe bestaat het? Echt, die mensen zouden er eens vaker uit moeten. Er is ook een afdeling met luisterboeken, al zijn het er niet zoveel dat ze op genre gesorteerd hoeven te worden. In plaats daarvan staan de cassettebandjes op alfabet. Er zijn er zelfs een paar op cd, die uitgebreid worden tentoongesteld op een speciale plank. Wij zijn beter dan jullie, lijken ze tegen de cassettes te zeggen.

De vrouw achter de balie kan Charlotte niet zijn.

Deze vrouw is ongeveer twee keer zo oud en twee keer zo zwaar. Ze heeft een bril met schildpadmontuur op haar neus, terwijl een tweede bril, ik neem aan een leesbril, aan een kettinkje om haar hals hangt.

Lizzy blijft een beetje op de achtergrond, terwijl ik mezelf voorstel en vraag of ik Charlotte kan spreken.

'Het spijt me, maar die is momenteel aan het werk,' zegt de vrouw achter de balie. 'Waar gaat het over?'

Ik laat mijn verbonden handen zien en wijs naar het verband om mijn hoofd. 'Ik heb een auto-ongeluk gehad en...'

'Ah, natuurlijk.' Ze verdwijnt even naar achteren en komt terug met mijn mobiele telefoon in haar hand. Ze legt hem op de balie en ik haal hem naar me toe. 'Dat kan toch niet goed zijn voor je hersenen, al die straling?'

'Dat zal wel meevallen.'

'Hoe weet je dat zo zeker? Je weet toch pas of iets schadelijk is op het moment dat het schade doet?'

'Hm, dat is misschien wel zo,' geef ik toe. 'Maar kan ik Charlotte spreken?'

'Die is aan het werk.'

'Dat zei u, ja. Maar ik moet haar echt spreken. Het is belangrijk.'

De vrouw werpt een blik op de klok aan de wand tegenover haar. 'Nog een paar uur, dan heeft ze lunchpauze. Ze heeft het nu echt heel druk.'

Ik raak een beetje gefrustreerd. Ik kijk de bibliotheek rond, althans, het gedeelte dat ik kan zien. 'Er zijn hier maar drie klanten of zo.'

'Bezoekers,' verbetert ze. 'We hebben hier geen klanten. Dit is een bibliotheek.'

'O, echt? Ik vind het meer een bunker, al kom je daar waarschijnlijk makkelijker binnen.'

Ze kan mijn sarcasme niet waarderen. Bibliothecaresse of niet, ze ziet eruit als snibbige schooldirectrice die op het punt staat me te schorsen.

'Kom om één uur maar terug, als ze pauze heeft. Het is hier geen dorpscafé.'

Lizzy heeft het onnodig vijandige gedrag van de vrouw met

groeiende ergenis aangezien en gaat nu beschermend voor me staan. 'Hoor eens, mijn vriendin gaat door een hel op dit moment. U kunt zich met geen mogelijkheid voorstellen hoe zwaar ze het heeft, dus doe een beetje aardiger tegen haar, ja? Of weet u wat, doe gewoon sowieso een beetje aardiger. Probeer het maar eens. Wie weet gaat u het nog leuk vinden ook.'

'Ik heb de regels niet bedacht,' protesteert de vrouw.

Ik geloof nooit dat ze me er nog door gaat laten, dus duw ik zelf maar met mijn verbonden hand tegen het lage hekje. Niets. Trekken dan? Ook niet. Geen beweging in te krijgen.

'Op slot,' grijnst de vrouw triomfantelijk.

Ik ben groot noch sportief en met deze handen heb ik weinig grip, toch klim ik zonder veel moeite over het hekje.

'Wat doe je? Hou daarmee op!'

Zonder veel moeite, ja, maar dat betekent niet per definitie *snel*. Om de genoemde redenen duurt het even voor ik weer met beide voeten op de grond sta en in die tijd is de vrouw achter haar balie vandaan gekomen en probeert me de weg te versperren.

Lizzy springt intussen gewoon in één keer over het hekje.

'Ik bel de politie,' waarschuwt de vrouw.

Lizzy barst in lachen uit om het dreigement, dat helemaal niet zo afschrikwekkend is als de vrouw denkt. Ik werp een blik op het telefoontoestel op de balie. Als ze wil bellen, kan ze me niet meer tegenhouden.

Ik houd mijn mobiel omhoog. 'Had u nu maar zo'n ding, hè? Jammer dat ze zo schadelijk zijn.'

Als blikken konden doden.

Ik doe alsof ik een paar knopjes indruk en houd de telefoon bij mijn oor. 'Hallo, politie? Ja, ik wilde even melden dat de bibliotheek door een woeste horde bestormd wordt. Zonder abonnement, inderdaad. Stuur alstublieft alle wagens die jullie kunnen missen. Er is haast bij.'

Verslagen gaat de vrouw terug naar de balie en laat mij erlangs. 'Als jullie maar weten dat ik echt de politie ga bellen.'

'Doe wat je niet laten kunt,' zegt Lizzy.

De bibliotheek is verraderlijk groot. En al die hoge boekenkasten maken het nog imposanter. Het lijkt hier wel een grottenstelsel, een labyrint. Het is opvallend stil. Elk geluid dat we maken klinkt buitenproportioneel hard. Een ademtocht is als een niesbui, onze voetstappen als het gestamp van een reus. Als ik slik, is het alsof er een bom ontploft.

De weinige mensen die ik vanuit de hal zag, lijken nu allemaal verdwenen. De gangpaden zijn uitgestorven. Niemand pakt een boek van een plank, niemand staat te lezen. Het is alsof we hier alleen zijn. Alleen en verdwaald. Ik word een beetje bang en ik snap niet goed waarom. Het is dat rare gevoel weer. Ik heb er geen verklaring voor. Ik weet alleen dat het er is.

Loop jezelf toch niet zo gek te maken, zeg ik tegen mezelf.

Lizzy legt een hand op mijn arm. 'Gaat het?'

Ik knik. Hoe kun je nou doodgaan in een bibliotheek? Een veiligere plek bestaat niet. Wat kan me hier overkomen? Een boek op mijn kop? Zelfs als er een complete kast gaat wiebelen, zijn de paden zo smal dat hij toch niet op mij kan vallen, hooguit tegen de kast ertegenover. Misschien dat ik in theorie wat blauwe plekken oploop als er een hele rij boeken op me zou vallen, maar waar hebben we het over? Een beetje papier en karton. Van een papiersneetje is nog nooit iemand doodgebloed.

En toch raak ik het ongemakkelijke gevoel niet kwijt. Ik kan wel beargumenteren waarom een bibliotheekgerelateerde dood zo onwaarschijnlijk is, maar dan moet ik mijn eigen conclusies ook vertrouwen. Maar helaas, ik ben de koningin van de zelftwijfel, met kroon en alles.

Het is hier donkerder dan het zou moeten zijn op dit uur van de dag. De plafondlampen zijn grotendeels uit en de kasten werpen diepe schaduwen.

Dat gangpad, stond daar iemand?

Ik zie een vage beweging hier, hoor een gedempt geluid daar.

We zijn verdwaald. Ik heb geen flauw benul meer van richting. Alle paden zien er hetzelfde uit, vol identieke boeken.

Ik begin zwaarder te ademen.

Dit was geen goed idee. Ik moet hier weg.

'Kom, we gaan,' zeg ik tegen Lizzy. 'We hadden hier niet moeten komen.'

'Hebben jullie hulp nodig?' vraagt een stem achter ons.

Even verstijf ik van schrik, dan draai ik me om. Na een paar tellen herken ik Charlotte en niet lang daarna zij mij ook.

'Hoi,' zegt ze.

'Hoi,' zeg ik.

Ik zoek naar woorden, maar dan omhelst ze me en weet ik helemáál niets meer te zeggen.

'Ik ben zo blij dat je in orde bent,' zegt ze.

'Bedankt dat je de ambulance hebt gebeld.'

'Natuurlijk. Geen probleem.'

Ineens laat ze me los en doet snel een stap achteruit, alsof ze bang is dat ze iets te opdringerig is geweest. Ik ben er inderdaad niet dol op als mensen in mijn persoonlijke ruimte komen of te klef worden, dus waarschijnlijk heeft ze mijn non-verbale signalen opgevangen. Meteen voel ik me schuldig. Maar ik weet niet goed hoe ik haar duidelijk moet maken dat ze me best een knuffel mag geven zonder dat het nog ongemakkelijker wordt. En dus doe ik maar niets.

'Hoi,' zegt ook Lizzy.

Charlotte steekt een hand op bij wijze van groet.

'Dit is mijn vriendin Lizzy,' leg ik uit. En dan besluit ik meteen maar te vragen wat ik wil weten: 'Heb je gezien wat er gebeurde?'

'Op het moment van het ongeluk?'

Ik knik. 'Ja. En liefst ook daarvoor.'

'Wat wil je dan precies weten?'

'Wat je gezien hebt.'

'Voor de verzekering?' vraagt ze.

'Huh?'

'Van je auto. Doen ze moeilijk?'

'Die heb ik nog niet eens gebeld,' zeg ik. 'Dat heeft absoluut geen prioriteit.'

'Oké.'

Ik haal diep adem en orden mijn gedachten. 'Ik kan me het ongeluk zelf niet herinneren. Ik weet nog dat ik vlak daarvoor aan het rijden was, maar dat is alles. Het is... Laten we gewoon zeggen dat ik er gillend gek van word dat ik het me niet kan herinneren. Het zou echt schelen als jij de lege plekken voor me kon opvullen. Kun je dat? Daar zou je me enorm mee helpen.'

'Nou ja, ik heb het moment van de botsing gezien. Je raakte van de weg en reed recht op die lantaarnpaal af. Ik was zelf aan het oversteken. Jij was nog zo ver weg dat dat gemakkelijk kon.'

'Probeerde ik je te ontwijken?'

'Nee, dat was het niet. Zoals ik al zei, daar was je nog te ver weg voor. Maar ik keek jouw kant op omdat je op dat moment de enige auto op straat was. Ik steek nooit over zonder te kijken. En toen...'

Ik wacht af. Ze friemelt wat aan haar haar, strijkt het naar achteren. Er is iets wat ze me niet wil vertellen.

Lizzy en ik wisselen blikken uit.

'Wat? Wat zag je?'

'Misschien vergis ik me,' zegt ze. 'Je was niet heel ver weg, maar ook niet erg dichtbij.'

'Wat heb je gezien? Wat deed ik?'

'Niets,' zegt ze. 'In eerste instantie niets. Ik stond nog op de stoep, keek de straat af, zag jou rijden. Niets bijzonders. Ik kon nog makkelijk voor je langs, dus begon ik met oversteken. Natuurlijk keek ik ook de andere kant op. Veiligheid vóór alles, hè. Toen ik bijna aan de overkant was, was jij inmiddels genoeg genaderd om je beter te kunnen zien. Gewoon een vrouw in een auto. Maar toen...'

'Nou?'

Ze slikt. 'Toen deed je je ogen dicht.'

'Viel ik in slaap?'

'Nee. Ik weet niet... Misschien wel. Maar je hoofd viel niet naar voren of zo. Je deed gewoon je ogen dicht. Alsof je knipperde, maar vergat om ze weer open te doen. Ik was stomverbaasd. Ik dacht nog: wat is hier aan de hand? Ik verwachtte je ogen elk moment weer open te zien gaan, maar nee hoor. Ik weet niet hoe lang het geduurd heeft. Een paar tellen misschien, maar het leek een eeuwigheid. En toen knalde je tegen die lantaarnpaal.'

'Maar sliep ik?'

Ze schudt haar hoofd. 'Je bleef je stuur vasthouden. Al die

tijd dat je je ogen dicht had, zag ik je handen zó op het stuur liggen.'

Ze houdt haar eigen handen in de tien-over-tweepositie.

'En toen deed je zó.'

Met haar armen nog steeds uitgestrekt maakt ze een abrupte draaibeweging.

'Ze reed van de weg af? Expres?' roept Lizzy uit.

'Ja,' beaamt Charlotte. 'Zo zag het er in elk geval uit. Je deed je ogen dicht, gaf een ruk aan het stuur en scheurde recht op die paal af.'

Ik weet niet wat ik moet zeggen. Ze beweert in feite dat ik probeerde mezelf te doden.

'Ik was zo bang dat je het niet overleefd had.'

'Zonder Sebastian zou ik er inderdaad niet meer zijn.'

Zo kom ik erachter dat hij de ochtend niet gehaald heeft en ik ben zo geschokt door alles wat Charlotte me verteld heeft dat ik mijn schouders laat hangen en me op de grond laat zakken, duizelig van hopeloosheid.

Charlotte hurkt naast me en slaat troostend een arm om mijn schouder. Net zoals Lizzy in het ziekenhuis drukt ze me op het hart dat het niet mijn schuld is. Blijkbaar denkt ze dat ik zo overstuur ben vanwege het nieuws van Sebastians overlijden.

Maar hoe vervelend het ook is om toe te geven, dat is niet zo. Mijn gedachten gaan op dit moment niet uit naar Sebastian. Ik word zo opgeslokt door de gedachte dat ik mijn ogen dicht heb gedaan en een ruk aan het stuur heb gegeven dat het tragische lot van Sebastian nauwelijks binnenkomt. Als ik Charlotte moet geloven, heb ik geprobeerd zelfmoord te plegen. En natuurlijk, ik heb in het verleden de nodige pogingen gedaan, maar ik was absoluut niet suïcidaal toen ik bij Llewellyn vertrok. Niet dat ik nu zo extreem vrolijk was, maar de gedachte om mezelf van het leven te beroven kwam niet in me op. En juist omdat ik al meerdere pogingen heb gedaan, weet ik dat zoiets geen impulsieve beslissing is. Vlak voor het ongeluk was er niets aan de hand. Ik ken mezelf. Ik weet hoe suïcidale gedachten werken bij mij. Het is niet zo dat ze volledig uit het niets komen en dat je er dan meteen gehoor aan geeft.

Ik krijg het koud.

Sterker nog, ik bevries bijna van pure angst.

Toen ik Lizzy vertelde van mijn vermoeden dat de regel je dwingt om jezelf te doden, was het niet meer dan dat: een vermoeden, een losse gedachte. Een gevoel waar ik woorden aan had gegeven.

Maar nu weet ik het zeker.

Ik hoor Charlotte zeggen dat er mensen zijn die me kunnen helpen. Professionals. Vrijwilligers. Een speciaal telefoonummer. Zelfhulpgroepen. Ze kan me daarmee in contact brengen, als ik wil. Als bibliotheekmedewerker kent ze heel veel instanties. Ze wil me helpen. Af en toe knik ik. Brom iets van bevestiging. Maar ik ben er niet echt bij.

Net als ik weer overeind krabbel, hoor ik Lizzy mompelen: ‘Oh-oh...’

‘Daar zijn ze,’ wijst de vrouw van de balie.

Met een bars gezicht gebaart een politieagent dat Lizzy en ik met hem mee moeten komen.

14

Lizzy's gezicht is vertrokken van concentratie. Het puntje van haar tong komt tussen haar lippen vandaan – een hint van roze binnen een omlijsting van zwarte lippenstift. Volgens mij vergeet ze zelfs te ademen, zo intens gefocust is ze bezig.

Dan is ze klaar en prompt lijkt het of er een last van haar afvalt. De spanning verlaat haar lijf en heel haar houding verzacht. Ze straalt van blijdschap en trots.

Ze laat het vers gerolde sjekkie zien en vraagt: 'Wil jij de eerste hijs?'

'Neem jij maar,' zeg ik.

Haar aansteker klikt al.

'Ik blijf het bizar vinden dat we de bieb uitgesmeten zijn,' zegt Lizzy. Ze legt de sigaret op de asbak en schenkt wat goedkope huismerkcola in het glas goedkope huismerkwodka dat al klaarstaat.

Ze geeft het sjekkie aan mij en ik zuig er gretig aan. Niet dat ik roken zo lekker vind. Als iemand beweert van wel, moet je hem niet geloven. Nicotine is een stimulerend middel, maar zwakker dan koffie en verslavender dan heroïne. En dan heb ik het nog niet eens gehad over de lange lijst gruwelijke, dodelijke ziekten die je ervan kunt krijgen. Of over de smaak: smeriger dan stront.

Serieus, wát een klotedrug.

O ja, vergeet maar wat ik net zei. Ik ben gék op roken.

Ik neem nog een haal van Lizzy's bouwwerk en moet hoesten. 'Het lekkerste wat ik ooit geproefd heb.'

'Met liefde gedraaid.'

'Weet ik toch.'

Ze tikt haar glas tegen het mijne. 'Ik had niet de indruk dat het die wout heel veel interesseerde. Hij deed gewoon wat hij moest doen, meer niet. Van hem hoefde het ook niet. Zonde van zijn tijd en we wisten het allemaal. Ik durf te wedden dat hij dat ook tegen die biebmiep heeft gezegd toen hij ons eenmaal naar buiten had gebracht. Zonde van het belastinggeld.'

'Precies.'

We drinken ons glas leeg en Lizzy schenkt meteen opnieuw in. Ze meet de wodka niet netjes af en dat is te merken ook. Dit zijn flinke eenheden. Eerder vierdubbel dan dubbel. Het vloeistofpeil in de fles staat na slechts twee drankjes al opvallend laag. Wij noemen dat 'efficiënt drinken'; niet dat ik aan mijn banksaldo hoef te denken, maar zij wel. Efficiënt drinken is dus eigenlijk gewoon goedkoop drinken, oftewel een hele hoop drinken in een kort tijdsbestek. Want hoe sneller je dronken bent, hoe minder geld je uiteindelijk hoeft uit te geven. Verantwoord nippen is niet iets wat de gemiddelde student zich kan veroorloven. Trouwens, als je gewend bent aan drugs, is alcohol maar een trage en omslachtige manier om van het padje te raken. Als je op de traditionele manier drinkt, bedoel ik dus.

Lizzy wil me duidelijk dronken voeren. Ze weet dat het verhaal van Charlotte door mijn hoofd spookt en gaat het bewust uit de weg om erover te praten. In de auto terug naar de campus was ik te verbouwereerd om veel te zeggen en daarna moest ze rennen – letterlijk – om op tijd te zijn voor college, waardoor ik de hele middag alleen met mijn gedachten ben geweest.

Ik besef nu dat hoewel ze me natuurlijk heeft willen bijstaan als vriendin, ze nooit van plan is geweest om me te geloven. Ze vond het alleen maar een goed idee dat ik met Sebastian en daarna met Charlotte ging praten omdat ze ervan uitging dat die haar rationele verklaring voor wat er met me gebeurt zouden ondersteunen. Hun verhalen hebben dan ook geen verandering gebracht in haar kijk op de zaak.

Waarschijnlijk moet ik eerst dood zijn voordat ze de waarheid inziet. Het is zonde van de tijd om haar op andere gedachten te brengen. Maar ik doe dit dan ook niet voor haar.

Ik doe dit voor jou.

Nou ja en voor mezelf.

Lizzy kan het zich veroorloven om op waterdicht bewijs te wachten. Ze moet het eerst allemaal met eigen ogen zien voordat ze dezelfde conclusies kan trekken als ik. Maar jij en ik, wij hebben die luxe niet. Wij hebben niet genoeg tijd om de rest van de wereld met redelijke argumenten te overtuigen van ons gelijk.

Jij bent de enige die me gelooft. Wees maar blij, want dat is je enige kans om dit te verslaan.

We drinken.

We roken.

We kletsen over van alles, behalve hierover en ik doe mijn best om te accepteren dat Lizzy me nooit gaat geloven en dat ik hier in mijn eentje doorheen moet. Echt, ik doe mijn best, maar de olifant in de kamer is inmiddels een gigantische mammoet geworden, die met zijn volle gewicht op mijn borst zit. En dan houd ik het niet meer uit.

'Je zegt het verdomme niet, hoor je?'

Lizzy is in shock. 'Wat niet?'

'Ik bén niet suïcidaal, Liz. Ja oké, dat ben ik natuurlijk wel. Meestal. Soms. Maar nu zeker niet en gisteren ook niet. Ik kwam echt niet overstuur bij therapie vandaan. Ik was gewoon kalm, best tevreden. Dus ga nou niet zeggen dat ik iets ben terwijl dat helemaal niet zo is. Ik ken mezelf. Ik zit mijn hele leven al in dat moeilijke hoofd van me. Ik herken het als dat soort gevoelens beginnen, als ze steeds groter worden. Ik heb het allemaal al eens meegemaakt, meerdere keren zelfs. Het kost dagen en dagen om de moed bij elkaar te rapen om het te doen, maar altijd pas na weken en weken van suïcidale gedachten. Het overkomt je niet zomaar. Het is niet zo dat je het ene moment lekker in je vel zit en het volgende moment je auto van de weg rijdt. Zo werkt dat niet.'

Mijn hart gaat tekeer, mijn wangen gloeien. Ik klok mijn glas wodka-cola naar binnen om tot rust te komen. Lizzy kijkt me aan met haar mooie, ronde ogen, die nog groter zijn dan normaal.

'Ik...' stamelt ze.

'Ja?' snauw ik.

'Dat wilde ik niet zeggen, Amy. Echt niet. Je hebt me er genoeg over verteld om te weten dat het helemaal niets voor jou is wat er gisteren gebeurd is. Wat Charlotte heeft gezegd, klinkt niet als iets wat jij zou doen.'

'Ik heb het dan ook niet gedaan,' zeg ik. 'Dat weet ik zeker.'

'Wat is er dan gebeurd?'

'Ik was het niet, dat is de enige manier waarop ik dit kan verklaren. Op het moment dat ik mijn ogen dichtdeed, was ik mezelf niet. Ik was de baas niet over mijn eigen lichaam. Het was dat ene, die...'

Ik weet niet hoe ik het moet noemen, maar Lizzy wel.

‘De regel van drie.’

Ik knik. ‘Precies. De regel neemt bezit van je. Hij dwingt je om die kruk weg te schoppen of je auto tegen een lantaarnpaal te pletter te rijden. Daarom was er geen briefje van Steve en Jenny. Daarom waren ze een paar uur ervoor nog volkomen normaal en maakten ze plannen voor de toekomst.’

Ze luistert.

‘En het wordt nog erger,’ ga ik verder. ‘Als je eenmaal gedaan hebt wat de regel van drie wil dat je doet, dan kom je weer bij. Zonder die oude man was ik niet gewoon doodgegaan in een brandende auto, nee, dan was ik wakker geworden in een brandende auto, in het volste besef dat ik doodging. Zo wreed is de regel. Zo sadistisch is hij.’

‘Maar waarom?’

‘Hoe bedoel je?’

‘Waarom jij? Waarom je familie?’

Ik haal mijn schouders op. ‘Geen idee. Maar daar kom ik nog wel achter. Ik móét begrijpen waarom. Alleen dan kan ik hem verslaan.’

Ze zet haar glas neer en pakt ook mijn glas uit mijn hand. Dan neemt ze mijn handen in de hare. Ze glimlacht. ‘Ik denk dat ik iets weet wat jou kan helpen. Ik bedoel, ik weet niet of het ergens op slaat, maar het is het proberen waard.’

‘Ik sta open voor alle suggesties.’

‘Precies. Dat dacht ik al. We doen wat we kunnen. We weten niet wat wel en wat niet helpt, dus is er ook geen verkeerde aanpak.’

‘Zeg het nou maar gewoon.’

Ze lacht. ‘Vanmiddag op college ging het over religie en de invloed daarvan op de ontwikkeling van taal, en dat zette me aan het denken.' Ze gaat iets verzitten, totdat ze bij haar tas kan. Ze ritst hem open. 'En na afloop kreeg ik een idee. Ik heb een lijst geregeld van alle vakken die ze hier geven. Schrik niet, er zit echt veel bullshit tussen waarvan je je niet kunt voorstellen dat iemand zich erin zou willen verdiepen.'

Ze haalt een studiegids tevoorschijn. Op het glimmende omslag staan lachende jongelui, maar verder is het smoezelige boekwerk zo vreselijk toegetakeld zoals alleen studenten dat voor elkaar krijgen.

Het is de studiegids van Religiewetenschappen van dit jaar.

Ze houdt hem omhoog alsof het het kindje Jezus in eigen persoon is.

'Ik snap het niet,' zeg ik.

'Daarom is het maar goed dat je mij hebt,' zegt ze, terwijl ze door de gids bladert. Wanneer ze de juiste pagina heeft gevonden, steekt ze haar wijsvinger priemend uit. 'Hebbes.'

Ik kijk.

Ik zeg: 'Ik snap het nog steeds niet.'

'Ben je zo bezopen dat je dubbelziet? Kijk dan. Daar, tussen die keuzemodules. Wat staat daar?'

'Iets met occultisme. En dan?'

'Occultisme,' zegt ze trots. 'Dat is toch die wazige zooi zoals voodoo en hekserij en zo?'

Ik zou het niet weten, dus ik zeg: 'Ik zou het niet weten.'

'Maar je denkt van wel, toch?'

'Misschien. Maar ik studeer geen Religiewetenschappen en die module is volgend semester pas.'

'Ja ja, dat weet ik. Dat snap ik allemaal. Maar íémand geeft die module, ja toch? En die iemand weet waarschijnlijk iets van het onderwerp af.'

'Ah, eindelijk begint dit ergens heen te gaan. Je bedoelt eigenlijk dat ik met die docent moet gaan praten over wat er met me gebeurt?'

'Hij of zij zou je kunnen helpen. Of in elk geval de juiste kant op sturen.'

'Misschien.'

'Altijd beter dan niets doen, of niet soms?'

Ik knik.

Lizzy is bijzonder tevreden met zichzelf en al vraag ik me af hoe nuttig haar idee is, het maakt me blij dat ze in elk geval iets doet om me te helpen. Het lijkt zelfs of ze me eindelijk gelooft, al weet ik dat dat niet zo is.

Niet lang daarna begint ons efficiënte drinken zijn vruchten af te werpen en zit ik te lachen en te huilen tegelijk. Het is één achtbaan van emoties. We drinken er nog eentje, en nog eentje, en nog eentje... Met alle pijnstillers die ik gebruik, raak ik helemaal de weg kwijt. Lizzy vindt het hilarisch hoe ik haar keer op keer bedank en steeds weer zeg hoeveel ik van haar houd.

Ik weet dan nog niet dat Lizzy me op de ergste manier zal verraden die je voor mogelijk kunt houden.

15

Ondanks dat het midden op de dag is, is het donker en somber in de werkkamer van meneer Whitaker. Er is maar één klein raam en de jaloezieën zijn neergelaten en gesloten, waardoor er nauwelijks licht de ruimte binnenkomt. Die ruimte lijkt trouwens veel kleiner dan hij is door alle boeken en brochures en papieren die op elk beschikbaar oppervlak zijn opgestapeld. Voor een opruimfreak moet dit de hel zijn.

Hij is verdiept in een boek als ik binnenkom en steekt een lange wijsvinger op om aan te geven dat ik stil moet zijn. Waarschijnlijk wil hij zijn pagina nog even uitlezen. Hij houdt het boek zo vast dat ik de titel niet kan zien, maar als ik mijn ogen half dichtknijp, kan ik net voldoende van de tekst op de achterkant ontcijferen om te begrijpen dat het een waargebeurd verhaal is over een seriemoordenaar in de jaren zeventig.

'... raadselachtige wijze vermoord...' is het laatste wat ik zie voordat hij een ezelsoor maakt in de pagina en het boek weglegt.

'Bedankt dat u tijd voor me wilde vrijmaken,' zeg ik.

'Geen dank.'

Hij heeft een lage, zware stem. Al zou hij willen fluisteren, dan nog zou hij het niet kunnen. Hij is opvallend lang en ik zie hem altijd onhandig en met gekromde rug door de gangen lopen. Ook nu, op zijn bureaustoel, maakt hij een verwrongen, ongemakkelijke indruk. Zijn vingers zijn voortdurend bezig en hij gaat om de haverklap verzitten. Het ene moment zit hij in elkaar gezakt, het volgende strak voorovergebogen.

Hij wacht tot ik verderga. Hij is druk, maar heeft geen haast. Het is lunchtijd en hij heeft een reusachtig, in aluminiumfolie gewikkeld pakket voor zich liggen, dat hij openmaakt met weloverwogen, nauwkeurige bewegingen waar ik vol ongeduld naar kijk. Ik zou die folie al lang aan flarden gescheurd hebben.

'Wat kan ik voor u doen?' vraagt hij. 'Ik hoop wel dat u ervan op de hoogte bent dat de inschrijving al gesloten is.'

'Ja, nee, dat weet ik. Daar kom ik niet voor.'

Ik zeg het zo snel en met zoveel overtuiging dat ik even bang ben dat ik hem beledig door zo weinig interesse te tonen in zijn vak.

Als Whitaker op zijn hoofd krabt, zie ik wolken dode huidcellen opstuiven in het spaarzame licht. Hij ziet er sjofel uit in zijn pak, dat op zich best van goede kwaliteit is, maar waar hij in verzuipt. De schoudervullingen maken punten in de stof van het jasje, de mouwen van het overhemd vallen veel te ruim rond zijn knokige polsen en de zoom van de broek golft over zijn schoenen.

'Het klinkt misschien een beetje raar...'

Eindelijk is de laatste laag aluminiumfolie weggepeuterd en verschijnt er een stapel witte boterhammen in volle glorie. 'Ik ben dol op raar.'

Plukken grijzend haar staan in alle richtingen op zijn hoofd. En telkens als hij zijn nagels in zijn hoofdhuid begraaft om te krabben, wordt zijn kapsel alleen maar chaotischer. Schilferige, roze psoriasisplekken bedekken zijn linkerhand, de linkerkant van zijn nek en de rechterkant van zijn voorhoofd.

'En dat is nog zacht uitgedrukt,' ga ik verder. 'Eigenlijk is het gestoord, echt fucking gestoord wat ik ga zeggen.'

Ik breng mijn hand naar mijn mond als ik me realiseer dat ik gevloekt heb. Hij zal me nu wel wegsturen.

Maar hij neemt onverstoorbaar de eerste dubbele boterham in zijn hand. 'Buiten de collegezaal mag u zeggen wat u wilt. Zolang u uw mond maar houdt over mijn lunch.'

Nu pas zie ik wat erop zit. Tussen de twee dunne, platgedrukte sneden witbrood ontwaar ik een berg dikke, gehalveerde augurken, die aan alle kanten tussen het brood uitsteken en royaal besmeerd zijn met mayonaise en felgele mosterd.

Hij glimlacht als hij de afkeer op mijn gezicht ziet en neemt zo'n enorme hap van de boterham dat er slechts een fractie van tussen zijn vingers overblijft. Een stille eter is hij ook al niet.

Als hij omstandig geslikt heeft, zegt hij: 'Vertel dan maar eens waar dit allemaal over gaat. Wat is er zo fucking gestoord?'

Hij heeft een mottige baard, hier dun, daar weer dik. Zijn ene oor is beduidend groter dan het andere en gloeit door het licht achter hem buitenaards oranje op.

'Ik denk dat ik verdoemd ben,' zeg ik. 'Of nou ja, ik denk het niet, ik wéét het.'

Ik vertel hem alles. Ik probeer een korte en bondige samenvatting te geven, maar dat loopt op niets uit, want ik geef veel te veel details, totdat ik me realiseer dat ik ergens relevante informatie heb weggelaten, zodat ik een stukje terug moet, alleen ga ik eerst niet ver genoeg en daarna juist iets te ver terug, en uiteindelijk ga ik met grote sprongen door mijn verhaal en zit ik maar wat te wauwelen, en het slaat allemaal nergens op en als ik merk dat het allemaal nergens op slaat, ga ik sneller praten in een poging de schade te beperken en krijg het heter en heter en raak meer en meer gefrustreerd, en Whitaker zit gewoon te luisteren en het enige wat ik hoor is het gekraak van die kloteaugurken en...

'Fúck!'

'Hij haalt een zakdoek uit zijn zak en veegt zijn mond en vingers af. 'Fuck?'

'Ik maak er een puinhoop van.'

'U bent uw beide ouders in dezelfde nacht kwijtgeraakt en daarvoor uw zus al, respectievelijk door suïcide en een auto-ongeluk en nu denkt u dat u ook zult sterven omdat het onheil altijd in drieën komt. Is dat het zo ongeveer?'

'Ja. Zo ongeveer.'

'En waarom vertelt u dit allemaal aan mij? Een paar minuten geleden wist ik niet eens van uw bestaan.'

'U bent religiewetenschapper. Ik heb u gevonden in de studiegids. U geeft les over occultisme, heidense rituelen, dat soort dingen.'

'Dat soort dingen,' mompelt hij, terwijl hij de tweede boterham klaarlegt ter verorbering.

'Ja. Dus u leek mij de meest geschikte persoon op de hele campus om hierover te praten. Als iemand begrijpt wat er met me aan de hand is, dan bent u het. U hebt hier toch verstand van, hoop ik?'

'Van verdoemd zijn?'

'Verdoemd zijn, de regel van drie, wat dan ook. Ik wil het niet het noodlot noemen, of mijn voorbestemming of wat dan ook. Dat verdom ik. Want als ik dat soort woorden gebruik, accepteer ik dat het iets onvermijdelijks is. Dat ik er niets tegen kan doen. Maar als het een soort regel is, dan kan ik hem misschien omzeilen. Als het een vloek is, kan die misschien verbroken worden. Al heb ik geen idee hoe dat allemaal werkt.'

'Wel, een vloek is iets wat bewust door iemand over iemand anders wordt uitgesproken. De details verschillen uiteraard per cultuur of geloofssysteem, maar de basis is altijd dat één persoon een ritueel uitvoert, waarna een ander de vloek ontvangt. Dat ritueel kan van alles zijn, van iemands naam hardop uitspreken tot een voodoopop of een speciale recitatie, noem maar op. Ik zou in principe een haarlok van u in het maanlicht omhoog kunnen houden om u een leven lang pech te bezorgen.'

'Zegt u nu dat iemand dat met mij gedaan heeft?'

'Dat zeg ik absoluut niet. Ik geef slechts een korte inleiding in de materie. Belangrijk is dat zelfs de krachtigste vervloeking zelden iemand kan laten sterven, laat staan diens hele familie.'

'Maar een vloek komt dus altijd ván iemand? Je kunt het niet oplopen, zoals de griep?'

'Ik wil nog eens benadrukken dat we het hier over bijgeloof hebben.'

'Ja, oké. Maar laten we gewoon even aannemen dat het allemaal waar is. Dat praat makkelijker.'

Hij kijkt me aan met de blik van de scepticus: wenkbrauwen gefronst, ogen half dichtgeknepen. Maar mij schrikt hij niet af. Laat hem gerust denken dat ik raar ben, of gek, of wat dan ook. Misschien denkt hij dat we een hypothetisch gesprek voeren, maar ik probeer zoveel mogelijk te leren. Voor hem is dit een amusant tijdverdrijf, voor mij een kans om mijn leven te redden.

Schouderophalend geeft hij toe. 'Goed hoor.'

'Dan zou ik u willen vragen: hoe hef je een vloek op?'

'Ik zou beginnen met de persoon op te zoeken die hem over mij heeft uitgesproken.'

Ik zucht. Want als de regel van drie inderdaad een vervloeking is, dan moet die alweer heel wat jaren geleden over Maya uitgesproken zijn. En toen zij stierf, is de vloek toen overgesprongen op onze ouders en daarna op mij? Of gold de oorspronkelijke vloek voor ons hele gezin in één keer? Hoe ga ik in godsnaam diegene vinden die ons zo lang geleden heeft vervloekt?

Ik zeg: 'En als je diegene niet kunt vinden, wat dan? Bestaat er een soort spreuk? Een tegenvloek?'

'Misschien,' antwoordt hij. 'Dat hangt van het specifieke geloofssysteem af. Het kan een tegenritueel zijn, of een spreuk...'

'En kan zo'n ritueel ook werken als de regel niet per se een vervloeking is?'

'Hoor eens, ik ben wetenschapper, geen tovenaar.' Hij wuift met zijn vingers alsof hij een toverformule uitspreekt en grinnikt dan. Kennelijk verwacht hij dat ik het ook komisch vind, maar als ik niet meelach, lijkt hij eindelijk te begrijpen dat dit voor mij geen vermakelijk getheoretiseer is, maar een bloedserieuze aangelegenheid. 'Sorry, het was niet mijn bedoeling om laatdunkend te doen over je probleem. Als ik het kon oplossen door u te zegenen of zoiets, zou ik het onmiddellijk doen.'

'Zegenen?' Mijn ogen worden groter. 'Zoals priesters? Zou dat helpen?'

'Waarom niet? De Katholieke Kerk heeft niet voor niets een afdeling exorcisme.'

'Echt waar? Ga weg! Dus ik zou me kunnen laten zegenen door een priester en dan is de vloek verbroken?'

'Dat zeg ik niet. Dit is nog steeds allemaal strikt hypothetisch.'

'Natuurlijk. Ja, ja. We zitten gewoon een beetje te brainstormen.'

Zijn boterhammen zijn op. Hij likt zijn vingertoppen af, een voor een, de duimen als laatste. Dan veegt hij ze droog aan zijn zakdoek, die vervolgens in de zak van zijn jasje verdwijnt. Vervolgens veegt hij de kruimels van het vel aluminiumfolie, vouwt dit keurig op totdat het vier keer zo klein is en vier keer zo dik en stopt het in een andere zak.

'Wie wat bewaart, die heeft wat voor later,' verklaart hij.

'Bedankt voor uw tijd en uw advies,' zeg ik.

'Maar ik heb u toch geen advies gegeven?'

'U hebt me veel meer gegeven. U hebt me een beetje hoop gegeven.'

16

Ik ben in geen jaren in een kerk geweest, misschien wel in geen eeuwen. Steve en Jenny geloofden wel, maar ze waren geen fanatieke kerkgangers. Ik kan me herinneren dat ik als kind weleens in de kerk kwam als er een trouwerij of doopplechtigheid was en misschien nog een handjevol keren, als ze om de een of andere reden tijdelijk geloviger waren dan anders, maar verder nauwelijks. Het is niet zo dat ik de kerk sinds de dood van Maya vermijd, want volgens mij ging ik daarvóór al niet meer. Al is het moeilijk om terug te halen wat ik toen allemaal wel of niet deed en waarom. Ik weet niet of ik mijn eigen herinneringen nog wel kan vertrouwen.

Het is niet zo dat het bezoek aan Whitaker me erg blij heeft gemaakt, maar het heeft me wel een doel gegeven. Er is dus toch licht aan het einde van die donkere, benauwde tunnel waarin ik me al zo lang bevind.

Ik hoef alleen maar een priester te vinden die me wil zegenen.

Zo moeilijk kan dat toch niet zijn?

Ik had aanvankelijk Lizzy's auto willen lenen om naar het centrum te gaan. Ik heb haar ook gebeld, maar uiteindelijk heb ik het toch niet gevraagd. Ik kruip liever niet meer achter een stuur. Het is te riskant. Niet vanwege het verband om mijn handen. Daar merk je niets van tijdens het rijden. Nee, vanwege de regel van drie. Als ik nu naar de stad zou rijden, dan krijg ik vast weer een ongeluk. Ik weet niet of ik alleen kan sterven als ik een auto bestuur of dat alles wat ik onderneem even gevaarlijk is, maar ik neem geen enkel risico. Ik pak de bus.

Ik heb wel vaker gebruikgemaakt van de shuttlebus die ieder uur tussen de campus en de stad rijdt, meestal 's avonds laat na een heftig feestje.

Zonder te kijken neemt de chauffeur mijn geld aan. En nog voordat ik goed en wel zit, geeft hij al gas, waardoor ik haastig naar een stang moet graaien om te voorkomen dat ik de hele bus door vlieg. De stang is alleen vrij glad en het verband om mijn handen helpt ook niet mee om grip te krijgen.

Ik struikel over mijn voeten.

Ik val.

Even ben ik bang dat ik mijn hoofd ga stoten en op die manier aan mijn einde kom.

Dat ik met mijn slaap op de punt van zo'n hardplastic stoelzitting beland of mijn nek breek. Zoiets.

Maar gelukkig komen mijn angstvisioenen niet uit. Iemand springt op, grijpt me bij mijn jas en trekt me naar zich toe. Bijna gooi ik mijn redder omver, maar hij is sterk en staat stevig op zijn benen. We schuifelen en draaien even om elkaar heen, verzetten hier een been, verschuiven daar een voet, totdat we stabiel genoeg staan om elkaar los te kunnen laten.

Het is een jonge, knappe man. Een beetje oud misschien voor een student en zijn kleren zijn eigenlijk te schoon. Aan dit lijf geen T-shirt van drie dagen of een spijkerbroek van een week. Hij is goed gekleed en goed verzorgd. Schoon gewassen, netjes geschoren. Leuk haar, mooie tanden. Verlegen glimlach.

'Gaat het?'

Van de schrik kan ik niets anders uitbrengen dan wat onsamenhangend gebrabbel.

'Is dat een ja?' vraagt hij.

'Bedankt,' zeg ik eindelijk. 'Ik dacht dat ik er geweest was.'

'Zeg dat wel,' zegt hij met gespeelde bezorgdheid in zijn stem. 'Je had wel een schaafwondje aan je knie kunnen krijgen.'

'Natuurlijk, dat bedoelde ik ook.'

Hij gebaart naar de stoelen. 'Ga maar gauw zitten voor er weer iets gebeurt.' En met een blik naar de chauffeur: 'Die man rijdt als een bezetene.'

Ik ga op de dichtstbijzijnde stoel zitten: naast die van hem, maar aan de andere kant van het gangpad. Ik kijk strak naar voren, maar zie vanuit mijn ooghoek dat hij een kwartslag gedraaid zit en me in zich opneemt.

'Hoe heet je?'

'Amy.'

Stilte.

Dan zegt hij: 'Wil je ook weten hoe ik heet?'

'Ja hoor.'

'Christian,' zegt hij.

'Grappig. Ik ben op weg naar de kerk.'

'Nou ja, niet dat ik een christen ben. Godsdienst is nog geestdodender dan Prozac.' Hij aarzelt. 'Maar als het jouw ding is, prima natuurlijk.'

'Nee, zo zit het niet. Ik bedoel, misschien heb ik ooit wel geloofd of zo, maar ik ben niet religieus.'

'Wat ga je dan in de kerk doen? Heb je een groep?'

'Een groep?'

'Je weet wel, zo'n praatgroep. Anonieme Alcoholisten, zoiets.'

'Als ik dit overleef, moest ik daar misschien inderdaad maar eens naartoe.'

'Sorry?'

‘Niets. Laat maar. Ik zeg continu de domste dingen. Je kunt de helft van wat er uit mijn mond komt zonder problemen negeren.’

‘Weet je zeker dat het geen driekwart is?’

‘Heel grappig. Werk je op de universiteit?’

Hij knikt. ‘Ja en nee.’

‘Hoe bedoel je?’

‘Ja omdat ik laboratoriumassistent ben. Nee omdat ik ook nog studeer. Of eigenlijk doe ik een PhD. Daarom was ik vandaag op de campus.’

‘Dat zal wel heel zwaar zijn?’

‘Het is flink aanpoten, maar het is te doen. Als je echt interesse hebt in je vakgebied, heb je niet eens het idee dat je aan het studeren bent. Vind ik tenminste.’

‘Wat studeer je dan?’

‘Wiskunde.’

Ik snuif.

‘Wat nou,’ lacht hij. ‘Het is de spannendste wetenschap die er bestaat.’

‘Dat geloof ik onmiddellijk,’ zeg ik met een van sarcasme druipende stem.

Maar hij merkt het niet. Hij is al niet meer te houden en praat honderduit over getallen en vergelijkingen en theorieën, terwijl ik maar wat knik en af en toe een instemmend geluid maak.

‘Hier moet ik eruit,’ zeg ik drie haltes te vroeg.

‘O, oké,’ zegt hij terwijl ik opsta. ‘Ik vond het leuk om met je te praten.’

‘Ik vond het leuk om kennis met je te maken,’ zeg ik. Want het was inderdaad leuk om kennis met hem te maken. Het praten was wat minder.

Dan stap ik uit en loop het laatste stuk naar de kerk.

Waarom ik je vertel over Christian? Op dit moment is het niet belangrijk, maar later wel. Ik heb je beloofd dat ik alles zou vertellen wat er gebeurd is, dus doe ik dat. In chronologische volgorde, zodat ik niets kan vergeten. Hopelijk kunnen we er allebei ons voordeel mee doen.

Er klinkt koorzang als ik de kerk binnenstap. Fraaie stemmen, perfecte akoestiek en toch maakt het me een beetje ongerust. In de oude, hoge ruimte is weinig licht. Ondanks het gezang hoor ik mijn voetstappen duidelijk galmen terwijl ik door het halfduister loop. Gedreven door een lang onderdrukt instinct maak ik een kruisteken. Niet dat ik er iets van meen. Ik geloof immers niet.

Geloven, jij! zeg ik tegen mezelf.

Ik móét geloven. Hoe zou een zegening kunnen werken als ik niet geloof?

Ik loop door het gangpad tussen lange rijen kerkbanken. Ik zie nauwelijks iemand. Af en toe vang ik een flard gefluister op of zie ik iemand in zijn eentje bidden. Mijn polsslag versnelt.

Het voelt alsof ik hier niet welkom ben.

Het voelt alsof ik hier niet hoor. Alsof dit hele kerkgebouw me veroordeelt om mijn blasfemie. In de lucht zweeft een onuitgesproken waarschuwing. Ik moet hier weg. Dit was een vergissing.

Naarmate ik dichter bij het altaar kom, klinkt het koor luider, worden de melodieuze stemmen helderder, maakt de akoestiek meer indruk.

Het plafond lijkt nog hoger te worden. De muren lijken van me af te bewegen. Of word ik kleiner, onbeduidender? Minder welkom?

Ik blijf staan. Ik weet heus wel als ik ergens niet gewenst ben.

Ik had hier niet moeten komen.

Ik schoffeer God met mijn aanwezigheid.

Ik draai me om.

En sta oog in oog met een man in het zwart. Mijn kreet gaat verloren in het gezang.

De priester heeft vierkante schouders en een stram en waardig postuur. Hij is oud genoeg om grijs haar te hebben, maar jong genoeg om niet kaal te zijn. Zwarte kleding, zo'n typisch boordje. Zijn gezicht is vuurrood, alsof hij veel te lang in de zon heeft gezeten.

'Kan ik je helpen?' vraagt hij.

'Ik hoop het maar. Anders kan niemand het.'

Hij neemt me mee naar een rustige ruimte achterin. Niet echt een kantoortje, meer een zaaltje voor bijeenkomsten of groepstherapie. Hij wijst me een stoel en schenkt een glas water in, waarvan ik af en toe nip terwijl ik een kwartier lang praat.

Mijn hele levensverhaal krijgt hij te horen: de dood van Maya, die van Steve en Jenny, mijn suïcidepogingen en alles daarna.

De priester is een goede luisteraar. Ik heb geen enkele moeite om met hem te praten. Misschien ook doordat ik er bijna gewend aan begin te raken om mijn gestoorde verhaal te vertellen. Hoe vaker ik moet uitleggen wat er met me gebeurt, hoe beknopter ik word. Hoe minder ik van de hak op de tak spring, hoe duidelijker mijn verhaal is. Dat denk ik zelf, tenminste. Hoe anderen ertegenaan kijken, weet ik niet. Ik dacht dat Whitaker me geloofde. Ik dacht dat Lizzy me geloofde.

'Ik geloof je,' zegt de priester.

'Echt waar?'

'Waarom niet?'

‘Gaan dit soort dingen wel samen met het geloof?’

‘Zeker wel. Veel christenen geloven enkel in God en verwerpen alle andere vormen van het bovennatuurlijke, maar dat is in strijd met wat de Bijbel ons vertelt. We kunnen niet wél in God geloven en niet in de duivel. We kunnen niet geloven dat er engelen zijn en de demonen ontkennen.’

‘Oké, dat zal dan wel. En hoe zit het met vervloekingen? Als je het al een vloek kunt noemen wat ik heb.’

‘Jezus zelf vervloekte ooit een vijgenboom die geen vrucht droeg. En God vervloekte Kaïn toen die Abel had doodgeslagen. Onthoud dit: het geloof verwerpt het bovennatuurlijke niet, maar omarmt het juist.’

‘En als het geen vloek is? Als het iets anders is? Ik noem het zelf een regel, maar eigenlijk weet ik niet wat het is. Ik weet alleen dat het op me zit te azen.’

‘Het kwade bestaat in allerlei vormen die we niet volledig kunnen begrijpen.’

‘Wilt u me zegenen?’ vraag ik gespannen, ervan uitgaand dat hij nee zal zeggen.

‘Natuurlijk.’

Ik slaak een zucht van verlichting en voor ik het weet, heb ik mijn armen om hem heen geslagen. Ik denk er niet eens over na of het wel gepast is om een priester te knuffelen. Ik ben gewoon buiten mezelf van dankbaarheid. Ik begin zelfs te huilen.

‘Het is goed,’ zegt hij zacht. ‘Het komt allemaal goed.’

Ik blijf nog een paar minuten huilen. Voor zover ik weet zijn het geen tranen van opluchting of geluk. Het is meer een ontlading van alle pijn en angst en onzekerheid waar ik doorheen ben gegaan. Zie het maar als een soort reiniging. De priester wacht af en troost me totdat er geen tranen meer komen.

'Beter zo?' vraagt hij.

Ik knik met een glimlach. Dep mijn ogen en snuit mijn neus. 'Kom maar op met dat ding.'

Hij kijkt verbaasd. 'Pardon?'

'De zegening,' leg ik uit. 'Kom maar op. Alstublieft.'

'Juist ja.'

Hij schraapt zijn keel en staat op. Op een vragende blik van hem ga ik ook staan. Misschien moet ik mijn ogen dichtdoen. Misschien moet ik mijn hoofd laten hangen. Veiligheidshalve doe ik het allebei maar. Mijn handen doe ik achter mijn rug, de klamme handpalmen tegen elkaar gedrukt. Dit zou iets goeds moeten zijn, maar ik ben een beetje zenuwachtig. Misschien zelfs bang.

De priester begint te spreken. Ik versta er niets van, dus zal het wel Latijn zijn. In de kerk spreken ze Latijn, toch?

'*Dominus vobiscum,*' zijn zijn eerste woorden.

Ik voel zijn hand vlak bij mijn hoofd bewegen, een minieme verandering in de luchtdruk. Ik vecht tegen de instinctieve neiging om mijn ogen open te doen. Ik brand van verlangen om te zien wat hij doet, maar ik ben doodsbang dat de zegening niet werkt als ik mijn ogen opendoe. Mijn gezicht vertrekt van de kracht waarmee ik mijn ogen dichtknijp.

De stem van de priester klinkt ferm en doelgericht, maar toch ook zacht.

'*Pater Noster, qui es in caelis, sanctificetur nomen tuum. Adveniat regnum tuum. Fiat voluntas tua, sicut in caelo et in terra. Panem nostrum quotidianum da nobis hodie, et dimitte nobis debita nostra sicut et nos dimittimus debitoribus nostris. Et ne nos inducas in ten-tationem, sed libera nos a malo.*'

Dan is het stil. Ik wil juist mijn ogen opendoen als hij toch verdergaat.

'*In nomine Patris, et Filii et Spiritus Sancti. Amen.*'

Dat laatste woord herken ik. Niet dat ik ooit veel aandacht heb geschonken aan wat mensen in een kerk allemaal doen, ondanks dat Steve en Jenny gelovig waren, maar ik weet heus wel hoe je een gebed hoort af te sluiten.

Kortom, het gebed is ten einde. Toch durf ik mijn ogen niet meteen open te doen. Wie weet komt er nog meer. Een deel twee of zo. Maar nee, hier blijft het bij. Ik voel me niet anders en ik weet ook niet of dat zou moeten.

'Zo,' zegt hij wanneer hij eindelijk mijn blik weer ontmoet. 'Klaar.'

'Klaar? Was dat alles?'

Hij glimlacht. 'Ik heb voor de zekerheid twee gebeden gezegd.'

'Dank u,' zeg ik. 'Nee echt, dankuwel.'

'Geen dank.'

'Kan ik u op een biertje trakteren of zo?'

'Dat is niet nodig,' verzekert hij me. 'Maar ik waardeer het gebaar.'

Ik bedank hem nog een paar keer en omhels hem nogmaals. Hij lijkt niet helemaal op zijn gemak onder al dat fysieke contact, maar hij protesteert niet.

'Misschien hebt u zojuist wel mijn leven gered,' zeg ik voordat ik vertrek.

17

De lucht lijkt een beetje blauwer als ik weer buiten sta. De zon lijkt warmer. De kleuren intenser. De wind verfrissender. Ik weet niet of ik genezen ben, als dat al het juiste woord is, maar ik voel me in elk geval opgelucht. Ik adem gemakkelijker. Er is minder spanning in mijn lijf. Mijn bewegingen zijn soepeler. Wat is het prettig om gewoon hier te lopen zonder het voortdurende gevoel verdoemd te zijn. Huppel ik daar zelfs een beetje?

Pure naïviteit natuurlijk. Maar dat weet ik dan nog niet. Laat deze Amy maar even genieten van dit moment. Ze heeft hard genoeg gevochten. Verpest het nu niet door haar te vertellen dat het nog lang niet voorbij is. Gun haar dit.

Ze heeft het zo hard nodig.

Aan de andere kant zou ik haar dolgraag willen vertellen hoe het echt zit. Want ze gaat zoveel kostbare tijd verliezen door te denken dat het voorbij is. Hoeveel dagen heb ik wel niet verspild? Hoeveel informatie had ik niet kunnen verzamelen in die tijd? Wil je horen over alle geneugten des levens die ik me in die periode heb laten smaken? Wil je weten van al die drugs, al die drank, al die pikken? Weet je wat? Ik zal wel namens jou beslissen dat je al die ranzige details niet hoeft te horen.

Als dit een film was, zou het beeld van mij lopend in de zon langzaam uitfaden en in de volgende scène overgaan, om aan te geven dat er een hoeveelheid tijd verstreken is. Wie weet maakt iemand inderdaad ooit een film over mij. 'Naar een waargebeurd verhaal' zou er dan in beeld komen. Ik hoop dat jij en ik er tegen die tijd nog zijn. En ik hoop dat ze mij niet laten spelen door een al te knappe actrice. Dat zou niet geloofwaardig zijn.

Wel hoop ik dat degene die mij speelt goed kan huilen, al baal ik er zelf van dat ik zoveel jank. Ik heb nooit geleerd om mijn gevoelens op te kroppen, zoals normale mensen. Toch zal er ooit wel een moment komen dat een mens geen tranen meer heeft. Dat kan toch niet anders? Die verwoestende pijn kan toch niet voor eeuwig aanhouden? Dat huilen moet toch een keer stoppen, anders zou je toch sterven aan uitdroging? Wat denk jij, zou dat weleens gebeuren? Geloof jij dat mensen zichzelf dood kunnen huilen?

Op het moment dat ik dit schrijf, heb ik goddank geleerd om stoïcijns te zijn. En dan zijn er nog de nodige praktische overwegingen. Het was al laat op de dag toen ik besloot om aan dit logboek te beginnen en ik heb niet veel tijd meer. Bovendien is het papier schaars. Het zou doodzonde zijn om de pagina's te besmeuren met tranen en kwijl.

Stel je voor dat dat ene zinnetje dat jou het leven zou kunnen redden, onleesbaar gemaakt zou zijn door een ongelukkig gevallen klodder snot. Daar moet je toch niet aan denken?

Niet dat ik op dit moment al een antwoord heb. Nog niet.

Maar ik doe mijn best. Echt.

Er móét een manier zijn om dit alles te verslaan. Dat kan niet anders. Als ik dat niet geloofde, zou ik dit niet schrijven. Ik geloof niet dat ik ooit in mijn leven zoveel achter elkaar geschreven heb. Ik werk in een razend tempo. Ik heb kramp in mijn hand. Mijn schouder doet pijn. Mijn rug ook. Ik moet zoveel mogelijk opschrijven voordat er geen tijd meer is, en ondertussen moet ik het me ook allemaal zien te herinneren.

Ik had je toch verteld over Llewellyn met zijn magische kuif? Nou, op een gegeven moment krijg ik een brief van hem omdat ik een sessie heb gemist. Vind je het gek? Ik had mijn zegening zo uitbundig gevierd dat ik een kater van twee dagen had. In de brief staat dat ik me zo snel mogelijk bij hem moet melden, anders zal hij zich genoodzaakt voelen de autoriteiten in te lichten. Hij dreigt kortom om me weer op te laten sluiten.

Ik moet zeggen dat er een zeker verleiding van uitgaat. Waar zou ik veiliger kunnen zijn dan in een kamertje met gewatteerde muren? Maar ik weet ook dat dat allemaal maar uitstel zou zijn. Alsof je de symptomen behandelt in plaats van de oorzaak. Maar goed, ik negeer de brief en neem me gewoon voor om de eerstvolgende sessie weer te gaan. Later zal blijken dat ik die óók mis, wanneer ik me realiseer dat de regel niet verbroken is.

En daarvóór, wat gebeurde er toen? O ja... Ik weet het alweer. Iets heel groots, iets heel belangrijks. Luister goed. Trouwens, ik had ook nog niet over het verraad van Lizzy verteld, toch? Komen we zo aan toe.

Ik mag dan wel verdoemd zijn, ik ben een vechter. Dat de zegening niet geholpen heeft, wil niet zeggen dat ik het opgeef. En het mooiste is nog dat ik merk dat het schrijven van dit logboek, deze survivalgids, zijn vruchten begint af te werpen. Doordat ik alles opschrijf, heb ik de kans om al die dagen opnieuw te beleven, om op de terugspoelknop te drukken en de video vanaf het begin af te spelen. Om wazige, onsamenhangende fragmenten samen te bundelen tot een helder, coherent beeld.

En dat heb ik aan jou te danken.

Aan mij? Wat heb ik gedaan? hoor ik je al denken. Nou, jij bent mijn richtpunt. Ik schrijf dit omwille van jou en dus is het ook dankzij jou dat het allemaal steeds duidelijker wordt. Geef jezelf gerust een schouderklopje.

Terwijl ik dus bijna huppelend wegloop van die kerk, voelt het alsof ik al gewonnen heb. Misschien wel voor de eerste keer in mijn leven ervaar ik iets van overwinning. Het is een warm gevoel. Een troostende gloed van tevredenheid, veiligheid en kalmte. Ik realiseer me dat dit voor andere mensen volkomen normaal is. Zij voelen dit elke dag. Dit is geluk. Dat weet ik, omdat ik het jaren geleden voor het laatst gevoeld heb. Het is het mooiste gevoel dat ik me kan herinneren.

Ik kan wel sterven van geluk.

ILA

18

'Hebben jullie al gehoord van dat dode meisje?'

Alexander kijkt niet eens op, zo gefocust is hij op zijn taak: het bouwen van een joint. Hij haalt er altijd een bizar grote hoeveelheid trots uit om ze zo mooi mogelijk te maken, dun als een potlood en het vloei volmaakt glad. Ik blow zelf niet en kan niet inschatten of hij nu snel of langzaam te werk gaat, maar Nate houdt het bijna niet meer.

'Jezus, zelfs Ila zou het nog sneller kunnen.'

'Perfectie laat zich niet overhaasten,' reageert Alexander vanachter een gordijn van slap haar. Zoals hij voorovergebogen en met gekruiste benen op zijn zitzak zit, lijkt hij op iets wat het midden houdt tussen een yogameester en een pad. Alex kennende, zou hij dat nog als een compliment beschouwen ook.

'Maar goed, dat dode meisje dus. Hebben jullie dat al gehoord?'

'Er gaan zoveel mensen dood,' zeg ik, terwijl ik hem om hem een plezier te doen even aankijk van over de rand van mijn boek. 'Je wilt ze toch hopelijk niet allemaal bespreken?'

'Bedoel je hier?' vraagt Nate. 'Op de uni?'

Alexander steekt zijn tong uit en bevochtigt de plakrand. Zo lijkt hij zelfs nog meer op een pad. 'Uh-huh.'

'Niets van meegekregen,' zeg ik. 'Moet ik haar kennen?'

In opperste concentratie plakt hij de joint dicht. Zijn bewegingen zijn zorgvuldig en precies, als in slow motion. 'Vóór onze tijd.'

Nate gromt geërgerd. 'Hoe kunnen we haar dan in godsnaam kennen?'

Alexander houdt de joint triomfantelijk tussen duim en wijsvinger omhoog. Mij interesseert het geen moer, maar Nate steekt zijn hand er al naar uit. Net op tijd zwaait Alexander het ding buiten het bereik van de grijpgrage vingers.

'Eerst de draaier.'

'Dat zeg je ook alleen maar omdat je altijd zoveel in de punt stopt.'

Alexander steekt de joint tussen zijn lippen en brengt het vlammetje van zijn aansteker naar het uiteinde. 'Alsof het mijn schuld is dat jij niet met wiet om kunt gaan. Je gaat vast weer kotsen als ik het gelijkmatig verdeel.'

'Dat is één keer gebeurd en dat kwam door... Weet je, laat ook maar,' moppert Nate boven zijn schaamte uit. 'Vertel liever wat er zo bijzonder is aan dat dode meisje.'

Alexander neemt een lange hijs, waardoor de punt van de joint feloranje opgloeit. Een paar tellen houdt hij de rook in zijn longen, dan blaast hij een dunne, bleekgrijze wolk uit tussen zijn samengeperste lippen. De rook draait en wervelt in de lucht, bijna als een vloeistof die aan de zwaartekracht ontsnapt.

'De regel van drie wacht geduldig en trouw. Eerst kwam hij voor mij, nu komt hij voor jou.'

Ik wacht tot hij verdergaat. Maar dat doet hij niet en dus vraag ik: 'Wat betekent dat?'

'De vloek,' verklaart hij. 'Als je hem krijgt, ga je dood.'

Vol ongeduld grist Nate de joint uit Alexanders vingers.

'Onzin. Een vloek krijg je niet. Iemand moet hem over je uitspreken, dat weet zelfs een kleuter.'

Alexander haalt zijn schouders op. 'Ook goed. Iemand heeft een vloek over haar uitgesproken en toen ging ze dood.'

'Waarom?' vraag ik.

'Hoe moet ik dat weten?'

'Hoor eens, jij begint erover.'

'Dat wil toch niet zeggen dat ik gelijk een expert ben?'

Nate ontspant nu hij eindelijk een haal van de joint genomen heeft. De spanning vloeit uit zijn schouders en hij laat zich zakken in de kussens van de bank. 'Kom op, vertel dan in elk geval de rest van het verhaal.'

'Van het verzinsel, zul je bedoelen,' zeg ik terwijl ik de pagina omsla.

'Het onheil komt altijd in drieën,' zegt Alexander. 'Dat is algemeen bekend. Dat is dus de vloek. De regel van drie. Als je hem krijgt, ga je dood en dat gaat hij verder op iemand anders.'

'En een meisje hier op de uni heeft hem gekregen?' vraag ik. Mijn interesse is toch een beetje gewekt door al deze details.

'Een vloek kríjg je niet,' zegt Nate nogmaals. Hij begint al wat heser te klinken.

'Deze wel,' houdt Alex vol. 'De vloek is ooit bij iemand begonnen, maar hij hield niet op toen diegene doodging. Hij ging verder. Hij kreeg een eigen leven. En hij zal voor altijd blijven doorgaan.'

Ik zeg: 'Dat klinkt meer als een kwade geest. Een ziel die geen rust kan vinden. Waarom heet het eigenlijk de regel van drie?'

'Omdat er drie erge dingen gebeuren in je leven en dan ga je dood.'

'Dan zou het de regel van vier moeten heten,' vindt Nate.

'Nee, je gaat dood omdát er drie erge dingen gebeurd zijn,' houdt Alex vol en hij strijkt met opgewonden bewegingen zijn haar uit zijn gezicht. 'Dat doodgaan hoort er niet bij, want dan ben je dood. Eerst moeten die drie dingen gebeuren, snap je? Als het de regel van vier heette, zouden er vier dingen moeten gebeuren voordat je dood zou gaan.'

'Rustig maar, gast. Drie keer, vier keer, wat boeit het?'

'Wedden dat je dat niet meer zegt als je eenmaal drie erge dingen hebt meegemaakt? Want dan weet je dat je einde nadert.'

'Houdt die vloek een agenda bij of zo?' vraag ik sarcastisch. 'Moeten die drie erge dingen op één dag gebeuren, of mag het over een langere periode? En wat zijn eigenlijk "erge dingen"? Zijn daar objectieve criteria voor of is het een kwestie van perspectief? Ik bedoel, ik had vanochtend een puistje en even later stootte ik mijn teen. Dus als ik straks ook nog die rook van jullie in mijn ogen krijg, betekent dat dan dat ik doodga?'

Nate moet lachen. Alex steekt zijn middelvinger op.

Tegen beter weten in vraag ik: 'Maar oké, wat voor erge dingen waren er dan gebeurd met dat meisje?'

'Erger kan haast niet. Ze was én haar ouders én haar zus kwijtgeraakt,' antwoordt hij. 'Een, twee, drie.'

Ik haal diep adem om mezelf te kalmeren.

Ook Nate is het lachen vergaan.

Maar Alexander heeft niets in de gaten. Hij staart me aan met de intense, rooddoorlopen ogen van een hardcore blower. 'Dat kun je je toch niet voorstellen?'

'Toch wel,' zeg ik zo kalm als ik kan opbrengen. 'Ik ben zelf ook drie dierbaren verloren. Mijn jongere broer en mijn ouders.'

'O shit.' Alex krijgt een boei van schaamte, hoe stoned hij ook is. 'Sorry.'

'Botte lul,' sist Nate hem toe.

Ik probeer Alex gerust te stellen. 'Dat kon je niet weten. Het is natuurlijk niet zo dat ik er gezellig over praat op feestjes.' Nate schuift wat dichter naar me toe en slaat troostend een arm om me heen. 'Het is goed, echt,' zeg ik terwijl ik de arm van me afschud. 'Ik voel het toch wel elke dag, of iemand er nou over begint of niet. Zo'n stom verhaal over een vloek kan het echt niet erger maken dan het al is.'

'Maar dan nog,' zegt Alex. 'Sorry. Echt.'

Ik glimlach, deels om hem gerust te stellen, deels om de aandacht af te leiden van het verdriet dat me vanbinnen verscheurt. 'Ik moet sorry tegen jóú zeggen.'

'Hoezo?'

'Omdat ik jouw theorie heb ontkracht. Ik heb drie erge dingen meegemaakt, maar de regel van drie heeft me niet gehaald.'

Daar moet hij even over nadenken. Dan knikt hij en glimlacht ook. 'Oké, dat is waar,' zegt hij.

Misschien is het omdat hij stoned is, misschien omdat hij vol wroeging zit, maar hij klinkt een beetje vreemd. Alsof hij een woordje weglaat.

Voorlopig.

19

Ik bezoek hun graf zo vaak ik maar kan en zelfs dan nog voel ik me schuldig dat ik niet vaker ga. In het begin nam ik altijd bloemen mee, maar dat gaat niet meer. Mijn beurs dekt enkel het collegegeld; voor al het andere moet ik keihard werken. Bloemen, zelfs voor mijn overleden ouders en broer, zijn onbetaalbaar.

Het is maar tijdelijk, zeg ik tegen de drie grafstenen. Als ik straks afgestudeerd ben en fulltime werk, dan haal ik weer bloemen voor jullie. Nog even geduld.

Ik denk wel dat ze het begrijpen. Dat zou ik in hun plaats in elk geval wel doen. Maar soms ben ik bang dat dat niet zo is. Soms maak ik me zorgen dat ik in hun achting gedaald ben of, erger nog, zij in de mijne.

Als je écht om ze gaf, zou je wel een manier vinden om bloemen te regelen.

Vandaag ook weer. Ik heb slecht geslapen. Ik kreeg het gesprek met Alexander maar niet uit mijn hoofd. Ik snap niet goed waarom, want ik laat me toch al lang niet meer van streek brengen – niet heel erg althans – door ondoordachte opmerkingen? En dat gedoe met die vervloeking neem ik al helemáál niet serieus. Het zal vast heel macaber klinken als je stoned bent, maar in feite is het gewoon een broodjeaapverhaal van dertien in een dozijn. Volgens mij heb ik het verhaal zelfs al eerder gehoord en toen vond ik het ook al onzin.

Maar op dit moment, nu ik naar de graven van mijn moeder, vader en broer kijk, zie ik Alex weer voor me terwijl hij zijn joint draait en hoor ik zijn woorden weer.

Hebben jullie al gehoord van dat dode meisje?

Mijn ouders zijn omgekomen door een tragisch ongeval. Een koolmonoxidelek in de winter. Ze zijn gewoon overvallen in hun slaap en nooit meer wakker geworden. Hunter was op kamp en ik logeerde bij een vriendin, anders hadden wij hetzelfde lot ondergaan. Ik was al achttien en na een lang traject met formulieren en gesprekken kreeg ik de voogdij over mijn broertje. Verder studeren zat er voorlopig niet meer in, want ik moest de vaste lasten betalen, zorgen dat hij zijn huiswerk deed en hem naar therapie brengen. Eigenlijk was ik zo druk bezig om een ouder te zijn voor Hunter dat ik nauwelijks heb kunnen rouwen om mijn eigen ouders. Misschien dat ik daarom zo vaak bij ze langsga. Omdat ik iets goed te maken heb.

De regel van drie wacht geduldig en trouw...

Het zit me dwars dat ik dat stomme rijmpje maar niet uit mijn hoofd kan zetten. Ik voel me schuldig om hier op de begraafplaats te zijn en met mijn gedachten elders te zitten. Ik ben nooit bijzonder geïnteresseerd geweest in legendes en spookverhalen. Ik geloof niet in vervloekingen, het noodlot en dat soort dingen. Ik geloof in God. Tenminste, dat denk ik. Ik geloof in elk geval in de hemel. Dat is het enige wat me op de been houdt: het vooruitzicht dat ik ze ooit weer zie. Daar denk ik vaak aan. Zou Hunter altijd veertien gebleven zijn, of is hij volwassen tegen de tijd dat ik me bij ze voeg? In elk geval hoop ik maar dat hij in de hemel vaker onder de douche gaat dan op aarde. Want pff, wat kon die jongen stinken!

Ik mis die stank vreselijk.

Hij is gestorven aan een hartaanval. Bizar natuurlijk voor zo'n jong iemand, maar dat soort dingen gebeuren. Er lopen talloze mensen rond met een ongediagnosticeerde aandoening. De meesten hebben het geluk dat ze er weinig van merken, maar Hunter dus niet.

Waarom is de lucht altijd zo blauw als ik hier ben?

Waarom kan het niet gewoon regenen?

Er beweegt iets in mijn blikveld. Een groep mensen, waarschijnlijk familie, loopt achter elkaar tussen de rijen grafstenen. Allemaal hebben ze een boeket in de hand. Helder gekleurde bloemen in het zonlicht. Ze lijken niet zozeer in rouwstemming, eerder vrolijk. Alsof ze hier zijn om het leven van hun dierbare te vieren, om de mooie tijden te herdenken die voorafgingen aan het verdriet. Ik wou dat ik dat ook kon. En misschien lukt het me op een dag ook wel.

Ja, ik was kapot van verdriet toen ik mijn ouders en broertje verloor, maar het is een geruststelling om te weten dat ze op een betere plek zijn en dat ik ooit weer bij ze zal zijn. Mijn ouders hebben nooit geprobeerd de dood voor ons verborgen te houden. Van jongs af aan leerden we dat de dood een natuurlijk onderdeel van het leven is. Een triest, tragisch onderdeel natuurlijk, maar niet iets wat je leven zou moeten bepalen, noch in de vorm van verdriet, noch in de vorm van angst. Ik ben zo blij dat ze ons zo opgevoed hebben. Ik weet dat mensen kapotgaan aan verdriet om verloren dierbaren en ik weet ook hoe makkelijk het is om kostbare tijd te verspillen met piekeren over hoe lang je nog hebt.

Ik probeer in het leven te staan als iemand die gerouwd heeft om haar ouders en haar broer en daarna de draad weer opgepakt heeft. Het is ontzettend frustrerend als mensen ervan uitgaan dat ik onherstelbaar beschadigd ben. Ik wil niet anders behandeld worden dan anderen. Wat ik heb meegemaakt, houd ik liever voor mezelf. Ik breng het verlies van mijn ouders en mijn broer zelden ter sprake. Want altijd is de reactie dan zoiets als: Och, arm kind... wat verschrikkelijk... je leven zal wel compleet verwoest zijn, enzovoort, enzovoort. En als ik dan zeg dat het best goed gaat, dat ik mijn verdriet heb verwerkt en mijn leven weer heb opgepakt, dan gelooft men dat gewoon niet. Nee hoor, er móéten vraagtekens bij gezet worden: Maar ben je dan niet... je gevoelens aan het onderdrukken... aan het doen alsof er niets aan de hand is... Heel ongezond.

Waar haalt iedereen het lef vandaan om mij te vertellen hoe ik me moet gedragen? Ik denk dat ik op zoveel onbegrip stuit omdat bijna iedereen toch zijn eigen gevoelens en gedachten als maatstaf neemt. Zo arrogant is de mens wel. Als deze ervaringen me iets geleerd hebben, dan is het wel dat empathie zelden is wat je ervan verwacht. In wezen houdt het niet meer in dan dat je je inleeft in de situatie van een ander. Maar het blijkt voor velen nog behoorlijk moeilijk om te accepteren dat die ander zich misschien anders voelt of anders reageert dan je zelf zou doen.

Ik blijf tegen mezelf zeggen dat ik sterk ben, dat ik hier doorheen kom, elke dag een beetje meer. Diep vanbinnen weet dat ik helemaal niet sterk genoeg ben, maar wie weet ga ik in mijn eigen leugen geloven als ik hem maar vaak genoeg herhaal.

De baas zijn over je eigen leven en dat soort gelul.

Tijd om op te stappen. Met lood in mijn schoenen, vechtend tegen het schuldgevoel, verlaat ik de begraafplaats. Ik kom snel terug, zeg ik tegen mijn familie.

Doelloos dwaal ik door de stad, weliswaar richting huis, maar met een grote omweg. De straten lijken in elkaar over te lopen en ik ervaar alles om me heen als in een waas. Geluiden klinken gedempt, de soundtrack van mijn leven is samengebald tot een zacht geruis. Maar dan: 'Zie je dat?' hoor ik een meisje vragen.

'Wat?' vraagt een ander meisje.

Ik zie twee eerstejaars studentes met geverfd haar en zwarte kleren. De een heeft een gezicht vol piercings, de ander heeft haar hoofd aan één kant kaalgeschoren. Ik wandel door het park en zij zitten in het gras, in de schaduw van een grote eik. Het ene meisje haalt en pluk shag uit een pakje en legt die in een vloeitje dat op haar bovenbeen ligt. Ik weet niet of ze er hasj of wiet bij gaat doen. Misschien wel allebei. Zulke types lijken ze me wel. Het andere meisje is bezig op haar klaptelefoon, zit waarschijnlijk te sms'en.

'Die gek loopt gewoon over drie putdeksels achter elkaar,' verklaart het eerste meisje.

'Nou en?'

'Dat moet je niet doen. Dat brengt ongeluk.'

Ze hebben het over een jongeman iets voor me op het pad, die zojuist inderdaad over een rijtje van drie putdeksels heeft gelopen. Van achteren heeft hij wel iets van Nate.

Het eerste meisje, die met de piercings, ziet het hoofdschuddend aan. 'Hij moet echt beter oppassen, anders eindigt hij net zoals dat ene meisje.'

Het meisje met het halfkale hoofd kijkt haar vriendin vragend aan.

Meisje Piercings zegt: 'Ken je de regel van drie niet?'

Meisje Halfkaal schudt haar halfkale hoofd.

Ik ga wat langzamer lopen, want ik wil binnen gehoorsafstand blijven zolang ze het over dit onderwerp hebben. Al snel besef ik dat dat in dit tempo niet gaat lukken, dus blijf ik helemaal stilstaan, haal mijn tas van mijn schouder en begin erin te rommelen alsof ik iets zoek. Een pen, een kladblaadje, weet ik veel.

'Echt niet?' gilt meisje Piercings verbaasd. 'Echt een vet bizar verhaal. De zus van dat meisje krijgt een dodelijk ongeluk, drie jaar later verhangen haar ouders zich en weer drie jaar later is ze zelf ook ineens dood. Allemaal door de regel van drie.'

'Rot op.'

Het gras is kort en heldergroen en bezaaid met gele bladeren en vlekken zonlicht dat door de wolken breekt. De meisjes hebben hun tassen naast zich neergezet en ze zitten op de jas van een van hen.

'Omdat ze over drie putdeksels had gelopen?'

Meisje Halfkaal heeft afschuwelijk veel last van acne. Ze heeft geprobeerd het te verbergen onder een dikke laag make-up, maar in het onbarmhartige zonlicht werpen de talloze puistjes en littekens diepe schaduwen. Door de scheuren in haar zwarte spijkerbroek zijn knokige, bijna lichtgevend witte knieën te zien.

'Nee, vanwege het noodlot. Het onheil komt altijd in drieën.'

'Serieus?'

Meisje Piercings knikt hartstochtelijk. *'De regel van drie wacht geduldig en trouw. Eerst kwam hij voor mij, nu komt hij voor jou.'*

'Zo zit het niet helemaal,' zeg ik.

De twee eerstejaars merken me nu pas op. Meisje Piercings heeft lang, sluik haar, dat voor haar gezicht valt terwijl ze het sjekkie rolt. Ze gluurt naar me door de paarse lokken heen. In haar zwarte lippen zit een ringetje waarop het zonlicht helder weerkaatst.

'Het is een vloek,' leg ik uit. 'Dat meisje had hem opgelopen omdat ze drie familieleden was kwijtgeraakt. De vloek heeft niet haar ouders en zus vermoord, alleen haar.'

Meisje Halfkaal vraagt: 'Dus die zus leeft nog?'

Meisje Piercings schudt haar hoofd. 'Ik heb een heel ander verhaal gehoord.'

Ze hebben allebei een lange ketting om. Bij meisje Halfkaal hangt er een zilverkleurig pentagram aan, terwijl meisje Piercings een kristal in alle kleuren van de regenboog heeft. Hun ogen lijken ze wel met een dikke stift bewerkt te hebben in plaats van met eyeliner.

'Dan heb je het verkeerde verhaal gehoord,' zeg ik. 'Ik weet niet van wie je dit hebt, maar diegene heeft het je niet goed verteld.'

Ze wisselen blikken uit.

'Waarom doe je zo moeilijk? Is dit zo belangrijk voor je?' vraagt meisje Piercings.

'Helemaal niet.'

'Rot dan maar weer op naar de jaren tachtig. Met je poedelpermanentje,' snauwt meisje Halfkaal.

Meisje Piercings giert het uit en geeft haar vriendin een high five. 'Met je poedelpermanentje!'

'Dit zijn mijn eigen krullen hoor.'

Ik draai het kinderachtige gedoe de rug toe en loop hoofdschuddend weg. Ik ben maar een paar jaar ouder dan deze twee, maar het lijkt wel of ik van een andere generatie ben.

Achter mijn rug hoor ik ze nog nalachen.

'Ik zou mijn geld maar terugvragen bij de kapper,' roept eentje me na.

Ik doe of ik het niet hoor.

Onderweg naar huis blaft een hond naar me; een groot, onverzorgd beest van onbestemd ras. In eerste instantie heb ik hem niet echt in de gaten. Ik loop aan de ene kant van de straat en de hond, die wordt uitgelaten door een man in een gele anorak, aan de andere kant. Pas als we parallel aan elkaar lopen, begint de hond luid te blaffen. Ik verstijf even bij het plotselinge kabaal. De eerste paar seconden heb ik niet eens door dat het tot mij gericht is. Ondanks dat de baas een potige kerel is, kan hij de hond nauwelijks in bedwang houden. Het dier rukt zo hard aan zijn riem dat het op zijn achterpoten komt te staan. Het geblaf klinkt oorverdovend en staccato als een machinegeweer. Zelfs al bevindt de hond zich aan de overkant van de straat, hij is zo razend dat de lucht tussen ons ervan trilt. De baas schreeuwt iets naar zijn hond, maar door het geblaf versta ik niet wat.

Het is geen prettig idee dat ik het dier blijkbaar zo wild heb gemaakt en ik ben bang voor wat er kan gebeuren als het zich los weet te rukken.

Snel vervolg ik mijn weg. Ik durf niet om te kijken. Met de blik strak vooruit ga ik steeds vlugger wandelen en uiteindelijk zet ik het bijna op een hollen.

Het geblaf blijft me achtervolgen. Het klinkt steeds zachter naarmate ik verder weg loop, maar daarom niet minder dreigend. Ineens stopt het en pas dan realiseer ik me hoe ik loop te hijgen van de inspanning en de stress.

De gedachte bekruipt me dat de hond inderdaad is losgekomen en alleen maar gestopt is met blaffen omdat hij met een noodgang op me af komt rennen.

Ik draai me abrupt om, min of meer verwachtend om recht in een kwijlende, opengesperde bek vol scherpe tanden te kijken.

Maar in plaats daarvan zie ik in de verte de man naast zijn hond hurken, die bewegingloos op het trottoir ligt.

Zelfs van deze afstand kan ik de angst van het gezicht van de man aflezen. Ik zou hem best willen helpen, maar ik ben zo geschrokken van de woede van de hond dat ik me omdraai en wegloop, een beetje beschaamd. De ontzetting in de blik van zijn baas laat me maar niet los.

Ik heb deze gebeurtenis nooit kunnen vergeten. De mens is een opmerkzaam wezen en we zijn continu bezig om de informatie van onze zintuigen in ons op te nemen en te verwerken, om op basis daarvan te handelen en beslissingen te nemen. Het gaat vanzelf, in de diepten van onze geest, seconde na seconde, uur na uur. We vinden het vanzelfsprekend dat we kunnen zien, horen, ruiken, luisteren en voelen, maar al die prikkels worden verwerkt door een brein dat inherent gericht is op ons welzijn. En nu voel ik een kleine verstoring in dat proces. Het is alsof een splinter zich een weg aan het banen is naar mijn onderbewustzijn en mijn dagelijkse routine beïnvloedt, mijn gedachten, alles.

Die nacht droom ik van de hond. Alleen is het míjn hond en ben ik degene die ontroostbaar bij het dier neerhurkt. Maar tegelijkertijd loop ik weg, zodat ik in mijn droom feitelijk van mezelf wegloop.

20

Ons flatje stelt maar weinig voor. Een woonkamer en een slaapkamer op de eerste verdieping van een weinig opzienbarend appartementsgebouw. Het is er vrij gehorig en er hangt continu een vreemde geur. Maar na al die jaren voelt het hier best als thuis en bovendien ligt het op een steenworp afstand van de campus. Als je ver kunt werpen, tenminste. Gelukkig houd ik van wandelen.

Ik heb slecht geslapen, dus haal ik eerst een paar keer diep adem om rustig te worden en mijn handen te stabiliseren. Ik wil liever geen ader raken of, erger nog, een zenuw.

In de spiegel boven de wastafel zie ik dat Nate in de deuropening is komen staan en naar me kijkt. Hij loopt niet weg als hij me dit zit doen, maar hij blijft het eng vinden. Op dit moment is hij niet zo stoer meer, maar gewoon een bang jongetje. Hij friemelt met zijn vingers. Bijt op zijn onderlip.

Vertrekt zijn gezicht van afschuw als de naald erin gaat.

Op zich een prettig idee dat hoe verzot hij ook op wiet is (en op cocaïne, al weet hij niet dat ik dat weet), ik erop kan vertrouwen dat hij zich nooit aan heroïne zal wagen.

Hij staat er zo ongemakkelijk bij dat ik mijn eigen ongemak even vergeet. Ik kijk hem strak in de ogen terwijl ik de zuiger neerdruk en moet lachen om de haast waarmee hij zich omdraait.

'Klaar?' vraagt hij.

'Ja hoor.'

Hij draait zich weer naar me toe en... ziet dat ik mijn hand heb weggehaald en dat de spuit nog rechtop in mijn dijbeen staat, als een dartpijl in een bord.

Hij begint te trillen over zijn hele lijf 'Ila! Godver!'

Ik moet zo hard lachen dat de injectiespuit in mijn been heen en weer zwaait. Ik wijs ernaar. 'Haal jij hem er even uit?'

'Wil je dat ik flauwval soms? Serieus, Ila, ik sta te tollen op mijn benen.'

'Oké, oké.'

Ik trek de spuit uit mijn been en druk een watje met ontsmettingsmiddel op het gaatje.

Ik spuit al insuline zolang ik me kan herinneren. Waarschijnlijk deden mijn ouders het heel in het begin voor me en hebben ze het me geleerd zodra ik er groot genoeg voor was. Ik ben nooit bang of boos geweest omdat ik diabetes heb. Ik had er al mee leren leven voordat ik begreep wat voor een vernietigende ziekte het is. Insuline spuiten stelt niets voor. Voor mij is het zoiets als tandenpoetsen: iets wat je gewoon twee keer per dag doet. Leuk is anders, maar het moet. Vier keer per dag moet ik mijn bloedsuikerwaarden meten, al komt het meestal neer op twee of drie keer. Na al die jaren ken ik als geen ander het belang van gezond eten en bewegen, dus ik vind het echt niet meer nodig om voor elke maaltijd, een paar uur na elke maaltijd én voor het slapengaan te meten. Ik weet toch wel dat mijn waarden stabiel zijn.

Discipline, daar komt het op neer.

Mijn ouders hebben me al zo lang geleden aangeleerd om gezond te leven dat ik er zelden bewust mee bezig ben. Ik pieker er praktisch nooit over hoe het op lange termijn met me zal gaan. Ik probeer gewoon mijn bloedsuikerspiegel onder controle te houden en meer kan ik niet doen. Lukt me dat voor honderd procent? Nee, dat is onmogelijk. Maar ik doe mijn best. Ik loop alleen risico op een hyper of een hypo als ik ongesteld moet worden en mijn lichaam een week lang van slag is.

Ik stop mijn prikspullen terug in mijn tas, die ik al zo lang heb als ik me kan herinneren. Gemaakt van synthetisch materiaal, met een rits en in de typische schreeuwerige kleuren die je als kind mooi vindt. Het is een fijn gevoel dat deze tas altijd bij me is. Als ik licht in mijn hoofd word, begin te wankelen op mijn benen of ineens doodmoe ben, hoef ik maar naar mijn tas te kijken en ik ben al gerustgesteld. Negen van de tien keer ben ik gewoon te snel opgestaan, heb ik slecht geslapen, of is er iets anders aan de hand wat niet veel kwaad kan. Slechts heel af en toe komt een daling van mijn bloedsuikerspiegel onverwachts. Maar ook dan blijf ik kalm, zolang ik die kleurige tas maar in mijn buurt heb.

Nate is binnen een paar minuten over de injectie heen en wordt alweer hitsig. Ik ben echter niet in de stemming, dus trek ik hem alleen een beetje af. Daarna ga ik iets te eten voor ons maken terwijl hij de boel opruimt.

Hij komt naar me toe terwijl ik tomaten sta te snijden en wrijft over mijn schouders. 'Gaat het?'

'Natuurlijk, hoezo?'

'Gewoon. Ik weet niet... Je lijkt er niet erg bij.'

'Er is niets,' verzeker ik hem. 'Ik heb gewoon veel aan mijn hoofd.'

Hoewel het al midden op de dag is, is Nate nog niet zo lang uit bed, aangezien hij gisteravond tot laat in de kroeg heeft gewerkt. Hij gaat gamen en laat mij alleen met mijn gedachten aan wat ik zojuist heb gezegd. Op zich heb ik niet gelogen. Ik heb inderdaad veel aan mijn hoofd. Het punt is dat hij denkt dat ik daar studeren mee bedoel en dat ik dat niet ontken. Is dat liegen? Niet echt. Maar een beetje bedriegen toch zeker.

Ik beleg de boterhammen. Op de mijne heb ik extra margarine gedaan om te compenseren voor alle koolhydraten in het brood. Meestal doe ik dat zonder er zelfs maar bij na te denken. Nate een dunne laag margarine, ik een dikke. Maar nu ben ik me er om de een of andere reden van bewust, net als van de plakjes tomaat die ik op de ham leg. Het is raar zoals ik de laatste tijd stilsta bij wat ik doe en hoe ik het doe. Niet alleen als ik brood smeer of insuline spuit, maar bij alles. Ik ben me erg bewust van de wereld om me heen en mijn plaats daarin. Ik voel me niet op mijn gemak en ik heb geen idee hoe dat komt. Ik denk veel te veel na bij alles.

Er zit een splinter in mijn hersenen waar ik heel langzaam steeds meer last van begin te krijgen.

Ik neem de boterhammen mee naar de woonkamer en geef Nate een bord. We eten in stilte, naast elkaar op de bank.

De ham is taai als rubber. De tomaten zijn melig.

Ik krijg mijn brood niet op en geef de rest aan Nate. Terwijl hij eet, voel ik een vreemd soort jeuk op mijn voorhoofd, net boven de haarlijn. Ik krab eraan, maar dat lijkt het alleen maar erger te maken.

Ik heb nog veel te doen, maar ik kan me nauwelijks concentreren op mijn studieboeken. Zo moe ben ik toch niet? Nate zit bijna alleen maar te gamen als hij vrij heeft. We werken allebei: Nate in een bar, sowieso in het weekend, maar soms ook doordeweeks en ik redigeer het werk van medestudenten. Voor een paar centen corrigeer ik spel- en grammaticafouten en doe ik, afhankelijk van het soort opdracht, inhoudelijke aanpassingen. Aan het begin van een semester heb ik meestal niets te doen, terwijl ik aan het einde overspoeld word met werk. Wat ben ik blij dat er luie rijke jongeren bestaan.

Red me, Ila, smeken ze.

Dit is weer zo'n rustige periode, dus na een halve middag inefficiënt studeren neem ik even pauze. Nate en ik verschillen als dag en nacht. Misschien dat ik anders tegen de dingen aankijk omdat ik iets ouder ben, maar volgens mij is hij sowieso alleen maar gaan studeren om te kunnen feesten. Hij kon niet wachten om zo ver mogelijk weg te zijn van zijn familie. Hij blowt bijna dagelijks en in het weekend doet hij meestal coke. Ik snap niet hoe hij en zijn vrienden dat allemaal bekostigen. Nates broer dealt, dus wie weet krijgt hij korting. Ik vraag er maar niet naar, want eigenlijk wil ik het niet weten. Ik probeer hem niet te veroordelen, al lukt dat niet altijd. Ik houd er vooral niet van als hij gesnoven heeft. Die gestoorde blik in zijn ogen en al dat zweet. Ik dacht dat cocaïne de drug van de coole mensen was? Nou, echt niet.

Zo cool is het niet als je hem niet omhoog krijgt, Nate.

Hij ligt languit op de bank. Blote voeten, boxer, T-shirt. Vettig haar dat alle kanten op staat. Als ik het hem niet af en toe zou vragen, zou hij niet eens douchen.

Op zijn borstbeen balanceert een kom cornflakes. Bij elke inademing golft de melk bijna over de rand. Ik durf te wedden dat die kom daar al staat zolang als ik aan de keukentafel zit, die tevens dienstdoet als bureau.

Hij ligt met één wang op de armleuning, zijn ogen gericht op de tv terwijl zijn vingers de controller bedienen die op zijn buik ligt.

Ik heb hem zelden iets anders zien spelen dan deze game: een of ander schietspel waar hij vaker woede dan triomf bij lijkt te voelen en dat laatste ook alleen nog maar na uren pijnlijk geconcentreerd spelen.

Geen idee waarom hij dit spel speelt. Als ik ernaar vraag, zegt hij dat hij het leuk vindt.

'Geloof jij in het lot?'

Even kijkt hij me aan, dan dwaalt zijn blik weer naar het scherm. 'Ja hoor. Tenminste, als je het over het determinisme hebt.'

'Denk je dan dat alles voor ons beslist is?' vraag ik. 'Dat we onze bestemming niet kunnen wijzigen?'

'Ik zou zelf niet het woord "beslist" gebruiken. Daarmee lijkt het te veel op een doelbewuste actie, op een plan. Maar dat is niet wat ik geloof. Ik geloof in de zekerheid van het toeval.' Even pauzeert hij. 'Fuck.'

Hij is doodgegaan in zijn game.

'Wat bedoel je daarmee?'

Hij ramt aan één stuk door op een knop om zo snel mogelijk te *respawnen*. 'Welke smaak ijs vind je het lekkerst?'

'Hoezo?'

'Dat vroeg mijn vader vaak aan mensen,' zegt hij. 'Het kan helpen om te begrijpen wat ik bedoel. Maak je niet druk, er bestaat geen goed of fout antwoord. Ik ga er heus niet iets van zeggen of zo. Zeg gewoon welke smaak je het lekkerst vindt.'

Dat is makkelijk.

'Chocola.'

'Ah ja, een populaire smaak. Kun je uitleggen waarom je chocolade-ijs het lekkerst vindt?'

'Ik weet het niet. Het smaakt gewoon lekker. Vooral met stukjes.'

De ronde is afgelopen en hij verrekt zijn nek zowat om de scoretabel op het scherm te kunnen zien. Zijn naam staat ergens bovenaan.

Hij lijkt tevreden. 'En de mensen die aardbei lekkerder vinden dan chocola?'

'Die zijn niet goed wijs.'

'Denk je? Zou het niet kunnen zijn dat hun smaakpapillen gewoon anders reageren dan jouw smaakpapillen? Of dat hun hersenen de signalen van hun smaakpapillen anders interpreteren dan jouw hersenen?'

'Ja, oké. Ik bedoelde natuurlijk niet letterlijk dat ze niet goed wijs zijn. Iedereen is anders.'

'En die verschillen, denk je dat we daar zelf over beslissen?'

Daar moet ik even over nadenken.

Hij gaat verder: 'Ik denk van niet. Het lijkt me sterk dat je zelf beslist dat je chocola de lekkerste smaak ijs vindt. Je reageert gewoon het positiefst op chocolade-ijs. Volg je me nog?'

'Jawel, maar ik snap niet waarom dat belangrijk is.'

'Als je niet zelf beslist of je ergens positief of negatief of ergens daartussenin op reageert, hoeveel zeggenschap heb je dan eigenlijk over jezelf?'

'Beetje vergezocht, als je het mij vraagt. We hadden het over ijs.'

'Vind je? En als je het nu eens doortrekt naar andere ervaringen? Behalve ijssmaken dus? Kun je zelf beslissen dat je grote hoogten eng vindt of van achtbanen houdt? Kun je besluiten dat je die ene persoon leuk vindt en die andere juist afschuwelijk? Beslis je zelf wanneer je boos of verdrietig bent? Als dat zo was, dan zou er toch nooit meer iemand boos of verdrietig zijn? Dan zou iedereen toch beslissen om gelukkig te zijn? Je kunt dus niet beslissen welke gevoelens je hebt. Maar kunnen we ten minste beslissen hoe we erop reageren? Dat lijkt me sterk. Als je zo weinig zelf beslist, waarom dát dan wel?'

'Ik geloof dat de mens een vrije wil heeft. We beslissen toch continu hoe we op dingen reageren?'

'Dacht je dat? Als jij heel, heel kwaad bent, kun je je stem dan nog onder controle houden? Bepaal je dan zelf nog wat je zegt? Je hebt vast weleens dingen gezegd die je niet had willen zeggen. Dingen die je er zomaar uitflapte. Toch?'

'Stel dat ik je gelijk geef, wat ik niet van plan ben, wat heeft dit dan allemaal met het lot van doen?'

'Als je accepteert dat mensen feitelijk niet zelf beslissen, maar alleen reageren op prikkels en dat die reactie volledig afhankelijk is van hun genen en hun levenservaringen en zo, dan volgt daaruit dat alles voorspeld kan worden. Determinisme dus, oftewel: het lot.'

Ik snuif vol minachting. 'Dat is het domste wat ik ooit gehoord heb.'

'Je wilde weten hoe ik over het lot denk. Nou, dit is zoals ik erover denk.'

'Nee,' roep ik triomfantelijk uit. 'Zoals je beslíst hebt erover te denken.'

'Denk je echt dat het mijn eigen beslissing is om dit te denken? Om te beseffen dat mijn bestaan is gebaseerd op toeval en dat niets wat ik doe mijn eigen keuze is?'

'Ja,' snauw ik. 'Je wilt dit vinden omdat het je lekker anders maakt en interessant en hoog verheven boven al dat plebs dat gelooft dat we de baas zijn over onszelf.'

'Waarom word je nu boos op mij?'

'Boos? Zo bedoel ik het niet. Ik ben gewoon moe. Ik heb niet best geslapen en ik moet maar steeds aan gisteren te denken. Aan die hond en aan wat die gothmeisjes vlak daarvoor hadden gezegd.'

'Wat is er toch met je?' vraagt Nate.

Ik til zijn voeten op om op de armleuning van de bank te kunnen zitten. Ik vermijd zijn blik.

'Het is oké,' zegt hij. 'Je kunt me alles vertellen. We zijn toch een team?'

'Een topteam,' beaam ik.

Ik aai over een van zijn voeten.

'Is er iets gebeurd? Heb je een slecht cijfer gekregen?'

'Nee, nee, dat is het niet. Het komt door die twee meiden. Ze...'

Waarom kom ik zo slecht uit mijn woorden? Ik ben nog steeds bang voor het oordeel van anderen. Ik was altijd het stuudje, de nerd, die rare. Het lievelingetje van de leraren. Ik heb nooit zelfvertrouwen kunnen ontwikkelen, nooit geleerd mezelf te uiten zonder bang te zijn dat iemand me uitlacht.

Dan vertel ik hem toch over de meisjes. Piercings en Halfkaal.

'Volgens mij zijn ze gewoon niet goed wijs,' zegt hij terwijl hij nonchalant zijn schouders ophaalt. 'Laat ze lekker. Ik vind je krullen juist mooi.'

'Weet ik. Dankjewel. Maar dat bedoelde ik niet. Dat is niet wat me dwarszit.'

'Dan begrijp ik je niet. Wat zeiden ze nog meer dan?'

'Dat heb ik je verteld. Dat ze over de regel van drie zaten te praten.'

Hij wacht tot ik verderga.

Ik streel zijn scheenbeen, duw de haartjes naar achteren met mijn duim en stel me voor dat ik een grasmaaier ben die een verwaarloosd gazon te lijf gaat. In mijn hoofd is het best een prettig geluid.

'Alleen hadden zij een andere versie gehoord,' verklaar ik. 'Alex zei dat dat meisje de vloek had gekregen omdát er drie dierbaren van haar waren gestorven, maar volgens die meiden in het park was de regel van drie juist de óórzaak van hun dood.'

'Nou en? Het is maar een verhaaltje. Iedereen vertelt het weer anders. Sorry, ik had gewoon moeten zeggen dat hij zijn kop moest houden. Ik had moeten weten welke kant het op ging en...'

'Het is goed,' onderbreek ik hem. 'Hij wist het niet. Ik had er nooit iets over gezegd, dus hoe had hij het kunnen weten? En als hij het wél wist, dat zou hij wel een heel grote psychopaat zijn om er toch over te beginnen.'

'Psychopaten kunnen anders heel charmant zijn,' grijnst Nate. Als hij niet de gewenste reactie krijgt, vraagt hij: 'Vond je het vervelend om op die manier aan je ouders en je broer herinnerd te worden?'

'Natuurlijk,' zeg ik. 'Maar daar gaat het niet om.' Ik zoek even naar woorden. 'Wat ik het engst vind, is dat die meisjes dat verhaal ook kenden. Zo komt het allemaal wel erg dichtbij, snap je?'

'Het is maar een verhaal. De een vertelt het, de ander hoort het. Zo gaat dat met verhalen. Jij hebt het van Alex, ik van iemand anders.'

'Weet je nog van wie?'

'Ja, jezus...' zucht hij. 'Dat kan iedereen zijn. Misschien mijn broer. Zal ik het aan hem vragen?'

'Nee, nee. Dat hoeft... Ik heb... Het is gewoon dat het nog echter lijkt nu ik het ook van anderen heb gehoord.'

'Stel dat het echt gebeurd is, wat natuurlijk niet zo is, maar stél... Wat maakt het uit? Iedereen raakt ooit dierbaren kwijt. Iedereen gaat ooit dood. Misschien is er inderdaad ooit een meisje geweest dat haar familie verloor en toen zelf stierf. Maar het kan niet anders of zoiets gebeurt vaker. Als iedereen ooit doodgaat, is het logisch dat je óf eerder dan je familie, óf later gaat. Als je maar genoeg mensen hebt, zal zo'n situatie als in het verhaal duizenden keren, misschien wel miljoenen keren voorkomen.'

'Misschien.'

Hij gaat rechtop zitten. 'Niet misschien. Zeker. Net als met de loterij. De kans is ontzettend klein dat je de jackpot wint. En toch wint iemand hem elke week weer.'

'Een van die meiden zei dat het meisje uit het verhaal drie jaar na haar ouders doodging en dat was weer drie jaar na de dood van haar zus. Dat had Alex er niet bij verteld. Heb jij dat ook gehoord?'

'Weet ik niet meer. Wat maakt het uit? Ben je daarom zo geschrokken?'

'Hunter is drie jaar na mijn ouders gestorven,' zeg ik, me tot het uiterste inspannend om normaal te klinken. 'En dat is inmiddels ook alweer bijna drie jaar geleden.'

21

Ik zie mezelf als een modelstudent. Ik weet hoeveel geluk ik heb dat ik kan studeren en ik denk er dan ook niet lichtvaardig over. Mijn ouders hebben me veel geleerd, maar vooral het belang van hard werken. Je kunt pas van je successen genieten en van je fouten leren, als je alles gegeven hebt. Kijk, ik ben geen genie. Ik ben echt niet slimmer dan de meeste anderen. Maar ik betwijfel of er veel zijn die bereid zijn om net zo hard te werken als ik. Mijn goede cijfers heb ik in de eerste plaats te danken aan mijn grenzeloze toewijding.

Mijn ouders waren fanatieke lezers. Overal in ons huis lagen boeken. Ze lazen na het avondeten, voor het avondeten, in bed, aan de ontbijttafel. Ze leerden Hunter en mij al heel jong lezen. Terwijl leeftijdsgenootjes nog met losse letters in de weer waren, hadden wij al kennisgemaakt met Tom Sawyer en Huckleberry Finn. Geen wonder dus dat ik Engels ben gaan studeren. Het gaat me zo gemakkelijk af dat ik me bijna schuldig voel. Ik vertel Nate mijn cijfers maar niet eens meer, anders voelt hij zich rot. Misschien zou je eens naar college moeten gaan, Nate. Misschien zou je eens eerder aan je essay moeten beginnen dan op het laatste moment.

Maar zo ziet hij in elk geval hoe gemotiveerd ik ben. Mijn ouders hebben hun hartstocht voor literatuur op mij overgedragen en ik zou die hartstocht zelf ook het liefst weer doorgeven. De meeste mensen van mijn leeftijd hebben niets met lezen en dat vind ik ontzettend jammer. Ik hoop ooit het tij te kunnen keren.

Ik hoop ooit zo iemand te worden als mevrouw Griffiths: wetenschapper en bohemien in een. Overdag college geven over de Engelse romantische dichters en 's avonds in de kelder van een kraakpand naar poëzie luisteren. Tentamens nakijken op een grasveld in de zon. Recensies schrijven voor literaire tijdschriften. Misschien zelfs ooit een eigen boek schrijven. Mevrouw Griffiths is de meest bevlogen, meest inspirerende docent die ik ooit heb gehad. Ze houdt net zoveel van de romantische dichters als mijn ouders destijds en als ze over Coleridge praat, doet ze dat met zoveel passie en kunde dat ik aan haar lippen hang.

Normaal gesproken dan.

Nu kan ik me nauwelijks concentreren. Ik denk aan Hunter. Ik denk aan de regel van drie. Het is natuurlijk toeval, het is maar een verhaaltje en toch kan ik het niet van me afzetten. Ik krab op mijn hoofd alsof de regel van drie een splinter is in mijn hersenen; een splinter die ik er misschien wel uit kan krijgen als ik maar hard genoeg krab.

Na college ga ik direct naar de faculteitsbibliotheek, een reusachtige ruimte met indrukwekkende gewelfde plafonds en intieme nissen langs de wanden. Net als in de meeste bibliotheken is de stemming ernstig en stil. Dit is de kerk waar de god van de goede cijfers net zo gerespecteerd wordt als de duivel van de deadlines. Studenten lopen door de gangpaden, staren vol ontzag naar de oceaan van kennis waar ze van hopen te drinken. Aan hun houding kan ik al zien wie een serieuze student is, wie op het allerlaatste moment begonnen is en wie een college skipt om een opdracht af te krijgen.

Zelf ben ik helemaal bij met studeren, dus eigenlijk heb ik hier niets te zoeken. Ik hoef helemaal niet langs de kasten te lopen en de eindeloze rijen boeken af te speuren. Ik weet niet eens wát ik zoek. Zoek ik iets over taalkunde, iets over antropologie, iets over etymologie…? Ik heb geen idee.

Natuurlijk hebben de meeste boeken hier betrekking op wat er aan deze faculteit wordt onderwezen en bij mijn weten is er geen vak over legendes. Toch koester ik de hoop hier iets te vinden wat me kan helpen.

Ik voel me licht ongemakkelijk. Alsof ik hier niet hoor te zijn. Alsof ik een bedrieger ben. Alsof elk moment iemand kan ontdekken dat ik hier niet ben om te studeren en me eruit schopt.

Ik loop al zo lang met mijn hoofd gekanteld naar de ruggen te kijken dat mijn nekspieren pijn doen. Ik hoop maar dat ik mijn hoofd nog rechtop krijg als ik hier klaar ben.

Het is een soort bizarre helse bestraffing om in een bibliotheek met tienduizenden boeken te zoeken naar een boek zonder dat je de titel kent of zelfs maar weet waar het over zou moeten gaan.

Ik schat dat ik twee uur bezig ben wanneer ik op een zinnetje van vijf woorden stuit dat er duidelijker uitspringt dan alles wat ik tot nu toe heb gezien. Misschien komt het doordat de titel in vraagvorm is gegoten.

Hoe is het allemaal begonnen?

Ik pak de dunne hardcover van de plank en kijk naar het omslag, dat bijna geheel uit tekst bestaat. De hoofdtitel neemt ongeveer de helft van de ruimte in beslag en de ondertitel de rest.

Een fascinerende studie naar bijgelovige opvattingen en gebruiken en hun uitwerking op het dagelijks leven.

Zonder er zelfs maar eerst in te bladeren installeer ik me met het boek aan een vrije studeertafel. Ik lees niet bijzonder snel – ik krijg nogal snel hoofdpijn – maar dat is nu even niet belangrijk.

Het stofomslag is in nieuwstaat, geen enkele pagina is gescheurd of gevouwen en de rug is ongebroken. Het verbaast me om überhaupt een onbeschadigd boek aan te treffen op een plek waar zoveel barbaren komen. Ik sla het open, blader voorbij het voorwoord en ga meteen naar de inhoudsopgave. Ik ga met mijn vinger over de hoofdstuktitels.

Daar. Dat is het. Ik wist wel dat ik het zou vinden.

'Waarom komt het onheil altijd in drieën?' zo luidt de titel van het hoofdstuk.

Met een iets verhoogde hartslag blader ik naar de juiste pagina en begin te lezen.

Ik lees dat niemand precies weet waar het idee vandaan komt dat het onheil altijd in drieën komt, maar dat er diverse verklaringen zijn. De breedst aanvaarde theorie is dat het concept is ontstaan tijdens de Boerenoorlog. Vraag me niet wanneer die oorlog was en tussen wie, want daar heb ik nog nooit iets over gelezen. In elk geval kwamen Britse soldaten er toen op pijnlijke wijze achter hoe onverstandig het was om drie sigaretten aan te steken met één lucifer. Want vijandelijke scherpschutters werden gewaarschuwd door het flikkerende vlammetje van het aanstrijken van de lucifer, begonnen te richten wanneer de tweede soldaat zijn sigaret aanstak en konden uiteindelijk vuren op soldaat nummer drie. Klinkt logisch.

De andere verklaring is ouder en duisterder. Het getal drie is uiteraard het symbool van de Heilige Drie-eenheid. Iemand die het getal voor te alledaagse handelingen gebruikte, bezoedelde de heiligheid ervan en overtrad de goddelijke wet. Zo iemand lokte rampspoed uit en kwam in de macht van de Boze. Binnen de Orthodoxe Kerk bijvoorbeeld is het een heilige regel om geen drie kaarsen aan te steken met dezelfde lont, omdat degene die een vlam driemaal gebruikt, het vuur van de hel ontsteekt voor zijn eigen ziel.

Oké, goed om te weten als Nate weer eens een joint aansteekt, maar ik weet niet hoe relevant dit is voor mijn huidige situatie. Misschien moet ik het metaforisch bekijken. Misschien ben ik de kaars en heeft iemand me als het ware behekst door dezelfde lucifer te gebruiken.

Ik mag graag denken dat ik een rationeel persoon ben. Ik snap dat de mens geneigd is om patronen te zien, ook als die er niet zijn. Zo werken onze hersenen nu eenmaal. Het is niet verrassend dat we denken dat dingen altijd in drieën gebeuren. Vlak daarna lees ik over apofenie, een verschijnsel dat in 1958 voor het eerst is beschreven door Klaus Conrad. Deze Conrad was een psychiater en neurowetenschapper die onderzoek deed naar vroege symptomen van schizofrenie. Er is sprake van apofenie als mensen patronen gaan zien in een poging om orde in de chaos te scheppen. We willen de wereld om ons heen begrijpen, ook als die niet te begrijpen valt. De mens heeft een onbedwingbare behoefte aan orde en regelmaat. Je zou zelfs kunnen zeggen dat het hele voortbestaan van de menselijke soort op het herkennen van patronen berust. Denk maar aan wiskunde. Wat is een vergelijking anders dan de correcte weergave van een uitkomst door het identificeren van een patroon? Wij mensen zijn gewoon ongelooflijk goed in het herkennen van patronen omdat we er altijd naar op zoek zijn.

Het nadeel is dat we dus ook patronen zien wanneer die er niet zijn. Ons bevestigingsvooroordeel zorgt er bovendien voor dat we vooral patronen herkennen die wijzen op iets waarvan we al weten of geloven dat het waar is. Informatie die niet in dat plaatje past, negeren we, verwerpen we, of zien we simpelweg niet.

Goed, tot zover dus de officiële verklaring. Het onheil komt helemaal niet in drieën, het is gewoon apofenie.

Waarom is het getal drie dan zo belangrijk in onze cultuur? Volgens sommigen heeft het dus te maken met de Vader, de Zoon en de Heilige Geest. Maar misschien is het veel simpeler. Als ik voor jou een boterham maak, dan is de kans vrij groot dat ik er iets op doe wat je niet lust. Maak ik er twee, dan heb je al iets meer keus, al is het nog steeds mogelijk dat je beide opties niets vindt. Maar als ik je de keus geef uit drie verschillende, dan zit de perfecte boterham er misschien nog steeds niet tussen, maar ben je blij dat je in elk geval hebt kunnen kiezen. Drie is het eerste getal dat ertoe doet. Een is enkelvoudig, twee is een paar, maar drie is werkelijk van een ander niveau. Er is één jij en je hebt twee ogen, twee oren, twee handen enzovoort, maar er is niets waar je er drie van hebt. Bij drie wordt het leven interessant.

Zeggen we misschien dat het onheil in drieën komt omdat we zo gewend zijn aan rampspoed dat een of twee nare gebeurtenissen ons niet eens opvallen? Zijn er drie voor nodig om onze aandacht te trekken? Best een deprimerende gedachte.

Het eerste oneven priemgetal? Drie uiteraard.

Drie is onlosmakelijk verbonden met de menselijke conditie. We worden geboren, we leven en we gaan dood. Eerst zijn we kinderen, dan zijn we volwassenen en dan houdt het bestaan op. Het is de reden dat verhalen uit drie akten bestaan. En oké, ik hoor je al zeggen dat Shakespeare stukken van vijf bedrijven heeft geschreven, maar vertel eens een mop? Je zet de basis van de mop neer, dan werk je naar de clou toe en uiteindelijk volgt die clou. Een compleet verhaal in drie bedrijven. Begin, middenstuk, einde. Drie is overal. We kunnen er niet aan ontsnappen omdat het overal is. En wat dacht je van al die moppen waarin drie personages figureren? Een priester, een rabbi en een dominee... Of het filosofische concept van these, antithese en synthese?

En zo gaat het maar door.

Maar begrijpen waar iets vandaan komt is niet hetzelfde als erin geloven.

Ik weet niet goed wat ik moet geloven.

Ik merk dat ik weer aan dat geïrriteerde plekje op mijn hoofd zit te krabben. Misschien ben ik een tic aan het ontwikkelen. Of misschien is het de splinter van de paranoia weer die zich alsmaar dieper in mijn hersenen nestelt.

Ik had gedacht dat ik me beter zou voelen nadat ik dit allemaal gelezen had. Maar in feite ben ik zelfs een beetje misselijk. Ik denk dat ik even pauze nodig heb. Een beetje frisse lucht en zonlicht om weer helder te denken.

Ik ga dus in het gras van de binnenplaats zitten, lekker in de zon. Mijn boeken spreid ik voor me uit, zodat mensen niet denken dat ik een of andere rare ben. Maar ik lees niet. Ik zit alleen maar. En dat is niet zo saai als je zou denken.

Er valt genoeg te beleven als je mensen bekijkt. Ik waan me de voice-over in een natuurdocumentaire waarin twee soorten centraal staan: studenten en universiteitsmedewerkers. Het is fascinerend om ze in hun natuurlijke habitat te observeren. De campus is een afgezonderde biosfeer waar het bruist van het leven. Ook deze dag biedt weer nieuwe kansen voor deze twee verschillende, maar vergelijkbare soorten, die binnen deze campusbiosfeer zowel roofdier als prooi kunnen zijn.

Daar heb je mevrouw Griffiths. Ze heeft stevig de pas erin en het loopt tegen het hele uur, dus vermoed ik dat ze aan de late kant is. Misschien heeft het te maken met de vrij lange, oudere docent die een eindje achter haar loopt. Ze komen volgens mij allebei uit dezelfde richting. Hij lijkt wat moe en gaapt de hele tijd, wat wordt afgewisseld met een slok uit zijn beker afhaalkoffie. Zou hij door haar zo moe zijn en zij door hem zo laat?

Ik heb geen idee hoe hij heet of welk vak hij geeft. Hij maakt een slungelige, onhandige indruk, alsof hij elk moment over zijn lange ledematen kan struikelen.

Verder denk ik dat ik wel honderden studenten voorbij zie komen. Menigten hebben altijd iets fascinerends, vind ik: al die individuele gezichten die tot één anoniem geheel samensmelten.

Een van die gezichten trekt mijn aandacht. Eerst begrijp ik niet goed waarom, dan zie ik flitsen van zonlicht dat weerkaatst wordt door een stel piercings. Ze heeft andere kleren aan en ook haar haar heeft een andere kleur. Het is nu felroze.

Ik sta snel op en loop achter haar aan, al weet ik zelf niet waarom.

Meisje Piercings heeft de overkant van het gazon al bereikt en kan elk moment een gebouw binnengaan, dus ik moet snel zijn.

'Hé!' roep ik als ik dichtbij genoeg ben. Nog steeds weet ik niet waarom ik dit doe.

Ze hoort me niet, of ze realiseert zich niet dat mijn roep voor haar bedoeld is. Ik versnel mijn pas. Als ik eenmaal voor haar loop, kan ze me niet meer negeren als ik nogmaals roep.

Aan de ring door haar lip hangt nu een kleiner ringetje, met daaraan weer een glanzende spike. Het kan niet anders dan dat ze me herkent, maar ze werpt me een geïrriteerde blik toe en loopt stug door.

Ik pak haar bij een arm om haar tot staan te dwingen. Snel en driftig draait ze haar hoofd naar mij.

'Waar slaat dit op?'

Eigenlijk ben ik best timide. Ik ga confrontaties bij voorkeur uit de weg. Dus instinctief laat ik haar los en doe een stapje achteruit. Ik ben spontaan alles vergeten wat ik had willen zeggen.

'Wil je...' stamel ik. 'Hou je van taart?'

'Natuurlijk hou ik van taart,' zegt meisje Piercings. 'Wie niet?'

'Dan wil ik je uitnodigen om ergens een stuk taart te gaan eten,' zeg ik. 'Ik wil je graag even spreken.'

'Ik moet naar college.'

'Straks dan. Ik blijf hier wachten. Het duurt echt niet lang.'

Ze begrijpt hoe serieus ik ben en zegt: 'Twee stukken. Anders gaat het niet door.'

'Deal.'

22

Niet geheel verrassend blijkt Piercings niet haar echte naam. We zijn al een paar minuten in gesprek als ik me realiseer dat ik me nog niet voorgesteld heb. Hoewel 'gesprek' niet het juiste woord is voor de stilte waarin we hier in de koffiebar tegenover elkaar zitten. Zij zit onafgebroken taart te eten en van haar milkshake te slurpen, terwijl ik in mijn koffie staar, hopend op hulp die niet komt.

Ik weet het, ik overdenk dit allemaal te veel. Ik ben verlamd door mijn eigen besluiteloosheid.

Meisje Piercings beseft dat zij de eerste stap moet zetten, anders zitten we hier morgen nog.

'Ik ben Mack,' zegt ze.

'En ik ben Ila.' Van pure opluchting en dankbaarheid gooi ik mijn hand zowat over het tafeltje heen en steek hem absurd formeel naar haar uit, de vingers stijf tegen elkaar gedrukt.

Vanachter haar milkshake kijkt ze ernaar en trekt haar wenkbrauwen hoog op. Dan pakt ze mijn hand beet en schudt hem.

'Mack, zei je?' vraag ik.

'Eigenlijk Mackenzie, maar dat vind ik een stomme naam.'

'Oké. Aangenaam, Mack.'

Ze laat mijn vingers los. 'Prettig kennis te maken of hoe zeg je dat.'

Terwijl zij in de collegezaal zat, heb ik uitgebreid kunnen

nadenken wat ik zou gaan zeggen, maar op dit moment is mijn hoofd leeg. Leger zelfs dan toen ik haar eerder vanmiddag aansprak. Komt dat door mij of door haar?

Geduldig wacht ze af terwijl ze zich bezighoudt met twee punten chocoladetaart en de grootste chocolademilkshake die er op de menukaart staat. Ik vraag me af wat Nate te zeggen zou hebben over haar vrije wil.

Ik heb enkel koffie en zelfs daar heb ik niet echt trek in. Op het moment dat ik bestelde misschien nog wel, maar nu dient mijn beker slechts als decoratie. Iets om mee te prutsen, als afleiding van hoe raar en onhandig ik doe.

Als het eerste stuk taart tot kruimels is gereduceerd, neemt Mack het woord. 'Zal ik maar beginnen?'

'Weet je dan waar ik over wilde praten?'

'Absoluut niet.'

'Dan begrijp ik je niet.'

Mack snijdt met haar vork een stuk van haar tweede punt chocoladetaart af. 'Ik probeer gewoon een balletje op te gooien.'

Ik glimlach verlegen. 'Misschien kan ik niet zo goed vangen.' Bijna glimlacht ze terug en dat is voldoende om mij me iets geruster te laten voelen. Ik haal diep adem, schuif mijn stoel wat dichterbij en zeg: 'Hoe ken jij de regel van drie?'

Ze slikt een hap taart door. 'Geen idee. Hoezo? Is dat wat je wilde vragen?'

'Denk je dat het waar is?'

'Weet ik veel. Misschien wel. Wie zal het zeggen?'

Ik speel met mijn lepeltje.

'Waarom wil je dat weten?' vraagt Mack.

Zal ik het zeggen? Lastig. Dikke kans dat ze denkt dat ik niet goed wijs ben. Als ze ook maar een beetje normaal is, zal ze afhaken zodra ik zeg wat ik echt denk. Mijn eigen vriend gelooft me al niet eens, dus waarom een wildvreemde wel?

Ik vermijd zorgvuldig haar ogen, maar ik voel dat ze onderzoekend naar me kijkt. Wanhopig probeer ik over de angst heen te stappen om voor gek aangezien te worden. Al mijn onzekerheid over wat de mensen van me denken komt terug, in de ene golf van zelftwijfel na de andere. Ik ben weer het kind dat zich schaamt voor haar krullen omdat al haar vriendinnetjes perfect steil haar hebben. Ik ben weer de tiener die zich schaamt omdat ze zulke goede cijfers haalt en in de ogen van haar klasgenoten een nerd is.

'O god,' concludeert Mack. 'Met jou is hetzelfde aan de hand.'

Het is geen vraag.

'Ik... ik weet het niet,' is het enige wat ik uit kan brengen.

'Jezus,' fluistert ze langzaam, diep onder de indruk.

'Niet dat ik geloof in die regel van drie hoor,' zeg ik snel. Te snel misschien. 'Maar ik zie wel overeenkomsten tussen het meisje uit dat verhaal en mezelf. En dat maakt me toch een beetje bang.'

'Zijn jouw ouders ook dood dan? En je zus?'

'Broer,' zeg ik. 'Maar pas ná mijn ouders, niet ervoor, zoals de zus in het verhaal.'

Ze hoort me aan zonder de minste blijk van ongeloof.

'Ik heb een andere versie gehoord dan die jij aan je vriendin vertelde. Ik wist bijvoorbeeld niet dat er steeds drie jaar tussen de sterfgevallen zaten.'

'Wanneer is je broer overleden?' vraagt ze.

'Bijna drie jaar geleden.'

'Vet klote. Wat ben je nu van plan?'

Ik doe mijn mond open, maar kan geen woord uitbrengen. Ik haal mijn schouders op. Ik schud mijn hoofd. Ik denk na.

'Ik wil gewoon weten of het verhaal waar is,' zeg ik uiteindelijk.

'Maar hoe wil je dat uitzoeken dan? Hoe begin je?'

'Met het meisje uit het verhaal. Ik wil weten of ze echt is. Echt wás, bedoel ik.'

'Hoe heette ze?' vraagt Mack.

'Ik hoopte eigenlijk dat jij dat wist.'

'Shit,' zegt ze. 'Sorry.'

Ik had het al min of meer verwacht. Mijn vertrouwde defaitisme steekt de kop weer op. Het verbaast me niet dat niets gaat zoals ik het wil.

'En je weet echt niet meer van wie je het verhaal hebt gehoord?'

Haar uitdrukking zegt genoeg.

'Helemaal niet?' Het is bijna geen vraag meer, maar een smeekbede. 'Oké, geen naam dus, maar kun je je geen andere details herinneren?'

'Zoals wat?'

'Ik weet niet. Ik... Was het bijvoorbeeld een vriend of vriendin van je? Een onbekende? Een familielid?'

'Zeker geen familielid,' antwoordt ze snel. 'Ik kan die familie van me niet uitstaan. Bloedirritante lui. Waarom denk je dat ik ben gaan studeren? Zo slim ben ik helemaal niet, maar het was de snelste manier om weg te komen uit die puinzooi.' Ze aarzelt even. 'Sorry.'

'Waarom?'

'Omdat... Ik bedoel... Misschien moet ik blij zijn dat ik nog een familie héb.'

'O, zo had ik er nog niet eens over nagedacht. Maak je maar

niet druk om mij. Ik zal echt niet in janken uitbarsten als jij zegt hoe je je ouders haat en wat voor zak je broer is.'

'O, oké. Maar toch sorry. Het is vast klote om ze niet meer te hebben.'

Ik knik. 'Ja, dat wel. Ik mis ze op zo ongelooflijk veel manieren. Maar ik probeer vooral aan de mooie dingen te denken. Hoe mijn vader me voorlas toen ik een klein meisje was. Hoe mijn moeder mijn boterhammen elke dag in andere vormpjes sneed. Suffe films kijken met mijn broer. Ik probeer zo weinig mogelijk te denken aan hun dood. Iedereen gaat ooit dood, toch? En ik weet dat ik ze ooit weer zal zien, dus waarom zou ik er een drama van maken? Dat helpt toch niet en ik krijg ze er zeker niet mee terug. Ik wil niet dat ze vanboven zien dat ik de hele tijd loop te huilen.'

Ze prikt wat met haar vork in de taart. Ze is duidelijk niet op haar gemak bij mijn openhartigheid. Waarschijnlijk vindt ze zichzelf heel volwassen met haar twintig jaar en toch komt ze qua reactie niet verder dan: 'Goed van je.'

Om het haar niet nog moeilijker te maken, breng ik het gespreksonderwerp terug naar mijn onafwendbare dood.

'Geen familie dus van wie je over de regel van drie hebt gehoord,' concludeer ik. 'Een vriend of vriendin dan?'

'Dan toch een vriend, denk ik.'

'Van thuis?'

Een paar tellen staart ze over mijn schouder de ruimte in. 'Nee, nee. Korter geleden.'

'Toen je al hier woonde?'

Ze knikt. 'Ja. Ik denk het.'

'Ik heb het ook hier gehoord,' zeg ik.

'Wat zou dat kunnen betekenen?' vraagt Mack.

'De gast van wie ik het heb, zei dat dat meisje hier studeerde. Dus als jij het ook hier hebt gehoord, dan zou ik denken dat áls het echt gebeurd is, het hier gebeurd moet zijn.'

'Dus je denkt dat ze hier op de uni zat?'

'Ja. Klinkt logisch, toch? We hebben de het verhaal hier gehoord omdat het hier is gebeurd. Ervan uitgaande dát het echt gebeurd is natuurlijk.'

'Maar wanneer dan?'

Ik denk na. 'Een paar jaar terug, vermoed ik. Als het korter geleden was, hadden we vast wel meer details gehoord. En als het langer geleden was, zou niemand er meer over praten.'

'Daar zit wat in,' beaamt ze. 'En nu? Heb je een plan?'

'Een plan?'

'Ja. Je weet wel. Om erachter te komen wie ze was.'

'Op de universiteit zullen ze toch wel bijhouden wie hier allemaal heeft gestudeerd?'

'Lijkt me wel.'

'En zouden ze ook bijhouden wie zijn studie niet afmaakt?'

'Ik denk dat dat tientallen keren per semester gebeurt.'

'Dat is zo,' zeg ik nadenkend. 'Misschien noteren ze ook waaróm iemand is gestopt.'

'Voor zover dat bekend is, natuurlijk.'

Ik zucht. 'Je hebt gelijk. Als de sterfgevallen onder studenten niet specifiek bijgehouden worden, kom ik nog niet veel verder.'

'En zelfs al zou je een lijst kunnen krijgen met overleden studenten, dan wil dat nog niet zeggen dat het meisje uit het verhaal erbij zit.'

'Het is een begin,' opper ik, vooral om mijn eigen twijfels te onderdrukken. 'Laat ik beginnen met alle studenten die... laten we zeggen de laatste tien jaar zijn overleden. Dan moet ik een heel eind komen, denk je niet? Ik bedoel, ik kan moeilijk elke vrouwelijke student nagaan die hier ooit ingeschreven heeft gestaan. Dat zijn er duizenden, zo niet tienduizenden. Maar alleen de overleden studentes? Dat zullen er niet zoveel zijn. Maximaal een procent. Hooguit een paar honderd gevallen. Misschien nog niet eens tien.'

'Weet je nog begin dit jaar? Die Duitse jongen die was overleden aan... Was het geen longontsteking?'

'Dat... Ik... Misschien.'

Mack knikt zelfverzekerd. 'En weet je nog dat er een stuk over in de studentenkrant stond?'

'Die lees ik nooit.'

'Ik ook niet echt. Ik blader hem weleens door. Er staan soms leuke kortingsacties in. Maar dat stuk dus... Hoe heet dat ook alweer als iemand dood is? Dat ze dan een verhaaltje over je leven schrijven?'

'Een in memoriam.'

'Dat bedoel ik. Zoiets was er dus ook voor die jongen.'

Mijn ogen worden groter. 'En dus zouden er ook in memoriams voor andere studenten kunnen bestaan.'

'Goed mogelijk.' Mack slurpt luidruchtig van haar milkshake. 'Alleen... Stel dat je iets vindt, wat heb je daar dan aan? Stel dat je erachter komt wie het meisje uit het verhaal was, hoe ben je daar dan precies mee geholpen?'

Goede vraag. Zover had ik nog niet vooruitgedacht.

'Ik wil weten of het ergens begonnen is. Of het een basis heeft in de werkelijkheid,' zeg ik uiteindelijk. 'Als ik niets vind, dat weet ik tenminste dat het gewoon een spookverhaaltje is.'

'En als het waar is?'

'Het kan niet waar zijn,' zeg ik meer tegen mezelf dan tegen

Mack. 'Dat zou nergens op slaan. Er gebeuren aan de lopende band erge dingen. En goed, misschien lijkt er soms een patroon in te zitten. Maar dat wil toch niet zeggen dat die regel echt bestaat? Ja, ik heb drie keer iets ergs meegemaakt en daar zat drie jaar tussen, maar dat is toeval. Dat kan niet anders.'

'Oké,' zegt ze terwijl ze wat meer naar achter gaat zitten. 'Dus je denkt niet dat dit echt allemaal met dat meisje is gebeurd?'

'Nee.'

'Waarom wil je het dan zo graag uitzoeken? Ik bedoel, je gelooft toch niet dat het echt gebeurd is, dus waarom zou je het dan nog uitzoeken?'

'Omdat ik het niet alleen wil gelóven, maar zeker wil weten,' zeg ik, terwijl ik me realiseer dat er haren onder mijn nagels zitten van al dat gekrab aan mijn hoofdhuid. 'Ik moet het onomstotelijke bewijs hebben dat het een onzinverhaal is. Anders blijf ik er toch aan denken en maak ik mezelf nog helemaal gek.'

Op schaapachtige toon vult ze aan: 'Of het wordt je dood.'

23

Weet jij hoe je een meisje vindt dat misschien wel, misschien niet, heeft bestaan en waarvan je de naam niet kent? Precies, ik ook niet. Maar er zijn vast mensen die dat wél weten. Eerst ga ik naar de studentenadministratie, maar daar wordt ik niks wijzer van. Mijn meticuleus uitgedachte verklaring waarom ik absoluut een lijst zou moeten hebben van alle in de afgelopen jaren overleden studenten bezwijkt onder de eerste de beste kritische vraag en de vrouw achter de balie bekijkt me zo wantrouwend dat ik het gevoel krijg de grootste oplichter uit de geschiedenis te zijn.

'Uiteindelijk gaan we allemaal naar digitaal,' zegt de behulpzame jongen van de universiteitskrant. 'Je ziet nu al dat steeds meer mensen een smartphone hebben. Die dingen gaan de wereld veranderen. Serieus, het gedrukte woord is passé.'

Hij heet Zach. Eigenlijk lijkt hij te jong voor deze omgeving. Hoofd vol acne. Bril. Beugel. Een T-shirt met een stripfiguur erop. Hij is klein en mager, heeft puntige ellebogen en een uitstekende adamsappel. Het vettige haar strak achterover in een korte, stijve paardenstaart. In mijn ogen is hij lang niet oud genoeg voor de universiteit. Niet dat ik denk dat het een wonderkind is of zo. Het is meer dat ik zelf op de leeftijd ben dat iedereen die jonger is dan ik automatisch absurd jeugdig lijkt.

'Vind je dat geen probleem?'

'Waarom zou ik?'

'Omdat je voor een studentenkrant schrijft.'

Zach heeft zo'n ketting aan zijn riem die doet vermoeden dat hij een skater is of daar in elk geval voor wil doorgaan.

'Je moet toch ergens beginnen als je ooit serieus journalistiek wilt bedrijven,' antwoordt hij.

'Dus jij wilt de grote scoops van de eenentwintigste eeuw gaan brengen? De volgende Bernstein worden?'

'Misschien. Als ik echt wilde, zou ik dat wel kunnen.'

Ik heb het gevoel dat ik door moet vragen: 'Maar wat zou je eigenlijk willen doen?'

'Films recenseren.'

'O, oké...'

'Films kijken en geld toe krijgen is echt de vetste baan die er is.' Hij begint er helemaal van te stralen. Hij denkt hier duidelijk vaak aan. 'Vipplaatsen voor premières en afterparty's... Kletsen met de sterren... Ik heb gehoord dat je zelf soms ook een sterrenbehandeling krijgt. Zodat je een goede recensie schrijft, snap je?'

'Ja, ik snap het.'

Hij bijt veel op zijn nagels. Zonder merkbare aanleiding schiet zijn hand soms ineens naar zijn mond en begint hij voor een paar tellen te knagen. Een zenuwtrekje misschien, of een of andere vorm van obsessief gedrag.

'Het gaat allemaal digitaal worden,' verzekert hij me opnieuw. 'Zelfs filmrecensies. Die gaan mensen dan op hun smartphone lezen.'

'Vast wel,' zeg ik, al heb ik geen idee of hij gelijk heeft of niet. 'Maar ik heb helemaal geen smartphone.'

'Nóg niet,' zegt hij zelfverzekerd.

'Die dingen zijn veel te duur.'

'Mobiele telefoons waren ooit ook een luxeproduct, maar nu heeft iedereen er een. Over een paar jaar kan niemand meer zonder smartphone, let maar op. De wereld gaat compleet veranderen.'

'Jeetje,' zeg ik op een toon alsof ik diep onder de indruk ben van zijn visionaire blik. Niet dat het mij ook maar iets kan schelen, maar hem duidelijk wel en ik wil hem graag te vriend houden.

'Elektronische boeken gaan ook heel groot worden,' vervolgt Zach. 'Alle grote techbedrijven zijn bezig om een reader te ontwikkelen.'

'Wat is dat dan? Een apparaat om boeken op te lezen?'

'Precies. Dat je overal mee naartoe kunt nemen en waar tientallen boeken op passen, misschien wel honderden.'

'Een soort computer dus?'

'Zoiets.'

'Een computer waar je alleen maar boeken op kunt lezen?'

Het sarcasme in mijn stem ontgaat hem niet. 'Wacht maar af.'

Om hem niet te beledigen, houd ik verder mijn mond en knik alleen een paar keer. Gelukkig laat hij het onderwerp rusten.

Na een stilte van een paar seconden vraag ik: 'Maar je zei dus dat je niet álle oude jaargangen van de krant bewaart?'

'Papier is niet bedoeld voor de eeuwigheid. Er zit een stofje in dat ervoor zorgt dat bomen rechtop kunnen staan, maar vroeg of laat gaat dat oxideren en dan wordt je papier geler en zwakker. Het heet lig… nog wat. Ligotine, liganette, ligakoek, weet ik het. Een soort lijm. Hoe meer je ervan hebt, hoe stijver het papier. En in karton zit er helemaal veel van. Jij dacht zeker dat karton gewoon dik papier was?'

'Uh-huh.'

'En dan die lucht. Oude kranten gaan heel snel vreemd ruiken, omdat het papier zo poreus is. Een ideale omgeving voor schimmels. Je doet er niks tegen, of je moet je kranten in het Noordpoolgebied willen bewaren.'

'Het Noordpoolgebied?'

'Vanwege de luchtvochtigheid,' legt hij uit. 'Die is daar laag.'

'Kun je dan niet beter naar een woestijn gaan?'

'Wat denk je dat het Noordpoolgebied is?'

Ik haal diep adem en lach geforceerd. 'Hoe ver terug gaan je oude jaargangen?'

'Geen idee. Ze liggen in de bibliotheek.'

'Ik had het kunnen weten.' Ik maak aanstalten om te vertrekken. 'Bedankt voor je hulp.'

'Wacht,' zegt hij terwijl hij me achternaloopt. 'Het zit allemaal in gigantische stapels oude dozen.' Hij houdt zijn hand ruim boven zijn hoofd om de hoogte te benadrukken. 'Het gaat je weken kosten om alles door te ploegen.'

'Er zit weinig anders op.'

'Gebruik dan de fiches. Daar bespaar je bakken tijd mee.'

'Waar héb je het over? Visjes? Bakken?'

'Sorry.' Zack slaat zich met de vlakke hand op het voorhoofd. 'Ik bedoel de microfiches. Die kun je gebruiken.'

'Ik snap het nog steeds niet.'

Hij legt zijn handpalmen tegen elkaar en maakt een lichte buiging. 'Vergeeft u mij.' Hij denkt even na en begint dan opnieuw. 'Alle oude kranten zijn ooit pagina voor pagina gefotografeerd en verkleind op doorzichtig materiaal gezet. Maar niet op tape, zoals microfilm, maar op microfiches. Een soort rechthoekige kaarten, zo groot als een flinke floppydisk. In de bieb hebben ze een apparaat waarmee je die fiches kunt lezen. Je stopt zo'n fiche erin en de lezer vergroot alles wat erop staat.'

Hij begeleidt me naar de bibliotheek en laat me zien waar de microfichelezer staat. Ik geloof niet dat het ding me ooit is opgevallen. Van een afstandje lijkt het op een antieke computer. Prehistorisch bijna. Volgens mij is het in geen jaren gebruikt.

'Ze willen hem wegdoen,' vertelt Zach. 'Om ruimte te maken voor een extra leestafel. Doodzonde als je het mij vraagt. Het is toch alsof je een stukje geschiedenis weggooit.'

Hij doet voor hoe je de lezer bedient en laat me zien waar de microfiches bewaard worden, in een metalen archiefkast vlakbij. Hij trekt een lade open en ik zie dat die vol zit met kartonnen dozen, ongeveer zo groot als het doosje van een dubbel-cd. Er zitten geen etiketten op.

'In elke doos zit ongeveer een maand aan fiches,' legt hij uit. 'Iets minder eigenlijk. De rest zit dan in de volgende doos. Doe me een plezier en zet alles in de juiste volgorde terug.'

'Komt voor elkaar.'

Zach steekt triomfantelijk een vuist in de lucht. 'Lignine,' roept hij trots uit. 'Zo heet die lijm in papier. Gelukkig schiet het me nog op tijd te binnen. Ik wilde net vertrekken.'

Hij is zo tevreden met zichzelf dat hij mijn sarcasme niet opmerkt als ik zeg: 'Wat een geluk. Mijn leven heeft weer zin.'

'Veel plezier ermee,' zegt hij wanneer hij weggaat.

De laden zijn verdeeld in vakken, genummerd per schooljaar. De kast bevat waarschijnlijk vele duizenden fiches, die teruggaan tot zeker de vroege jaren negentig.

Ik pak een paar dozen en zet ze naast de lezer. Ik begin met het meest recente jaar. Ik heb besloten om terug in de tijd te werken, omdat ik geen flauw idee heb wanneer het meisje uit het verhaal precies is gestorven. Het kan net zo goed vorig jaar geweest zijn.

Ik kijk naar al die fiches en voel me overweldigd door de omvang van de taak die op me wacht. Maar ik ben ook opgewonden bij het idee om eindelijk wat antwoorden te gaan krijgen.

Wat ik vervolgens met die antwoorden ga doen? Dat weet ik nog niet.

24

Ondanks Zachs uitleg is de microfichelezer best lastig om te gebruiken. Allereerst moet ik de juiste lens plaatsen. Er zijn er twee, elk in een gerafeld kartonnen doosje dat er ongelooflijk teer uitziet. Dit karton bevat duidelijk niet veel ligakoek. De lenzen hebben verschillende vergrotingsfactoren. Zach heeft gezegd dat ik voor de oudste jaargangen vrijwel zeker de sterkere lens nodig heb, dus haal ik voor nu de zwakke uit zijn doosje en zet hem naast de lezer.

In mijn hoofd herhaal ik zijn instructies: zet de lezer aan door de hendel aan de linkerkant over te halen. En dus doe ik dat.

Brommend komt de helse machine tot leven. Onder het scherm, dat sterk op een computermonitor lijkt, bevindt zich een glazen plaat waarop een fel licht schijnt.

Onder de glazen plaat bevindt zich nog een ingewikkeld stuk machinerie, dat ik naar me toe schuif. Ik zie een houder voor microfilms, maar die heb ik niet nodig. In het midden zit de opening waarin ik de lens moet plaatsen.

Gewoon erin klikken, klinkt Zachs stem in mijn hoofd. Je hoeft niets te forceren.

Hij had gelijk. De lens past precies in het gat en blijft keurig zitten. Ik hoor alleen geen klik, dus ik hoop maar dat ik het goed heb gedaan.

De lens zelf zit in een gedrongen plastic cilinder met een tandwiel bovenaan en een onderaan. Na wat prutsen snap ik hoe het werkt. Draai het onderste tandwiel naar links om in te zoomen en naar rechts om uit te zoomen.

Er is een hendel om de glasplaat op te tillen, zodat ik er een microfiche onder kan schuiven. De rechthoekige fiches zijn van buigzaam, zeer donker plastic. Als ik de glasplaat weer laat zakken, zit de fiche vastgeklemd en kan ik hem onder het felle licht schuiven.

Onmiddellijk verschijnt de fiche op het scherm, zo sterk vergroot dat ik kan zien dat er eigenlijk rechthoeken op staan, van elkaar gescheiden door dunne, doorzichtige randen. Elk van de donkere, bijna zwarte rechthoeken is het negatief van een krantenpagina, met witte letters. (Of zijn de letters doorzichtig? Ik weet het niet precies. Tot vandaag wist ik niet eens dat dit allemaal bestond.)

Met een draaiknop op de behuizing kan ik de fiche in de juiste positie draaien. Of liever gezegd, het beeld op het scherm. Handig, aangezien ik de fiche niet helemaal recht onder de plaat heb gelegd.

Ik speel met het zoomwiel en de scherpstelknop totdat de tekst duidelijk te lezen is. Met een beugel op de lenshouder kan ik de lens en tegelijkertijd de lichtbron bewegen, zodat ik van pagina naar pagina kan gaan. Maar dat werkt vrij lastig, dus improviseer ik wat en kom er uiteindelijk achter dat ik ook gewoon de glasplaat kan verschuiven. Dat gaat veel eenvoudiger. Misschien is er nog wel een andere manier om te bepalen welk deel van de fiche op het scherm te zien is, maar daar heeft Zach het niet over gehad en ik wil niet het risico lopen dat ik iets stukmaak. Het ziet er allemaal al zo oud en gammel uit.

Ik schrik een beetje als ik me realiseer dat elke fiche tientallen pagina's bevat. Deze krant is lijviger dan ik in eerste instantie dacht. Het scannen van de pagina's op overlijdensberichten kost al veel tijd en daar komt de onhandige bediening dan nog bij.

Na drie fiches vraag ik me af of dit niet gewoon een enorm frustrerende verspilling van mijn tijd gaat worden.

Maar dan vind ik het eerste in memoriam.

Het gaat om een emeritus-hoogleraar Scheikunde die vorig jaar het tijdelijke voor het eeuwige heeft verwisseld, op de gezegende leeftijd van negentig jaar.

Ik onthoud het paginanummer, want wie weet hanteert de krant een bepaald systeem voor dit soort berichten. Oké, er zullen heus niet elke week precies evenveel personeelsleden, studenten of alumni overlijden, maar in elk geval staat het artikel over de hoogleraar op een van de laatste pagina's, dus ik hoop dat dat het systeem is.

Ik besluit voortaan achteraan te beginnen en dan naar voren te werken.

Al snel blijkt dit een goede ingeving, want al een paar fiches later vind ik de volgende overledene. Een oud-student deze keer, ook al lang met pensioen. Zodra ik het bejaarde gezicht in fotonegatief zie, schuif ik verder. Ik schaam me een beetje voor mijn gebrek aan respect en hoop maar dat hij me vergeeft vanuit zijn laatste rustplaats. Sorry hoor, maar ik kan het me niet veroorloven om uitgebreid over je leven te lezen. Jammer, maar helaas.

Niet lang daarna kom ik eindelijk een bekend gezicht tegen in een van de in memoriams. Het is de Duitse tweedejaars van wie Mack zei dat hij aan een longontsteking was overleden. Ik kende hem niet zo goed, maar vind het toch moeilijk om zijn gezicht te zien. Ik heb er destijds niet zo bij stilgestaan. Aanvankelijk dacht ik zelfs dat hij hier een semester of twee was geweest en daarna terug was gegaan naar Duitsland. Wie weet hoe vaak dit soort dingen gebeuren: dat iemand doodgaat en we het niet eens merken.

Tot vandaag had ik nooit enige belangstelling gehad voor de universiteitskrant. Ik heb niet echt de tijd om naast mijn studie nog te lezen en al helemaal niet over de resultaten van het universitaire basketbalteam. Ik merk dat de krant überhaupt veel aandacht besteedt aan sport. Je kunt je zelfs afvragen of er wel een krant zou zijn als er geen sport was om over te schrijven. En dan gaat het niet alleen om wedstrijdverslagen. Ik zie ook interviews met spelers, beschouwingen over trainingen, overzichten van blessures, analyses van tegenstanders... Het gáát maar door. Voor een in memoriam blijft dan maar een halve kolom over. Een heel leven gereduceerd tot een paar honderd woorden.

Wat leven we toch in een belachelijke maatschappij.

Nee, wacht, misschien ben ik te streng. Zo verkeerd is het niet om het leven in al zijn facetten te vieren, al was het maar om ons te helpen omgaan met de onvermijdelijkheid van de dood.

Ik haal een paar keer rustig adem. Ik moet me concentreren.

Ik weet niet meer hoe laat ik hiermee ben begonnen. Uren en minuten hebben geen betekenis meer. Ik mis zelfs een paar sms'jes van Nate. Of liever gezegd, ik negeer ze. En als hij belt, druk ik hem weg en zet mijn telefoon op stil. Hij weet dat ik nu geen college heb, dus zal hij zich wel afvragen wat ik aan het doen ben. Jammer dan. Hij wacht maar gewoon.

Ik realiseer me dat ik een beetje moe ben en licht in mijn hoofd, en dat is natuurlijk foute boel. Ik ben iets te geconcentreerd bezig geweest met die regel van drie. Ik graai in mijn tas naar wat snoep om mijn bloedsuikerspiegel snel op te krikken. Een paar minuten later gaat het alweer en kan ik weer aan het werk.

Ik merk niet dat het buiten al donker begint te worden.

Pas als ik opsta om naar de wc te gaan, valt het me op dat de zon al onder is. Het is rustig in de bibliotheek. Er zitten maar een paar andere bezoekers. Ik ben de enige in de toiletruimte, waar het zo koud is dat ik bijna spijt krijg dat ik mijn jas niet aan heb gehouden. Ik ga op de ijzige bril zitten en sla mijn armen om mezelf heen om het een klein beetje warmer te krijgen.

Op de wanden van het hokje staat hier en daar wat graffiti.

IK HEB NIKS INTERESSANTS TE ZEGGEN, staat er in dikke zwarte inkt.

WAAROM NEEM JE DAN EEN STIFT MEE ALS JE GAAT PISSEN? heeft iemand anders eronder geschreven.

Daar moet ik even om glimlachen, totdat mijn oog valt op drie korte zinnetjes in kleine blauwe letters.

DE REGEL VAN DRIE WACHT GEDULDIG EN TROUW, staat er als eerste.

Boven mijn hoofd beginnen de tl-buizen te flikkeren.

Ik hoor voetstappen op de gang. Ze komen dichterbij. Een langzame tred, een vast ritme. Zware voetstappen, die door de diepe stilte in de bibliotheek nog luider lijken. Ze dreunen zelfs boven het geklater van mijn plas uit.

Het geluid stopt bij de deur van de toiletruimte waar ik zit. Vreemd, want de voetstappen zijn hoogstwaarschijnlijk van een man en het bordje op de deur is toch duidelijk genoeg.

Ik knijp uit alle macht af om beter te kunnen luisteren en wacht tot de voetstappen zich verwijderen. Het herentoilet zit aan de andere kant van de gang. Ik ben er nota bene voorbijgekomen op weg hiernaartoe.

Ik blijf wachten. Ik hoor niets. De drang om verder te gaan met plassen wordt groter en groter. Het tl-licht blijft flikkeren.

Ik vind dit helemáál niet prettig. Iets voelt niet goed. Waarom staat er een man bij de deur van het damestoilet?

Dan hoor ik de deur zacht kraken. Ik had het al bijna verwacht.

Ik had het móéten verwachten.

Het geluid van een schoen op de tegels.

O god, hij komt naar binnen.

Wat is dit, verdomme?

Een stomme studentengrap? Een weddenschap?

Of is het serieuzer?

Er zijn maar vijf hokjes. Ik zit in het vierde hokje vanaf de deur. Gewoon, zonder reden.

Ik merk dat mijn deur niet op slot zit. Maar ik weet zeker dat ik dat wel heb gedaan. Wie doet zijn wc nou niet op slot? Ik in elk geval wel, dus nu ook. Dat weet ik zeker. Toch is de deur open. Kan een slot uit zichzelf opengaan?

Niet dat de deur wijd openstaat. Op een kiertje hooguit. Maar hij is zeker niet op slot.

Als ik naar voren reik om hem dicht te duwen, zie ik dat het slot kapot is. De deur kán helemaal niet op slot. Dat had ik toch eerder moeten merken? Waarom heb ik dat niet gemerkt?

Langzaam maak ik mijn voeten los van de vloer.

Door mijn knieën een eind op te trekken probeer ik mijn voeten hoger op te tillen dan de ruimte onder de deur en de wanden van mijn hokje. Dat is nog best moeilijk. De aandrang om te plassen wordt met de seconde groter.

De tl-buizen flikkeren nog steeds.

Ik houd mijn adem in.

Dit slaat nergens op, zeg ik tegen mezelf. Dit slaat allemaal nergens op.

Dan gaat een van de lampen uit en wordt het donker in precies het deel van de toiletruimte waar ik zit.

Ik kan een kreet van schrik nog net onderdrukken.

De deur van de toiletruimte valt met een klap dicht. Ik heb geen voetstappen meer gehoord, dus moet hij er nog zijn. Maar hij maakt geen beweging meer. Hij staat stil, geluidloos. En ik zit, eveneens geluidloos. De spanning van het ophouden van mijn plas en het optillen van mijn benen gaat over in pijn.

Ik vertrek mijn gezicht van de inspanning.

Mijn benen trillen.

Misschien duidde het dichtvallen van de deur erop dat hij wegging. Misschien is hij vertrokken en heb ik het gewoon niet gehoord. Het geluid van de dichtslaande deur kan zijn voetstappen hebben overstemd, toch?

Niet waarschijnlijk.

Wat betekent dat hij ergens buiten mijn toilethokje staat. Dat hij daar staat te staan, zonder iets te doen. Tenzij...

Tenzij hij onder de deurtjes door probeert te kijken.

Nee, wacht. Opnieuw voetstappen. Niet op de gang. Twee langzame stappen. Ze klinken luid op de tegels.

Dan weer stilte.

De overgebleven tl-buizen flikkeren weer.

En gaan dan een voor een uit.

Duisternis valt over de toiletruimte.

Wat is dit?

Dit kan niet waar zijn.

Ik wil per se mijn voeten van de vloer houden en prop mijn vingers onder mijn dijen om ze wat ondersteuning te geven. Ik span mijn bekkenbodemspieren zo hard aan dat ik er kramp van krijg.

Zacht gepiep van scharnieren.

Dan stilte.

Geschuifel van voeten.

Weer gepiep van scharnieren.

Weer stilte.

Dan gaat langzaam de deur van mijn hokje open…

Wakker worden, Ila, schreeuw ik tegen mezelf.

25

Met een schok kom ik bij bewustzijn, met een droge mond en een bonzend hart. Ik ben in de war, weet niet waar ik ben, maar voel de kilte van de wc nog. Het tl-licht boven me flikkert op precies dezelfde manier als in mijn droom, voordat het uitging.

Ik zit nog gewoon achter de microfichelezer. Ik verdraai bijna mijn nek als ik een blik over mijn schouder werp om te zien of ik alleen ben. Het voelt alsof ik uren heb geslapen en tegelijkertijd alsof het maar een paar minuten waren. Ik ben ergens waar de tijd niet te meten valt. Waar de natuurwetten niet gelden.

Ik doe mijn ogen dicht en knijp in mijn neusbrug. Mijn polsslag is nog steeds erg hoog, maar begint al te dalen. Ik kan me niet herinneren dat ik ooit een droom heb gehad die zo echt was of zo'n sterk lichamelijk effect op me had als deze. Ik zit te trillen op mijn stoel.

Het was niet echt, zeg ik tegen mezelf. Het is voorbij. Ik wist niet dat ik zo gespannen was, dat mijn angsten zo'n impact hadden. Even overweeg ik om het er gewoon bij te laten zitten en die hele stomme regel van drie te vergeten. Het kán niet echt zijn. Ik weet het. Toch kan ik dat onbehaaglijke gevoel niet van me afschudden.

Blijf bij je besluit, Ila.

Je moet niet enkel gelóven dat het niet echt is.

Je moet het bewijzen.

Ik kijk nogmaals over mijn schouder om er zeker van te zijn dat niemand me in de gaten houdt en ga dan verder met mijn research. Mijn vermoeidheid maakt dat het toch al trage proces nog langzamer gaat, maar ik stop pas als ze me eruit schoppen. Ik bedenk me dat ik niet eens weet wanneer de bibliotheek dichtgaat. Er zullen inmiddels wel honderd ongelezen sms'jes van Nate zijn. Toch laat ik me niet afleiden. Ik geef veel om Nate, maar ik weet dat ik niet van hem houd. Misschien heb ik dat vroeger wel gedaan. Of misschien heb ik hem altijd gewoon graag gemogen en meer niet. Misschien is hij voor mij slechts een remedie tegen eenzaamheid. Hoe dan ook: hoewel ik niet tegen hem wil liegen over wat ik aan het doen ben, kan ik ook niet eerlijk zijn. Ik zit niet te wachten op een preek. Op cynisch commentaar. Ik maak het later wel goed, als dit allemaal voorbij is.

Waar was ik?

Ik heb nu bijna negen jaargangen doorgenomen. Er zijn vijftien nummers per semester, dus dertig per jaar. Elke fiche bevat één nummer. Het aantal pagina's varieert per nummer, maar gelukkig staan de overlijdensberichten steevast op de laatste zes pagina's. Ik zou zo snel niet kunnen uitrekenen hoeveel honderden nummers ik al heb gezien.

Ik sta op het punt om de huidige fiche weer onder de glasplaat vandaan te trekken als ik me realiseer dat ik er niet eens naar gekeken heb – althans, ik kan me dat niet herinneren. Ik moet ergens in slaap zijn gevallen. Ik begin het beeld al naar de laatste pagina's te verschuiven als iets mijn aandacht trekt.

Iets ergens aan het begin van het nummer. Een woord. Een zinnetje. Iets opvallends.

Ik heb gemerkt dat als je naar een bepaalde pagina wilt gaan, ik het beste vrij ver kan uitzoomen, zodat er meerdere pagina's tegelijk op het scherm te zien zijn. Hoe verder ik uitzoom, hoe sneller ik door de fiche kan bewegen. Als ik dan de laatste pagina gevonden heb, centreer ik het beeld, zoom ik weer in en stel ik scherp, waarna ik de fiche in kleine stapjes verplaats, zodat er telkens één volledige pagina te zien is.

Ik zoom nog een beetje verder in en verplaats de fiche in een poging om datgene terug te vinden wat mijn aandacht trok.

Ja, daar.

Afscheid

Ergens in een onderkopje.

Ik verschuif de glasplaat totdat ik de juiste pagina precies voor de lens heb en draai dan aan het tandwiel om in te zoomen tot beeldvullend formaat. Nu is alles één grote, onleesbare brij, maar met het tweede tandwiel stel ik de weergave scherp.

Afscheid van geliefde studente.

Er staat een foto bij. In negatief uiteraard. Een avondwake, zo te zien. Donkere gestalten tegen een heldere lucht. Zwarte kaarsvlammen. Een jonge vrouw spreekt een kleine menigte jongeren toe. Studenten van bijna tien jaar geleden.

Haar korte leven werd geplaagd door tragedies.

Ik lees snel verder, met elk woord verwachtingsvoller. Spanning, angst, ongeduld: ik voel alles tegelijk. Ik voel me alsof ik veel te veel koffie heb gehad. Ik ben extreem alert, maar niet op een goede manier. Ik adem te snel, te oppervlakkig.

Aan de ene kant wil ik het hele artikel in me opnemen, aan de andere kant probeer ik wanhopig op de informatie te focussen die me kan vertellen wat ik moet weten. Wat kan mij het schelen welke bijvakken ze allemaal volgde of wat haar vrienden over haar zeiden? Wat boeit het mij wat voor effect ze op mensen had en wat haar hobby's waren? Het artikel is zo te lezen geschreven door een bekende van haar en het is net zo sentimenteel als je zou verwachten. Over de doden niets dan goeds, ja toch? Wat voor asociale rotzak je bij leven ook was, in je overlijdensadvertentie word je heilig verklaard. Alsof alleen de positieve dingen het waard zijn om herinnerd te worden. Slechte ouder? Overspelig? Leugenachtig? Daar denken we niet meer aan, want je hebt ooit een zwemwedstrijd gewonnen.

Halverwege de wijdlopige liefdesbrief aan de overledene begin ik te denken dat er niets inhoudelijks meer gaat komen. Het ene cliché wordt afgewisseld door de andere mierzoete anekdote over vriendschap. Daartussendoor citaten van studenten en docenten.

Kom op, vertel dan over die tragedies. Rot op met die 'bitterzoete vreugde' en dat 'scherpe gevoel voor humor'.

'We gaan zo sluiten,' zegt een stem achter me.

Ik schiet overeind van schrik, breng mijn hand naar mijn borst.

Ik kijk over mijn schouder. Het is in elk geval Zach niet. Het is een oudere man die ik eerst niet herken. Mager. Behoorlijk lang.

'Nog een paar minuutjes.'

'Het is tien uur.'

'U maakt een grapje.'

'Waarom zou ik grapjes maken?'

Ik rommel wat met de dozen met fiches, zodat het net is alsof ik begin op te ruimen. De man gaat weg en ik realiseer me dat hij degene is die ik eerder vandaag met mevrouw Griffiths heb gezien.

Ik draai me weer naar het scherm. Nu gaat het komen, ik voel het.

Al vroeg verloor ze haar oudere zus.

Ik staar zo intens naar het scherm dat mijn ogen pijn doen. Mijn mond is kurkdroog. Ik lees zo snel als mogelijk is zonder een woord te missen. Mijn neus raakt het scherm bijna, mijn ellebogen heb ik op het bureaublad geplant.

Ik moet de fiche weer verplaatsen, want het artikel gaat verder op de volgende pagina, die zich op de rij eronder bevindt.

Door alle adrenaline is er van mijn coördinatie weinig over. Ik krijg de volgende pagina nauwelijks netjes voor de lens. Ik kan de zoom- en scherpstelwielen bijna niet meer bedienen. Eerst zoom ik te ver uit, dan te ver in en vervolgens mislukt het scherpstellen en wordt de tekst waziger dan ooit. Ik probeer alles zo snel mogelijk te doen, want die kerel kan elk moment terugkomen om me weg te sturen.

Overal gaan de plafondlampen uit, net zoals in mijn droom en de hele bibliotheek baadt in het duister. De gloed van mijn scherm en het licht van de lamp onder de glasplaat worden er alleen maar intenser van.

Ik ben zo geconcentreerd op mijn taak dat ik nauwelijks reageer op het doven van het licht. Het houdt me in elk geval niet tegen.

Mijn lippen zijn kurkdroog, mijn vingers trillen, maar eindelijk heb ik de tekst helder en leesbaar op het scherm.

Ik heb haar gevonden.

Amy's ouders beroofden zich van het leven.

Amy. Ze heette Amy.

O god, de regel van drie is niet zomaar een verhaal.

26

De rest van de week loop ik rond als een zombie. Uiterlijk lijk ik niet zoveel veranderd, op de wazige blik in mijn ogen na. Ik luister niet als iemand iets tegen me zegt. Op vragen geef ik geen antwoord. Elk woord uit de mond van mijn docenten klinkt als ruis van een kapotte radio.

Ik zit bij mijn favoriete vak, maar ik maak niet eens aantekeningen. Ik steek mijn hand niet op om deel te nemen aan de soms verhitte discussies. Mevrouw Griffiths kijkt een paar keer mijn kant op. Het is haar opgevallen dat ik niet zo actief meedoe als normaal en ze kijkt verbaasd naar me. Het is niet zo dat ik oogcontact met haar probeer te vermijden. Ik kijk simpelweg dwars door haar heen, als ik tenminste niet naar het lege vel in mijn notitieboek staar.

Het hele college lang blijft dat vel leeg. Het is een notitieboek van uitstekende kwaliteit, eigenlijk luxueuzer dan ik me kan veroorloven. Maar ik merk ik dat er een verband is tussen de kwaliteit van het notitieboek en de kwaliteit van de aantekeningen erin. De pagina's zijn van dun papier, dat net niet geel, net niet wit is. Ze zijn gelinieerd met dunne bruine lijntjes. Tweeëndertig per pagina. Dat weet ik omdat ik ze onwillekeurig steeds tel, in een poging om te negeren wat er om me heen gebeurt. Dat is het enige wat mijn geest op dit moment aankan.

Hoe moe ik ook ben, ik ben klaarwakker.

Ik weet niet precies hoe lang ik vannacht geslapen heb. Ik heb in elk geval nog lang wakker gelegen nadat Nate onder zeil was. Hij heeft niet aangedrongen op seks. Zelfs hij had wel in de gaten dat dat er niet in zat. Hij bleef vrij lang in de badkamer voordat hij naar bed kwam.

Hij heeft echt geprobeerd om me ervan te overtuigen dat ik me druk maakte om niets.

Maar ik kan niet doen alsof de vraag niet bestaat. Hij volgt me als een schaduw. Hij is er altijd, ook als ik hem niet zie. Soms is hij duidelijk en kraakhelder, dan weer vaag en onbeduidend. Maar het is altijd dezelfde vraag. Er valt niet aan te ontkomen.

Komt het onheil altijd in drieën?

Toegegeven, de regel van drie lijkt niet volledig verzonnen te zijn, maar dat wil toch niet zeggen dat ik ten dode opgeschreven ben?

Mijn ouders zijn gestorven door een ongeluk in huis, terwijl die van Amy suïcide hebben gepleegd. Haar zus is omgekomen in het verkeer, terwijl mijn broer een hartaanval heeft gehad.

Gelijksoortig, maar niet hetzelfde.

Eindelijk een aanleiding om mijn pen te gebruiken.

Ik maak twee kolommen. In de eerste schrijf ik *broer/zus: ongeval*, op de volgende regel *ouders: zelfdoding* en dat weer gevolgd door *Amy: ???* Ik weet niet hoe ze aan haar einde is gekomen, want dat vermeldde het in memoriam niet. Mack had het erover dat ze 'zomaar ineens dood was', maar dat kan natuurlijk van alles betekenen.

In de tweede kolom schrijf ik *ouders: ongeval* op en daaronder *broer/zus: natuurlijke oorzaak*.

De derde regel blijft heel lang leeg.

De pen trilt in mijn hand.

Ik merk dat ik de aandacht getrokken heb van de medestudent die het dichtst bij me zit. Misschien kan hij lezen wat ik heb opgeschreven. Hij zal me wel raar vinden.

Toch bijzonder hoe iets wat gisteren nog zo belangrijk was, vandaag ineens irrelevant kan zijn.

Ik haal diep adem en schrijf de derde regel.

Ik: ???

Maakte ik een geluid of zo? Een diepe zucht, of wat gemompelde woorden van angst?

Iedereen kijkt naar me.

Dus niet alleen de student naast me, een stoner met een sneu sikje. Ook het knappe meisje vlak voor me heeft zich omgedraaid, de wenkbrauwen bevreemd gefronst. Ook de sportfreaks in de rij voor haar zitten omgedraaid in hun bank. Eentje zit kauwgom te smakken.

Ik kijk over mijn schouder en zie dat ik ook in de achterste regionen van de collegezaal veel bekijks trek.

Dat kan maar één ding betekenen…

'Ila?' vraagt mevrouw Griffiths.

Net als iedereen kijkt ook zij me strak aan.

Dat moet het zijn. Ze heeft me iets gevraagd en ik heb het niet eens gemerkt.

'Neem me niet kwalijk, wat vroeg u?' vraag ik.

Gemompel her en der. Sommige studenten grijnzen. Er wordt gegniffeld.

Ik voel mijn wangen warm worden.

Ik kan niet meelachen met de rest. Er wórdt om me gelachen.

'Storen we je?'

Mevrouw Griffiths, tot enkele seconden geleden mijn favoriete docent, geniet ervan om me te zien spartelen. Ze is de moederpoes en mijn medestudenten zijn haar kittens. En ik ben de muis waarmee ze speelt.

Op onschuldige toon vraagt ze: 'Waarom vertel je ons niet even wat je hebt opgeschreven?'

Mijn hart slaat over. Ik schaam me dat ik niet heb opgelet en betrapt ben. Maar erger nog, ik ben doodsbang dat iemand ziet wat ik doe.

'Niet verlegen zijn, Ila,' zegt mevrouw Griffiths. 'Waarom lees je niet eens voor wat er zo belangrijk is? We zijn allemaal heel benieuwd.'

Mijn gezicht is uitdrukkingsloos en ik maak geen geluid, maar mijn vochtige ogen verraden me. Nu geen tranen, alsjeblieft. Ik doe zo hard mijn best om niet te knipperen dat ik ervan ga trillen.

Mevrouw Griffiths beseft dat ze te ver is gegaan. Ze dacht me een speelse reprimande te geven, maar heeft me in feite diep vernederd. Inmiddels vallen er toch een paar tranen op mijn notitieboek. De blauwe letters in de twee kolommen worden vlekkerig.

Ze stottert en stamelt, klapt dan in haar handen om de aandacht van haar bloeddorstige kittens weer op de lesstof te richten.

Ik beweeg me niet.

Ik kijk niet in mijn notitieboek.

Ik kijk niet naar de andere studenten, van wie sommige nog steeds mijn kant op kijken in de hoop er alsnog achter te komen wat er daarnet gebeurde.

In plaats daarvan kijk ik naar mevrouw Griffiths.

Met gloeiende wangen en rode ogen zit ik stokstijf in mijn bank naar haar te kijken. Ze denkt dat zij dit heeft veroorzaakt. Ze kan niet weten wat er echt speelt. Dat ik doodsbang ben. Maar ik wil haar laten lijden. Ik wil dat ze opgevreten wordt door schuldgevoel. Dat die wrede poezenmoeder stikt van spijt.

Ik weet niet hoe lang de rest van het college nog duurt. Het maakt niet uit. Twee minuten of een halfuur, het interesseert me niet. Ik blijf tot het einde toe naar haar staren.

Ze doet alsof ze het niet merkt. Ze doet alsof ze niet naar me kijkt.

Maar ik weet het.

Zij weet het ook.

Ik projecteer al mijn angst, vernedering en woede op haar.

Laserstralen, gevoed door mijn wraakzucht, suizen door de ruimte en doen haar verdampen tot atomen.

Met mijn gedachten probeer ik haar hoofd uiteen te laten spatten.

Of nee, eerst moet ze lijden.

Ik wil dat ze haar ondergang voelt naderen, in de volle wetenschap dat ze het allemaal zelf heeft veroorzaakt. Ik ben zelf verbaasd van het vuur waarmee ik een ander kwaad blijk te kunnen toewensen.

Ik ben een wildevrouw. Ik ben een beest.

Wie weet waar ik allemaal toe in staat ben?

Mevrouw Griffiths kijkt op de klok, richt zich dan tot de zaal. 'Tot slot wil ik jullie iets meegeven om over na te denken: moet poëzie ergens over gaan? Of zijn de woorden op zichzelf genoeg? Heeft een aantrekkelijk metrum intrinsieke waarde? Zou "Kubla Khan" van Coleridge minder waardevol moeten zijn dan "Do Not Go Gentle into That Good Night" van Thomas? Ik weet het antwoord op deze vragen zelf ook niet, dus ga er maar niet vanuit dat jullie het van mij zullen horen.' Ze glimlacht. 'Maar ik ben zeer benieuwd naar jullie inzichten.'

Het college is voorbij.

Langzaam berg ik mijn spullen op. Langzaam kom ik uit mijn bank. En nog langzamer loop ik naar de uitgang van de collegezaal.

Op mijn medestudenten let ik niet. Misschien kijken er een paar mijn kant op en vragen zich af wat me mankeert.

Ik voel haar ogen branden als ik de brede trap afdaal. Het sleetse tapijt was wellicht ooit groen. Maar dat is lang geleden. Nu is het een onopvallende aardetint. Jaren van vuile schoenzolen hebben het groen bezoedeld en al het leven eruit gestampt. Als een kaalgestript bos.

'Ila.'

Ik wil haar negeren. Ik probéér haar te negeren.

Maar telkens weer verbaast het me hoe ik zelfs in de simpelste dingen nog faal.

Ik ben echt wereldkampioen falen.

Langzaam loop ik richting de uitgang, maar dus ook richting haar. Buiten op de gang verzamelen de studenten zich al en degenen die nog binnen zijn, verdringen zich voor de deuropening.

'Ila,' zegt mevrouw Griffiths nog een keer.

Mijn blik is gericht op het geblondeerde haar van het meisje voor me. Ik concentreer me er zo sterk op dat ik de gespleten haarpunten kan tellen.

Mevrouw Griffiths is nu zo dichtbij dat ik haar parfum kan ruiken.

'Ila.'

Dan kan ik me niet meer beheersen. 'Ja, wát?'

Meisje Gespleten Haarpunten schrikt ervan.

Mevrouw Griffiths doet een stap achteruit en gebaart dat ik naar haar toe moet komen. Meisje Gespleten Haarpunten kijkt mijn kant op, net als verschillende anderen die bij de deur staan te wachten.

Ik vind al die aandacht maar niets, dus stap ik uit de rij en loop naar de plek waar mevrouw Griffiths staat te wachten.

Ze is aan de jonge kant voor een hoogleraar. Ik schat haar rond de dertig. Haar huid is nog volmaakt glad en haar haar prachtig roestrood. Waarschijnlijk is het nog haar natuurlijke kleur ook. Ze heeft het meestal opgestoken, maar dat staat haar niet. Alsof ze volwassener wil lijken. Ik weet dat veel jongens in mijn jaar haar een lekker wijf vinden. Ik misschien ook wel. Maar op dit moment ben ik woedend op haar.

'Gaat het?' vraagt ze.

Een volkomen overbodige vraag. We weten allebei dat dat niet zo is.

Ik geef geen antwoord.

'Je bent de hele week al jezelf niet.'

'U kent me niet eens.'

Ze lijkt ontdaan. Fronst haar wenkbrauwen. Verplaatst haar gewicht van het ene been op het andere. 'Ik zie toch wat ik zie? Normaal zit je constant aantekeningen te maken. Ik denk weleens dat je letterlijk álles opschrijft wat ik zeg, inclusief alle uhs en uhms.'

'En dus?'

'Vandaag denk ik niet dat je ook maar één woord van mijn college hebt meegekregen.'

'Dus toen leek het u een goed idee om me voor paal te zetten?'

'Zo zou ik het niet willen noemen.'

'Hoe dan wel?' sneer ik. 'Me belachelijk maken? Vernederen? Pesten?'

'Als het voor jou zo voelde, dan bied je ik mijn verontschuldigingen aan.'

'U zag dat ik zat te huilen,' zeg ik, 'en toch wacht u met sorry zeggen tot iedereen weg was.'

Ze knikt. 'Je hebt gelijk. Wat ik deed was niet oké en ik had meteen sorry moeten zeggen.'

'Kan ik dan nu gaan?'

Ik begrijp niet goed waarom ze zo treurig kijkt als ze zegt: 'Ja, natuurlijk. Vanzelfsprekend. Ga maar.'

Ik beweeg me naar de deur.

'Ik maak me zorgen om je,' zegt mevrouw Griffith tegen mijn rug. 'Je bent jezelf niet. Is er iets gebeurd?'

'Nee hoor,' zeg ik. 'Nog niet.'

27

Vanaf het moment dat ik om twaalf uur thuiskwam, is Nate al woest op me. Waar heb ik gezeten? Waarom heb ik niets van me laten horen? Waarom heb ik niet teruggebeld? Zelfs geen sms'je gestuurd? Hij was gek van bezorgdheid. Doodsbang dat er iets met me gebeurd was. Rond een uur of negen is hij de ziekenhuizen in de omgeving gaan afbellen. Dit is zó onverantwoordelijk van me. Zó respectloos. Betekent hij dan niets voor me? Is het zó'n moeite om af en toe aan hem te denken? Ben ik boos op hem? Waarom heb ik geen rekening met hem gehouden? Wie was er bij me? Wat hebben we gedaan?

Ik vertel dat ik weer in de bibliotheek was, net als elke dag en elke avond de afgelopen week. Dat ik weer de studentenkrant heb zitten uitpluizen op nog meer vermeldingen van Amy of op aanwijzingen dat ook anderen te kampen hebben gehad met de regel van drie.

De simpele waarheid is dat ik gewoon de tijd ben vergeten.

Hij twijfelt nog of ik lieg of niet. Zelfs al was ik de hele dag en nacht in de bibliotheek, dan nog had ik toch wel even kunnen sms'en?

Nu voel ik me inderdaad gedwongen om te liegen. Hij hoeft echt niet te horen dat hij op dat moment, gedurende die paar uur, totaal niet belangrijk voor me was. Houdt dat in dat hij nóóit belangrijk voor me is geweest? Als ik hem een hele dag kan negeren, een hele dag geen rekening kan houden met zijn gevoelens, geef ik dan wel om hem?

Ik zeg dat ik het te druk had met mijn research.

Wat op zich waar is. Het is een versie van de waarheid.

Hij is verbijsterd dat ik zo'n stomme legende belangrijker vind dan onze relatie. Wat hem betreft, kom ik altijd als eerste. (Dacht hij er in de slaapkamer ook maar zo over.)

Dan gaat hem een lichtje op. De bibliotheek gaat om tien uur dicht. De campus is nog geen twee kilometer hiervandaan. Wat heb ik dan in die tussenliggende twee uur gedaan?

Goede vraag.

Ik ben gewoon gaan lopen, zomaar nergens heen. Ik heb lopen denken over mijn familie, over Amy, over de regel van drie.

Als in een roes bleef ik maar lopen. Bij bewustzijn, maar niet langer in controle over mijn eigen lichaam.

Ik denk dat ik op een gegeven moment een bankje heb gevonden en in het licht van een straatlantaarn voor de duizendste keer Amy's in memoriam heb gelezen.

Nate zegt dat ik niet goed wijs ben om zo laat in mijn eentje de straat op te gaan. Precies zo komen vrouwen in de problemen.

Niet de verantwoordelijkheid bij de vrouw leggen, Nate.

Zo bedoelt hij het natuurlijk niet, stamelt hij en daardoor vloeit eindelijk de woede uit hem weg.

Hij neemt me in zijn armen.

Hij is blij dat ik veilig thuis ben.

Alleen dat 'thuis' klopt, maar dat zeg ik maar niet.

Of ik trek heb?

Niet echt, maar laat ik toch maar iets eten. De laatste maaltijd is zo lang geleden dat ik serieus risico loop op een hypo.

Ik knik, waarop Nate iets voor ons gaat maken.

Ik vertel alles over de microfiches en hij is net zo verbaasd als ik toen ik ontdekte wat dat zijn en wat je ermee kunt doen. Ik leg uit hoe de lezer werkt en vertel dat de bibliotheek kasten vol fiches heeft.

Hij wil weten wat er op al die andere fiches staat, maar op die vraag moet ik hem het antwoord schuldig blijven. Daar heb ik niet zo op gelet.

Als we klaar zijn met eten, zegt hij: 'Laat maar eens zien dan, wat je gevonden hebt.'

Ik aarzel. 'Waarom? Je gelooft me toch niet.'

'Ik wil het gewoon zien.'

Ik haal de printjes uit mijn tas en geef ze aan hem. Hij heeft een paar minuten nodig om ze te lezen. Een paar keer kijkt hij op van het papier; ik vermoed bij het woord 'tragedies' en bij de passages over hoe Amy's zus en ouders aan hun einde zijn gekomen.

'Je weet toch wat ik gezegd heb?' vraagt hij. 'Als er maar genoeg mensen zijn, is de kans groot dat zulke dingen veel vaker...'

'Ja, ja. Dat weet ik nog. Ik weet ook nog dat je niet in de vrije wil gelooft en dat je daar eigenlijk liever wel in zou geloven.'

'Dus?'

'Dus, ik wil niet geloven in de regel van drie. Alleen is die kloteregel moeilijk te negeren als hij recht voor mijn neus staat.'

'Ik geloof niet dat ik je ooit zulke taal heb horen gebruiken.'

'Klopt,' bevestig ik. 'Maar gezien de omstandigheden kan ik niet anders.'

'Omstandigheden...'

Hij hoor de spot in zijn stem. Hij schudt zijn hoofd.

'Je zei toch dat we een team waren?'

'Een topteam.'

'Waarom voelt het dan alsof ik er in mijn eentje voor sta?'

'Wil je naar de politie? Ik breng je wel.'

'Wat moet ik bij de politie?'

'Je bent toch bang dat er iets met je gebeurt?'

'Ze geloven me toch niet.'

'Hoezo niet?'

Ik kijk hem recht aan. 'Omdat zelfs mijn eigen vriend me niet gelooft.'

'Sorry hoor, maar moet ik dan geloven dat omdat een of andere griet bijna tien jaar geleden is doodgegaan, jij ook binnenkort doodgaat? Dat is onzin. Een lulpraatje. Gewoon een broodjeaapverhaal. Het is allemaal onzin. Allemaal verhaaltjes, niets meer of minder.'

Ik geef geen antwoord.

En dus gaat hij verder: 'Jij bent de meest rationale persoon die ik ken. De slimste persoon die ik ken. Als ik met zo'n verhaal naar jou toe kwam, dan zou je er onmiddellijk korte metten mee maken. Waar is het bewijs? zou je zeggen. Je zou zeggen dat je geen conclusies mag trekken uit ongefundeerde hypotheses. Je zou me totaal niet serieus nemen en terecht.'

'Ik heb het gevoel dat jij míj niet serieus neemt nu.'

'Omdat je gelooft dat er een greintje waarheid zit in iets wat allemaal puur toeval is.'

Ik weet dat hij gelijk heeft. Min of meer. Inderdaad, het is toeval en er is geen enkel bewijs voor het tegendeel. Aan de andere kant is het toeval zó groot dat het me raakt in het diepste van mijn wezen.

'Nee,' zeg ik. 'Dat is het niet. Ik voel me niet serieus genomen omdat ik dacht dat mijn vriend me zou steunen als ik het nodig had.'

'Wat jij nodig hebt, is een gezonde dosis realisme.'

'Je hebt wel een punt als je zegt dat een verhaal als dit om bewijs vraagt. Maar dat ga ik vinden,' verzeker ik hem. 'Ik ga uitvinden wat er met Amy gebeurd is. In het artikel staat niet hoe ze aan haar einde is gekomen.'

'Maakt dat iets uit dan?'

Ik haal mijn notitieboek uit mijn tas en leg het open op de keukentafel.

'Kijk,' wijs ik. 'Amy's zus heeft een dodelijk ongeluk gehad, net als mijn ouders. Mijn broertje is gestorven door een natuurlijke oorzaak. En Amy's ouders hebben zichzelf om het leven gebracht.'

'Dat bedoel ik. Er is geen match.'

'Nog niet,' zeg ik met een gebaar naar de woorden *Amy: ???* en *ik: ???* 'Als Amy door een natuurlijke oorzaak is overleden, dan is er wel degelijk een match. Ongeval, suïcide, natuurlijke oorzaak.' Ik wijs naar mijn kolom, eerst naar *broer/zus: natuurlijke oorzaak*, dan verder omlaag naar *ouders: ongeval.* 'Natuurlijke oorzaak, ongeval...' Ik houd mijn wijsvinger stil bij *ik: ???*

'Wil je zeggen dat je zelfmoord gaat plegen? Wat de fuck?'

'Ik wil alleen maar zeggen dat dat het patroon is. De volgorde verandert misschien, maar de doodsoorzaken zijn steeds hetzelfde.'

Met een diepe frons wrijft hij over zijn achterhoofd. 'Dat is de absurdste, stompzinnigste lulkoek die ik ooit in mijn leven heb gehoord.'

'Ik heb toch nooit beweerd dat het ergens op slaat? Want dat is niet zo. Het slaat als een tang op een varken, dat hoef je me echt niet te vertellen. Ik zeg alleen maar hoe het op mij overkomt. Hoe ik het aanvoel.' Ik krab op mijn schedel. 'Ik heb al dagen het idee dat er een splinter in mijn hersenen zit. Er is al de hele tijd iets mis en ik kan het niet verklaren. En daarom heb ik besloten om voor één keer naar mijn instinct te luisteren. Ik ga me gedragen alsof dit allemaal waar is. Alsof de regel van drie echt is. Ik verheug me er nu al op om jou te horen zeggen dat jij lekker gelijk had en ik niet. Want dat betekent dat ik nog leef.'

Hij haalt diep adem, schudt zijn hoofd, geeft dan toe. 'Goed dan. Wat is je plan? Hoe ga je erachter komen hoe een meisje van jaren geleden precies is gestorven?'

'Dat zal toch wel ergens bijgehouden worden? Zoiets moet te checken zijn, dat kan niet anders. Maar dan moet ik de officiële weg bewandelen en ik denk dat er een eenvoudigere manier is.'

'Namelijk...?'

Ik wijs naar de uitdraai van het krantenartikel waar ik al een week mee rondloop. 'Het was me eerst niet opgevallen omdat ik veel meer bezig was met de inhoud van het artikel dan met wie het geschreven had. Maar het is dus van haar beste vriendin. Elizabeth. Kijk, hier staat ze op de foto.'

Nate buigt zich voorover om de auteursnaam te lezen. 'Is dat...?'

'Yep,' knik ik. 'Elizabeth, Amy's beste vriendin, is mijn docent Engelse literatuur.'

28

Ze is wel veranderd vergeleken met de foto. Dat is natuurlijk niet zo gek, na negen jaar. Ze is wat aangekomen. Een kilo of tien. Haar haar heeft een andere kleur. Zelfs op de zwart-wit-foto in de krant is duidelijk te zien dat het destijds donker was, terwijl het nu veel lichter is, met een hoop highlights. Kennelijk heb ik me toch vergist toen ik dacht dat het haar natuurlijke kleur was. Zonder de auteursnaam bij het artikel had ik nooit zelf uitgevogeld dat mijn literatuurdocent dezelfde is als het meisje bij de avondwake.

Ze lacht me vriendelijk toe tijdens college. De vorige keer heb ik gemist en de keer dáárvoor was het college dat ze me aan het huilen had gemaakt.

Ook vandaag kan ik mijn aandacht er niet bij houden.

Ik denk aan haar en Amy en aan hoe ik haar straks na college ga aanspreken.

Mag ik iets vragen over uw dode vriendin?

Nee, veel te direct. Ik moet het veel zorgvuldiger aanpakken. Ik ga zeggen dat ik haar heel graag wil spreken. Onder vier ogen, ergens waar we niet gestoord worden. En dan probeer ik met wat omwegen bij de essentie te komen. Eerst vertel ik over mijn eigen leven. Over mijn broer. Mijn ouders. Ik let op haar reactie. Daarna zeg dat ik de laatste tijd veel nadenk over een verhaal dat ik heb gehoord. Dat ik wilde bewijzen dat het niet waar was en daardoor juist het tegendeel heb ontdekt.

Misschien wil ze er niet over praten. Ik kan me voorstellen dat dat de nodige gevoelens van pijn en rouw oprakelt. Maar ik vrees dat er niets anders opzit. Ik móét meer weten over Amy, in elk geval hoe ze is gestorven.

Ze merkt dat ik wel erg vaak naar haar kijk en vormt met haar mond de woorden *Gaat het?*

Ik knik.

Ik sla haar gade terwijl ze verdergaat met het college en vraag me onbewust af waar ze zat toen ze hier zelf studeerde. Ze was vast een ijverige student, anders was ze niet voor een PhD gegaan. Waarschijnlijk hield ze van het universiteitsleven, ondanks de dood van haar vriendin.

Zou ze de regel van drie kennen?

Het lijkt me echt zoiets waar studenten met elkaar over kletsen, niet met docenten. Maar misschien heeft ze er iets van opgevangen. Of misschien is de regel van drie juist in haar tijd ontstaan en weet ze er alles van.

Nog nooit heeft een college zo lang geduurd. De seconden gaan in slow motion voorbij. Alsof iemand de wijzers van de klok heeft vastgelijmd. Het is gekmakend om hier in mijn bank te zitten wachten. Ik dacht altijd dat ik best een geduldig karakter had, maar nee dus. Ik zit zo hevig naar het einde van het college te verlangen dat ik over mijn hele lijf transpireer tegen de tijd dat het eindelijk zover is.

Met klotsende oksels en klamme handpalmen sta ik op. Heel langzaam zoek ik mijn spullen bij elkaar. Ik kan hier geen publiek bij gebruiken.

Ze zit achter haar bureau op haar laptop te werken.

'Ila.' Ze glimlacht als ze me naar haar toe ziet komen. 'Fijn dat je weer gekomen bent.'

Schoorvoetend kom ik dichterbij. Ik voel me gespannen en onzeker.

Mijn nervositeit ontgaat haar niet. 'Is er iets?'

'Ik moet u dringend spreken,' weet ik uit te brengen.

'O, uh, oké. Nu, bedoel je?'

Ik knik. 'Heel graag. Als het kan. Het is belangrijk.'

'Vijf minuutjes. Even deze mailtjes afwerken.'

Ik knik opnieuw en neem plaats op de voorste bank, waar ik met mijn ogen op de vloer gericht ga zitten wachten.

Maar al na een minuut merk dat mevrouw Griffiths is opgestaan en voor me staat. Ik kijk op.

'Je kunt niet wachten, hè?'

Ik ben niet eens in staat om antwoord te geven.

Ze komt naast me zitten. 'Wat is er aan de hand, Ila?'

Van de omzichtige benadering die ik had gepland blijft niets over, want meteen flap ik het eruit: 'Hebt u weleens gehoord van de regel van drie?'

Even denk ik dat ze nee gaat zeggen. Haar gezicht is roerloos als steen. Ze laat niets merken. Maar haar hele houding verandert. Ze verstijft. Dan knikt ze.

Ze kan pas praten als ze haar keel geschraapt heeft. 'Hoe dat zo?'

'Mijn ouders gingen als eerste,' begin ik.

Ze begrijpt ongetwijfeld waar ik naartoe wil, want ze vraagt: 'Als eerste?'

'Een vreselijk ongeluk. Een koolmonoxidelek. Ze lagen al te slapen en zijn simpelweg niet meer wakker geworden.'

Ze zwijgt. Ze weet dat er nog meer komt.

'Mijn broertje Hunter kreeg een hartaanval op zijn veertiende. Dood, zomaar uit het niets.'

'Mijn hemel, Ila, wat afschuwelijk.'

'Ach, nou ja,' zeg ik droevig glimlachend. 'Hij is nu op een mooie plek. Bij papa en mama.'

Ze legt een hand op mijn schouder. Als we elkaar beter zouden kennen, denk ik dat ze me een knuffel zou geven.

'Hoe heb je gehoord van de regel van de drie?' vraagt ze dan zacht.

'We hadden een vriend op bezoek en die begon erover. Hij bracht het gewoon als een spannend griezelverhaal. Ik nam het niet echt serieus.'

'Maar nu wel?'

'Een beetje. Eerst wilde ik er niet aan. Ik wilde geloven dat het gewoon een verhaaltje was. Ik hoopte dat het allemaal verzonnen was en dat het meisje uit het verhaal nooit echt had bestaan.'

'Je vertelt me dit niet voor niets, vermoed ik.'

'Ik heb het archief van de universiteitskrant doorgespit. Als het verhaal een kern van waarheid had, dacht ik, dan moet het hier op de campus gebeurd zijn, want dat was waar ik het verhaal gehoord had. Net als het meisje dat ik erover had horen praten.'

'Dus je hebt mijn artikel over Amy's avondwake gelezen?'

'U gaf vast heel veel om haar.'

'Ontzettend veel. Ze was altijd zo vrolijk en grappig, op een wilde, ontembare manier. En daaronder al dat verdriet. We deden alles samen. Het klikte al in de eerste week en sindsdien waren we onafscheidelijk.' Ze zwijgt even, kijkt opzij. 'Het was zo raar. Het was alsof ik met haar ook een stuk van mezelf kwijtraakte. Als we samen waren, voelde ik me vrij. Volmaakt vrij. Ik denk niet dat ik dat gevoel na haar dood ooit nog heb gehad.' En, moeizaam glimlachend: 'Maar het was wel goed voor mijn studieresultaten.'

'Klopt het wat ze zeggen?' wil ik weten. 'Dat Amy wist dat ze ging sterven?'

Met glinsterende ogen staart mevrouw Griffiths in de verte. Het blijft akelig lang stil. Uiteindelijk knikt ze.

'Ze dacht dat ze verdoemd was. Ik geloofde haar niet, maar ik probeerde haar zo goed en kwaad als ik kon te steunen. Ze was... Ze werd steeds emotioneler, begon zich steeds onvoorspelbaarder te gedragen. Haar stemming kon elk moment omslaan. Die laatste weken voor haar dood was het geen feest om vriendinnen met haar te zijn.'

De glinstering in haar ogen heeft plaatsgemaakt voor heuse tranen. Eén keer knipperen en daar verschijnen de eerste mascarastrepen al op haar wangen.

'Sorry,' zegt ze. 'Ik heb in geen eeuwen over haar gepraat. Ik heb zelfs al een tijd niet meer aan haar gedacht en dat vind ik heel erg van mezelf. Ik heb haar niet eens bijzonder lang gekend, maar ik hield van haar.'

Ze dept haar ogen met een tissue.

'In uw artikel staat niet hoe ze om het leven is gekomen. Ik heb... een theorie. Als die klopt, denk ik dat ze door een natuurlijke oorzaak is overleden.'

Ze werpt me een verraste blik toe en meteen weet ik dat ik op het juiste spoor zit.

'Een hersenbloeding. Ze was in één keer dood... Weet je, ze was ervan overtuigd dat ze suïcide zou plegen. Wat niet zo'n vreemde gedachte was, want ze had het al vaker geprobeerd. Ze was kapot van verdriet toen ze haar ouders verloor en eerder al haar zus. Ze had een paar serieuze pogingen gedaan, maar ze was, zo zei ze weleens voor de grap, te zwak om haar eigen kracht te overwinnen.'

'Waarom wist ze zo zeker dat ze suïcide zou plegen?'

'Ze begon zich steeds... tja, aparter te gedragen naarmate de sterfdag van haar ouders dichterbij kwam. Ze had een vrij ernstig auto-ongeluk gehad waar ze zich niks meer van herinnerde. Een getuige beweerde dat ze haar ogen had dichtgedaan en met opzet tegen een lantaarnpaal was gereden. Amy zwoer dat ze het niet expres gedaan had.'

'Hoe verklaarde ze het dan?'

Mevrouw Griffiths opent haar mond om iets te zeggen, maar sluit hem dan weer. Ze staat op. 'Luister eens, ik voel me er toch een beetje ongemakkelijk bij om het hierover te hebben.'

'Alstublieft.' Ik sta ook op. 'Dat begrijp ik best, maar het is ontzettend belangrijk dat ik alles te weten kom wat u weet. Ik wilde bewijzen dat het maar een griezelsprookje was, maar ik ben nu toch bang dat het allemaal té toevallig is. Het is bijna drie jaar geleden dat mijn broertje overleed... U bent mijn enige hoop op antwoorden. Ik snap dat het moeilijk voor u is om dit allemaal te herbeleven. Het vreet vast aan u dat u haar niet geloofde toen ze zo zeker wist dat ze dood zou gaan. Maar alstublieft, ik moet alles weten wat u weet. Zeg alstublieft dat dit allemaal gewoon een bizar toeval is. Zeg alstublieft dat wat er met Amy en haar familie is gebeurd gewoon domme pech was.'

Het duurt even voor ze weer haar rustige zelf is. 'Ik zou een poging kunnen doen om onder woorden te brengen wat er allemaal in haar omging, maar ik denk dat je het beter van haarzelf kunt horen.'

'Van haarzelf? Hoe bedoelt u?'

'Ze hield een dagboek bij,' zegt mevrouw Griffiths. 'Lees het maar en beslis dan zelf wat je ervan vindt.'

29

Nu weet ik waarom ze het de regel van drie noemen.

Het staat letterlijk geschreven op de zwarte kaft van het notitieboek. Amy heeft het erin gekrast met een balpen. Het blauw van de inkt is slechts vaag zichtbaar in de ruwe, diepe krassen.

Het notitieboek heeft aardig te lijden gehad in de loop der jaren. Het ruikt muf. Het papier is vergeeld. Het 'lijmachtige spul' is duidelijk geoxideerd. Het harde karton van de kaft is zacht geworden en ik zou het notitieboek zó kunnen oprollen en in mijn broekzak stoppen. Misschien heeft Amy dat negen lange jaren geleden ook wel gedaan.

Gisteren heeft mevrouw Griffiths me verteld over het bestaan van het dagboek; vandaag heb ik het in handen. Elke tussenliggende minuut heb ik erover gefantaseerd en reikhalzend ernaar uitgekeken het eindelijk te zullen gaan lezen. En toch durf ik het slappe, verkleurde elastiek niet los te maken en de eerste pagina op te slaan.

Alsof je je eindexamenresultaten hebt ontvangen, of de toelatingsbrief van de universiteit. Voor even wordt het verlangen naar goed nieuws overstemd door de angst voor slecht nieuws.

Of nee, zelfs dat is het niet. Ik geloof voor geen moment dat er goed nieuws in dit dagboek zal staan. Ik snap waarom mevrouw Griffiths het me gegeven heeft, maar ik vind het jammer dat ze niet meer heeft verteld over de inhoud. Ik ben bang voor wat ik zal aantreffen.

Houd ik een vervloeking in mijn handen?

Er is maar één manier om erachter te komen.

Ik haal diep adem om rustig te worden en sla dan het dagboek open.

Ik ben niet altijd gek geweest. Maar ook niet bepaald gezond.

Ik weet niet meer hoe lang ik daar in het gras zit. Ik weet wel dat ik pas opkijk als ik klaar ben. Ik ben geen snelle lezer, ook geen langzame. Gewoon gemiddeld, denk ik. Ik lees Amy's dagboek zowel snel als langzaam. Met elke regel die ik lees, krijg ik alleen maar meer haast om de volgende te lezen, maar ik weet dat ik de tijd moet nemen. Dat ik alles wat ze schrijft diep tot me moet laten doordringen.

Het woord 'dagboek' klopt niet helemaal. Het is niet zo dat Amy elke dag iets heeft opgeschreven. Ik heb de indruk dat ze alles in slechts een handjevol keren heeft opgetekend, misschien zelfs wel in één keer. Ik zie voor me hoe ze fanatiek door blijft schrijven, vanuit de dringende behoefte om alles wat ze weet zo snel mogelijk op papier te krijgen.

Haar schrijfsels vullen het notitieboek voor ongeveer een derde en ik weet dat het einde eraan komt ruim voordat ik het daadwerkelijk bereik. Ik hoef maar naar het boek te kijken om te weten dat alleen het eerste van de drie delen beschreven is, terwijl de resterende pagina's er nog fris uitzien. Naarmate het einde nadert, wordt mijn behoefte aan antwoorden steeds groter. De laatste paar pagina's lees ik in de wetenschap dat ze veel minder tijd heeft dan ze zelf beseft.

Ik kan wel sterven van geluk.

Wat was ze van plan om hierna te schrijven? Wist ze nog

meer over de regel van drie? Ik vermoed van wel. Ik vermoed dat ze veel meer wist, alleen heeft ze nooit de kans gehad om het op te schrijven. Ze heeft dit dagboek niet voor niets geschreven. Ze wilde delen wat ze had ontdekt. Helaas is haar survivalgids onvoltooid gebleven.

Maar met wie wilde ze het delen?

Wie dacht ze dat dit ooit zou lezen? Ze was overduidelijk van mening dat iemand anders ook te maken zou gaan krijgen met wat ze zelf doormaakte. Het voelt alsof ze zich direct tegen mij richt, maar ze kon onmogelijk weten dat ik dit zoveel jaar later zou lezen. Toch schrijft ze met een vastberadenheid alsof ze wist dat ik dit op een dag onder ogen zou krijgen.

Wat probeerde ze me te vertellen?

Waarom dacht ze dat wat er met haar gebeurde, ook ooit met iemand anders zou gebeuren? Op dit moment weet ik niet dat ik haar verhaal ga voortzetten. Het komt nog niet eens in me op om vast te leggen wat er met me gebeurt. Maar net als Amy zal ik uiteindelijk gaan beseffen dat het mijn plicht is, zowel naar haar als naar jou.

Ze zeggen toch dat wie de geschiedenis negeert, gedoemd is haar te herhalen?

Dat gaat mij niet overkomen, beloof ik mezelf.

Amy was ervan overtuigd dat ze gedoemd was te sterven, of dat nu het gevolg was van het noodlot, haar lotsbestemming, een vervloeking of iets anders. Als ik mijn eigen ervaringen vergelijk met die van haar, heb ik in elk geval geen black-outs of iets dergelijks gehad, zoals zij die wel had vlak voordat ze dat ongeluk kreeg. Ook heb ik niet gehallucineerd over overleden familieleden.

Geloof ik echt dat zij dat wel gedaan heeft? Ze gebruikte

zoveel drugs dat het me niets zou verbazen. Ik heb weleens gehoord dat het bewustzijn als het ware bestaat uit een aantal vloeistoffen van verschillende dichtheden, die laag boven laag op elkaar liggen. De lagen vermengen zich niet... totdat je drugs gebruikt. Stel je eens voor dat al die lagen vloeistof in een kom zitten, heeft een arts ooit tegen me gezegd, en dat je dan je hand in die kom steekt en erin begint te roeren. Dat is het effect van drugs. De lagen worden door elkaar gehusseld, totdat ze na verloop van tijd weer tot rust komen. Maar als je te vaak drugs gebruikt, gebeurt dat niet meer.

Ik denk niet dat het te vergezocht is om te denken dat Amy's geest door jarenlang drugsgebruik onherstelbaar beschadigd is geraakt.

Dat een aneurysma haar uiteindelijk fataal werd, zou dat iets te maken hebben gehad met haar drugsgebruik? Want in dat geval zou het niet echt een natuurlijke oorzaak zijn.

Maar maakt dat iets uit? Of het nu wel of niet zo is, op wat voor manier ben ik daarmee geholpen? Ik ga er heus niet meer of minder van geloven dat ik de volgende ben en het zal me er ook niet meer of minder van overtuigen dat ik het allemaal maar moet vergeten.

Ik vertik het om me net als Amy neer te leggen bij het feit dat ik verdoemd ben. Zelfs als de regel van drie echt bestaat, zal ik mijn lot niet zonder slag of stoot accepteren. Wie verzint dit soort regels eigenlijk? Wie bepaalt wanneer we leven en wanneer we sterven? Heb ik diegene toestemming gegeven om namens mij te beslissen? Ik dacht het niet.

Ik bepaal mijn eigen lot.

Ik vertel Nate niet waar ik mee bezig ben. Ik weet toch wel wat hij gaat zeggen en daar zit ik niet op te wachten. Mocht hij er rechtstreeks naar vragen, dan zal ik niet tegen hem liegen. Maar tot die tijd ga ik hem niet wijzer maken dan nodig is. Ik realiseer me dat ik niet zozeer bang ben voor schampere opmerkingen, maar voor hoe ik daardoor naar hem zal gaan kijken. Dit is voor het eerst dat ik niet op zijn steun kan rekenen en dat maakt dat ik meer dan ooit twijfel aan mijn gevoelens voor hem. Zijn gebrek aan focus en ambitie, daar kan ik nog wel doorheen kijken. Veel erger is het dat hij blijkbaar niet in staat is me onvoorwaardelijk te steunen.

Ik kan me niet eens voorstellen hoeveel verdriet Amy gehad moet hebben van de zelfdoding van haar ouders. Ik zou niet weten of ik daar ooit in zou kunnen berusten. Zij kon het in elk geval niet. Zou iemand dat wél kunnen?

Amy dacht dat de regel van drie betekende dat ze gedoemd was om te sterven.

Maar wat als de werkelijkheid nog gruwelijker is?

30

Aan het begin van de middag heb ik afgesproken met Elizabeth, die ik inmiddels bij haar voornaam mag noemen. Ze heeft haar lunch bij zich in een papieren zak. Ik wil haar het dagboek teruggeven, maar ze schudt haar hoofd.

'Hou maar,' zegt ze. 'Voorlopig tenminste. Jij hebt er op dit moment meer aan dan ik.'

'Is het te ver gezocht om te stellen dat je nu toch gelooft in de regel van drie?'

'Ik geloof dat Amy erin geloofde,' antwoordt ze voorzichtig. 'Het doet er niet toe wat ik zelf denk.'

'Amy schrijft dat jullie vriendschap op een gegeven moment ophield. Dat je haar had verraden. "Op de ergste manier die je voor mogelijk kunt houden", geloof ik dat er staat.'

Elizabeth kijkt opzij. 'Dat was pijnlijk om te lezen, ja. Zoals ik al zei, ik hield veel van Amy en haar dood was een enorme klap. Juist daarom was het zo vreselijk om dat te lezen. Ik had geen idee dat ze zich zo voelde.'

'Dus... er was helemaal geen sprake van, zoals ze het zelf noemde, verraad?'

'Ik dacht dat ik er honderd procent voor haar was en ik heb nooit ook maar één signaal gekregen dat zij daar anders over dacht. Zeker, we hadden regelmatig verhitte discussies. Ze zei een hoop bizarre dingen en ik ging daar weleens tegenin.

Ik geloof niet in vervloekingen en dat soort dingen. Ik wilde niet tegen haar liegen én ik wilde er altijd voor haar zijn. Heb ik daarin de juiste balans gevonden? Ik weet het niet. Ik was eigenlijk nog zo jong en onvolwassen. En Amy was bepaald geen stabiele persoon. Heb ik iets gedaan wat je op een bepaalde manier zou kunnen uitleggen als verraad? Misschien wel, maar dat wist ik dan niet.'

Het verbaast me om dit te horen. Natuurlijk had ik wel verwacht dat Elizabeth niet graag zou praten over de voor haar pijnlijke passages in Amy's dagboek. Maar dat ze alles ronduit zou ontkennen, dat had ik niet verwacht.

Dus wat is nu precies waar en wat niet? Heeft Elizabeth Amy verraden? In dat geval liegt ze tegen me. Of klopt het dagboek niet? Maar dan heeft Amy dingen geschreven die niet waar zijn.

'Hoe zit het met het auto-ongeluk?' vraag ik. 'Die vrouw die het had zien gebeuren, Charlotte, zei dat Amy haar ogen had dichtgedaan en zomaar een slinger aan het stuur had gegeven. Dat was voor Amy de druppel. Vanaf dat moment was ze er echt van overtuigd dat ze verdoemd was, dat ze gedwongen was om zichzelf te laten verongelukken, zoals haar ouders gedwongen waren om zichzelf op te hangen.'

'Dat heeft Charlotte nooit met zoveel woorden gezegd,' zegt Elizabeth. 'Ze heeft het ongeluk zien gebeuren, maar niet de precieze toedracht. Amy vroeg haar of ze vlak voor het ongeluk haar ogen had dichtgedaan en Charlotte heeft toen geantwoord dat ze dat niet zeker wist.'

'Bedoel je dat Amy liegt in haar dagboek?'

'Ik bedoel dat ze de logica achter het ongeluk probeerde te ontdekken. Ze heeft opgeschreven wat zij denkt dat er gebeurd is, gezien door de bril van haar eigen vooroordelen. Ze herinnerde zich het ongeluk niet en Charlotte heeft het ook niet precies gezien, maar Amy geloofde oprecht dat ze werd gedwongen.'

Ik herinner me dat Amy schrijft dat ze wiet gerookt had in de auto, vlak voordat ze Jefferson tegenkwam. Wie weet had ze ook geblowd na het bezoek aan haar therapeut en wellicht had ze nog een paar trekjes genomen vlak voordat ze haar auto in de prak reed.

De drugs, het verdriet, de hopeloosheid van haar situatie: als je het allemaal bij elkaar optelt, is het goed voorstelbaar dat ze dacht de waarheid op te schrijven terwijl dat niet zo was. We kijken allemaal door onze persoonlijke lens naar ons leven, ja toch? Het is praktisch onmogelijk om je onpartijdig op te stellen als het over jezelf gaat. Dat zal voor Amy niet anders geweest zijn. Zelf probeer ik zo nuchter mogelijk te zijn in mijn eigen schrijfsels. Ik probeer feiten en gevoelens gescheiden te houden. Bij Amy daarentegen loopt alles zo door elkaar dat je je telkens afvraagt of het wel echt gebeurd is zoals ze het opschrijft.

Ik zeg: 'Amy schrijft dat ze in de bus een jongen had ontmoet, toen ze op weg was naar de kerk om gezegend te worden. Ene Christian. Heeft ze nog iets over hem gezegd? Ze zegt dat er een reden is waarom ze over hem schrijft en dat ze daar later op terug zal komen. Maar helaas stopt haar dagboek daar. Ik weet dat het al lang geleden is, maar kun je je nog herinneren dat ze het over hem gehad heeft?'

Nog voordat ik uitgesproken ben, merk ik dat er iets niet goed zit. Er verschijnt een peinzende uitdrukking op Elizabeths gezicht, die vervolgens overgaat in een soort droeve berusting. Ik geef haar een moment om haar gedachten te ordenen. Het is vast niet makkelijk om je specifieke dingen te herinneren van bijna tien jaar geleden.

'Nee,' antwoordt ze, terwijl ze over haar voorhoofd wrijft. 'Amy heeft het nooit gehad over de Christian over wie ze in haar dagboek schrijft.'

'Helemaal niet? Weet je dat zeker? Misschien ben je het vergeten?'

'Ik ben het niet vergeten, want ik herinner me die dag alsof het gisteren was. Zoals Amy al schrijft, voelde het voor haar als een overwinning. De vloek was eindelijk opgeheven en haar obsessie was daarmee achter de rug. Ze schrijft ook dat we het uitgebreid hebben gevierd en reken maar dat dat klopt. Zij vierde dat ze het had overleefd en ik dat ik mijn beste vriendin terughad.'

'Zou het niet kunnen dat ze niet met jou over hem gepraat heeft omdat hij toen niet belangrijk leek? Dat hij pas later belangrijk werd, toen ze zich realiseerde dat de vloek niet verbroken was? Misschien zijn ze elkaar daarna opnieuw tegengekomen en wist jij dat niet?'

Al bij mijn eerste woorden begint ze het hoofd te schudden. 'Kijk,' zegt ze resoluut. 'Hij was niet echt. Er bestond geen Christian.'

'Wat?'

'Ik heb Amy die dag naar de kerk gebracht. In mijn auto.'

Ik kan geen stom woord uitbrengen. Mijn ogen zijn zo groot als schoteltjes en mijn mond is wijd opengevallen.

'En ik heb haar ook weer naar huis gebracht. Ze is helemaal niet met de bus gegaan.'

'Heeft ze hem verzonnen? Maar dat slaat nergens op! Waarom zou je liegen in je eigen dagboek?'

'Amy was gek van verdriet en zorgen,' gaat Elizabeth verder. 'Misschien heeft ze hem bij een andere gelegenheid ontmoet en heeft ze het gewoon verkeerd onthouden. Ik weet niet precies wanneer ze dat dagboek heeft geschreven, maar waarschijnlijk vlak voor haar dood. Wie weet hoeveel pillen en wiet en alcohol ze toen in haar systeem had.'

'Kan ik dan überhaupt wel iets geloven van wat ze schrijft?'

'Daar heb ik geen antwoord op. Ik heb je het dagboek gegeven zodat je je eigen mening kunt vormen.'

'Maar ik snap er nog net zo weinig van als voordat ik het las.'

'Dat vind ik oprecht rot voor je.'

Ik begrijp nu waarom Amy dacht verdoemd te zijn.

Maar herinnerde ze zich het ongeluk echt niet? En heeft ze echt haar zus gezien achter het raam in het ziekenhuis, of léék het alsof ze haar zag? Het is enorm frustrerend dat ik me gedwongen zie om aan al haar woorden te twijfelen. Maar ik moet mijn medelijden met haar loslaten en er voortaan van uitgaan dat alles wat ze schrijft gekleurd is. Het dagboek is een getuigenverklaring, geen objectief bewijsstuk.

Of is er iets anders aan de hand? Ik begin te vrezen dat Elizabeth meer weet dan ze zegt. Heeft ze Amy dan daadwerkelijk verraden? Op zo'n schandalige manier dat ze het negen jaar later nog steeds niet durft toe te geven? Probeert ze me van de waarheid af te leiden?

'Weet je wanneer ze aan dat dagboek is begonnen? Al is het maar bij benadering?'

'Geen idee. Ze heeft het er met mij nooit over gehad. Pas na haar dood kwam ik achter het bestaan ervan.'

'Is ze echt drie jaar na haar ouders gestorven? Want dan moet dat op haar eenentwintigste verjaardag geweest zijn, als ik me niet vergis.'

'Nee, ze is niet op haar verjaardag overleden. Daarna pas.'

Mijn mond valt open en ik voel een golf van opluchting. 'Maar dan is het allemaal niet waar. Dan is er geen regel van drie.'

'Amy's zus overleed ook niet exact drie jaar vóór haar ouders. Want dat zou betekenen dat het op Amy's vijftiende verjaardag gebeurd moet zijn en dan zou ze dat zeker in haar dagboek vermeld hebben.'

'Ik... Nee, dat is zo. Wanneer is Maya dan overleden?'

'Ik weet het niet honderd procent zeker, maar wel rond die dag. Een paar weken ervoor misschien.'

'Drie weken misschien?'

'Dat zou kunnen.'

'En Amy? Weet je nog hoe ver voor of na haar eenentwintigste verjaardag zij gestorven is?'

'Jazeker,' zegt ze. 'Dat weet ik precies. Het was negentien dagen na haar verjaardag.'

'Dus binnen de drie weken,' zeg ik.

Elizabeth knikt.

Die heerlijke golf van opluchting is alweer voorbij.

'Kon ik maar iets zeggen waardoor je je beter ging voelen,' zegt Elizabeth met een klopje op mijn bovenbeen.

'Zeg dan in elk geval wat Amy nog had willen opschrijven,' antwoord ik. 'Vertel me alsjeblieft wat ze wist, maar niet meer in haar dagboek heeft kunnen zetten.'

'Sorry, maar ik weet niets.'

'Ze schrijft dat ze na de kerk, toen ze dacht dat de vloek was genezen, of opgeheven, of hoe dat ook heet, dat ze een sprong in de tijd maakt en dat ze het er in die periode flink van genomen heeft. Drank, drugs...'

'Ah, ja. Voor iemand die niet bijster dol was op het leven,

kon ze opvallend goed genieten. Volgens mij valt er niet zoveel te vertellen over die tijd. Het meeste weet ik niet eens meer. We hebben nog harder gefeest dan anders en dat is helaas niet zo gezond voor het menselijk brein.' Ze tikt op haar hoofd. 'Trouwens, ik zou het op prijs stellen als je mijn misstappen voor je zou willen houden. Ze zijn hier op de universiteit best ruimdenkend, maar toch.'

'Natuurlijk,' zeg ik vlug. 'Alles wat in het dagboek staat blijft tussen ons. Dat beloof ik.'

'Bedankt. Ik besef dat je te veel aan je hoofd hebt om je ook nog te moeten bekommeren om mijn goede naam.'

'Mag ik je iets vragen?'

'Natuurlijk.'

'Als je in mijn schoenen stond,' begin ik, 'wat zou jij hier dan allemaal van denken?'

Het duurt lang voor ze met een antwoord komt. Het was me al eerder opgevallen dat ze half in de verte kijkt als ze nadenkt en dat doet ze nu ook.

'Wat ik denk, is dat het leven en de dood complexe verschijnselen zijn die we niet volledig begrijpen. En ik denk dat Amy heeft geprobeerd betekenis te zoeken in de tragedies die haar waren overkomen.'

'Bedoel je dat het toeval is wat er met haar familie en met de mijne is gebeurd?'

'In mijn ogen wel, ja. Zeker. Maar het doet er niet toe wat ik denk. Het gaat erom wat jij gelooft.'

'Dat weet ik zelf niet eens meer. Eerst dacht ik dat het onzin was. Maar toen werd het steeds toevalliger en steeds enger en begon ik me steeds ongemakkelijker te voelen. Ik wilde bewijzen dat de regel van drie niets meer dan een verzinsel was, maar het enige wat ik bereikt heb, is dat ik nu bang ben dat het allemaal toch echt is.'

'En daarom moet je je eigen mening vormen. Maar weet je, als je ergens middenin zit, kun je het grotere plaatje niet zien. Je kunt jezelf nu eenmaal niet van buitenaf bekijken. Dus stel je eens voor dat ik naar jou toe kom voor advies en dat jij dat nog kunt geven ook, omdat je weet wat ik doormaak. Wat zou je me dan vertellen? Wat moet ik denken? Wat moet ik doen?'

Vriendelijk glimlachend kijkt ze me aan. Respectvol en verwachtingsvol, alsof de rollen daadwerkelijk zijn omgedraaid en ik inderdaad de oudere, wijzere gesprekspartner ben die in staat is om haar van weldoordacht advies te voorzien.

Ik kan me voorstellen dat deze techniek onder andere omstandigheden zou kunnen werken, maar ik zit zo vol twijfel en onzekerheid dat ik niets anders kan uitbrengen dan: 'Ik heb werkelijk geen idee.'

31

De rest van de dag verloopt in een waas. Zodra mijn colleges achter de rug zijn, ga ik naar de universiteitsbibliotheek. Ik moet een opdracht maken en in de bieb gaat dat beter dan aan de keukentafel. Dacht ik. Na twee hele uren heb ik ternauwernood de titelpagina klaar. Ik had gehoopt dat Elizabeth me antwoorden zou geven. Maar in plaats daarvan heb ik alleen maar meer vragen.

Het ongemakkelijke gevoel wordt met de dag sterker. Ik kan het niet van me afzetten. Ik ben toch veel te rationeel om te geloven in de waarheid van een legende of het dagboek van een getroebleerde studente?

Natuurlijk geloof ik niet in die onzin.

En toch kan ik het niet negeren.

Ik kijk naar de pagina in mijn notitieboek met de twee kolommen. Steeds weer dwalen mijn ogen naar de derde regel van de tweede kolom.

Ik: ???

Het lijkt wel of ik mezelf niet meer ben en daar baal ik van. Ik geloof in feiten, in bewijzen, in logica. Wat ben ik dom geweest om me te verdiepen in die regel van drie terwijl ik er niet eens in geloofde.

Trouwens, ik geloof er nog steeds niet in.

O *nee?* vraagt een stemmetje in mijn hoofd.

Langzaam wandel ik naar huis.

Er is weinig zon vandaag. Enkel grauwe wolken boven grauwe gebouwen aan een grauwe weg.

Nate ligt op de bank te gamen.

Meer dan een paar woorden zeggen we niet tegen elkaar. Hij is te druk bezig met zijn *kill-death ratio* en ik heb ook niets interessants te melden.

Ik kijk naar mezelf in de badkamerspiegel en vraag me af wie er als eerste met haar ogen zal knipperen: ik of mijn spiegelbeeld.

Zie ik er altijd zo belabberd uit?

Sinds wanneer is mijn haar zo dof?

Wanneer is de kleur uit mijn ogen verdwenen?

Ik check mijn tanden in de verwachting dat die ook wel afgestorven zullen zijn.

De splinter van ongemak heeft zich definitief in mijn hersenen genesteld en is daar aan het groeien. Het is geen splinter van ongemak meer, het is een zaadje van angst. Ik voel het in me. Hinderlijk. Frustrerend. Onmogelijk te bereiken.

Alleen krabben brengt verlichting.

Voor even wordt de angst overstemd door de opluchting van de pijn.

Ik blijf aan mijn hoofdhuid krabben totdat er haren in de wasbak vallen en er een zichtbare laag dode huidcellen onder mijn nagels zit.

Wat voelt dat goed, die pijn. Alles valt erbij in het niet.

Ik krab verder. Nu komen er zelfs levende huidcellen los. Mijn vingertoppen voelen vochtig aan. Het geschraap van mijn nagels klinkt niet scherp meer, maar dof nattig.

De eerste druppel bloed verschijnt. Hij volgt de vorm van mijn schedel en komt dan ergens achter mijn oor onder de haargrens vandaan. Ik voel een koele kriebel in mijn nek als hij verder sijpelt, totdat hij het kuiltje van mijn sleutelbeen bereikt. Even ligt hij daar als een klein puntje oranjeachtig rood, maar al snel krijgt hij gezelschap van een andere druppel, die precies dezelfde weg heeft afgelegd.

Mijn nagels graven verder in mijn hoofdhuid en maken steeds diepere groeven, waarin mijn vingers een zuigend geluid maken. De losse druppels bloed hebben al lang plaatsgemaakt voor een gestage stroom. Het poeltje in mijn sleutelbeen raakt steeds verder gevuld, totdat het bloed over de rand golft en over mijn borst gulpt. Het stroomt ook over mijn rug, langs mijn ruggengraat. Het spettert op mijn schouders.

Ik krab de ene flard hoofdhuid na de andere weg, totdat ik op bot stuit.

Mijn schedel is te hard voor mijn nagels en ik heb geen schroevendraaier bij de hand. Maar ik prop mijn vingers onder mijn hoofdhuid en trek hem zo een beetje los van mijn schedel. Het klinkt ongeveer alsof je een stuk klittenband lostrekt.

Mijn vingertoppen tasten het gladde bot af, totdat ik de gekartelde naad vind waar de beenplaten zijn samengegroeid toen ik een baby was. Hier plaats ik mijn nagels in, die gelukkig scherp en stevig zijn. Dan begin ik te wrikken.

Ik ben niet bijzonder sterk en de platen zijn stevig met elkaar vergroeid.

Mijn hand is bijna helemaal verdwenen onder mijn hoofdhuid. Bloed stroomt langs mijn arm en gezicht omlaag.

Grommend en tandenknarsend van de inspanning trek ik de schedelplaten door pure wilskracht van elkaar. Ik hoor een luid, protesterend gekraak, maar ik doe alsof ik het niet hoor.

Door het wroeten en trekken is mijn hoofdhuid opengereten

tot aan de basis van mijn nek. Er valt een lap vel voor mijn ogen, maar ik duw hem met mijn vrije hand opzij, zodat ik in de spiegel kan blijven controleren wat ik aan het doen ben.

Ik kantel mijn hoofd om de opening tussen de platen te kunnen zien, die nu zo breed is dat ik er een paar vingers in kan steken. Vloeistof stroomt uit de schedel en een onaangename geur bereikt mijn neus.

Mijn vingers gaan nog verder naar binnen en begraven zich in het geleiachtige weefsel.

God, wat is dit walgelijk. Spletsj, spletsj, spletsj.

Maar ik ben al zo ver gekomen. *No way* dat ik nu stop.

Verder dan dit kan ik mijn hand niet mijn schedel in krijgen. De knokkels passen niet door de smalle spleet tussen de platen.

Ik laat mijn vingers zoekend rondgaan.

Alles hier voelt slijmerig en gelatineachtig, en het is veel warmer dan ik had verwacht. Als stomend afwaswater.

Ha, daar heb ik het.

Ik trek mijn vingers terug uit mijn hoofd en houd ze voor mijn gezicht. Mijn hand druipt van het bloed en er kleven hier en daar stukjes huid en hersenweefsel aan.

Maar tussen de toppen van mijn duim en wijsvinger houd ik het zaadje.

Er komt al een scheut uit het ene uiteinde en piepkleine wortels uit het andere. Ik wrijf de wortels tussen mijn vingers om het bloed en het hersenmateriaal eraf te vegen. Ze zijn bleekwit. Op dezelfde manier maak ik de scheut schoon, waar al wat zwarte blaadjes aan blijken te zitten.

Ik veeg de flap losgescheurde hoofdhuid opnieuw opzij, zodat ik het kleine groeiende zaadje tussen mijn vingers goed kan bestuderen.

Het is op een vreemde, onvermoede manier mooi.

'Ben je nog lang bezig?'

Nate werpt een blik door de deuropening. Kennelijk had ik de deur niet op slot gedaan en heeft hij hem net ver genoeg opengeduwd om zijn hoofd erdoor te kunnen steken, voor het geval ik hier iets aan het doen ben wat hij niet wil zien.

'Nee hoor,' zeg ik, terwijl ik nog steeds naar het ontkiemende zaadje staar. 'Ik ben zo goed als klaar.'

'Mooi,' zegt hij, terwijl hij de deur verder openduwt. 'Ik moet echt vet nodig pissen. Je bleef zo lang weg.' Hij gebaart naar de wc-pot. 'Vind je het erg?'

Als ik mijn hoofd schud om duidelijk te maken dat ik het prima vind, zwiept het stuk hoofdhuid heen en weer.

Met een zucht van verlichting haalt hij zijn pik tevoorschijn en gaat staan plassen.

Dat andere doen we niet in elkaars bijzijn. Plassen is oké, zolang we het maar eerst vragen. En niet als een van ons asperges heeft gegeten.

'Gaat het?' vraagt hij boven het geklater uit. 'Je lijkt me wat...'

Besmeurd met bloed? Dodelijk gewond? Krankzinnig?

'Bleekjes,' maakt hij af.

'Ik slaap de hele week al slecht.'

'Laat het toch los, joh.'

Ik open mijn hand en laat het ontkiemende zaadje van mijn vingertoppen in de wastafel vallen. Het blijft liggen op het roostertje van de afvoer.

Kijk, Nate, ik laat het los.

Ik doe een stap achteruit, zodat hij zijn handen kan wassen. Of eigenlijk is het meer natmaken. Niet eens de moeite om de kraan voor open te draaien.

Het zaadje met zijn zwarte bladeren en witte wortels wordt weggespoeld.

'Het is gewoon een stom verhaal,' verzekert hij me voor de duizendste keer.

Hij geeft me een oppervlakkige knuffel en drukt een kus op mijn hoofd.

'Ik weet het,' zeg ik geforceerd glimlachend, want ik wil het er niet weer over hebben.

Gerustgesteld glimlacht hij terug. Er kleven klonters bloed en stukjes huid aan zijn lippen.

Dan verlaat hij de badkamer en blijf ik alleen achter.

Alleen met mijn bloederige spiegelbeeld.

In stilte vouw ik de plak hoofdhuid terug op zijn plek en begin de bloederige bende op te ruimen.

32

Kleuren hebben gewicht. Als je in het zwart gekleed bent, sleep je jezelf met moeite vooruit. Zwart maakt zwaar. Het omhult je. Trek daarentegen iets wits aan en je bent zo licht als een veertje. Je springt, je zweeft over straat. Het zou me niets verbazen als je in het wit kon vliegen.

Ik draag grijs en dat klopt wel. Ik vlieg niet. Ik sleep mezelf niet vooruit. Ik drijf. Als een papieren bootje op een stille vijver. Geen stroming om me terug te voeren en geen wind om me vooruit te blazen.

Ik kan niet verder varen, maar ik kan ook niet terug naar de kant.

Vroeg of laat zal ik zinken.

Ik voel me een buitenstaander, alsof ik hier niet thuishoor. Sowieso omdat het me steeds duidelijker wordt dat ik weinig gemeen heb met mijn over het algemeen jongere medestudenten. Ik zit mijn colleges uit zonder dat iets van de stof tot me doordringt. Mijn gedachten zijn altijd ergens anders. Bij Amy, bij Hunter, bij mijn ouders.

Bij mezelf.

Tussen de lessen door loop ik alleen door de gangen. Ik discussieer niet met studiegenoten over de lesstof. Ik doe niet mee aan de laatste roddels. In mijn eentje beweeg ik me voort, langzaam schuifelend, in slow motion, terwijl de wereld langs me heen raast.

Het tempo van de werkelijkheid en dat van mij synchroniseren pas weer als ik de uitzonderlijk lange man uit de bibliotheek ontwaar.

Hij is werkelijk griezelig lang, als een gewone man die op onnatuurlijke wijze is uitgerekt en het wordt alleen maar erger naarmate de afstand tussen ons kleiner wordt. Hij loopt bewust iets voorovergebogen, in een zinloze poging om niet op te vallen. Ik betrap mezelf erop dat ik aan de kant ga om hem ongehinderd langs te laten. Maar hij is zo dun – veel te dun – dat ik het gevoel krijg dat ik absurd veel ruimte in beslag neem. Hij is nu zo dichtbij dat ik het laagje roos op zijn schouders en de roodachtige verkleuring van psoriasis in zijn nek kan zien.

Ik weet niet of ik een hoorbare kreet van verbazing slaak als ik besef dat ik over deze man heb gelezen in Amy's dagboek.

'Dag, meneer Whitaker.'

Hij blijft stilstaan als hij zijn naam hoort. Hij kijkt eerst achterom en dan omlaag, naar mij. Hij lijkt in de war, alsof hij me niet goed heeft verstaan.

'Pardon?'

Ik probeer mijn kalmte te herwinnen. 'U bent professor Whitaker.'

Hij begrijpt er alleen nog maar minder van. Zijn wenkbrauwen trekken zich samen en de lijnen ertussen worden dieper. 'Ik ben bang dat u zich vergist. Een prettige middag nog.'

Hij is alweer weg en laat mij achter met net zo'n verwarde uitdrukking op mijn gezicht als hij. Ondanks zijn half gebukte houding neemt hij zulke grote passen dat hij al binnen een paar tellen bijna uit het zicht verdwenen is.

'Wacht!' roep ik en ik ren achter hem aan.

Hij hoort me niet en houdt pas stil als ik hem bij zijn arm grijp.

'Ik heb het werkelijk heel druk,' zegt hij.

'U geeft toch Religiewetenschappen?'

'Een van mijn vele zonden, inderdaad.'

'Maar u heet niet Whitaker?'

'Hoe komt u daar toch bij?' Hij lijkt mijn verbijsterde blik nogal grappig te vinden. 'Het gebeurt me niet vaak dat ik voor een ander word aangezien.'

Koortsachtig probeer ik te bedenken wat er aan de hand is. Ik weet niet wat ik moet zeggen. Ik snap niet wat dit allemaal te betekenen heeft.

'Hoe heet u dan?' vraag ik uiteindelijk maar.

'Whitfield.'

'Dus geen Whitaker?'

Er verschijnt een half verward, half geamuseerd lachje op zijn gezicht. 'Me dunkt dat ik mijn eigen naam wel ken.'

Ik snap er niets meer van. Ik kan geen stom woord uitbrengen en vraag me alleen maar af waarom Amy hem in haar dagboek Whitaker heeft genoemd als hij duidelijk niet zo heet. Misschien zat ze onder de drugs of heeft ze het om een andere reden verkeerd verstaan. De namen lijken in elk geval wel op elkaar.

Aangezien ik niets zeg, mompelt hij uiteindelijk: 'Ik, uh... Het wordt hoog tijd dat ik naar mijn kamer ga. Dus...'

Hij haalt zijn schouders op en geeft me een hoofdknikje, alsof hij net zomin weet wat te zeggen als ik. Ik geef een knikje terug.

Opnieuw kijk ik toe hoe hij de gang af loopt. Naarmate de afstand tussen ons groter wordt, begint hij meer op een man van normale lengte te lijken.

Dan ren ik weer achter hem aan.

Ik zie hem zijn schouders gefrustreerd optrekken als hij mijn voetstappen achter zich hoort. Wie weet rolt hij ook met zijn ogen. Maar hij blijft niet staan, kijkt zelfs niet achterom.

Ook als ik Whitaker (o nee, Whitfield) eindelijk ingehaald heb, moet ik mijn uiterste best doen om gelijke tred met hem te houden.

'Ik moet werkelijk verder,' zegt hij.

'Dat begrijp ik,' zeg ik half buiten adem. 'Maar ik loop mee tot aan uw kamer als u het niet erg vindt. Dan hou ik u in elk geval niet op.'

'In dat geval hebt u zo'n drie minuten, al begrijp ik niet wat u in die tijd wilt bereiken. U zult me er in elk geval heus niet van kunnen overtuigen dat ik al jaren met de verkeerde naam rondloop zonder dat ik het wist.'

'Herinnert u zich een meisje met de naam Amy?' vraag ik. 'U hebt haar ongeveer negen jaar geleden gesproken.'

'Had ze les van me?'

'Nee. Als ik me niet vergis, is ze u één keer in uw kamer komen opzoeken.'

'U zult begrijpen dat dat bijzonder weinig aanknopingspunten biedt.'

'Ze is vlak daarna overleden.'

Hij kijkt omlaag, naar mij. 'Dat spijt me te horen. Maar helaas frist ook dat feit mijn geheugen niet op. Weet u zeker dat ze geen ander gesproken heeft? De echte Whitaker wellicht?'

'Nee, nee, u was het. Ze studeerde aan deze faculteit. En ze heeft gesproken met een lange man die Religiewetenschappen gaf.'

'Heeft ze Whitaker en mij dan met elkaar verward? Dat ze mij beschreven heeft terwijl ze hem bedoelde? Onze namen lijken immers op elkaar.'

Ik wil al nee schudden, maar bedenk dan dat hij een punt heeft. 'Ze dacht dat ze verdoemd was. Of vervloekt,' begin ik. 'Ze is naar u toe gekomen met de vraag of u haar kon helpen om er iets meer van te begrijpen. U hebt gezegd dat ze een priester moest zoeken om zich te laten zegenen en toen...'

'Ho eens even,' onderbreekt hij me. Van een welwillende glimlach is geen sprake meer. 'Het is pertinent uitgesloten dat ik iemand zou aanraden zich te laten zegenen door een priester. Als iemand meent vervloekt te zijn, zou ik eerder een bezoek aan een psychiater aanraden.' Hij heeft duidelijk geen geduld meer met me. 'Waarschijnlijk verwart u me werkelijk met een ander, of misschien probeert u een grap met me uit te halen. In dat geval stel ik daar geen enkele prijs op. Nogal smakeloos om er de dood van een jonge vrouw bij te halen.'

Dan staat hij stil. We zijn bij zijn kamer. Hij legt zijn hand op de deurklink, is al bijna binnen als ik...

'Uw boterhammen.' Ik praat bijna sneller dan ik kan denken, onderwerp hem aan een spervuur van woorden. 'Augurken en mayonaise of iets dergelijks... U doet er altijd aluminiumfolie omheen, dat u dan netjes opvouwt en mee naar huis neemt om opnieuw te gebruiken.'

Met zachte stem, bijna alsof hij het tegen zichzelf heeft, zegt hij: 'Wie wat bewaart, die heeft wat.'

'Alstublieft, meneer...' Ik ben door mijn argumenten heen en kan alleen nog maar smeken.

Zuchtend knikt hij. 'Kom binnen. We gaan eens uitzoeken wat dit te betekenen heeft.'

Hij houdt de deur voor me open en ik ga de kleine, vierkante kamer in. Een bureau staat in het midden en tegen één wand staat een boekenkast. Op het bureau zie ik een laptop en een net stapeltje papieren. Ook de ordners, boeken en mappen in de boekenkast maken een keurig geordende indruk. Alles bevindt zich waar het hoort en niets is overbodig.

Hij gaat achter zijn bureau zitten en wijst mij ook een stoel. Ik schud mijn hoofd. Ik blijf liever staan.

Wat zal ik vertellen? Ik wil niet als een waanzinnige overkomen, dus besluit ik om het bij wat droge feiten over Amy te houden. 'Ze had het op dat moment erg moeilijk. Ze was zichzelf niet. Maar ik weet dat ze met u gesproken heeft over vervloekingen.'

'En hoelang is dat geleden, zei u?'

'Ongeveer negen jaar.'

Zijn gezicht vertrekt bij de gedachte dat hij zich iets zou moeten herinneren van zo lang geleden. 'En ze was echt geen student van me?'

Ik schud mijn hoofd.

'Dan vrees ik dat we er niet uit gaan komen. Ik heb honderden studenten per jaar. Ik heb er duizenden zien komen en gaan. Ze vinden zichzelf allemaal zo uniek en toch zou ik u de namen van mijn beste studenten van negen jaar geleden niet kunnen noemen. Niet eens van afgelopen jaar.'

Ik laat mijn schouders hangen.

'Kijk, óf de jonge vrouw over wie u het hebt heeft bepaalde details door de war gehaald, óf ik ben zelf een eenmalige conversatie van negen jaar geleden vergeten, wat op zich niet zo gek is. Of...' Hij pauzeert even. 'Of het hele gesprek heeft nooit plaatsgevonden.'

'Jawel,' werp ik tegen. 'Ze wist van uw rare boterhammen.'

Ik probeer mezelf net zo hard te overtuigen als hem. Want ik wil gewoon niet dat dit óók weer een verzinsel van Amy is, zoals die Christian uit de bus of de ooggetuigenverklaring van Charlotte.

'Zo bijzonder zijn die toch niet? Maar goed, één correct detail wil nog niet zeggen dat er een heel gesprek over vervloekingen heeft plaatsgevonden.' Hij werpt een blik op de wandklok. 'Ik moet nu echt weer aan het werk. Het spijt me dat ik van zo weinig nut heb kunnen zijn. Maar wat is hier nu precies de bedoeling van? Misschien dat ik u beter kan helpen als ik dat begrijp. U hebt duidelijk belang bij die arme Amy, maar waarom? Wat heeft zij met u te maken?'

'Het heeft geen zin om dat uit te leggen.' Ik heb mijn hand al op de deurklink. 'U zou het toch nooit begrijpen.'

'Hebt u de mogelijkheid al eens overwogen dat u het zelf niet begrijpt?'

Ik lach schamper. Niet met opzet. Het gebeurt gewoon. 'Reken maar dat ik het niet begrijp. Maar ik doe mijn best. Ik doe mijn stinkende best.'

'Misschien dat u het in de verkeerde volgorde aanpakt,' meent hij. Hij doet ook maar zijn best om een onbekend meisje te helpen met iets wat nergens op slaat. Hij ziet dat het me raakt. 'In mijn ervaring kan een conclusie soms sneller bereikt worden door eerst de antithese te formuleren.'

'Ik weet niet of dat me veel gaat helpen,' zeg ik.

Hij haalt zijn smalle schouders op. 'Niets helpt als u het niet probeert.'

'Bedankt voor uw tijd,' zeg ik terwijl ik de kamer verlaat.

Met trage stappen loop ik door de gang, aan alle kanten gepasseerd door studenten en docenten die vergeleken met mij zo snel zijn dat ze in een flits voorbijgaan. Ik voel me alleen. Ik voel me hulpeloos.

De woorden van Whitaker (Whitfield) spoken door mijn hoofd: een conclusie kan soms bereikt worden door eerst de antithese te formuleren. Is dat wel mogelijk met de regel van drie? Wat is het tegenovergestelde van een broodjeaapverhaal?

De waarheid.

Zie je nou wel? Dit helpt niet. Ik probeer het op te splitsen in kleinere brokken. Amy is dood, haar familie is dood, mijn familie is dood. Het tegenovergestelde van dood? Leven. Nee, deze gedachtegang leidt ook nergens toe.

Vervolgens denk ik aan Amy's aneurysma en het auto-ongeluk van haar zus. Ik denk aan de hartaanval van mijn broer en aan het koolmonoxidelek dat mijn ouders doodde. Ik denk aan Amy's ouders die zichzelf ophingen. Ongelukken, natuurlijke oorzaken, zelfdoding. Wat is het tegenovergestelde van al die dingen? Wat is het tegengestelde van zelfdoding? Dan realiseer ik me dat ik daar niet naar hoef te zoeken, omdat ik geen antithese hoef te hebben voor elke afzonderlijke dood.

Ik ben begonnen met de gedachte dat het allemaal toeval was. En het tegenovergestelde van toevallig is doelbewust.

Ik blijf staan.

Als de regel van drie geen toeval is, dan moet hij gepland zijn.

Het is zo belachelijk eenvoudig. Niet te geloven dat ik er pas nu aan denk. Al die tijd lag het recht voor mijn neus. Een ontwerp. Een patroon.

Een reeks.

Wat als het geen vloek of noodlot of zoiets is dat hele gezinnen uitmoordt, maar gewoon een mens?

33

Zou het waar zijn? Zou het kunnen dat Amy niet verdoemd was, maar werd vermoord? Dat de regel van drie geen vloek is, maar een moordenaar?

Als de regel van drie echt is, dan denk ik niet dat Amy verdoemd was. Ik denk dat ze vermoord is. Het is de enige manier waarop ik alle overeenkomsten kan verklaren tussen wat er met Amy en haar familie is gebeurd en wat er met de mijne is gebeurd. En als ik gelijk heb, ben ik de volgende. Als ik gelijk heb, dan loopt er op dit moment iemand rond met het plan om mij te vermoorden.

Maar dat laat ik niet zomaar gebeuren. Mijn familie kan ik niet meer redden, maar ik kan proberen degene te vinden die hen dit aangedaan heeft. Een moordenaar die tot nu toe zeven mensen heeft vermoord zonder dat iemand in de gaten had dat het moord was. Een moordenaar die al vijftien jaar, sinds de dood van Amy's zus, onopgemerkt bezig is.

Dat wil zeggen... als er niet méér slachtoffers zijn. Misschien was Amy de eerste die zich realiseerde dat er iets niet klopte en ben ik de eerste die denkt dat er een moordenaar achter dit alles zit. Maar dat betekent niet dat we de enigen zijn.

Tot ik meer zekerheid heb, ga ik ervan uit dat ik gelijk heb. Als ik het mis heb, tja, dan verandert er niets.

Maar als ik gelijk heb, dan heeft iemand dus mijn broer en

mijn ouders vermoord en die gedachte vervult me met woede en wanhoop. Alle verdriet en pijn komen ongefilterd terug en ik word overspoeld door emoties die ik nauwelijks kan beheersen. Ik krijs. Ik jank. Ik schreeuw het uit.

Maar niet voor lang.

Ik mag me niet laten gaan. Er loopt een moordenaar rond en hij heeft het voorzien op mij. Hij heeft me mijn hele familie afgenomen. Mijn haat voor hem is even groot als mijn angst. Ik zal geen rust meer kennen tot hij zijn verdiende loon heeft gekregen. Of zij natuurlijk. De meeste moordenaars zijn man, dat weet iedereen, maar dat wil niet zeggen dat vrouwen niet moorden.

En op dit moment is het slechts een theorie. Ik kan niet zomaar een politiebureau binnenlopen zonder bewijs. Sterker nog, ik heb minder dan geen bewijs omdat alle sterfgevallen waar ik opzet vermoed, allang afgeschreven zijn als ongelukken, natuurlijke oorzaken en zelfdoding. Alles wat ik heb is een hypothese. Die moet ik testen. Ik moet iets vinden.

Ik weet niet precies wat ik zoek. Nog niet. Maar er moet iets zijn waarmee ik mijn theorie kan bewijzen. Dat móét gewoon. In vijf incidenten met in totaal zeven sterfgevallen móét er iets te vinden zijn wat niet klopt. Iets wat niet binnen het officiële verhaal past. Iets wat destijds over het hoofd is gezien of als niet-relevant terzijde is geschoven.

Eén heb ik er nodig.

Eén sterfgeval. Als ik maar één geval vind waar iets niet mee in de haak is, kan dat genoeg zijn om ze allemaal in twijfel te trekken.

Als ik het niet doe, doet niemand het. Geen rechercheur zal alles uit zijn handen laten vallen om een zaak te onderzoeken die niet eens een zaak is. Zonde van mijn tijd om nu al naar de politie te stappen. Ik voel er niets voor om het lachertje van het bureau te zijn.

O, daar heb je dat grietje weer. Die komt hier wel vaker onzin uitkramen. Niet op ingaan.

Ik heb één kans om mijn zaak bij iemand onder de aandacht te brengen. Eén kans om serieus genomen te worden. Ik ga naar die rechercheur waar Amy het over had... Lestrange. Misschien dat hij het zich herinnert. Misschien dat hij altijd al gevoeld heeft dat er iets niet klopte.

Ik ben hier de juiste persoon niet voor, ik weet het. Ik werk altijd zo hard omdat ik zo slecht tegen prestatiedruk kan. Door twee weken uit te trekken voor een opdracht die in een avondje gedaan kan worden, verdeel ik die druk. Op die manier kan ik het aan. Op die manier verzuip ik niet.

Het is een verpletterende gedachte dat zo ontzettend veel afhangt van mijn vermogen om door te dringen tot een overwerkte, nuchtere politieman die me elk moment weg kan sturen. Zo veel druk als nu heb ik nog nooit gevoeld.

En dan heb ik het nog niet eens over het feit dat ik een deadline heb. Ik heb maar beperkt de tijd om mijn theorie te bewijzen of zelfs maar om aan te tonen dat mijn theorie überhaupt het overwegen waard is.

Focus, Ila. Focus.

Ik moet een plan hebben.

Ik moet schriftelijk bewijs hebben. Overlijdensaktes, proces-verbalen, elk ander soort document dat wordt opgesteld als er iemand is overleden. Heb ik zelfs geen verslag van de lijkschouwer? Ik heb zo weinig tastbaars dat je er treurig van zou worden.

Of nee, wacht.

Hoop golft plotseling door me heen. Er is één ding waar ik goed in ben en dat is studeren. Ik zal me suf lezen: geen rapport, geen dossier, geen notitie zal aan mijn ogen ontsnappen. Ik zal alle geschreven informatie in me opzuigen, totdat ik een wandelende bibliotheek van kennis ben. Elke onderzoekstechniek, elke beslissing in het proces zal ik begrijpen. Als er een gat in een redenering zit, zal ik het vinden.

Ik weet dat er iets is omdat het er móét zijn. Niemand kan zeven mensen vermoorden zonder sporen achter te laten. Sporen die destijds zijn gemist omdat niemand er ooit naar gezocht heeft. Omdat alle betrokkenen geloofden wat de moordenaar wilde dat ze geloofden.

Natuurlijk zal ik Nate moeten inlichten. Wat ik ga doen, kan ik moeilijk voor hem verbergen. Trouwens, ik kan zijn hulp goed gebruiken. Hij zal me niet geloven, maar dat is prima. Dat maakt niet uit. Zolang ik maar een beetje met hem kan sparren. Zolang ik maar ideeën met hem kan uitwisselen en naast hem kan liggen en me veilig kan voelen.

Hoe meer ik nadenk over mijn theorie, hoe woedender ik word. Niet alleen op degene die me mijn ouders en broertje heeft afgenomen, maar ook op de speurders die het niet hebben gemerkt. Waren ze te lui, te incompetent, te goedgelovig? Hoe dan ook, ze hebben een gigantische miskleun begaan. Als ze niet voetstoots hadden aangenomen dat mijn ouders door domme pech om het leven waren gekomen, zou mijn broer er nu nog zijn. Hebben ze er überhaupt wel aan gedacht of dat koolmonoxidelek niet door opzet was ontstaan? En toegegeven, ik zou niet weten hoe je een hartaanval zou kunnen veroorzaken bij een ander en al helemaal niet bij een verder gezonde jongen, maar het lijkt me niet onmogelijk. Met medicatie misschien, of op een andere manier die ik nog niet begrijp? Hoe dan ook, het zou een methode moeten zijn die niet ontdekt wordt bij een autopsie.

En als een hartaanval kan worden opgewekt, dan een aneurysma misschien ook. En twee mensen kunnen best gedwongen worden om zichzelf op te hangen, ja toch? Een pistool op je neus en je doet alles om die kogel te ontwijken. Een auto die van de weg raakt? Makkie. Een laserpen in je oog is voldoende.

Wie het ook is, hij is sluw en, erger nog, geduldig. Hij heeft het allemaal al uitgedacht, ik weet het zeker. Hij weet al precies hoe hij me gaat vermoorden.

En toch is hij niet zo slim als hij denkt, want ik weet nu dat hij eraan komt.

Hij heeft er daarentegen geen idee van dat ik op de hoogte ben van zijn bestaan.

EVE

34

Lestrange heeft best mooie ogen. Ze zijn vriendelijk en babyblauw en ze houden mijn blik in een intense greep waar ik niet per se aan hoef te ontsnappen. Hij heeft mollige schouders en een nog molliger middel. Het is het soort man dat je, afhankelijk van je stemming, stevig of simpelweg dik zou kunnen noemen. Zijn haar is grotendeels verdwenen en de weinige overgebleven plukjes lijken een eigen wil te hebben – kleine bosjes opstandigheid. Er is een vleugje kleur achtergebleven, goed verscholen tussen het grijs en wit. Gedoemd tot verdwijnen en toch trots. Als hij me aankijkt met die babyblauwe ogen, geeft hij me het gevoel dat de rest van de wereld voor hem niet meer bestaat. Niet op een creepy manier, nee, het is meer dat hij me zijn volle aandacht schenkt. Als hij luistert, luistert hij echt.

Maar natuurlijk gelooft hij me niet.

'Zeg eens, Eve, denk je eraan om jezelf iets aan te doen?'

'O ja,' zeg ik. 'Ik ben zo bang om dood te gaan dat ik de film liever vooruitspoel en mezelf door mijn kop schiet.' Ik zet mijn vingertoppen als een pistool tegen mijn slaap. 'Poef.'

'Ben je in het bezit van een vuurwapen?'

'Dat was sarcasme. Ik bedoel, waarom zou ik naar u toe komen als ik mezelf iets aan wilde doen? Maar inderdaad, ik heb een vuurwapen. Dat was het eerste wat ik heb geregeld toen ik me realiseerde dat het ook met mij zou gaan gebeuren.'

Lestrange geeft geen krimp.

'Kijk,' zeg ik, 'mijn ouders zijn nu iets meer dan twee jaar geleden overleden en mijn zus drie jaar daarvóór. Wat betekent dat ik over minder dan een jaar aan de beurt ben. Zo werkt dat. Dat is de regel van drie. Het onheil komt altijd in drieën. Eerst overkwam het Amy en haar familie, daarna Ila en de hare. Het is niet zomaar een wilde theorie van me, hoor. Het internet staat er vol mee. Kijkt u nooit wat er trending is?'

'Trending? Heb je het over mode?'

'Ik heb het over social media.' Ik zoek mijn telefoon. 'Wacht, ik laat het u zien.'

'Dat hoeft niet,' zegt hij rustig, of in elk geval zo rustig mogelijk. Hij is net zo gefrustreerd als ik. Hij kan het alleen beter verbergen. Oefening, denk ik. Als je het hoofd niet koel kunt houden als je bij de politie werkt, dan kun je het wel vergeten. Hij gaat wat verzitten op zijn stoel, die op een behoorlijke afstand van zijn bureau staat. Ik zie hoe zijn broek opbolt bij de heupen. Hij slaat zijn armen over elkaar en laat ze rusten op zijn forse buik. Opgerolde mouwen. Harige onderarmen. Dikke polsen. Worstenvingers.

Ik zucht. 'Het zou bijna om te lachen zijn als het niet zo tragisch was. Ila wilde naar de politie gaan, maar pas nadat ze bewijs had gevonden. Ze wist dat ze anders niet geloofd zou worden. En nu heb ik het stokje van haar overgenomen, alleen was ik zo dom om te denken dat de politie wel interesse zou hebben in het feit dat er inmiddels elf moorden zijn gepleegd door dezelfde seriemoordenaar.'

'Seriemoordenaars zijn niet zo alledaags als de tv je wil doen geloven.'

'Ja,' zeg ik, 'omdat geen smeris de moeite neemt om er

onderzoek naar te doen, zelfs niet als het bewijs recht voor zijn neus ligt.'

Onder al het vet verroert Lestrange geen spier.

Hij kijkt naar de map die tussen ons in ligt en waarin alles zit wat ik weet. Hij is ongeveer tien centimeter dik. Pagina na pagina aantekeningen en lijstjes. 'Je hebt hier duidelijk veel moeite in gestoken.'

'Ik heb mijn hele leven in de wacht gezet om zover te komen.'

'Heb je zo'n begripvolle baas dan?'

'Ik woon in het huis van mijn overleden ouders en ik eet voornamelijk bonen uit blik,' leg ik uit. 'Ik heb geen tijd voor een baan.'

Lestrange bladert heen en weer door de map onder geritsel van papier en plastic. 'Witte man,' leest hij hardop, 'veertig tot zeventig jaar oud... methodisch... telkens drie jaar tussen de moorden... accuraat... geduldig... mogelijk een medische achtergrond...'

'Het zou sommige sterfgevallen verklaren. Kennis van farmaceutische stoffen, de interactie ervan met bepaalde aandoeningen, of ze aangetroffen zouden kunnen worden in een autopsie, dat soort dingen. Al kan hij dat natuurlijk ook gewoon opzoeken. Net zoals ik heb gedaan.'

'En waarom veertig? Waarom niet jonger?'

'Ik denk dat hij eerder ouder is. Sowieso van middelbare leeftijd, met veertig als ondergrens. Want dan was hij een tiener toen Maya verongelukte. Vergezocht, maar niet onmogelijk. Misschien stak hij over toen hij uit school kwam en moest ze voor hem uitwijken. Misschien deed hij het met opzet. Misschien was het echt een ongeluk. Maar in elk geval genoot hij ervan. En vervolgens...'

'De regel van drie wacht geduldig en trouw,' leest Lestrange voor. 'Eerst kwam hij voor mij, nu komt hij voor jou... Wat betekent dat?'

'Een rijmpje dat iedereen kent. Het onheil komt altijd in drieën. Een legende. Maar dan echt.'

'Echt...' herhaalt hij. Hij haalt diep adem. 'Ik ben niet altijd gek geweest. Maar ook niet bepaald gezond...'

'Amy's dagboek,' leg ik uit. 'Ik heb het voor u uitgeprint. Net als het dagboek van Ila.'

Hij slaat pagina's om. 'Je zegt dat dit geschreven is door de vermeende slachtoffers?'

'Dat klopt. Ze zijn...'

'Hoe kom je eraan?'

'Van internet. Je hebt zo'n forum... Daarom weet ik hier überhaupt van. En daarom wist ik dat het ook met mij gebeurde.'

'Als deze dagboeken van internet komen, hoe weet je dan dat ze echt zijn?'

Ik staar hem met grote ogen aan. 'Daarom ben ik naar u toe gekomen.' Ik buig me over de map en sla een paar pagina's om. 'Hier staat u. Amy heeft uw naam genoemd... Daar. Ik heb het onderstreept.'

'Lestrange,' leest Lestrange.

'Dat bent u.'

'Er zijn vast honderden politiemensen die zo heten.'

'Acht, om precies te zijn,' vertel ik hem. 'In het hele land. Ik weet van allemaal in welk district ze werken. Welke rang ze hebben. Wat ze in hun koffie willen. Zoals ik al zei: ik heb geen tijd voor een begripvolle baas.'

Hij bladert verder en komt bij de profielen van iedereen die

Amy en Ila in hun dagboeken hebben genoemd, inclusief de details aan de hand waarvan ze geïdentificeerd kunnen worden.

'U mag de map houden,' zeg ik. 'Lees hem maar eens door. U zult het zien.'

'Met alle respect, ik zie hier geen bewijzen.'

Ik haal diep adem om kalm te blijven. 'Als u niet naar mijn research wilt kijken, help me dan in elk geval op weg. Vertel me Amy's achternaam, of haar oude adres. Iets... echts. Ik heb maar één echt, verifieerbaar feit nodig. Dan heb ik voldoende om van al mijn vermoedens feiten te maken. Eén stukje houvast, één startpunt, dat is genoeg. Dan kan ik u het harde bewijs leveren waar u om vraagt.'

'Een slimme jongedame als jij zou toch moeten weten dat dat niet gaat. Zelfs als ik je zou geloven, dan nog zitten we met de privacy.'

'Wiens privacy? Iedereen over wie ik iets wil weten is dood.'

Ik adem zwaar. Ik ben boos, gefrustreerd. Ik voel me een mislukkeling.

Hij slaat nog wat pagina's om. 'Plus de data kloppen niet. Je zegt dat alle sterfgevallen telkens drie jaar na elkaar plaatsvonden, maar dat is ook maar gewoon... jouw interpretatie. Kijk, dit sterfgeval vond een maand te vroeg plaats om het drie jaar te kunnen noemen.'

'Eenentwintig dagen,' zeg ik. 'Geen maand. Drie weken precies. Maar goed, vergeet de andere meisjes. Laten we kijken naar wat er met mijn familie is gebeurd. Mijn zus pleegde zelfmoord, als we de officiële verklaring mogen geloven. Van een brug gesprongen.'

Mijn ogen worden alweer vochtig als ik eraan denk. Die arme, lieve Josey. Ik mis haar zo vreselijk. Ik doe mijn uiterste best om mijn kalmte te bewaren. Ik ben het haar verschuldigd om nu niet in tranen uit te barsten. Gerechtigheid zoeken, dát ben ik haar verschuldigd. 'Dat is moeilijk te bewijzen of te weerleggen, dat snap ik. Maar mijn ouders die toevallig op dezelfde avond een hartaanval krijgen? Kom op zeg.'

'De ene hartaanval heeft de andere veroorzaakt,' verklaart hij nuchter. 'Ze kwakkelden allebei, dat was bekend. Je vaders hart zal het begeven hebben toen hij je moeder vond.'

'Misschien. Mijn ouders hadden inderdaad problemen met hun gezondheid, maar ze hadden verschillende aandoeningen. Mijn moeders bloeddruk was te laag, terwijl mijn vader hartritmestoornissen en angina pectoris had. Hij heeft bijna zijn hele leven met een pacemaker gelopen. Wist u dat ze nitraten voorschrijven tegen de klachten van angina pectoris en dat die een ernstige daling van de bloeddruk kunnen veroorzaken?' Hij wacht zwijgend tot ik verderga. 'Wat betekent dat de pilletjes van mijn vader fataal voor mijn moeder waren als zij ze zou nemen. En de midodrine die mijn moeder iedere dag moest slikken om haar bloeddruk te verhogen, zou mijn vaders hart ondraaglijk belasten.'

'Beweer je dat ze opzettelijk elkaars medicatie hebben genomen?'

'Nee, integendeel. Ik zeg dat iemand ervoor gezórgd heeft dat ze elkaars medicatie hebben genomen.'

'Bedoel je dat iemand bij je ouders heeft ingebroken en de etiketten van hun pillendoosjes heeft verwisseld?'

Ik schud mijn hoofd. 'Nee, dat denk ik niet. Ik denk dat hij gewoon keurig heeft aangebeld met een goede reden om hem binnen te laten. Ze kenden hem vrijwel zeker, al weet ik niet hoe, dus dat was vast geen al te groot probleem. Vervolgens denk ik dat hij ze heeft bedreigd, met een pistool of anderszins, en ze gedwongen heeft de verkeerde medicatie te nemen. Vergeet niet dat hij er drie volle jaren voor uittrekt om alles te weten te komen over zijn slachtoffers, zodat hij als het moment daar is precies weet hoe hij ze het beste kan vermoorden.'

'Niet iedereen heeft een hartaandoening.'

'Mijn zus niet, nee en toch heeft hij haar vermoord. Ik weet niet of hij haar zelf van die brug heeft geduwd of een pistool op haar heeft gericht en haar heeft gedwongen te springen, maar in elk geval leek het op zelfmoord. Ik heb zelf trouwens ook geen hartkwaal. Maar voor mij bereidt hij een ongeval voor. Er zijn wel duizenden manieren waarop hij me kan doden. Het was geen toeval wat hij met mijn ouders heeft gedaan. Hij heeft hun hartproblemen tegen ze gebruikt.'

'Er stond anders niets in het toxicologisch verslag.'

'Klaar voor een scheikundelesje? Nitraten reageren met de zuurstof in het bloed tot stikstofmonoxide. Het lichaam produceert dat van nature om de gladde spieren te ontspannen. Bij toxicologie hebben ze daar niet op getest omdat er sowieso stikstofmonoxide in het bloed zit. Dat zou hetzelfde zijn als testen op bloed in het bloed. En midodrine is een prodrug. Dat betekent dat het uit zichzelf niets doet en door het lichaam moet worden gemetaboliseerd voordat het werkt. Het wordt dan omgezet in desglymidodrine. Dat wordt op zijn beurt gebonden aan alfa-adrenerge receptoren om de arteriële weerstand te verhogen en...'

Hij fronst en knippert met zijn ogen. 'Pardon?'

'Het geneesmiddel dat mijn moeder nam verandert in iets anders en dat andere bindt zich aan receptoren in de slagaderwanden. Het verdwijnt dus. Je kunt er niet op testen omdat het niet in het bloed zit en zelfs al kon dat wel, dan nog zou je op een stof testen die de betrokkene niet heeft ingenomen.'

'Doe maar of ik dom ben.' Hij glimlacht vol zelfspot. 'En geef me de samenvatting.'

'Om bij mijn ouders op hetzelfde moment een hartaanval op te wekken, hoef je alleen maar hun medicatie om te wisselen. En bij geen van beiden zal dat na de dood in het bloed te zien zijn. Zo heeft hij het gedaan. Twee moorden die niet te onderscheiden zijn van een natuurlijke dood.'

'Hoe weet je al dit soort dingen? Over die medicijnen en hoe ze...?'

'Omdat mijn leven ervan afhangt.'

Hij slaat de map dicht. 'Maar heb je bewijzen?'

Ik grom. 'Ik zeg net dat het bewijs verdwenen is.'

'Kijk, er gaan elke dag ik weet niet hoeveel mensen dood aan ongevallen, natuurlijke oorzaken en suïcide. Als de populatie maar groot genoeg...'

'Gaat u iets doen?' onderbreek ik hem.

'Ik wil dat je goed begrijpt dat als je iets als verdacht ervaart, als je merkt dat iemand je volgt, als iemand je een onveilig gevoel geeft, dat ik er dan voor je ben. Je kunt altijd met me komen praten. Oké?'

'Nee dus. U gaat niets doen.'

'Het spijt me dat je er zo over denkt, maar ik weet niet wat ik op dit moment zou kunnen doen. Alles wat je hebt zijn theorieën, geen enkel bewijs.'

'Als u iets kón doen, zou u het dan doen?'

'Zeker,' antwoordt hij. 'Ogenblikkelijk.'

Het is zinloos om dit gesprek voort te zetten, dus sta ik op. Hij geeft me zijn visitekaartje en is zo vriendelijk om mee te lopen naar buiten. Ik weet best dat hij mijn angst serieus neemt. Het probleem is dat hij me niet gelooft. Maar ik heb geen behoefte aan medelijden.

Geen behoefte aan een geruststelling.

Net voordat ik wegloop, glimlach ik naar hem.

Er verschijnt een verwarde blik in zijn babyblauwe ogen en ondanks zichzelf vraagt hij: 'Waarom lach je?'

'Omdat ik u toch overtuigd heb.'

Hij wacht nieuwsgierig af.

'Als u straks mijn bleke lijk in het mortuarium ziet liggen, zult u eindelijk beseffen dat u had moeten luisteren. Als ze straks mijn dood als een ongeluk afdoen, zult u zich dit gesprek herinneren. Ik zal dood zijn en u zult de rest van uw leven moeten leven in de wetenschap dat u niets hebt gedaan om me te helpen.'

Hij is een gehard politieman, maar hij is niet ongevoelig. En dus durft hij me niet in de ogen te kijken.

'Daarom lach ik. Omdat ik u overtuigd heb. U beseft het alleen nog niet.'

Er spreekt zo'n trieste berusting uit zijn ogen dat mijn frustratie in één klap verdwenen is. Ik voel me zelfs rot, alsof ik iemand schop die al op de grond ligt. Dus voordat ik wegloop, zeg ik: 'Neem het uzelf maar niet te veel kwalijk. Ik had kunnen weten dat het te veel is om te behappen. Het is niet erg. Ik doe het wel alleen.'

'Wat doe je wel alleen?'

'De moord op mezelf oplossen voordat hij plaatsvindt.'

Amy heeft nooit hulp gehad. Ila ook niet. Het is zonde van de tijd om te verwachten dat iemand mij wél gaat helpen. Maar ik heb een voorsprong die Amy en Ila niet hadden. Er zijn tot nu toe elf mensen vermoord en ik ben niet van plan om nummer twaalf te worden.

No way.

Hoi, ik ben Eve en ik ben degene die de regel van drie verslaat.

Lees verder, dan zul je zien hoe ik dat doe.

35

Ik haal een kop koffie uit de automaat, een reusachtige machine die waarschijnlijk ouder is dan ikzelf. Ik weet niet waar ik banger voor ben: dat het gevaarte nog eens boven op me valt of dat het in mijn gezicht ontploft. Natuurlijk is de instantkoffie niet te zuipen, maar daar ga ik niet moeilijk over doen. Want de consumpties hier zijn gratis en dus ook de koekjes en de cake. Ik pak een papieren bord en kies het minst lelijke exemplaar van de paar koekjes die er nog liggen. Zoals gewoonlijk ben ik aan de late kant. Daar zorg ik wel voor.

Mijn bekertje zit eigenlijk iets te vol, dus met langzame, voorzichtige passen loop ik naar de kring van stoelen.

'Wedden om een tientje dat ze gaat morsen?' vraagt een stem.

Een tweede antwoordt: 'Deal.'

Ik kijk niet op of om. Mijn ogen zijn louter gericht op het inktzwarte vocht dat met elke stap over de rand van het plastic bekertje dreigt te gulpen. Bij de kring aangekomen moet ik toch mijn blik even van mijn koffie afwenden om een opening tussen twee stoelen te vinden en me zonder ongelukken doorheen te wurmen.

'O, sorry,' hoor ik de persoon naast me zeggen terwijl hij zijn stoel piepend opzijschuift.

'Dat telt niet,' klaagt de eerste stem. 'Ze krijgt hulp.'

'Dan had je je voorwaarden maar moeten noemen.'

'Hoe kon ik weten dat dit zou gebeuren?'

Nu kan ik zonder veel problemen door de opening. Ik neem plaats op een vrije stoel, een lomp geval van oranje plastic dat vreselijk ongemakkelijk zit. Waarschijnlijk zijn alle meubels hier afgedankte schoolspullen. In elk geval lijken ze, net als de koffieautomaat, ouder dan ikzelf.

De man die plaats voor me had gemaakt schuift zijn stoel weer terug.

'Hai,' zegt hij. 'Ik ben Johnathan.'

Ik werp een blik zijn kant op. 'Eve. Bedankt.'

Johnathan lijkt recht van kantoor te komen. Hij is in pak en over de rugleuning van zijn stoel hangt een regenjas. Opgevouwen, want het zijn opvallend lage stoelen – nog een reden waarom ik denk dat ze oorspronkelijk in een school stonden. Je moet je jas wel opvouwen als je hem over deze stoelen wilt hangen, anders kun je hem net zo goed meteen op de grond gooien. Johnathan heeft een bleek, gladgeschoren gezicht. Verzorgd, maar niet overdreven. Geen grijze haren, wel wat kraaienpootjes rond de ogen en een paar diepe fronsrimpels in het voorhoofd.

Net zo langzaam en voorzichtig als ik hiernaartoe ben komen lopen, til ik mijn bekertje op om een slok te nemen.

'Loopt de weddenschap nog?'

'Goed dan, maar het is nu dubbel of niets.'

Ik werp een verstoorde blik opzij, naar Alejandro en Sal. 'Telt het als morsen als ik mijn koffie over jullie heen smijt?'

Alejandro rolt met zijn ogen. 'Wat zijn we weer kattig.'

Sal valt hem bij. 'Ze doet gewoon stoer voor die nieuwe gozer.'

Zonder te morsen neem ik een slok koffie.

'Ha, ik krijg twintig piek van je,' zegt Sal tegen Alejandro.

'Wacht eens even, ik ben nooit akkoord gegaan met dubbel of niets. Ik krijg juist een tientje van jóú. Toch, Eve?'

De oranje plastic stoelen staan min of meer in een cirkel. Meestal beginnen we vrij keurig, maar de kring wordt steeds vormelozer naarmate mensen opstaan om koffie te pakken, iets te snacken of naar de wc te gaan. Aan het einde van de bijeenkomst is er meestal niets meer over van wat ook maar enigszins op een ronde vorm lijkt.

Vandaag zijn we met negen, inclusief mezelf, wat precies een leuk aantal is. De meesten van ons zijn vaste klanten, al komt niet iedereen elke week opdagen. Nieuwelingen zoals Johnathan komen doorgaans één of twee keer langs en haken dan af, óf ze blijven permanent. Meestal het eerste.

De bijeenkomsten worden gehouden in de gemeenschapsruimte van de kerk. De wanden van het zaaltje hangen vol tekeningen en schilderijen van kinderen. De meeste zijn niet om aan te zien, maar sommige zijn best leuk. Er komen regelmatig nieuwe tekeningen bij, afhankelijk van de activiteiten die de kerk organiseert.

Voordat ik hieraan begon, was ik zo dom om te denken dat groepstherapie inhoudt dat je een therapeut deelt en dus continu moet wachten op je beurt. Maar ik ontdekte al snel dat de andere deelnemers net zo goed jouw therapeut zijn als de groepsleider. Vaak doet de therapeut zelfs het minst van allemaal. Het is de bedoeling dat we elkaar steunen en onze mening geven als een van ons een probleem te berde brengt. Bij groepstherapie draait het om symbiose. Of het werkt voor iedereen, óf het werkt voor niemand.

Naast steun en advies krijgen we ook hoop van elkaar. Het is erg inspirerend om iemand die met zichzelf in de knoop zit iets te zien bereiken. Niet alleen die ander behaalt een overwinning, maar jij ook. Natuurlijk ben je blij als Sal die promotie krijgt ondanks zijn angst om afgewezen te worden, maar het geeft je ook hoop. Als hij het kan, kun jij het ook.

'Wat ik zo lastig vind,' zegt Alejandro, terwijl hij zijn benen over elkaar slaat, 'is dat ik altijd zorgzaam ben naar mijn collega's, maar dat dat niet wederzijds is. Ik ga nooit koffie halen zonder eerst te vragen wie er nog meer wil. Maar het is onvoorstelbaar hoe vaak ik een ander de keuken uit zie komen met alleen een kop voor zichzelf.'

Sal heeft zijn mening direct klaar. 'Je bent toch niet verplicht om altijd koffie voor anderen te zetten? Kap er gewoon mee.'

'O schat, hou op. Dat heb ik me al duizend keer voorgenomen. Maar ik weet nu al wat er dan gaat gebeuren. Zie haar dan, zullen ze zeggen. Wat staat haar mutsje weer scheef vandaag.'

'Draag jij een muts op werk?'

Alejandro legt een hand op Sals knie. 'Schat, als jij me graag voorstelt met een muts op, dan hou ik je niet tegen.'

'Ik zal maar niet zeggen hoe ik me jou voorstel.'

Alejandro's ogen lichten op. 'O, doe maar wel.'

Ik zeg: 'Ik denk dat ik maar even tussen jullie in kom zitten voordat het hier uit de hand loopt.'

Alejandro glimlacht naar me. 'Hij is een plaaggeest, meer niet.' Hij zucht weemoedig. 'Salvatore is zo straight dat hij een linialenfabriek kan beginnen.'

Stephanie zegt tegen Sal: 'Maar jouw advies is dus "Kap er gewoon mee"?'

'Zeker weten.'

Stephanie is een lieverd, met haar ronde, vriendelijke gezicht en rode appelwangetjes. Misschien zie ik haar wel een beetje als een moederfiguur en in sommige opzichten is ze dat ook. Ik weet dat dit gewoon haar werk is. Dat ze hier anders niet eens zou zijn. Maar ik weet hoe betrokken ze is. Ze probeert een zekere professionele afstand te bewaren en als je maar een paar keer komt, is dat waarschijnlijk alles wat je ziet. Maar kom je vaker, zoals ik, dan gaan de barsten in haar façade opvallen. Ik heb haar meer dan eens een traantje zien wegpinken als ze denkt dat niemand kijkt. Soms staat ze een beetje wankel op aan het einde van een bijeenkomst en dat komt niet alleen doordat ze met een stok loopt. Ik denk dat ze heupklachten heeft, hoewel ze niet echt oud is.

'Als je iemand goede raad geeft,' gaat ze verder, 'is het belangrijk om even voor jezelf helder te krijgen waarom je zegt wat je zegt.' Stephanie laat dit even tot ons doordringen. 'Zou het kunnen, Sal, dat je dit advies geeft omdat je zelf ook graag zou willen stoppen met dingen doen voor mensen die dat niet op prijs stellen?'

Ik verdenk Stephanie ervan dat ze de cake en de koekjes zelf bakt, hoewel ze het altijd ontkent als je ernaar vraagt.

Hoe lief ze ook is, ze is niet bang om je verdedigingslagen een voor een af te pellen totdat je naakt voor haar staat, zonder enige vorm van emotionele bescherming. Ze zal doorgaan tot je een snikkend wrak bent, als ze denkt dat je daarmee eindelijk eerlijk tegen jezelf bent. Groepstherapie is niet voor mensen die op zoek zijn naar gemakkelijke oplossingen. Het is een langdurig proces, waarbij emotioneel uithoudingsvermogen onontbeerlijk is. Je kunt je pas beter gaan voelen als je bereid bent je slechter te voelen.

'Wat ik nooit zal begrijpen van mijn ouders,' zeg ik ineens, bijna zonder het te willen, 'is waarom ze nooit iets aan hun problemen hebben proberen te doen. In mijn vriendenkring waren bijna iedereens ouders gescheiden of stonden op het punt om te scheiden. Ik geloof gerust dat het in het begin moeilijk is, maar op den duur wordt het beter, toch? Bij ons thuis werd het nooit beter. We waren gewoon permanent ongelukkig. Maar als je je ellendig voelt, dan wil je daar toch iets aan doen? Als het leven klote is, dan probeer je het toch te verbeteren?'

'Sommige mensen definiëren hun persoonlijkheid aan de hand van hun ellende,' zegt Alejandro meelevend.

Als ik mijn moeder moest geloven, was mijn vader de duivel in eigen persoon. Ze had de foto's van hun bruiloft al verscheurd voordat ik groot genoeg was om ze te zien. Er ging geen dag voorbij zonder dat ze ons vertelde hoe erg ze die kerel haatte. Ze genoot er bijna van om ons in te peperen hoe ongelukkig ze was, wat voor een mislukking haar leven was, hoe ze ooit gelukkig was geweest, lang geleden, voordat ze papa ontmoette. Als kind voelde ik me continu schuldig naar haar, totdat ik begreep hoe zelfdestructief ze was en hoe gemeen dat was voor Josey en mij.

Papa was geen wrede man, maar we waren wel bang voor hem. Hij heeft ons maar een paar keer geslagen en dan nog hooguit een tik op de billen, maar ik weet nu dat mishandeling meer inhoudt dan fysiek geweld. Zijn gezicht stond altijd op onweer. Hij leek net zo ongelukkig als mama, alleen praatte hij er niet over. Er was alleen die onophoudelijke sfeer van boosheid. Alsof we nooit goed genoeg waren. We liepen continu op onze tenen voor hem. Niet dat hij zo vaak kwaad werd, maar een uitbarsting hing altijd in de lucht. De angst voor wat er kon gebeuren was duizend keer erger dan wat er af en toe daadwerkelijk gebeurde.

Het was niet altijd kommer en kwel. Sommige gezinsuitstapjes waren best leuk. In het begin, tenminste. Maar later voelde het in die auto als in een kooi die langzaam volstroomde met water. Op een gegeven moment ging mama niet meer mee, maar ook dat hielp niet. Die lege stoel in de auto herinnerde ons er alleen maar aan dat er weliswaar niet meer geschreeuwd werd, maar dat haat daar juist de oorzaak van was.

Toen ik oud genoeg was om te beseffen dat geen zinnig mens voor zo'n leven zou kiezen en ik mama vroeg waarom ze niet vertrok, waarom ze niet gewoon gingen scheiden, zoals talloze andere ouders, vertelde ze me dat ze bleef om op een dag op papa's graf te kunnen dansen. Dat is het enige wat ik ooit uit haar mond heb gehoord dat nog enigszins op een verklaring leek, op wat vage zinnetjes na als 'geen andere keus' en 'te laat om opnieuw te beginnen'. Waarom papa nooit een einde heeft gemaakt aan dat rampzalige huwelijk, zal ik ook nooit weten. Misschien kwam het niet eens in hem op.

En toen stierf Josey.

Verenigd in ons verdriet vergat ik voor heel even hoe ellendig ons leven was. Maar uiteindelijk merkte ik dat hun egoïsme toch weer de overhand kreeg en dat ze meer met hun eigen verdriet bezig waren dan met dat van mij. Niemand stond erbij stil dat ik het enige lid van ons gezin was kwijtgeraakt dat ooit de moeite had genomen om me te leren kennen. We woonden met z'n drieën in dat huis, maar ik had net zo goed alleen kunnen zijn.

Ik heb niet één keer gehuild om de dood van mama en papa. Het was bijna een opluchting.

'Lijden kan een soort trofee zijn,' voegt Alejandro eraan toe als ik in tranen uitbarst. 'Zonder dat hebben ze niets meer.'

Ik veeg mijn neus af met mijn mouw. 'Maar wat als je met

jouw lijden alleen maar het leven verpest van de mensen om wie je zou moeten geven?'

Hij haalt zijn schouders op. Hij is door zijn ideeën heen.

'Kun je het ze niet gewoon vragen?' oppert Johnathan.

'Dat heb ik geprobeerd,' antwoord ik.

'En wat zeiden ze?'

'Dat kon ik niet horen.' Hij kijkt niet-begrijpend, totdat ik aanvul: 'Anderhalve meter aarde tussen hen en mij is best lastig communiceren.'

'O,' zegt hij en kijkt naar de grond. 'Sorry.'

Ik glimlach om hem te laten merken dat hij niets verkeerd heeft gedaan.

In feite heeft Johnathan tot nu toe alles goed gedaan.

36

Na afloop wordt er nog even nagepraat. De laatste koekjes worden naar binnen gewerkt. De overgebleven cake wordt in folie gewikkeld, lekker voor thuis. De stoelen moeten nog opgestapeld worden. Veel deelnemers hebben naast hun werk weinig anders dan deze groep. Ze hoeven niet per se naar huis. Ik daarentegen snak na een bijeenkomst naar een peuk en weet meestal niet hoe gauw ik weg moet komen. Ik hou van die paar minuten van stille reflectie. Alleen ik en mijn sigaret en de nachtelijke hemel. Verder rook ik niet.

Soms heb ik mijn sigaret al helemaal op voordat de eerste naar buiten komt. Het is een soort spelletje. Ik doe er niet bewust mijn best voor, maar het is wel leuk als het lukt. Stephanie hobbelt altijd als laatste het zaaltje uit. Zij moet nog opruimen, hoewel Alejandro en Sal haar helpen met de stoelen. Ik voel me soms schuldig dat ik niet meehelp, maar ik heb na afloop echt even die tijd voor mezelf nodig.

Pech gehad, Eve, vanavond ga je je spelletje niet winnen. Want een stem achter me zegt: 'Eigenlijk probeer ik te stoppen.'

Als ik omkijk, zie ik Johnathan naar mijn sigaret kijken met de hunkering die alleen rokers kennen. Ik tik op de jaszak waarin mijn pakje sigaretten zit. 'Wil je er een?'

'Niet verstandig. Maar: ja.'

'Zeker weten? Ik wil niet dat je door mij weer begint.'

‘Ik heb er vandaag al drie op.’

Ik moet lachen. ‘In dat geval...’ zeg ik en vis het pakje tussen duim en wijsvinger uit mijn zak.

Als ik hem vuur wil geven, schudt hij zijn hoofd. Hij heeft zelf. Jammer.

Johnathan blaast de eerste trek langzaam uit. ‘Waarom is dit toch zo lekker?’

‘Niemand vindt het leuk om tegen zijn schenen geschopt te worden.’

‘Huh?’

Ik wijs naar mijn been en maak een schoppende beweging. ‘Heb ik ooit ergens gelezen. Als je verslaafd bent aan nicotine, is het alsof iemand tegen je schenen schopt en alleen maar stopt met schoppen als je wat nicotine binnenkrijgt. Wat je voelt, is geen echt genot. Het is de afwezigheid van pijn.’

Hij neemt een lange hijs. ‘In dat geval hou ik wel van een beetje afwezigheid van pijn.’

‘Je bent niet de enige.’ Mijn sigaret is bijna op en ik probeer optimaal te genieten van de laatste paar millimeter rookbare tabak. ‘Hoe vond je het binnen?’

Hij maakt een zo-zogebaar met zijn hand.

‘Het is normaal dat je het in het begin niets vindt,’ vertel ik. ‘Net als met roken eigenlijk.’

Hij haalt zijn schouders op. Knikt dan.

Ik neem een laatste haal en druk de sigaret uit onder mijn hak. ‘Nou, wie weet tot ziens. En anders nog een fijn leven.’

Ik begin weg te lopen. Niet te snel, want ik wil hem de kans geven om...

‘Zeg,’ roept hij, achter me aan komend. ‘Nog iets drinken anders?’

‘Gast, je had mijn vader kunnen zijn.’

‘O, uh, ik… Ik bedoelde er niets mee. Sorry. Ik… sorry.’

‘Chill, opa,’ lach ik. ‘Natuurlijk, ik lust wel een biertje. Hier om de hoek zit een kroeg. Maar het is eigenlijk niet de bedoeling dat we contact hebben buiten de groep.’

‘Hoezo niet?’

‘We moeten vreemden voor elkaar blijven, zodat we eerlijk tegen elkaar kunnen zijn.’

‘Want dat kan alleen als we vreemden voor elkaar zijn?’

‘Dat is de theorie.’

Ik gebaar dat hij mee moet komen.

Het café waar we naartoe gaan is niet superleuk, maar zeker ook niet beroerd. Op deze doordeweekse avond is het niet al te druk. We kunnen dus kiezen waar we willen zitten. Het wordt een tafeltje in een hoek. Johnathan biedt aan om bier te halen, dus ga ik alvast zitten. Er is sport op tv, geen idee wie tegen wie. Ik zie geen verschil tussen de ene groep kerels op een grasveld en de andere. De overige bezoekers denken daar heel anders over. Ze zijn in extase. Fijn voor ze, denk ik. Het is vast leuk om je druk te kunnen maken om zoiets onbenulligs. En dat bedoel ik niet eens sarcastisch. Ik kan het mezelf simpelweg niet veroorloven om me bezig te houden met iets wat niet direct te maken heeft met mijn huidige situatie. Misschien verdiep ik me nog weleens in sport als dit allemaal voorbij is.

De biertjes laten op zich wachten, want Johnathan staat nog even te kletsen met de barman. Aan zijn glimlach te zien hebben ze zojuist een leuke anekdote of een interessant weetje uitgewisseld.

Hij zet de twee glazen op tafel. ‘Deze komen van een kleine brouwerij hier in de buurt. Hoe leuk is dat?’

'Fantastisch,' zeg ik met een sarcasme dat hij niet in de gaten heeft. Ik pak mijn glas en probeer niet te laten merken hoezeer ik baal dat het geen flesje is.

Het is van dat craftbier, met rare ingrediënten en een verdacht donkere kleur.

'Dat smaakt,' zegt Johnathan, terwijl hij zijn lippen afveegt met de rug van zijn hand.

'Ik vind het niks.'

'O,' zegt hij teleurgesteld. 'Je... Je bent toch wel oud genoeg om te drinken?'

'Ben je niet een beetje laat om dat te checken?'

'De barman vroeg het. Ik heb gezegd dat je oud genoeg was.'

'Het is streng verboden om alcohol te verstrekken aan een minderjarige.'

Hij kijkt nu bezorgd. 'Zeg alsjeblieft dat je niet minderjarig bent.'

'Chill, opa. Ik ben meerder.'

'Wát ben je?'

'Meerder,' herhaal ik. 'Het tegenovergestelde van minder. Jarig.'

Hij neemt nog een slok, merkt dan iets op en buigt zich naar me toe. Hij wijst naar mijn voorhoofd. 'Heb je daar een snee in je wenkbrauw?'

'Eigenlijk is het al een litteken. Maar nog redelijk vers, ja.'

'Oei,' zegt hij. 'Het ziet er pijnlijk uit.'

'Ik merkte het pas toen het bloed mijn oog in stroomde.'

Hij kijkt ongelovig.

'MMA,' leg ik uit.

'Wauw,' zegt hij. 'Je lijkt me helemaal geen type om...'

Ik haal mijn schouders op. 'Ik zocht naar een leuke manier om fit te blijven.'

'Een leuke manier,' herhaalt hij.

'Beter dan de loopband toch?'

Hij prikt in zijn buik. 'Hm, de loopband, ja... Die ontwijk ik een beetje de laatste tijd.'

'Meen je dat? Ik dacht juist dat je daaronder een perfecte sixpack had.'

Hij voelt zich gevleid. 'Serieus? Wauw, bedankt. Ik... Dus ik zie eruit alsof ik veel train?'

'Echt wel,' zeg ik. 'Echt zo'n gast die elke lunch in de gym te vinden is en geen hap eet voordat het donker wordt.'

Hij bloost nu bijna. 'Ik... Nou ja, weet je, ik probeer... Ik bedoel, dit overhemd helpt ook mee. Het is op maat gemaakt. Eigenlijk zouden alle overhemden maatwerk moeten zijn. Confectie past nooit écht goed.'

'Kom op,' zeg ik. 'Het is niet alleen je overhemd. Niet zo bescheiden. Incasseer dat compliment nou maar gewoon.'

Nog twee biertjes later staan we buiten en is het tijd om afscheid te nemen. Hij moet de ene kant op en ik de andere.

Alleen... Hij doet geen enkele stap. Niet letterlijk en ook niet figuurlijk.

Hij aarzelt als een man die weet dat hij iets niet zou moeten doen, maar zichzelf toch niet tegen kan houden. Het is een beetje een onaantrekkelijk soort aarzeling. Het is niet sexy om iemand meer te willen dan omgekeerd.

Gelukkig ben ik niet verlegen.

Ik stap zijn persoonlijke ruimte in, pak hem bij zijn revers en til mijn gezicht naar hem op. Tegelijkertijd buigt hij zich iets voorover en dan raken onze lippen elkaar.

De tongen blijven binnenboord, maar verder is het een vrij uitgebreide kus.

Pas wanneer zijn handen van mijn middel naar mijn heupen gaan en vervolgens naar mijn billen, maak ik me los. Ik glimlach nog een keer gul naar hem, dan draai ik me om en loop weg.

Na een paar tellen kijk ik over mijn schouder.

Hij staat me duidelijk na te staren en steekt een hand op. 'Uh... Tot ziens dan maar.'

Ik zeg niets terug.

Het is tien minuten wandelen naar huis, maar ik haal het in zes. Het huis van papa en mama staat aan een rustige laan, een stuk van de weg af, aan het einde van een lange, brede oprijlaan. In wezen is het gewoon een gebouw. Muren en een dak. Kamers. Het voelt niet als een thuis. Dat heeft het nooit gedaan trouwens, ook niet toen we er nog met z'n vieren woonden. Josey en ik grapten weleens dat terwijl de kinderen op school bang waren dat hun ouders zouden scheiden, wij bang waren dat die van ons bij elkaar zouden blijven. Een van mijn vroegste herinneringen is hoe Josey en ik op de bovenste trede van de trap huilend zitten te luisteren naar mama en papa die beneden tegen elkaar schreeuwen. Het is dat ik ergens moet wonen zolang ik mijn research doe, anders had ik het al lang verkocht.

Ik doe de deur op de twee nachtsloten, schuif de ketting op zijn plaats, schakel het alarmsysteem uit en ga dan snel naar de eetkamer, waar ik mijn werkkamer van heb gemaakt.

Ik heb mijn mond niet meer geopend sinds ik Johnathan beduusd op de stoep van het café heb laten staan.

Ik ga aan mijn bureau zitten en open de la waarin ik mijn monsterafnameset bewaar. Ik open het kistje en haal de wattenstaafjes eruit. Ik druppel wat gedestilleerd water op een wattenstaafje en schud het overtollige vocht er meteen weer vanaf. Dan haal ik het langs mijn lippen, heel lichtjes, met zo weinig mogelijk druk. Meer dan een zachte veegbeweging van links naar rechts is het niet. Ik doe dat een paar keer, onderlip en bovenlip, terwijl ik het wattenstaafje ronddraai. Dan doe ik het wattenstaafje in een steriel proefbuisje en herhaal het proces met een droog wattenstaafje, dat na afloop in een ander buisje gaat.

Tot slot beschrijf ik de etiketten, zodat ik ze niet door elkaar kan halen.

37

Ik noem hem Drie.

Niet zijn echte naam natuurlijk, maar het leek me een toepasselijke bijnaam. Het is tenslotte zijn regel. Het helpt me om hem een naam te geven, omdat het hem echt maakt. Niet langer een almachtige vervloeking, of een of andere geheimzinnige entiteit. Hij is een echt mens van vlees en bloed. Net als ik. Net als jij. Gewoon een persoon.

Hoewel ik er nog niet honderd procent zeker van kan zijn dat hij een hij is, is dat statistisch zeer waarschijnlijk. Oké, de helft van de vrouwelijke moordenaars werkt uitsluitend met gif, iets waar Drie ook niet vies van is en de meesten plegen hun misdaden thuis of op werk en ook dat geldt voor Drie. Aan de andere kant heb ik tijdens mijn amateurstudie Criminologie geleerd dat slechts één op de twintig seriemoordenaars vrouw is. Bovendien worden vrouwelijke seriemoordenaars voornamelijk gemotiveerd door geld of zoeken ze hun slachtoffers onder echtgenoten, familieleden en dergelijke. Ze vermoorden meestal geen vreemden vanuit een bizarre fantasie of obsessie. Als ik realistisch wil blijven en verstandig wil omgaan met mijn tijd en energie, moet ik ervan uitgaan dat Drie een man is. Het enige dat me hier nog aan doet twijfelen is dat vrouwen doorgaans over een langere tijd blijven moorden. Stel dat mijn aannames verkeerd zijn en Drie toch een vrouw blijkt te zijn, dan zal ik me vreselijk dom voelen, maar ik hoef me dan in elk geval geen zorgen te maken dat ze me zal overmeesteren en achter in een bestelbusje gooien. Elk nadeel heeft... enzovoort.

Voordat ik naar Lestrange stapte, heb ik meer dan een jaar gezocht naar de mensen die in de dagboeken genoemd werden. Duizenden uren heb ik besteed aan het leggen van verbanden tussen wat er met Amy is gebeurd en wat er met Ila is gebeurd. De enige persoon die ze beiden hebben gekend is Elizabeth, Amy's beste vriendin en Ila's docent Engelse literatuur. Het was dus het meest logisch om bij haar te beginnen. Zij was de enige gegarandeerde connectie tussen de meisjes. Ik dacht dat ze makkelijk op te sporen zou zijn, maar ik had het mis. De universiteit waar ze studeerde en daarna lesgaf is een paar jaar geleden opgeheven. Iets met hoge schulden en investeerders die zich terugtrokken. In het telefoonboek was ze niet te vinden en op social media ook niet. Althans, ik heb wel verscheidene Elizabeth Griffithsen gevonden, maar geen van allen waren ze degene die ik zocht. Misschien is ze geëmigreerd. Misschien heeft ze de naam van haar partner aangenomen. Ik weet het niet. De docent Religiewetenschappen heb ik ook niet op kunnen sporen. Wel veel mannen met de achternaam Whitaker of Whitfield, maar geen enkele die aan Amy's beschrijving voldeed. Een psychiater die Llewellyn heet? Niet te vinden. Geen dokter Aliprandi. Geen parttime barman met de naam Nate. Geen Jefferson, Freddy, Cath, Christian, Zach of Mack. Zonder volledige namen, adressen of andere essentiële details hadden ze net zo goed niet kunnen bestaan, nog los van de mogelijkheid dat Amy of Ila een naam verkeerd gespeld, niet goed onthouden of anderszins verkeerd overgebracht heeft.

Ik heb al zo veel tijd verspild met mijn pogingen om de puntjes met elkaar te verbinden. Ik heb honderden wildvreemden opgebeld en aan één stuk door appjes en e-mails verstuurd, allemaal in de hoop dat Zachariah L. Porter ooit in een universiteitsbibliotheek heeft gewerkt of dat MackDaBest81 zich herinnert chocoladetaart te hebben gegeten met een meisje met krullen. Ik weet niet eens meer hoeveel priesters ik een ongemakkelijk gevoel heb gegeven met de vraag of ze bijna twintig jaar geleden een meisje hebben gezegend dat dacht dat ze gedoemd was om te sterven. Hoeveel tijd ik ook besteed aan mijn research en hoe fanatiek ik elke aanwijzing ook najaag, het is me niet gelukt om de juiste mensen te vinden. Maar één ding is zeker en dat is dat Drie mij wél zal vinden. Dat is het enige waar ik absoluut van op aankan. Ik ga hem tegenkomen, net als bij Amy en Ila. Als hij er niet al lang is.

Amy heeft niet eens geweten dat hij bestond en Ila realiseerde het zich pas toen het te laat was. En dus is het goed mogelijk dat hij zich toegang tot hun leven had verschaft zonder dat ze het wisten. Wie weet hebben ze hem ontmoet, maar leek het niet belangrijk genoeg om op te schrijven. Ze hebben minder goed opgelet dan ze hadden moeten doen. Geen van beiden hebben ze voldoende aandacht gehad voor de mensen die ze tegenkwamen. Pas op het einde realiseerde Ila zich waar ze mee te maken had. Ze had niet verwacht dat er iemand uit Amy's dagboek in het hare zou staan, totdat ze op Elizabeth stuitte. Het is natuurlijk best mogelijk dat Amy, Ila of allebei Drie hebben ontmoet en het gewoon niet in de gaten hadden. Misschien zijn ze hem wel tientallen keren tegengekomen zonder het te beseffen.

Daarom let ik goed op elke man die ik tegenkom. Drie staat niet zomaar ineens achter je om je te vermoorden. Zo gaat hij niet te werk. Een natuurlijke dood, een zelfmoord of een ongeval in scène zetten vereist een ongelooflijk precieze voorbereiding. Daarom denk ik dat hij heel dicht bij me is. Hij observeert me, hij volgt me. Hij bestudeert mijn routines, bepaalt mijn zwakke punten. Leert me kennen. De kans is groot dat ik Drie al ontmoet heb. Misschien wel vaker. Misschien vermomt hij zich. En dan heb ik het niet over een feestneus of een plaksnor. Nee, een andere outfit, een ander kapsel, een scheerbeurt of een combinatie daarvan is al genoeg. Hoe vaak letten we nou echt op de mensen die we passeren, achter wie we in de rij staan of tegen wie we 'o, sorry' zeggen?

Misschien heb ik zelfs weleens naar Drie gelachen, zonder het flauwste vermoeden dat hij degene was die van plan is me te vermoorden. Vond ik hem leuk?

We leven in een samenleving, maar we doen opvallend veel moeite om interactie met de medemens te vermijden. O, o, wat hebben we het druk, zeggen we tegen onszelf, terwijl we eigenlijk gewoon niet geïnteresseerd zijn. We kijken liever naar de stoeptegels dan dat we de blik van een dakloze ontmoeten. Drie zou mijn huisarts kunnen zijn, of de buurman, of de eigenaar van de broodjeszaak, of de buschauffeur, of de man van de plantsoenendienst. Eigenlijk elke man vanaf een jaar of veertig.

Ik droom vaak over Drie. De gezichtsloze man die van plan is me te vermoorden. Ik probeer zijn gelaatstrekken in mijn gedachten vorm te geven. Zoals ik al tegen Lestrange zei, denk ik dat Drie minimaal rond de veertig is. Waarschijnlijk ouder en hoewel dat de keuze misschien iets kleiner maakt, blijven er nog ongelooflijk veel mannen van middelbare leeftijd en ouder over. Wat mij betreft zijn ze allemaal Drie, totdat het tegendeel bewezen is.

Ik kan me niet precies herinneren wanneer ik voor het eerst

las over de meisjes die me zijn voorgegaan. Ergens halverwege mijn tienerjaren had ik zo'n fase waarin ik een obsessie had voor mysteries, onopgeloste misdaden, spookverhalen, ufo's... Ik was dol op alles wat vreemd of onverklaarbaar was. Ik heb me een keer de hele zomervakantie ondergedompeld in verhalen over die middeleeuwse kaart van Antarctica waarop de landmassa onder het ijs te zien zou zijn. Als kind was ik gek op die oude tv-serie waarin twee geheim agenten aliens en paranormale verschijnselen onderzoeken. Ik kon er geen genoeg van krijgen. Ik vond het heerlijk om onderzoek te doen naar folklore en de oorsprong van gezegden, waar geschiedenis zich vermengt met fantasie. Voor een mooi mysterie of een goed griezelverhaal kun je me midden in de nacht wakker maken. En dus waren ook legendes een passie van me. Op internet kun je er ontelbaar veel over vinden.

Op een gegeven moment was er alleen al een heel forum gewijd aan de regel van drie. Iemand had pagina's uit het dagboek ingescand, zowel Amy's deel als Ila's vervolg, waarna iemand die nog fanatieker was dan ik het woord voor woord had overgetypt. Ik denk dat ik het wel tien keer gelezen heb. Ontelbaar veel uren heb ik gediscussieerd en gedebatteerd met de andere bezoekers. Welke passages waren waar? Welke waren verdraaid? Welke waren regelrechte leugens? We wisten allemaal dat Amy en Ila niet allebei gelijk konden hebben op bepaalde punten. Ik heb een hele nacht gediscussieerd over Amy's ritje naar de kerk om gezegend te worden en over haar ontmoeting met die man in de bus, Christian. Volgens Ila had die ontmoeting niet plaatsgevonden, maar wie weet had Amy Christian wel degelijk ontmoet en had Ila het verkeerd opgeschreven.

De grootste vraag was altijd: is de regel van drie echt?

Of was het dagboek gewoon een grap? Een practical joke voor het internettijdperk? Misschien was het hele mysterie verzonnen door iemand die gewoon wilde zien of het viraal zou gaan. Maar dat geloofde ik toch ook niet echt, of althans, dat wilde ik niet geloven. Ik wilde bewijzen dat het waar was. In ons kringetje waren er meer die dat wilden.

Maar vroeg of laat verliest alles zijn glans. Zo nu en dan dook er een nieuwe theorie op als iemand iets in de tekst had gelezen wat nog niet eerder was opgemerkt. Dat gaf dan even wat opwinding, maar die ebde al snel weer weg. Op het hoogtepunt bezocht ik het forum meerdere keren per dag. Ik voelde echt dat ik deel uitmaakte van een online gemeenschap.

Dat is nu jaren geleden. Wat ooit zo belangrijk voelde, raakte in de vergetelheid. Mijn fascinatie voor ufo's en geheimzinnige verhalen verdween en maakte plaats voor gewone tienerinteresses, zoals peuken en drank scoren en rommelen op de achterbank.

Merk je het zelf wel wanneer je belangstelling voor iets ten einde komt? Volgens mij niet. Het vervaagt gewoon ongemerkt, beetje bij beetje en misschien denk je op een dag tot je eigen verbazing terug aan hoeveel dat ding of die persoon ooit voor je betekende.

Voor mij is dat het bewijs dat we altijd blijven evolueren, ook als we volwassen zijn. Ik ben altijd mezelf geweest en toch ben ik niet meer degene die ik was. Net zomin als jij nu degene van vroeger bent.

Ik vraag me af hoe Drie is veranderd.

Zelfs als ik niet actief op hem jaag, denk ik aan hem. Het is onmogelijk om hem uit mijn gedachten te zetten. Ik schrijf hele biografieën over hem, gebaseerd op de stukjes die ik weet, aangevuld met de vruchten van mijn verbeelding. Hij vindt zichzelf vast vreselijk bijzonder. Na twee decennia onopgemerkt te hebben kunnen moorden zal zijn ego de omvang van de Mount Everest hebben. Ook op dit moment loopt hij ergens rond. Hij leidt gewoon zijn leven, gaat met gewone mensen om, niet te onderscheiden van ieder ander. Maar vanbinnen lacht hij zich suf. Hij voelt zich zo ontzettend slim. Hij is geen psychopaat die zich te buiten gaat aan sadistische seksfantasieën. Nee, dat is te min voor hem. Hij speelt een spel dat hij zelf heeft bedacht en dat hij wil winnen. Hij heeft geen behoefte aan erkenning of roem. Hij doet dit voor zichzelf en voor niemand anders.

Drie heeft een engelengeduld. Drie jaar tussen twee moorden is een reusachtig lange afkoelingsperiode, zelfs al besteedt hij al die tijd aan het plannen van de volgende moord. Hij bereidt zich minutieus voor. Hij weet alles over zijn slachtoffers. Hij moet wel. Hij is altijd aan het observeren, continu aan het leren. Hij is geen *spree killer*. Hij gaat niet ongeorganiseerd te werk.

Waarom? Dat is de grote vraag, waar ik voortdurend een antwoord op probeer te vinden. Maar altijd zonder resultaat. Ik kan hem onmogelijk begrijpen. Nooit echt. Maar ik probeer het. Ik stel me voor onder welke omstandigheden ik tot moord zou kunnen overgaan. Wat zou ik ermee bereiken? Waarom zou ik het doen? Waarom op díé en niet op een andere manier? Er zit een sadomasochistisch element in, ik weet het. Ik pijnig mezelf, maar ik kan er niet mee stoppen.

Ik zal gerechtigheid vinden voor Josey en tegelijkertijd mezelf beschermen. En hoewel ik geen bijzonder goede band met mijn ouders had, doet het pijn om te weten dat ze er niet meer zijn en dat we het nooit meer goed kunnen maken. Het is een rauwe, verse pijn. Een heel ander gevoel dan het zware verdriet om Josey. Boos ben ik ook. Ik ben woedend op wat hij geflikt heeft en op hoe tevreden hij moet zijn omdat hij er gewoon mee wegkomt.

Geniet er maar van, zolang het nog duurt.

Als ik in leven wil blijven, moet ik het heft in eigen handen nemen. Niemand anders zal achter de moordenaar aangaan. Niet zolang ik leef, tenminste. Ik kan me prima voorstellen wat er gaat gebeuren als ik dood ben. Dan gaat Lestrange, de scepticus, twijfelen aan zijn eigen scepsis, twijfelen aan zichzelf. Dan zal hij verteerd worden door schuldgevoel en verdwijnt de helderheid uit die babyblauwe ogen van hem. Hij zal zijn uiterste best doen om de onderste steen boven te krijgen, dat weet ik, voor mij is dat natuurlijk te laat. Ik haat hem niet. Was het maar waar. Dat zou veel simpeler zijn.

Ik ben niet bang zoals Amy, noch probeer ik mijn ongelijk te bewijzen zoals Ila. Net als Drie zelf, wil ik als winnaar uit de strijd komen. Ik wil die grijns van zijn smoel vegen.

Drie denkt dat hij nog maar één stap hoeft te zetten om zijn trilogie te voltooien. Hij heeft er geen idee van dat zijn eigen einde aanstaande is.

Het is bijna komisch.

Ik ben nu dik twee jaar op zoek naar Drie. Het enige doel in mijn leven is om hem te vangen. Er is niets belangrijker dan dat en toch…

Toch hoef ik in feite alleen maar af te wachten.

38

Het geeft enorm veel voldoening om gaatjes te maken in stukken karton. In wezen is mijn .38 een perforator. Een grote, glimmende, zware, luidruchtige perforator. Echt lekker om te gebruiken. Het is geen groot wapen, maar in mijn kleine hand nog altijd groot genoeg. Waarom ik niet gewoon voor een flitsend halfautomatisch model gekozen heb? Omdat ik deze revolver desnoods een jaar onder de grond kan verstoppen en hij nog steeds ogenblikkelijk vuurt als ik hem weer opgraaf. Zo'n automatisch kreng blokkeert al als je er op de verkeerde manier naar kijkt. Als ik ooit echt die trekker moet overhalen, wil ik een imposante knal horen, geen impotente klik.

Ik ga minstens één keer per maand naar de club om mijn spiergeheugen op peil te houden. Ik vind het een beetje gênant dat ik er zo van geniet om op de schietbaan te staan, maar het is een welkome afleiding van alle stress in mijn leven. Bovendien ben ik altijd bang geweest voor vuurwapens en heeft het lang geduurd voordat ik met mijn revolver durfde te schieten. Ik wil geen terugval krijgen op het moment dat ik hem echt nodig heb. Ik kan mijn angst alleen overwinnen door mezelf constant uit te dagen.

Door al dat geschiet verlies ik de tijd uit het oog en moet ik me naar huis haasten voor mijn afspraak met Yoshi. Ze staat al voor de deur. Lieve Yoshi, met haar schattige, mollige gestalte, het korte pikzwarte haar met gebleekte lokken opzij gekamd. Ze glimlacht breed als ze me aan ziet komen rijden en nog breder als ik uitstap. Ze heeft een plastic vershouddoos in haar handen, die ze even neerzet als ik op haar af loop voor een knuffel. Ik krijg mijn armen ternauwernood om haar heen. Ze knijpt me bijna fijn en drukt een kus op de bovenkant van mijn hoofd.

'Leuke bril heb je,' zeg ik.

Het is een klassiek vlindermodel van hout met het logo van de ontwerper erin gebrand.

'Hergebruikt hout,' zegt ze. 'Van een oud scheepswrak of zo. Superhip.'

Eenmaal binnen neem ik haar jas aan. 'O, en nogmaals bedankt voor die brownies. Ik kreeg serieus een mondorgasme bij elke hap.' Ik ril van genot bij de herinnering.

Ze grijnst als een schoolmeisje. 'Wist je dat er zoete aardappel in zat?'

'Echt niet!' zeg ik, terwijl ik terugdenk aan het heerlijk kleverige mondgevoel.

Ze straalt. 'Als ik dat van tevoren had gezegd, had je ze vast niet durven proeven.'

Ik gebaar naar de vershouddoos. 'En wat heb je deze keer bij je?'

Uitgelaten begint Yoshi te vertellen. 'Truffels van witte chocola in een coating van kokosroom en een vloeibare kern van frambozencoulis.'

'Mijn god, ik kom alweer bijna.'

'Ze zijn vegan,' zegt ze zoals gewoonlijk.

Ik leg een hand op mijn borst en doe alsof ik zwaar geschokt ben. 'Dat méén je niet!'

Ze rolt met haar ogen en geeft me zacht een pets op mijn arm.

'Pas maar op, je ogen vallen nog eens uit je hoofd als je er zo mee blijft rollen.'

'Dat is dan jouw schuld,' zegt Yoshi terwijl ze de vershouddoos in mijn handen duwt. 'Nou, probeer er eens een.'

'Oké,' mopper ik sarcastisch. 'Als het moet.'

'Het moet.'

Ik maak de doos open, haal er een truffel uit en bekijk hem aandachtig. 'Hoe krijg je ze zo perfect rond?'

'Neem nou maar gewoon een hap!' roept ze.

'O. Mijn. Zeus,' zeg ik, wanneer ik door het dunne maar knapperige buitenlaagje van de truffel bijt en mijn tanden in de zachte chocolade verzinken.

Ze grijnst en klapt in haar handen van pure opwinding. 'Ga door, ga door!'

Ik bereik de vloeibare coulis in het midden en zak bijna door mijn benen. 'Halló dan.'

'Echt hè?'

Ze is uitermate tevreden met zichzelf.

Ik kauw met langzame, genietende bewegingen. 'Het is alsof dat ding teder de liefde bedrijft met mijn tong.'

'Vind je ze echt lekker?' vraagt Yoshi, ondanks mijn loftuitingen toch ineens onzeker. 'Zweer je dat?'

'Als ik lieg, mag ik ter plekke doo...'

Geschrokken geeft ze opnieuw een pets op mijn arm.

'Au,' zeg ik. 'Dat doet pijn.'

'Sorry,' zegt ze snel en geeft me een blik vol berouw. 'Kun je me ooit vergeven?'

'Natuurlijk.' Ik doe het deksel terug op de doos. 'Maar je moet dit soort dingen echt niet meer meenemen. Ik voel me toch al zo schuldig.'

‘Doe niet zo gek. Hoe meer jij eet, hoe minder er voor mij overblijft.’ Ze legt haar handen op haar buik en schudt hem op en neer. ‘Jij helpt mij, niet andersom.’

‘Dus ik ben als het ware jouw dieetcoach als ik dit eet?’

Nog steeds met haar buik wiebelend zegt Yoshi: ‘Ja, alleen werkt het niet zo goed.’

Ze loopt naar de eetkamer terwijl ik een glas wijn voor ons inschenk. Als ik even later naast haar kom zitten, merkt ze me in eerste instantie niet op. Ze staart vol concentratie naar de wanden, die volhangen met mijn research: foto’s van mannen die ik ben tegengekomen, politierapporten, autopsierapporten, krantenartikelen, plattegronden en nog veel meer. Ook de eettafel is bedekt met papieren, mappen en ontelbare notitieboekjes.

Ze pakt haar glas. ‘Als je zo doorgaat, kom je nog eens ruimte te kort.’

‘Als ik tenminste geen tijd te kort kom.’ Ik tik met mijn glas tegen het hare. ‘Laten we hopen van niet.’

‘Ik blijf het onbegrijpelijk vinden,’ zegt ze. ‘Waarom een dagboek schrijven om een ander te helpen en dan zo veel informatie weglaten? Je zou toch denken dat er op zijn minst een adres of een datum in zou staan.’

Ik gebaar naar mijn research. ‘Het is als een legpuzzel waarvan een hele hoop stukjes ontbreken.’

‘En je weet zeker dat dat niet met opzet is?’

‘Hoe bedoel je?’

‘Misschien zijn die stukjes met een reden weggelaten.’

‘Wat voor reden?’

Zonder dat ik het echt wil, praat ik op een uitdagende toon, snauwend bijna. Ze haalt haar schouders op, ongemakkelijk onder de plotselinge aandacht. 'Ik weet het niet. Ik probeer het gewoon vanuit een ander perspectief te bekijken.'

'Oké. Natuurlijk, een andere kijk kan nooit kwaad.'

Ze knikt zwijgend. Ik heb al spijt van mijn reactie. Yoshi is een dierbare vriendin en al slaat haar theorie volgens mij nergens op, ik ben al lang blij dat ik iemand heb met wie ik over dit alles kan praten.

Ze kijkt naar een landkaart die op tafel ligt. Er staan rode cirkels op. Door de meeste staat een rode X. 'Wat betekenen die symbolen?'

'Dat zijn verzorgingshuizen en bejaardentehuizen,' leg ik uit.

Ze gaat gedachteloos met een vinger over de cirkels. 'De X betekent dat je er niets mee kunt?'

Ik neem een slok wijn. 'Precies. Ik zet er een kruis doorheen als het zeker is dat er niemand woont die Jefferson heet.'

Ze wijst. 'Deze is onderstreept.'

Ik knik. 'Daar woont een Jefferson.'

'Spannend. Denk je dat hij het is?'

'Dat weet ik pas als ik hem gesproken heb. Maar daar ben ik nog niet aan toe.'

'Moeilijk te geloven dat hij nog leeft. Hoe oud was hij ook alweer volgens Amy?'

'Dat heeft ze niet aangegeven. Ik hoop in elk geval jonger dan ze dacht. Als ze met "oud" zestig bedoelde, dan zou hij het kunnen zijn. Maar als ze tachtig bedoelde, is de kans klein dat deze Jefferson dé Jefferson is.'

Yoshi ziet een dikke envelop liggen met haar naam erop. 'Waarom zei je niet dat je iets voor me hebt?'

'Omdat ik me rot schaam dat ik dit allemaal van je moet vragen.'

Ze zet haar glas neer en klapt opgewonden in haar handen. ‘Het lijkt wel kerst! Wat krijgt de brave kleine Yoshimasa deze keer?’

‘Speeksel, van huid,’ vertel ik haar, terwijl ik haar de envelop met de proefbuisjes overhandig.

‘Je hebt twee monsters genomen!’ zegt ze als ze het aantal buisjes voelt. ‘Ik ben trots op je.’

‘Ik heb het geleerd van de beste.’

‘Ja, eigenlijk wel hè?’ Ze houdt de envelop bijna tegen haar gezicht en fluistert: ‘Ik ga jullie zó keihard fenolchloroformen.’

‘Heerlijk als je zo ranzig praat.’

Yoshi is onderzoeker in een laboratorium dat gespecialiseerd is in genoomsequentiebepaling. Dit betekent dat ze toegang heeft tot alle apparatuur die nodig is om DNA uit speekselmonsters of wat dan ook te halen. Ik zal niet zeggen dat ik alleen daarom bevriend met haar ben (ik ben oprecht stapeldol op haar), maar het is wel de reden waarom ik destijds toenadering heb gezocht. Het breekt mijn hart dat ik dat voor altijd verborgen voor haar zal moeten houden.

Dat Yoshi wetenschapper is, verhindert haar niet om trouw haar horoscoop te lezen en in de helende kracht van kristallen te geloven. Ze aanvaardt dat er dingen zijn die de wetenschap niet kan verklaren en vindt het niet tegenstrijdig om in zweverige verklaringen te geloven zolang de wetenschap nog niet heeft uitgewerkt hoe iets precies zit. Misschien is dat waarom ze me helpt, of liever gezegd: steunt. Voor haar is dit een experiment. Natuurlijk is ze sceptisch over mijn nog niet bewezen theorieën, maar dat wil niet zeggen dat ze het niet leuk vindt om me te helpen mijn hypotheses te toetsen.

‘Je hebt die blik weer,’ zegt ze. ‘Denk je dat hij het is?’

Ik wrijf nadenkend over mijn lip. 'Misschien. Ik heb heel vaak nagedacht over hoe Drie in mijn leven zou kunnen komen. Om dicht bij me in de buurt te komen is een romantische partner natuurlijk een van de best mogelijke manieren. Deze man is aan de jonge kant van het spectrum, maar iets ouder en hij zou te oud zijn om me te versieren. De timing is in elk geval perfect. Mijn therapiegroep binnen komen wandelen met nog maar een paar maanden op de teller? Vragen of ik iets met hem wil drinken? En natuurlijk rookt hij. Wat een toeval allemaal, hè?'

'Misschien vindt hij je gewoon leuk.'

Ik snuif ongelovig.

'Ik meen het,' zegt ze. 'Niet elke man op aarde is een seriemoordenaar.'

'Toch wel, totdat het tegendeel bewezen is.'

'Dat is een vrij onconventionele datingfilosofie. Heb je nooit het gevoel dat je iets gemist hebt de laatste jaren? Qua jongens, maar vooral ook qua leven?'

'Soms,' geef ik toe. 'Maar niet echt. Het is nu eenmaal zoals het is. Als dit straks voorbij is, heb ik nog tijd genoeg om te leven.'

Ze komt wat dichterbij. 'Ik denk weleens dat ik minder hard had moeten studeren en werken en meer tijd had moeten nemen om leuke dingen te doen.'

'Je doet toch wat je altijd al wilde?'

'Ga het werk doen waar je van houdt, zeggen ze altijd. Dus dat doe je. Maar als je dan eenmaal de rest van je leven vijf keer per week vroeg op moet staan om dat werk te doen… dan is het snel gedaan met "houden van".'

Ik knijp in haar arm. 'Arme, kleine Yoshi.'

Ze trekt een pruillip. 'Het volwassen leven is stom. Waarom waarschuwt niemand je daarvoor?'

'Ze waarschuwen wel. We luisteren gewoon niet.'

Dan ineens denkt ze aan iets en kijkt me achterdochtig aan. 'Speeksel van... huid, zei je toch? Wil ik weten hoe je eraan komt?'

Nu is het mijn beurt om haar een pets op haar arm te geven. 'Het was gewoon een kus.'

'Ieuw. Wat is er mis met een bierflesje?'

'Het kon niet anders,' zeg ik haar. 'Hij had van dat stomme craftbier in een glas gehaald. En ik kon dat echt niet ongemerkt in mijn tas stoppen.'

'Ja, ja,' zegt ze. 'Of misschien wilde je stiekem toch een beetje van die onsmakelijke heterodingen doen.'

Ze vormt een ringetje met haar duim en wijsvinger en maakt agressieve steekbewegingen met de wijsvinger van haar andere hand.

'Gatver, doe niet zo ranzig.'

'Als je dit al ranzig vindt, nou, sorry dat ik het moet zeggen, maar dan ben je eigenlijk al half lid van de zusterschap.'

'Blijf het vooral zo noemen, dan rennen alle zusters straks gillend weg.'

Ze wijst naar de envelop met de monsters en zegt: 'Het kan iets langer duren dan normaal. Het is behoorlijk druk op het lab.'

'Geen probleem,' zeg ik haar. 'Ik ben...' (ik maak een snelle berekening) 'nog een maand, twee weken en vier dagen gegarandeerd onsterfelijk.'

'Ik denk dat dit een van de raarste dingen is die ik ooit iemand met zoveel zekerheid heb horen zeggen.'

Ik haal mijn schouders op. 'Ik doe mijn best.'

Ik maak dan wel grapjes over onsterfelijk zijn en zo, maar de barsten in mijn pantser worden met de dag groter. Toen ik hieraan begon, leek ik alle tijd van de wereld te hebben.

Maar inmiddels is de deadline bijna tastbaar dichtbij gekomen.

39

'Een beetje sneller,' zegt Guill.

Ik knik. Ik heb een hartslag van zeker honderdtachtig, dus iets terugzeggen lukt niet. Guill strekt zijn pads in een steeds sneller tempo naar me uit, zodat ik steeds sneller moet stoten. Mijn bewegingen worden korter, scherper.

Deze gast vermoordt me nog eens. Op een goede manier bedoel ik.

De heupen, daar gaat het om. Je moet de kracht uit de vloer halen, uit de stand van je voeten. Idealiter draai je op de bal van je achterste voet, waardoor de energie langs je been omhooggaat en versneld wordt door de draai van je heupen, verdergaat via je bovenlijf en dan via je arm naar je vuist schiet. Je wilt dat die vuist op het hoogtepunt van de krachtcurve contact maakt met het doelwit. Zoals het gezicht van je tegenstander.

'Nog sneller,' zegt Guill.

Baf, baf. Baf, baf.

'Juist,' zegt hij. 'Dat kon slechter.'

Ondanks de inspanning glimlach ik. Zulke woorden uit Guills mond zijn als een aai over je bol van een trotse ouder. Hij zegt dit soort dingen niet vaak en het betekent dan ook echt iets.

Een leuke manier om fit te blijven, zo heb ik het aan Johnathan uitgelegd en dat vertel ik ook aan anderen als ze naar mijn MMA-training vragen. Het is niet eens gelogen, want het ís ook superleuk. Maar dat wist ik niet toen ik ermee begon. Ik wilde mezelf kunnen verdedigen voor het geval ik Drie niet vind voordat mijn tijd om is.

Dus begon ik MMA-lessen te volgen in een gym hier in de stad. Meteen tijdens mijn eerste les moest ik al sparren met een ander meisje. Geen *full contact*, maar toch. Ik probeerde wanhopig de technieken toe te passen die ik zojuist had geleerd, maar het enige wat ik bereikte was dat ik onophoudelijk met een stootkussen tegen mijn hoofd werd geslagen. Ik had nog nooit zoiets meegemaakt. Ik was volslagen in shock en gedesoriënteerd van de pijn. Woedend was ik op die griet omdat ze me zo hard had gemept. Woedend was ik op de trainer omdat hij niet ingegrepen had terwijl ik afgerost werd. Na afloop ben ik zonder te bedanken vertrokken. Echt niet dat ik dáár ooit terugkwam. Hoe durfden ze?

Toen drong het tot me door: ik was nog nooit eerder zo hard geslagen en nu wel! Weliswaar met een dik stootkussen in plaats van met een vuist, maar ik wist nu hoe het voelde. De schok was eigenlijk heftiger geweest dan de pijn. De pijn was vreselijk, begrijp me niet verkeerd. Maar ik kon het handelen. Ik was gedesoriënteerd geweest. Maar ik had mezelf weer bij elkaar kunnen rapen. Ik besefte dat als dit ooit weer zou gebeuren, de schok lang niet zo groot zou zijn. Leren geslagen te worden was net zo belangrijk als leren slaan.

En ineens kon ik niet wachten om weer terug te gaan en opnieuw geslagen te worden.

Tegenwoordig vind ik het heerlijk om te sparren. Handschoenen aan, hoofdbeschermer op en hup, full contact. Ik ben trots op mijn blauwe plekken. Een bloedneus is een medaille. Een snee in mijn wang of wenkbrauw is een trofee waarmee ik de wereld laat zien dat ik me niet zomaar gewonnen geef. Ik heb zelfs Guill eens laten afkloppen toen ik hem in een nekklem had. Misschien wel het moment waar ik het meest trots op ben.

Direct na de training ga ik naar het park. Daar heb ik met Yoshi afgesproken, maar ze appt dat ze een paar minuten later is. Het is een zonnige dag en er staan wat fitnesstoestellen in de buurt, dus ik besluit nog even een paar *chin-ups* te doen aan de horizontale stang. Ik ben niet groot en moet flink springen om erbij te kunnen. Een jaar geleden was één chin-up al te veel gevraagd, nu kan ik er twaalf achter elkaar. Geen zin om naar de sportschool te gaan? Stel je maar eens voor dat iemand je probeert te vermoorden en dat je moet vechten of rennen voor je leven. Wedden dat dat helpt?

Aangezien ik net van MMA-training kom, ben ik na negen *reps* vrijwel uitgeput. De laatste drie weet ik alleen onder luid gegrom en gezwaai te produceren.

Dan laat ik de stang los en ga op mijn hurken zitten uithijgen. Ik kijk om me heen. Overal mensen. Sommigen zijn aan het joggen. Anderen zitten te picknicken.

Dan zie ik hem.

Een man op een bankje vlakbij.

Hij is ongeveer vijfenveertig. Hij heeft een bril op. Niet groot, niet klein, gewoon middelgroot. Een klein buikje. Kort haar; eigenlijk meer uitgegroeide stekeltjes. Geen gezichtsbeharing.

Op deze afstand kan ik de kleur van zijn ogen niet onderscheiden. Ik vermoed bruin. Dat past bij zijn huidskleur en alledaagse bruine haar. Hij draagt een spijkerbroek en een groen nylon jack. De ritssluiting is open. Daaronder een donker T-shirt. Hij leest een krant. Of toch niet?

Misschien is het toneelspel.

Misschien zit hij naar me te kijken.

Zodra ik voldoende uitgehijgd ben, sta ik op en loop naar mijn sporttas, die vlakbij in het gras ligt. In de tas zitten een bidon en een handdoek, samen met mijn handtas, mijn telefoon en nog wat andere dingen, zoals een opschrijfboekje en een pen. En mijn revolver. Zonder dat ding ga ik nergens heen.

Ik haal het schrijfboekje en de pen eruit.

Ik kijk omhoog, naar de stang en vertrek mijn gezicht alsof ik diep nadenk. Ik tel op mijn vingers.

Ik schrijf de tijd in mijn boekje, de locatie en steekwoorden als bankje, krant, bril, veertiger, geschoren, kort haar, gemiddelde lengte, gemiddeld postuur.

Dan gooi ik de schrijfspullen terug in de tas en pak mijn telefoon. Ik heb een geavanceerde smartphone, die ik vooral heb gekozen vanwege de camera. Ik houd de telefoon in beide handen en doe alsof ik een appje typ. Naar een jongen waarschijnlijk, zo stralend lach ik erbij.

Maar in werkelijkheid maak ik foto's van de man op het bankje. Veel foto's. Ik heb een manier ontwikkeld om mijn telefoon vast te houden die er heel natuurlijk uitziet. Maar in feite houd ik mijn armen verder uitgestrekt dan nodig, waardoor ik de telefoon automatisch iets rechterop kan houden. De meeste mensen houden hun telefoon zo ongeveer plat en kijken van bovenaf op het scherm, maar dat werkt natuurlijk absoluut niet als je foto's wilt maken van iemand in de verte. Ook houden mensen hun telefoon vaak voor hun gezicht als ze foto's maken. Maar dat valt veel te veel op. Ik heb dus geleerd om mijn telefoon op enige afstand van mijn gezicht te houden en het scherm ongeveer verticaal te houden. Met één duim bedien ik de camera, terwijl ik met de andere willekeurige bewegingen maak. Alles bij elkaar lijkt het precies alsof ik aan het typen ben.

De man staat op en gaat weg nog voordat ik mijn volgende set chin-ups heb afgerond. Ik noteer hoe laat hij weggaat. Vanavond zal ik deze Drie in mijn dossier stoppen bij de rest.

Het is dik een week geleden dat ik Yoshi de buisjes heb gegeven. Voor haar doen heeft ze me dit keer wel erg lang laten wachten, maar ze had al gewaarschuwd dat het druk was. Bovendien bewijst ze me met dit alles een enorme dienst, dus zou ik het nooit over mijn hart kunnen verkrijgen om haar op te jagen. Toch blijkt ze bij wijze van verontschuldiging cupcakes bij zich te hebben als we elkaar treffen bij de fitnesstoestellen.

We nemen plaats op hetzelfde bankje als waar de man zat. Ik kijk of hij misschien iets heeft laten liggen, maar nee.

'Red velvet,' legt ze met glinsterende ogen uit. 'Roomkaasglazuur, stukjes pure chocola en speciale *red velvet crumb*.'

Dankbaar neem ik de cupcakes aan. 'Ik ben bang dat ik mezelf onderkwijl.'

Ze is blij om dat te horen. 'De roomkaas is vegan.'

'Dat méén je niet!'

Ze rolt met haar ogen en overhandigt me de map met het DNA-profiel, het rapport en het analyseverslag. 'Nogmaals sorry dat het zo lang duurde.'

'Dan gok ik dat deze cupcakes extra lekker zijn?'

Direct is ze weer net zo onzeker als altijd. 'Ik hoop het. Je moet het wel zeggen hoor, als je ze niet lekker vindt. Dan maak ik nieuwe.'

'Ben je gek? Ze zijn vast heerlijk. Ik neem aan dat je er al een geproefd hebt.'

Met een schaapachtige blik steekt ze een paar vingers op.

'Vier?'

'Hou maar op,' zegt ze terwijl ze me weer het kenmerkende klapje op mijn arm geeft. 'Het was een nieuw recept. Ik moest toch controleren of ze goed waren?'

'Zijn dit de laatste of liggen er thuis nog meer op je te wachten?'

Ze kijkt weer schaapachtig.

'Je hebt het verdiend,' zeg ik tegen haar. 'Je bent de liefste.'

Ik wilde dat ik op een of andere manier iets kon terugdoen voor alles wat ze voor me overheeft. Ik heb haar geld aangeboden, drankjes, vegan pizza, te veel om op te noemen. Maar ze is altijd een beetje beledigd als ik haar 'vriendschap probeer te kopen', zoals ze het noemt. Er is niets aan te doen. Hoe meer ze voor me doet, hoe schuldiger ik me voel. Hopelijk kom ik ooit een leuk meisje tegen waar ik haar aan kan koppelen. Ik blijf het proberen.

Wanneer ik haar een knuffel en een kus op haar wang geef, draait ze haar hoofd zo dat onze lippen elkaar bijna raken. Niet toevallig, denk ik.

We hebben één keer gezoend. Oké, twee keer misschien. Niets serieus, tenminste niet voor mij. Ik vermoed dat Yoshi hoopte dat het meer zou worden, maar ze is er nooit meer over begonnen. Voor haar is dit niets nieuws. Ze heeft me meer dan eens verteld over stoeipartijtjes met nieuwsgierige of dronken heterovrouwen. Verder dan dat gaat het zelden en Yoshi verzucht regelmatig dat haar hart voor 'minstens de helft uit littekenweefsel' bestaat.

'Weet je wel dat je stinkt?' Ze trekt haar neus op. 'Ik hoop maar dat het je eigen lichaamsvocht is en dat je niet hebt liggen rollebollen met zwetende kerels.'

‘Wat laat je het toch weer onsmakelijk klinken.’

Er gaat een rilling over haar rug. ‘Omdat het onsmakelijk ís. En walgelijk en afstotelijk. Ik begrijp niet hoe je het voor elkaar krijgt. Al dat lichaamshaar en die bungelende lichaamsdelen.’

Ze doet alsof ze moet kokhalzen.

‘Je vergeet dat er ook meisjes zijn die aan MMA doen,’ breng ik haar in herinnering.

Haar ogen lichten op. ‘Vertel.’

‘Ze zijn een stuk handtastelijker dan de jongens. Die zijn als de dood om je op de verkeerde plek aan te raken. Het is een beetje sneu zelfs. Ik bedoel, gast, we zijn hier om te vechten. Lichaamscontact hoort erbij. De meiden daarentegen maken zich nergens druk om. Mijn tieten zijn soms bont en blauw.’

Ik moet lachen om Yoshi’s gekreun.

‘Nog iets te weten gekomen over die man in het bejaardentehuis? Is het dé Jefferson?’

‘Ik weet het niet,’ schokschouder ik. Dan schud ik mijn hoofd. ‘Alles wat ik op afstand kan doen, heb ik gedaan. Nu zal ik erheen moeten om hem persoonlijk te spreken.’

‘Is dat wel veilig?’

‘Ik zie hem niet als verdachte. Ik geloof nooit dat hij Drie is, zelfs al is hij in goede conditie voor zijn leeftijd. Hij kan me hooguit dood vervelen.’

‘Hé, doe eens lief. Oude mensen zijn te gek. Ze hebben dingen meegemaakt die wij ons niet eens kunnen voorstellen. Mijn overgrootoma is over de honderd. In haar kindertijd was de televisie nog niet eens uitgevonden. Waanzinnig toch? Oude mensen zijn letterlijk levende geschiedenis. Echt, we moeten meer waardering voor ze hebben. Alles wat wij nog moeten leren, weten zij al lang. Dus wees een beetje lief voor ze.’

'Het was maar een grapje.'

Snel schakel ik over op een alledaagser onderwerp. Ik probeer niet te veel met Yoshi over Drie te praten. Ik weet nooit zeker of ze me gelooft of niet. Misschien wel. Ze heeft in elk geval veel voor me over. Maar iemand willen helpen is niet hetzelfde als diens verhalen geloven, toch? Als Yoshi in de problemen zat, zou ik alles doen om haar te helpen, of ik haar nu geloofde of niet. Eigenlijk zou dat allemaal niet uit moeten maken, maar op de een of andere manier doet het dat wel. Ik *wíl* dat ze me gelooft omdat ik me niet zo alleen wil voelen.

Natuurlijk zegt ze dat ze me gelooft, maar dat is geen geruststelling. Ze zou kunnen liegen. Misschien zegt ze gewoon wat ik wil horen. Gezien de omstandigheden is het logisch dat ik voortdurend op mijn hoede ben, maar daardoor is het moeilijk om mensen te vertrouwen. En dan heb ik het niet alleen over mannen van een bepaalde leeftijd. In wezen ben ik gewoon bang om me kwetsbaar op te stellen. Dat weet ik best. We hebben het er in de groep uitgebreid over gehad. Maar dat ik de belangrijkste oorzaak van mijn probleem ken, betekent nog niet dat ik het ook op kan lossen. Ik denk dat ik er diep vanbinnen het nut niet van inzie om iemand dichtbij te laten komen. Ik kan toch nooit helemaal eerlijk zijn, dus waarom al dat gedoe? Als de ander niet weet wie je werkelijk bent, hoe kan de relatie dan werken? Als jij je niet openstelt, hoe kan iemand je dan werkelijk liefhebben?

En dan is er nog een reden.

Als ik niet weet hoe lang ik er nog zal zijn, is het dan de moeite om te investeren in een relatie? Afscheid nemen is al moeilijk genoeg. Ik vind het een vreselijke gedachte om iemand toe te laten als diegene me toch ooit kwijtraakt. Ik weet hoe het is om dierbaren te verliezen. Ik wil en mag dat een ander niet aandoen.

Ik moet dit alleen doen.

40

Het is een stokoude man. Zijn huid is dun als vloeipapier, bijna doorschijnend, met hier en daar wat donkerbruine ouderdomsvlekken. Zijn haar is vrijwel verdwenen, op een paar plukjes boven de oren na. Zijn ogen zijn grijs en troebel, met dikke wallen eronder. Hij heeft grote, knoestige handen met dikke, klauwachtige nagels. Met zijn magere gestalte maakt hij een breekbare, maar op de een of andere manier toch dreigende indruk. Ik ben niet bang voor hém, moet ik mezelf vertellen, het is meer dat oude mensen in het algemeen griezelig zijn vanwege de blik op de toekomst die ze bieden.

Uiterst langzaam, maar zonder hulp komt hij overeind uit de fauteuil. Hij buigt zijn bovenlichaam naar voren en zet zijn handen op zijn knieën zoals de meeste mensen doen als ze opstaan, alleen veel langzamer en met meer weloverwogen bewegingen. Voorzichtig brengt hij zijn lichaam in balans, totdat hij uiteindelijk kracht kan zetten.

Ik ben zo dom om hem te willen helpen. Maar hij werpt me zo'n boze blik toe dat ik ter plekke bevries en niets anders kan doen dan toekijken hoe hij zich rechtop worstelt. Zijn wangen kleuren rood van de inspanning, al blijft de rest van zijn gezicht bleek, op het kleurloze af.

Een leesbril hangt aan een kettinkje om zijn nek. Hij draagt een net overhemd met stropdas onder een rode pullover. Zijn broek is gestreken en zijn schoenen goed gepoetst. Hij ziet dat ik het zie.

'Als je nergens naartoe kunt,' vertrouwt hij me toe, 'moet je er altijd op je best uitzien.'

Ik glimlach beleefd bij wijze van antwoord. Ik kan me niet herinneren wanneer ik voor het laatst moeite heb gedaan voor mijn uiterlijk. Misschien probeert hij me een hint te geven.

Langzaam lopen we door de gangen van het verzorgingshuis naar de binnentuin. Een paar wat mobielere bewoners zijn bezig de bloemen te verzorgen. Anderen zitten op bankjes. Het is hier idyllisch en hartverscheurend tegelijk. Zoveel mensen en toch zoveel eenzaamheid.

'Hoe was de rit hiernaartoe?' vraagt hij. 'Niet al te vervelend, hoop ik.'

'Goed hoor. Mooie omgeving hier.'

'Ik ben nooit zo dol geweest op autorijden. Het brengt altijd het slechtste in de mensen naar boven. Als je aan het wandelen bent, ga je toch ook niet schelden als een bezetene als iemand te langzaam loopt?'

'Uh, nee, volgens mij niet.'

Ik weet niet goed hoe ik moet beginnen. Ik herinner me Yoshi's advies om voorzichtig te zijn. De oude man werpt me een blik toe die tegelijk geïnteresseerd als argwanend is.

'Waar kennen wij elkaar ook alweer van? Ik ben helaas niet zo goed met gezichten en het personeel was niet bepaald scheutig met details.'

'Dat komt omdat ik expres vaag tegen ze was,' beken ik.

Hij kijkt me geïnteresseerd aan. 'Wij kennen elkaar niet, hè?'

'Dat klopt. Maar ik hoop dat u me kunt helpen.'

'Wat is precies de bedoeling?'

'Hebt u ooit naast een stel gewoond dat Steve en Jenny heette?' Ik weet niet of er iets van herkenning in zijn ogen verschijnt of dat het louter interesse is in waarom ik het vraag. 'Ze hadden twee dochters. Maya en...'

'Amy,' vult hij ogenblikkelijk aan.

Ik knik en slik iets weg. Dit is dé Jefferson.

'Ze zijn dood,' ga ik verder. 'Allemaal.'

'Ja, dat was een heel verdrietig geval. Zoveel ellende in één gezin. Ze waren zo aardig allemaal.'

'Herinnert u ze zich nog?'

'Het oudste meisje niet echt. We zeiden alleen gedag tegen elkaar. Maar haar ouders sprak ik vaak. We waren niet echt vrienden, maar we gingen vriendelijk met elkaar om.'

'En Amy?'

'Die babbelde wat af toen ze klein was. Ze hielp me vaak in de tuin, waste mijn auto, dat soort dingen. Maar toen werd ze een tiener en je weet hoe tieners zijn met ouderen. Ik heb het nooit persoonlijk opgevat.'

'Ze schreef over u,' vertel ik hem. 'In haar dagboek.'

'Wat aardig.'

'Ze is nog een keer teruggegaan naar het huis en toen is ze thee komen drinken bij u in de keuken. Weet u dat nog?'

Hij knikt zuchtend. 'Ik heb haar toen een beetje van haar stuk gebracht. Dat was absoluut mijn bedoeling niet en toch...'

Hij zwijgt.

'U suggereerde dat haar ouders zichzelf misschien niet om het leven hadden gebracht.'

'Dat paste zo slecht bij ze. Ze hielden zoveel van Amy en waren zo bezorgd om haar dat ik niet kon geloven dat ze haar alleen achter zouden laten.'

'Ze is nooit meer dezelfde geweest na de dood van Maya.'

'Dat kwam door al die pillen die ze slikte,' vertelt Jefferson. 'Daar werd ze alleen maar slechter van in plaats van beter.'

'Amy dacht dat ze verdoemd was,' leg ik uit. 'De regel van drie, zo noemde ze het. Haar zus overleed, daarna haar ouders, dus zij zou de volgende zijn. Als een soort noodlot.' Geïntrigeerd en enigszins verontrust luistert hij. 'Maar ik denk dat iemand haar heeft vermoord en ook de rest van haar gezin. Ik denk dat hij het heeft laten lijken alsof haar ouders zelfmoord hebben gepleegd.'

'Maar hoe dan?'

'Dat weet ik niet precies. Volgens mij is het best mogelijk dat ze ertoe gedwongen zijn. Stel dat hij een pistool had en dreigde Amy te vermoorden als ze niet deden wat hij zei... Zoals u zelf al zei: ze waren veel te bezorgd om haar alleen achter te laten.'

'Mijn god,' zegt hij hees.

'Misschien heeft diezelfde persoon ervoor gezorgd dat Maya een dodelijk auto-ongeluk kreeg en heeft hij Amy een soort middel gegeven waar ze aan is overleden. Ze gebruikte zo veel drugs dat dat toch niet in haar systeem te vinden was. Ik wil hem vinden, meneer Jefferson. Ik denk dat hij ook een ander meisje heeft vermoord en daarvóór haar ouders en haar broer. Om de drie jaar vermoordt hij iemand. Ik vermoed dat hij mijn zus en mijn ouders heeft vermoord en nu denk ik dat hij mij wil vermoorden.'

Jefferson is sprakeloos. Hij staat te wankelen op zijn benen en gaat op het dichtstbijzijnde bankje zitten. Of eigenlijk laat hij er zich meer op vallen. Ik dacht niet dat het kon, maar hij is nóg bleker geworden. Zijn blik staat op oneindig. Ik kan niet goed uitmaken of hij tranen in zijn ogen heeft of niet.

'Ik hoop dat u me kunt helpen,' ga ik verder. 'Ik probeer de moordenaar te vinden en ik heb niet veel tijd meer. Alles wat u zich nog kunt herinneren, het maakt niet uit wat, kan me helpen. Ik denk dat hij op de een of andere manier in Amy's leven was. Ik denk dat ze elkaar ontmoet hebben en zo niet, dan was hij op zijn minst in haar buurt, hield haar in de gaten, observeerde haar en haar familie. Ik denk dat hij ook in Ila's leven was. En hij is in het mijne, of in elk geval bijna. Ik wil er klaar voor zijn. Ik wil hem zien aankomen.'

'Ik... Ik weet niet wat ik je kan vertellen. Het is zeker meer dan twintig jaar geleden. Niemand zag die sterfgevallen als verdacht. Het spijt me, maar ik vrees dat je niet veel aan me hebt.'

'U vroeg Amy of ze zeker wist dat het zelfmoord was,' zeg ik, de woorden uit het dagboek vrijwel letterlijk herhalend. 'Wat bedoelde u daarmee?'

'Dat weet ik niet meer,' is het antwoord.

Hij kijkt me niet aan als hij dit zegt, waardoor ik me begin af te vragen of hij iets achterhoudt. Toch besluit ik de duimschroeven nog niet aan te draaien. Ik denk aan wat Yoshi zei over lief zijn voor oude mensen. Bovendien ben ik bang dat hij dichtklapt als ik te hard van stapel loop.

'Kunt u me in elk geval uw adres van toen geven? Dat zou me enorm helpen. Ik ben hier al heel lang mee bezig, maar ik mis nog steeds een aantal essentiële gegevens.'

Hij knikt begrijpend. 'Heb je een pen?'

Ik pak mijn telefoon en noteer het adres dat hij opgeeft. Het adres van het huis waar hij vroeger woonde, direct naast Amy's ouderlijk huis: het huis waarin haar ouders zichzelf van het leven beroofden.

'Dank u,' zeg ik. 'Ontzettend bedankt.' Ik denk aan alle onderzoeksrichtingen die ineens binnen mijn bereik komen. Eindelijk heb ik iets concreets om op voort te bouwen. Mijn hart gaat tekeer van opwinding. Dit kan alles veranderen.

Met zijn blik volgt hij een bij die van bloem naar bloem vliegt. Hij lijkt in gedachten verzonken. Ik begin me net af te vragen of hij er geestelijk nog wel bij is als hij een zakdoek tevoorschijn haalt en in zijn ogen begint te wrijven, die rood en betraand zijn. Ik heb het idee dat hij deze emotionele uitbarsting voor me probeert te verbergen.

Ik doe dus of ik niets merk en vraag: 'Zal ik een bekertje water voor u halen?' Misschien heeft hij even een moment voor zichzelf nodig.

Hij knikt. 'Heel graag, dankjewel.'

Hij kijkt alsof hij nog meer te zeggen heeft, dus ren ik snel naar binnen om iets te drinken te halen. Onderweg van zijn kamer naar de tuin zijn we verschillende waterkoelers gepasseerd, dus hol ik naar de eerste de beste, draai het kraantje open en houd er een plastic beker onder. Het kan me niet snel genoeg gaan, want ik ben razend benieuwd om te horen wat hij onthouden heeft. Ik moet er toch niet aan denken dat hij het vergeten is tegen de tijd dat ik terug ben.

Als de beker voor twee derde vol is, vind ik het welletjes, draai het kraantje dicht, draai me om en... gooi het water bijna over mezelf heen als ik zowat struikel over het oude vrouwtje dat achter me staat.

Ze is blootsvoets, klein en mager, met pluizig wit haar dat in alle windrichtingen de lucht in schiet. Tussen de duizenden rimpels in haar gezicht schitteren de groenste ogen die ik ooit heb gezien.

Ik had haar in mijn haast niet horen aankomen.

Als ik van de schrik bekomen ben en ook het water in de beker weer tot rust gekomen is, zeg ik: 'Neem me niet kwalijk,' en probeer me langs haar te wurmen.

'Het is een rotvent.'

'Pardon?'

Ze heeft nog geen één keer met haar ogen geknipperd. 'De man met wie je in de tuin aan het praten bent. Dat is een rotvent. Pas maar op.'

Ik denk even dat ik haar verkeerd heb verstaan. 'Jefferson? Die lijkt me volstrekt ongevaarlijk.'

'Dat is wat hij wil dat je denkt,' houdt ze vol, me fel aanstarend met hij grote ogen. 'Maar het is een rotvent. Hij doet heel gemeen als hij denkt dat niemand kijkt.'

'Gemeen? Ga weg. Hoe dan?'

'Hij maakt je spulletjes zoek en lacht je dan uit als je ze niet kunt vinden.'

Dit lijkt me toch niet extreem gemeen, maar dan stel ik me voor hoe gefrustreerd en overstuur kwetsbare mensen, bijvoorbeeld ouderen met dementie of alzheimer, kunnen raken als ze hun dierbare spullen denken kwijt te zijn.

'Dat klinkt niet zo fraai, als het waar is,' zeg ik tegen haar. 'Ik zal mijn tas in de gaten houden. Dankuwel.'

Ze is nog niet klaar. 'Hij sluit je ook op.'

'Hij... sluit je op? Hoe?'

'Hij pikt je sleutel als ze niet kijken.' Ik neem aan dat ze het personeel bedoelt. 'En als je dan niet oppast, sluit hij je op in je kamer. Hij doet gewoon de deur op slot. Je kunt wel op de zoemer drukken voor hulp, maar dan doet hij snel de deur weer open voordat ze er zijn. En dan denken ze dat je seniel bent en gelooft niemand je als je zegt dat hij je spullen pikt of je opsluit in een kast.'

Er trilt iets in mijn hoofd, als een herinnering waarvan ik weet dat die er is, maar die ik niet helemaal helder krijg. 'Sluit hij mensen op in kasten?'

Net als ze antwoord wil geven of wie weet wat voor onthullingen kan brengen, ontwaart ze iemand van het personeel die in onze richting komt lopen. Snel doet ze haar mond weer dicht en klemt haar lippen tussen duim en wijsvinger, om elk risico uit te sluiten dat ze per ongeluk toch iets zou zeggen dat haar zou kunnen verraden.

'Dáár ben je, Priscilla,' zegt een potige vrouw breed glimlachend. Ze kijkt omlaag. 'Ben je je pantoffels weer vergeten?'

'Die zijn gepikt.'

'O ja?' Haar toon is sceptisch. 'Ik hoop niet dat je deze jongedame hebt beschuldigd van diefstal.'

'Nee hoor, helemaal niet,' zeg ik snel, uit een behoefte om Priscilla te verdedigen.

De vrouw legt zacht een hand op Priscilla's rug. 'Kom maar,' zegt ze met een diepe zucht. 'Dan gaan we je sloffen zoeken.'

'Die zijn foetsie.'

'Ik weet zeker dat ze gewoon op hun plek staan.'

De verzorger werpt me een veelbetekenende blik toe, alsof ze me wil vertellen dat Priscilla oud en in de war is en dat ik maar niet te veel geloof moet hechten aan wat ze zegt.

'Ik zei het toch,' zegt Priscilla nog tegen me terwijl ze weggeleid wordt.

Even kom ik in de verleiding om iets te zeggen, om tussenbeide te komen, maar wat kan ik doen? Maar als het echt zo is dat Jefferson gemene streken uithaalt met de andere bewoners, dan zal ik hem wel even vertellen wat ik daarvan vind. Terug in de tuin blijkt er een man naast hem op het bankje te zijn gaan zitten. Ondanks dat hij een stuk jonger is, is er een vage gelijkenis in hun gelaatstrekken. Dezelfde neus. Dezelfde kin.

'Eve,' zegt Jefferson. 'Dit is Nathan, mijn kleinzoon.'

'Waarom val je mijn grootvader lastig?'

Ik struikel over mijn woorden terwijl ik Jefferson zijn water geef. 'Ik... uh... Ik ben... Ik wilde niet... Sorry, dat was helemaal mijn bedoeling niet.'

'We zaten gewoon te praten,' legt Jefferson uit, maar Nathan wil er niets van horen.

Hij komt overeind en gaat tussen Jefferson en mij in staan. Het is een grote kerel, begin dertig, met een korte, donkere baard waarin een paar grijze vlekjes te zien zijn. Hij begint al inhammen te krijgen. Van dichtbij zie ik dat hij dezelfde ogen heeft als zijn opa, maar dan zonder die troebele blik.

'Ik denk dat je maar beter kunt gaan,' zegt hij tegen me.

Ik werp een wanhopige blik op Jefferson, in de hoop dat deze op de een of andere manier laat merken dat hij wil dat ik blijf.

Nathan zegt: 'Wat kom je eigenlijk doen?'

'Ik wilde gewoon even met je opa praten.'

'Waarom? Waarover?'

'Over mensen die hij vroeger gekend heeft.'

Nathan snuift spottend. 'Die man is negentig. Hij heeft ontelbaar veel mensen gekend.'

Jefferson steekt een hand naar hem uit. 'Laat maar. Het is in or...'

'Nee,' onderbreekt Nathan, die een stap naar voren doet, recht mijn persoonlijke ruimte in, een wijsvinger de lucht in priemend om zijn punt te maken. 'Het is niet in orde dat een volslagen vreemde opduikt en een oude man begint te ondervragen.'

Wat een zak. Ik begin schoon genoeg van hem te krijgen. 'Weet je wat ook niet in orde is? Dat hij de bezittingen van andere bewoners verstopt en ze opsluit in hun kamer.'

Nathan verstomt, zijn vinger nog in de lucht. Maar ik ben nog niet klaar.

'Wat ook niet in orde is, is dat iemand ongevraagd in mijn persoonlijke ruimte komt en me de huid vol scheldt. Dus nu even dimmen, anders breek ik die vinger in tweeën.'

Hij staat perplex. Hij had nooit verwacht dat een jonge vrouw die half zo groot is als hij zo haar mannetje zou staan. Maar ik heb voldoende ervaring met knokken om niet onder de indruk te zijn van een man als Nathan.

'Ga mij niet vertellen wat ik wel of niet moet doen. Niemand heeft je uitgenodigd. Niemand wil dat je blijft. Als het om mijn grootvaders welzijn gaat, gaat het zoals ik het wil.'

'Nathan,' zegt Jefferson zacht. 'Ze had het over Ila.'

'Wacht even,' zeg ik. 'Hebt u Ila óók gekend? Dus niet alleen Amy?'

Nathan begrijpt er niets van. 'Wat is dit? Kende jij Ila? Dat kan toch niet. Je bent... wat zal het zijn, twintig? Dan was je nog maar een kind toen we iets hadden.'

Mijn mond is opengevallen. Ik doe een stap achteruit en bekijk hem met nieuwe ogen. Het duurt tergend lang voordat ik mijn stem terugheb.

'Jij bent Nate.'

'Nathaniel voluit,' corrigeert hij. 'Tegenwoordig heet ik Nathan.'

'Jij was Ila's vriendje op de universiteit.'

Hij doet een stap naar voren en verkleint zo weer de afstand die ik had gecreëerd. Ondanks de aanwezigheid van Jefferson en de andere bewoners voel ik me alleen en kwetsbaar.

'Ja, dus? Wat heb jij daarmee te maken? Waarom heb je het de hele tijd over Ila?'

Ik antwoord niet omdat ik niet kán antwoorden. Ik kan alleen maar mijn hoofd schudden en achteruitlopen. Bang, in shock, overrompeld. Nathan kijkt naar me. Jefferson kijkt naar me.

Dit hoort niet bij mijn plan. Ik weet niet wat ik hiermee moet.

Ik draai me om.

En ren weg.

41

In de groep kan ik mijn aandacht er onmogelijk bij houden. Het dringt nauwelijks tot me door als Stephanie of Alejandro of Sal of iemand anders iets zegt. Alles wordt overstemd door de woorden van Jefferson en Nate die rondzingen in mijn hoofd. Ik realiseer me dat ik hard met mijn duimnagel in mijn onderlip zit te duwen, verlangend naar pijn als remedie tegen de stress. Sal, die naast me zit, stoot me aan met zijn knie.

Gaat het? vraagt hij geluidloos. Ik knik.

Stephanie heeft al lang in de gaten dat ik er met mijn gedachten niet bij ben en richt zich tot de groep: 'Zie het maar zo,' zegt ze. 'Alles wat je doet of zegt, komt voort uit een behoefte. Als je iemand advies geeft, doe je dat misschien omdat je de ander wilt helpen, maar misschien ook omdat je wilt ervaren hoezeer je gegroeid bent en inzicht hebt gekregen in je fouten. Als je een vraag stelt, wil je een antwoord horen, maar waaróm wil je dat antwoord? Ik wil dat iedereen in deze groep uitgaat van zijn eigen standpunt, want daardoor verplaats je je automatisch ook in dat van de anderen. Hoe meer we hierbinnen van elkaar begrijpen, hoe beter we de mensen dáár begrijpen.' Ze wijst naar de deur. 'En daardoor begrijpen we weer meer van onszelf.'

In zekere zin is dat wat ik probeer te doen. Ik probeer de dingen te begrijpen. Natuurlijk heb ik altijd gehoopt dat ik naast Elizabeth nog meer verbanden tussen de dagboeken zou vinden, maar ik had nooit gedacht dat Ila's vriendje de kleinzoon van Amy's buurman zou blijken te zijn. Amy schreef dat haar zus een beetje verkikkerd was op een van Jeffersons kleinzoons, wat dus een oudere broer of neef van Nate geweest moet zijn, aangezien Nate zelf toen te jong was: *Maya had op een gegeven moment een oogje op een van de kleinzoons die weleens bij Jefferson op bezoek kwamen, maar die jongen studeerde al en had geen interesse in een schoolmeisje.* Ila vermeldt in haar dagboek dat Nates broer drugs dealt. Ook zegt Nate ergens dat zijn oudere broer misschien degene is geweest die hem over de regel van drie heeft verteld. Kortom: die broer wordt in beide dagboeken vermeld, maar meer ook niet. Hij blijft naamloos.

Alejandro, die aan de andere kant van me zit, fluistert: 'Je lip bloedt.'

'MMA,' fluister ik terug.

Maar dat is niet waar. Vroeger had ik de afschuwelijke gewoonte om aan mijn lippen te pulken. Stoppen was onmogelijk. Het is een eindeloze cyclus, aangezien weggekrabd vel op je lippen als een keihard korstje terug groeit, waar je natuurlijk alleen maar méér aan wilt pulken. Ik bijt er ook op, bij voorkeur op de pijnlijkste plekjes. De pijn zorgt voor een vreemd soort genot. Ik weet precies hoe hard ik moet bijten voor het optimale effect. Het is verslavend bevredigend. Ik kan de pijn op een gestage, gecontroleerde manier laten toenemen. Het is lekker tot het moment dat het niet meer lekker is. En dan, als het zover is, als het echt pijn begint te doen, als er een soort crescendo van pijn plaatsvindt, noem het gerust een orgasme van pijn, dan stop ik met bijten en is het voorbij en is er enkel nog die zalige opluchting.

Vroeger droomde ik vaak dat ik mijn lippen wegkrabde,

huidlaag na huidlaag, totdat mijn mond nog slechts een randloze ovale opening in mijn gezicht was.

Alejandro geeft me een zakdoek, die ik tegen mijn onderlip druk.

'Hou maar,' fluistert hij met een glimlach. 'Cadeautje van mij.'

Ik weet niet wanneer ik ermee begonnen ben. Vrijwel zeker in die altijd lastige tienerjaren. Misschien in de winter, toen mijn lippen sowieso al vol kloofjes zaten. Waarschijnlijk was ik weer eens gestrest door het geruzie van mijn vader en moeder, en vormde het krabben en pulken aan mijn lip een welkome afleiding. En omdat het werkte, bleef ik het al die jaren doen. En nu is het dus terug.

Ik dacht dat ik dat hele opgejaagd-worden-door-een-seriemoordenaargedoe wel aankon. Blijkbaar niet.

Stephanie werpt een blik op de klok en zegt dan: 'Meer tijd hebben we helaas niet. Maar voordat jullie gaan, wil ik dat je beseft hoe gemakkelijk het is om te vergeten dat het oefening vergt om te zijn wie je bent. De beste versie van jezelf worden, is een proces waar je moeite in moet steken. Vergelijk het met het leren van een nieuwe taal. Het is een vaardigheid die veel tijd kost om onder de knie te krijgen. En als niemand het je leert, moet je het jezelf leren. Als je eraan gewend bent om een mindere versie van jezelf te zijn, lijkt het misschien onmogelijk om jezelf te verbeteren. Als een ontzagwekkende berg die je niet durft te beklimmen. Maar hier kun je oefenen. Zie deze groep als je persoonlijke klimhal. Hier kun je oefenen met klimmen terwijl je groepsgenoten het zekertouw vasthouden.' Ze staat op om aan te geven dat de bijeenkomst voorbij is. Glimlachend steunt ze op haar stok. 'Zelfs als je je grip verliest, zorgt de rest van ons ervoor dat je zacht landt.'

Onderweg naar de uitgang denk ik aan Nates broer. Als hij student was toen Maya hem leuk vond, is hij nu waarschijnlijk halverwege de veertig.

Waarom heeft Ila nooit gezegd dat Nate de kleinzoon van Jefferson is? Ik kan maar één reden bedenken: ze wist het niet. Het is niet helemaal duidelijk hoe lang ze iets met Nate heeft gehad, maar aangezien ze verder niets over zijn familie schrijft, heeft ze die waarschijnlijk nooit ontmoet.

Eenmaal buiten zie ik Johnathan onder een luifel staan. Hij glimlacht als hij me ziet, maar in het gloeiende schijnsel van zijn sigaret lijkt er een duivelse grijns over zijn gezicht te trekken.

Hij neemt een laatste trek en gooit de peuk op straat. 'Ik heb nagedacht over wat je vorige week zei. Over dat het verboden is om contact met elkaar te hebben buiten de groep om. En ik heb besloten dat ik liever dat contact met jou heb.'

'Maar het feit dat je met groepstherapie begonnen bent, betekent toch dat je het nodig hebt? Als je gaat kijken naar wat het belangrijkst is, dan staat een kus ongeveer op dit niveau...' Ik buig voorover en houd mijn hand ter hoogte van mijn enkel. 'Terwijl persoonlijke groei, stabiliteit en geestelijk herstel...' (ik kom weer overeind en houd mijn hand zo hoog boven mijn hoofd als ik maar kan) '... ergens hier staan.' Voor nog meer nadruk ga ik zelfs op mijn tenen staan. 'Snap je?'

'Je weet het overtuigend te brengen,' antwoordt hij. 'En dat is precies wat ik had verwacht.' Hij glimlacht een beetje zelfvoldaan. 'Daarom ben ik bij een andere groep gegaan.' Hij wijst in de verte. Niet dat daar iets is, maar dat doen mensen nu eenmaal. 'Bij de presbyteriaanse kerk. Charmant zaaltje. Aardige lui en ze organiseren verrassend veel activiteiten. Ik heb zelfs al een paar keer meegedaan. Ze pakken het een beetje anders aan, maar dat hoeft niet verkeerd te zijn. Maar goed, ons probleem is opgelost. We gaan nu naar verschillende groepen. We zijn nu eerlijk tegen verschillende vreemden.' Hij glimlacht. 'Iets drinken? We hoeven niet per se naar dezelfde tent te gaan. Of een stukje lopen? Het is een mooie avond. We zien wel waar we uitkomen.'

'Ik ben niet in de stemming.'

'Oké, snap ik. Morgenavond dan? Of later deze week? Ik ga vrijdag naar een voorstelling. Een soort *open mic night*. Maar geen stand-upcomedy. Nou ja, misschien ook wel. Maar in principe kan alles. Stand-up, poëzie, *spoken word*... Eerlijk gezegd is het altijd weer afwachten. Bij de ene gast krijg je buikpijn van het lachen, de volgende staat bloedserieus voor te lezen uit zijn niet voor niets ongepubliceerde roman. Maar dat is juist het leuke eraan. Dus wat denk je ervan? We kunnen ook...'

Ik onderbreek hem. 'Luister. Het was maar een kus. Het stelde niets voor. Maak het niet groter dan het is, oké? En nu moet ik ervandoor. Een fijn leven nog.'

Hij is gekwetst. Het zal ongetwijfeld een schok voor hem zijn dat ik een heel andere persoon ben dan degene met wie hij in de kroeg heeft gezeten, met wie hij heeft staan zoenen. 'Kom op, wat is er aan de hand?'

Ik vertel hem de waarheid. 'Je bent te jong voor me.'

'Te jong? Je zei laatst nog dat ik oud genoeg was om je vader te zijn.'

'Laat me raden: op het plankje in je badkamer staat alleen een tandenborstel. Probeer eens een huidverzorgingsproduct, joh. Daar word je echt niet minder mannelijk van en het zorgt er in elk geval voor dat je er niet als veertig uitziet terwijl je pas drieëndertig bent.'

Hij is nu niet alleen gekwetst, maar ook beledigd en in de

war. 'Wacht eens even, hoe weet je hoe oud ik ben? Dat heb ik nooit verteld.'

'Niet nodig. Ik heb na die kus je huidcellen van mijn lippen geschraapt om een bevriende biochemicus een DNA-profiel te laten maken dat ik in een online genealogische database heb opgezocht. De rest was simpel.'

'Je hebt wát? Hoezo? Je houdt me voor de gek, toch? Ja, je houdt me voor de gek.'

'Ik ben bloedserieus,' zeg ik. 'Ik weet alles over je. Hoe oud je bent, waar je geboren bent. Ik weet dat je nog maar een kind was en aan de andere kant van het land woonde toen twintig jaar geleden een bepaalde auto verongelukte. En ik weet dat je Ila niet vermoord kunt hebben omdat je op dat moment niet eens op hetzelfde continent was.'

'Natuurlijk heb ik geen Ila vermoord, of wie dan ook. Wie is dat eigenlijk? Wat is dit? Ik... Ik begrijp er niets van.'

'Dat hoeft ook niet,' verklaar ik. 'Maar ik vind het ergens jammer dat je het niet hebt gedaan.'

'Je vindt het jammer dat ik die Ila niet heb vermoord?'

'Precies. Dat had mijn leven een stuk eenvoudiger gemaakt.'

Zijn ogen puilen bijna uit hun kassen, zijn mond staat wagenwijd open en er verschijnen rimpels van ontzetting op zijn voorhoofd. Hij gaat wild met zijn vingers door zijn haar. Hij is volkomen in de war. Gekwetst. Woedend.

'Ik begrijp het niet. Ik...'

Als ik wil weglopen, probeert hij me vast te pakken. Ik zie het aankomen en neem direct een vechthouding aan, grijp hem bij zijn pols en trek hem uit balans.

Hij wankelt naar voren en zet zijn hele gewicht op de voorste voet en voordat hij zichzelf kan corrigeren, heb ik hem dubbelgeklapt, zijn andere hand in een ijzeren greep genomen en zijn arm in een gemene klem gedraaid. Precies zoals ik tijdens de training al duizend keer gedaan heb.

Het kost me al mijn zelfbeheersing om niet mijn knie in zijn gezicht te planten. Guill zal wel teleurgesteld zijn. Hij zegt altijd dat je het moet afmaken als je de gelegenheid hebt.

'Raak me nooit meer aan, oké?' Ik duw hem van me af, zodat hij achteruit wankelt. 'Ik ben niet geïnteresseerd.'

Hij wrijft over zijn pols. 'Fijn dat je zo duidelijk bent.'

'Ik heb het subtiel geprobeerd, maar dat snapte je niet. Voor de volgende keer: let op de hints.'

Johnathan knikt. Eindelijk lijkt de realiteit tot hem door te dringen. Hij wijst in de richting van de kerk. 'Weet je? Ik ben blij dat ik weg ben uit de groep, want als ik naar jou kijk, is het duidelijk niet gezond. Jij moet niet naar therapie, ze zouden je moeten opsluiten.'

Hij wil blijkbaar graag het laatste woord hebben en eerlijk is eerlijk: hij heeft een punt. Ik zou hem erop kunnen wijzen dat hij degene is die iemand van meer dan tien jaar jonger heeft geprobeerd te versieren. Maar ik laat het erbij. Laat hem maar zijn laatste woord hebben. Hij heeft er meer behoefte aan dan ik.

Ik voel me rot (eigenlijk mag ik hem wel), maar ik moet beschikbaar blijven voor het geval dat Drie via de romantische route in mijn leven wil komen. Op zich zie ik voor Johnathan nog wel een nuttige rol als beschermer of zo, maar ik wil geen blokkades voor Drie opwerpen. Ik wil wegen voor hem openlaten die ik kan controleren. Ik wil voorkomen dat hij op afstand blijft. Hoe dichterbij hij komt, hoe groter de kans dat ik hem zie aankomen.

Johnathans laatste mededeling heeft iets in mijn hoofd in

gang gezet, al weet ik nog niet precies wat. *Ze zouden je moeten opsluiten.* Opsluiten.

Ik herinner me de oude mevrouw met de felgroene ogen bij de waterkoeler die vertelde over Jeffersons manier om bewoners op te sluiten op hun kamer of in een kast. Ook toen gebeurde er iets mijn hoofd, weet ik nog.

De dagboeken. Ja, daar moet ik het zoeken. Ik pak mijn telefoon en open het document. Ik speur pagina na pagina af, eerst op zoek naar passages over Nate om te zien of misschien met hem te maken heeft. Niets. Ik ga terug naar het begin, naar de beschrijving van Amy's bezoek aan het huis van Jefferson.

Daar heb je het.

Amy merkt op dat de deur naar de kelder is afgesloten met een grendel. Krijg nou wat.

Was het ook bijna twintig jaar geleden al Jeffersons gewoonte om mensen op te sluiten? En zo ja, wie? Nate?

Of Nates broer?

42

In zekere zin lijkt Amy's oude huis veel op het mijne. Beide staan ze aan een stille laan in een stil deel van een stille buitenwijk. Het is een charmant bouwwerk van lichtgrijze baksteen met een dak van donkere houten dakspanen. Twee verdiepingen. Het gazon is onberispelijk bijgehouden en bijna lichtgevend groen. Van een afstandje lijkt het wel kunstgras.

Jeffersons oude huis ziet er min of meer hetzelfde uit, alleen met een verwaarloosde tuin waarin een tekoopbord staat. Bij het zien van het bord moet ik denken aan hoe Amy schrijft hoe lastig het is om het huis te verkopen waarin zich zo'n groot drama afgespeeld heeft. Maar waarom is Jeffersons huis niet al lang verkocht? In zíjn garage hebben zich voor zover ik weet geen mensen opgehangen.

Pas op, Drie. Ik kom eraan.

De jongeman op het gazon van Amy's oude huis kijkt mijn kant op. Hij speelt met een klein meisje, dat met een schattig ontbloot buikje in het gras zit. Ze heeft een geel zonnehoedje op. Niet dat de zon zo hard schijnt, maar blijkbaar is hij een bezorgde ouder.

Ik kan me niet voorstellen dat ik, een kleine, jonge vrouw, er als een bedreiging uitzie, maar hij blijft me in het oog houden. Niet op een directe manier. Hij kijkt me niet aan of zo. Hij speelt met zijn dochtertje, trekt gekke bekken en doet kiekeboe, wat ze prachtig vindt, maar steeds weer schieten zijn ogen mijn kant op.

Hij weet dat ik hier niet hoor.

Ik loop langzaam over het trottoir aan de overkant. Over elke stap probeer ik zo lang mogelijk te doen, zodat ik meer tijd heb om het huis te bestuderen. Als ik eindelijk stilsta en moed verzamel om dichterbij te komen, houdt de jonge vader het niet meer van de spanning. Hij staat op en maakt zich zo groot mogelijk. Niet dat nu zo extreem groot is, maar de boodschap is onmiskenbaar. Hij doet een stap naar voren en plaatst zich tussen zijn kind en mij.

Misschien is hij bang dat ik haar meeneem of zo.

Ik steek mijn handen op om te laten zien dat ik in vrede kom, maar in mijn haast om te bewijzen dat ik geen enge kidnapper ben, doe ik dat veel te uitbundig.

Hij deinst terug.

'Sorry, sorry!' roep ik. 'Het is oké. Ik ben oké.'

Hij zegt niets terug. Hij zit vol achterdocht en verwarring.

'Ik had gehoopt dat we even konden praten.'

'Waarover?'

Zijn stem is emotieloos.

'Over je buurman.'

Hij werpt een blik op het tekoopbord in de belendende tuin. 'Die woont hier niet meer.'

'Ja, dat weet ik. Ik heb Jefferson al gesproken in het verzorgingshuis.'

Hij krabt op zijn hoofd. 'Dan begrijp ik niet wat je wilt.'

'Ik bedoelde niet alleen Jefferson. Ik ben ook benieuwd naar zijn kleinkinderen. Zijn ze ooit op bezoek geweest, voor zover je weet?'

'Ik zou niet weten waarom dat jouw zaken zijn.'

Kauwend op mijn lip probeer ik voorzichtig dichterbij te komen. Ik probeer langs hem heen te kijken, naar het onberispelijke gazon en vooral naar het huis daarachter.

Hij volgt mijn blik. Ineens valt hem iets in.

'Kan het misschien kloppen dat ik je vandaag al eerder heb gezien?' vraagt hij. Ik weet niet goed wat ik moet zeggen. 'Maar toen bleef je veel meer op afstand. Je stond aan de overkant naar mijn huis te kijken. Ik zag je door het raam.' Ik zwijg. Ik kijk naar de grond. 'Weet je wel hoe eng dat is? Dat is echt niet oké.'

'Het spijt me, ik wil alleen maar...'

'Moet ik soms een straatverbod aanvragen?'

'Wat? Een straatverbod? Nee, nee. Natuurlijk niet. Ik ben niet gevaarlijk. Ik ben geen stalker. Ik wil alleen informatie. Ik...'

'Het antwoord is nee.'

'Sorry?'

'Ik weet niet wat je wilt vragen,' legt hij uit, met iets meer emotie in zijn stem nu, neigend naar woede, 'maar het antwoord is nee.'

'Maar ik heb nog helemaal niet...'

'Doet er niet toe. Het antwoord is nee.' Hij schuifelt achteruit en tilt zijn kind op. 'Ik wil je hier niet meer zien.'

'Alsjeblieft,' zeg ik. 'Het is belangrijk.'

'Ben je bezig met een artikel?'

'Waarover?'

'Over wat hier twintig jaar geleden is gebeurd. Of nee, het zal wel een podcast zijn. Je wilt natuurlijk viraal gaan met de ellende van anderen. Tuig zijn jullie, weet je dat?'

'Alstublieft.' Ik smeek nu. 'Zo zit het helemáál niet. Ik zweer het. Ik heb je hulp nodig. Alsjeblieft, ik heb alleen wat informatie nodig.'

Hij doet nog een paar stappen achteruit. Draait zich om.

Achter het glas van de voordeur is een gestalte verschenen.

'Ik ben in gevaar,' roep ik naar zijn rug. 'Alsjeblieft.'

Hij versnelt zijn pas. De deur gaat open als hij het huis nadert. Een donkerharige vrouw staat in de deuropening naar hem te kijken, naar haar dochtertje, naar mij. Ze is duidelijk uit haar doen.

Nog een paar tellen, dan is hij binnen en ben ik hem kwijt.

'Alsjeblieft,' schreeuw ik naar hem. 'Ik heb je hulp nodig.'

'Ik dacht dat ik duidelijk genoeg was,' roept hij terug zonder om te kijken. 'Het antwoord is nee.'

De deur slaat dicht.

Van pure radeloosheid zak ik bijna door mijn knieën. Mijn teleurstelling is immens en even kom ik in de verleiding om hem iets grofs na te schreeuwen. Maar ik doe het niet. Als onze rollen omgedraaid waren, zou hij zich waarschijnlijk wel inhouden.

Met hangende schouders en neergeslagen ogen loop ik weg. Dan merk ik dat er verderop in de straat een auto langs de stoeprand geparkeerd staat. De man achter het stuur kijkt mijn kant op, hoewel ik zijn gezicht niet kan onderscheiden. Hij is slechts een silhouet achter het raam. Het is een grijze, doodgewone auto. Ik probeer het nummerbord te lezen, maar die zit onder de modder. De bumper niet trouwens.

Ik vertraag mijn pas. Mijn hart gaat tekeer in mijn borst. Ik herinner mezelf eraan dat ik nog tijd heb. Vandaag ga ik nog niet dood. Het is nog te vroeg. Dit is gewoon een man in een auto met een vuile kentekenplaat. Maar mijn hart luistert niet naar rede. Het blijft bonzen, het blijft bang.

Misschien is het mijn tijd nog niet om te sterven. Maar dat wil niet zeggen dat de man in de auto níét Drie zou kunnen zijn.

Zwaar ademend tast ik naar mijn telefoon terwijl ik de auto nader. Mijn handen trillen hevig en mijn vingers doen bijna niet wat ik wil. Met veel moeite weet ik het apparaat te ontgrendelen en de camera-app te openen.

Nog voordat ik goed heb kunnen scherpstellen, start de bestuurder plotseling de motor, maakt een U-bocht en rijdt weg. Terwijl de auto in de verte verdwijnt, maak ik er zoveel foto's van als ik maar kan.

Nog zwaarder ademend en met een alsmaar sneller bonzend hart scrol ik door de foto's. Foto's die niet scherp zijn of waarop het nummerbord ontbreekt, verwijder ik meteen. Uiteindelijk vind ik een redelijk goed exemplaar, maar nog steeds is het kenteken onleesbaar. Te veel modder, te pixelig. Ik vergroot het beeld in de hoop dat dat helpt, maar daarmee blaas ik eigenlijk alleen maar de pixels op. In plaats van letters en cijfers zie ik niets dan vlekken en vegen. Waarom lijkt het in films altijd zo makkelijk?

Een behoorlijke tegenvaller, maar ik kwam hier eigenlijk voor iets anders.

Ik loop de oprit van Jeffersons oude huis op. Het gras staat ik weet niet hoe hoog en zit vol onkruid. De bomen langs het gazon zijn in zulke bizarre vormen gegroeid dat ze bijna bedreigend aandoen. Het tekoopbord staat er al zo lang dat het bijna lijkt te leven. Alsof de paal wortels heeft gekregen en één is geworden met de aarde waarop dit huis staat. De wind steekt op en brengt een lage, monotone fluittoon voort.

Ik weet niet of de man van hiernaast me in de gaten houdt. Het doet er niet toe, want hij is veel te jong om Drie te kunnen zijn.

Naarmate ik dichterbij kom, lijkt het huis te groeien, op te zwellen bijna. De muren torenen hoog boven me uit; de ramen worden groter met elke stap. Als grote, vierkante ogen staren ze naar me, zonder te knipperen. Ik voel me klein. Ik ben bang.

De bomen buigen in de wind, takken ratelen hoog boven me, bladeren zingen in een ritselend koor. Dode bladeren volgen me terwijl ik naar het huis loop. Ze wervelen rond mijn enkels alsof ze me willen laten struikelen.

Hoog boven me kraakt een tak. Als ik omhoogkijk, zie ik een zwarte massa twijgen en bladeren die bewegen en trillen als één levende entiteit. Ik doe een stap achteruit, krijg een windvlaag recht in mijn gezicht. Aarde en takjes worden naar me toe geblazen, recht op mijn ogen af.

Een losgeraakte dakspaan spat uiteen, precies op de plek waar ik een seconde geleden nog stond.

Ik breng een hand naar mijn borst en probeer mijn ademhaling te reguleren.

Uiteindelijk bereik ik de voordeur, waarvan de verf afbladdert en grauw is geworden. Opnieuw valt het overwoekerde gazon me op. Overal dansen dorre bladeren in de wind. Het heeft er alle schijn van dat het huis al een hele tijd verlaten is, maar voor de zekerheid druk ik op de bel.

Natuurlijk verwacht ik niet werkelijk dat er iemand opendoet en me uitnodigt om in de kelder te kijken. Ik zou niet eens weten hoe ik dat zou moeten vragen zonder dat de politie erbij gehaald wordt.

Inderdaad blijft de deur dicht en aangezien ik ook niets hoor, besluit ik nog wat rond te kijken. Er is geen afscheiding of iets dergelijks tussen de garage en het tuinhek en dus kan ik probleemloos om het huis heen lopen. Waar mogelijk vermijd ik het grindpad en loop ik over het gras. Achter het huis zie ik een deur die toegang biedt tot de keuken. Ik leg een hand boven mijn ogen en probeer door de ruitjes te turen.

In het donkere interieur is nauwelijks iets te onderscheiden, maar ik zie toch duidelijk een keukentafel staan. Zo'n achttien jaar geleden zat Amy precies aan die tafel, of in elk geval aan een gelijksoortige. Ik probeer me voor te stellen waar ze precies zat en wat ze dan zag. Ik verplaats me een paar keer en probeer vanuit verschillende hoeken naar binnen te kijken, totdat ik hem zie: een dichte deur in een binnenmuur. Ik kan niet zien welke kleur de deur precies heeft, maar in elk geval iets donkers. Ook is niet duidelijk of er nu een grendel op zit of niet.

De achtertuin is net zo'n oerwoud als de voortuin. Ik let er nauwelijks op, want ik heb het te druk met het afspeuren van de gevel naar een kelderraampje of iets dergelijks. Overal zijn bladeren en takken tegen het huis aan gewaaid en ik moet regelmatig bukken om ze weg te vegen.

De bladeren zijn droog als as en vallen onder mijn hand uiteen tot stofspiralen die wervelen in de wind.

Bij de zoveelste keer vegen zie ik ineens een doffe glinstering van glas. Ik ga op mijn hurken zitten en schep alle rommel weg totdat het raam in zijn geheel zichtbaar is. Het is niet veel groter dan een brievenbus. Er zit een dikke laag groen-met-bruin vuil op het glas. Met de mouw van mijn jack veeg ik het schoon.

Door languit op mijn buik te gaan liggen, kan ik net in de kelder kijken.

Er staan wat dozen en rekken. Ik zie voorwerpen onder stoflakens en iets wat misschien een ladder is. Het is erg donker en ik kan geen enkele hoek vinden van waaruit ik een beter zicht heb. Als Jefferson hier al ooit iemand heeft opgesloten, dan was dat lang geleden en is er niets meer van te zien. En misschien is er zelfs nooit iets gebeurd. Misschien is dit gewoon een kelder.

Maar ik laat niets aan het toeval over.

Ik vind een mooie steen, die goed in mijn hand past. Ik omklem hem stevig en loop vastberaden op de keukendeur af. Niets wijst op de aanwezigheid van een alarmsysteem of iets dergelijks. Ik richt mijn ogen strak op het ruitje net boven de deurklink.

Toch aarzel ik. Ik sta op het punt een misdrijf te begaan. Ik probeer mezelf te vertellen dat het goed is wat ik doe. Dat ik dit wel móét doen als ik wil blijven leven. Lestrange stak geen poot voor me uit. As het zelfs de politie niets kan schelen wat er met me gebeurt, wat moet ik dan?

Ik haal diep adem en beweeg de hand met de steen naar achteren, klaar om het ruitje in te gooien.

Pas dan realiseer ik me dat ik hier niet alleen ben.

'Weet je zeker dat je dit wilt doen?'

43

De vraag wordt met zachte stem uitgesproken, voorzichtig en bedachtzaam, om me niet te laten schrikken.

Ik draai me om en zie de vrouw die in de deuropening stond, de vrouw die nu in Amy's oude huis woont. Het kindje is waarschijnlijk bij de vader gebleven. Net als ikzelf is ze langs de zijkant van het huis naar de achtertuin gekomen. Uit haar uitdrukking spreekt niet zozeer boosheid, maar vooral bezorgdheid.

'Hoe heet je?" vraagt ze zacht.

'Ik... Eve.'

'Mooie naam,' zegt ze. 'Ik ben Aubrielle.'

'Dát is pas een mooie naam!'

'Zeg maar Aubrey.'

'En ik ben dus gewoon Eve.'

Behoedzaam, alsof ik een hert ben dat zou kunnen wegrennen als het schrikt, doet ze een stap in mijn richting. 'Wat doe je hier, Eve?'

Mijn ogen gaan van de deur naar de steen in mijn hand. 'Een misdrijf begaan.'

'Op dit moment heb je nog niets verkeerd gedaan,' zegt ze. 'Hooguit dat je op privéterrein bent.'

'Ik was van plan in te breken.'

Ze glimlacht beleefd. 'Dat snap ik. Maar waarom?'

'Dat is een lang verhaal.'

'Dat geloof ik graag. Wat deed je bij mijn huis, Eve? Je zei tegen mijn man dat je in gevaar was. Is dat zo?'

Ik laat de steen vallen. 'Ja.'

'Ben je oké?" vraagt ze.

'Nee,' zeg ik, bijna lachend. 'Ik ben totaal niet oké.'

'Wat is er aan de hand? Waarom ben je in gevaar?'

'Dat kan ik niet zeggen, Aubrey. Of nou ja, ik kán het wel, maar je gaat me toch niet geloven. Je denkt vast dat ik gek ben. Als ik moet uitleggen wat ik bij jouw huis deed, waarom ik hier bijna ingebroken heb, dan gaat me dat úren kosten en dan nog zul je me niet geloven.' Ik druk mijn handen tegen mijn voorhoofd tegen de spanning. 'Dat is nog het meest gekmakend van alles. Het maakt niet uit wat ik weet. Niemand anders gelooft het.'

'Waarom probeer je het niet?'

'Waarom ben je hier?' vraag ik. 'Was je liefhebbende echtgenoot daar niet op tegen?'

'Ik bepaal zelf wat ik doe.'

'Maar hij wás erop tegen, of niet soms?'

Ze knikt. Lacht een beetje. 'Dat wel. Je hebt hem aardig bang gemaakt.'

'Hoezo dan? Ik ben piepklein.'

'Hij denkt niet graag aan wat er in ons huis gebeurd is. Ook al is het ik weet niet hoe lang geleden en was het de enige reden waarom we het überhaupt konden betalen. Hij wil niet dat onze dochter het weet. Zijn grootste angst is dat ze op een dag huilend van school komt omdat een of ander rotkind het haar verteld heeft, inclusief alle gruwelijke details.'

'Dat snap ik. Het spijt me. Ik wilde het een beetje voorzichtig aanpakken, maar ik denk dat ik het daardoor juist verpest heb. Ik ben niet zo goed in dit soort dingen.'

'Wat voor dingen?'

'Goede vraag. Ik weet het niet precies. Ik denk dat ik bedoel dat ik niet zo goed ben in detective spelen.'

'Je maakt geen podcast?'

'God, nee. Ik zou niet weten waarom je man dat denkt. Ik luister niet eens naar die dingen. Een podcast is toch gewoon een documentaire zonder camera? Dar slaat toch nergens op?'

'Ben je dan een ver familielid of zo?'

'Oké, ik zal je de kortst mogelijke versie geven.' Ik haal diep adem. 'De mensen die al die tijd geleden in jouw huis zijn overleden, die zijn volgens mij verbonden met andere mensen die in de jaren daarna zijn overleden. Waaronder ook familieleden van me.'

'Wat vreselijk.'

'Zeg dat wel.'

'Maar je denkt dat al de sterfgevallen met elkaar verbonden zijn vanwege...?'

'Ik denk dat ze allemaal door dezelfde persoon zijn vermoord. Ik denk dat hij elke moord een heel lange tijd voorbereidt, waarschijnlijk drie jaar en het op een ongeluk, zelfdoding of een natuurlijke oorzaak laat lijken. Zo vermoordt hij beetje bij beetje een heel gezin. Dan gaat hij naar het volgende gezin en begint alles weer opnieuw. Ik denk dat de mensen die in jouw huis hebben gewoond de eerste slachtoffers waren.'

Ze fronst haar wenkbrauwen en doet haar mond al open om iets te zeggen, maar ik onderbreek haar.

'Zoals ik al zei, ik zou er uren voor nodig hebben om uit te leggen waarom ik dit allemaal geloof. Maar ik geloof het. Voor honderd procent. De politie niet. Niemand gelooft me. Ik sta er alleen voor. Ik moet er in mijn eentje achter zien te komen wie al die moorden heeft gepleegd. Want hij loopt nog steeds vrij rond en als ik hem niet op tijd vind, word ik zijn volgende slachtoffer.'

Ze moet dit even verwerken en ik zie dat ze nog duizend en één vragen heeft, maar ze beheerst zich. Ze haalt alleen diep adem en zegt dan: 'Hoe kan ik je helpen?'

Ik ben zo dankbaar dat ik wel kan janken. Ik spring op haar af en omhels haar. Na een paar tellen beantwoordt ze mijn omhelzing.

Als ik haar loslaat, vraag ik: 'Geloof je me?'

'Nee,' zegt ze en even begrijp ik haar niet, totdat ze verklaart: 'Maar ik zie dat jij het gelooft en dat is voldoende. Wie bang is, doet weleens domme dingen.' Ze werpt een blik op het ruitje dat ik wilde ingooien. 'En uit alles blijkt dat jij bang bent.'

'Dus je gaat niet de politie bellen?'

'Als je me nu eens vertelt wat jouw theorie te maken heeft met het huis van mijn buurman, dan denk ik dat we de politie maar niet lastig moeten vallen.'

'Dank je. De oude man die hier woonde, Jefferson, heeft ermee te maken. Niet letterlijk als moordenaar, want hij is stokoud, maar hij kende het gezin dat is vermoord. Bovendien heeft een van zijn kleinzoons een relatie met een van de andere slachtoffers gehad.'

'Jefferson woont hier al jaren niet meer. Jammer. Lieve man.'

'Daar zou ik mijn hand niet voor in het vuur durven te steken,' zeg ik voorzichtig. 'Dat was ook min of meer de reden dat ik even binnen wilde kijken.'

'Zoals ik al zei, hij is weg. Hij was te oud om zelfstandig te blijven wonen. De familie vraagt een enorme smak geld voor het huis en er moet veel aan gedaan worden, dus er is weinig belangstelling. Ik begrijp niet zo goed wat je wijzer zou kunnen worden van binnen rondkijken.'

'Als er al die tijd niemand geweest is, dan zijn er misschien nog aanwijzingen.'

Vragend trekt ze haar wenkbrauwen op. 'Aanwijzingen? Zoals wat?'

'Dat weet ik als ik het zie.'

Ze kijkt me peinzend aan. Ze staat duidelijk op een gedachte te kauwen. Misschien vraagt ze zich af of ik gek ben of niet.

Dat vraag ik me zelf ook weleens af.

'Vooruit dan maar,' zegt ze met een knikje. Kennelijk heeft ze het antwoord op haar vraag gevonden.

'Wat bedoel je?' vraag ik nieuwsgierig.

Ze steekt haar hand in de zak van haar spijkerbroek en haalt een sleutelbos tevoorschijn. Ze kiest de juiste sleutel en opent dan de keukendeur; de deur waardoor ik me bijna illegaal toegang tot het huis had verschaft.

'Ik heb een reservesleutel,' legt ze uit. 'Ik houd een oogje in het zeil voor de familie. Of nou ja, vooral voor Jefferson.' Ze gebaart dat ik naar binnen kan gaan. 'Laten we maar eens op zoek gaan naar die aanwijzingen van je.'

Met een dankbare en verraste glimlach stap ik het huis in.

Het is een onwerkelijke ervaring om in Jeffersons keuken te staan. De ruimte is schoon en opgeruimd, op het onnatuurlijke af. Als een toonzaal.

Aubrey merkt mijn blik op. 'Na Jeffersons vertrek hebben ze het huis grotendeels uitgeruimd. Ze hebben maar een paar dingen laten staan, zodat het in elk geval niet zo kaal en leeg is voor potentiële kopers.'

Ik ben al op weg naar de deur van de kelder.

Die is donkergroen, zie ik nu. Er zit geen grendel op, maar ik zie wel gaten in het hout waar er ooit een gezeten zou kunnen hebben. Ik ga er met mijn duim overheen. De gaten voelen glad aan, niet ruw. Ergens in het verleden moet eroverheen geverfd zijn.

Ik vraag: 'Weet je toevallig hoe lang de grendel er al niet meer zit?'

'Geen flauw idee. Ik geloof niet dat ik ooit een grendel gezien heb.'

'Liggen Jeffersons persoonlijke spullen in de kelder?'

'Voor zover ik weet wel.'

Achter de deur leidt een houten trap omlaag. Halverwege trek ik aan een touwtje om het licht aan te doen. Nog voordat ik helemaal beneden ben, heb ik al gezien dat het hier zo vol staat met dozen en andere spullen dat de kelder in niets meer lijkt op hoe hij er destijds uitgezien moet hebben. Je kunt je kont nauwelijks keren, dus weinig kans dat ik hier iets interessants ga vinden.

Wat had ik eigenlijk verwacht?

Geen idee. Ik ben hier puur op instinct naartoe gegaan en nu weet ik het gewoon niet meer. Niets hier wijst erop dat er ooit iemand opgesloten heeft gezeten. Ik maak een van de verhuisdozen open en vind wat ingepakte wandornamenten. Door het bubbelplastic heen zie ik vaag de wijzerplaat van een klok. Er zoals deze doos zijn er nog tientallen. Het gaat weken duren om alles te bekijken en dan nog betwijfel ik of ik iets ga vinden. Zoveel tijd heb ik niet.

'Heb je hulp nodig?' roept Aubrey van boven.

'Bedankt, maar nee,' zeg ik terwijl ik gedachteloos met mijn vingertoppen over de lijst van een schilderij ga dat op een plank ligt. 'Ik ben wel klaar.'

'Nu al?'

Ik ga terug naar boven. 'Dit is tijdverspilling. Sorry voor de overlast.' Ik zucht gefrustreerd en gelaten. 'Het is er niet. Alleen wat dozen.'

'Wat is er niet?'

'Het bewijs dat ik zoek.'

'O,' zegt ze.

'Ik hoopte dat ik iets zou vinden wat zou bevestigen dat Jefferson iemand heeft opgesloten.'

Ze is geïnteresseerd, maar ook duidelijk slecht op haar gemak bij het idee. 'Waarom zou hij dat doen?'

'Goede vraag,' antwoord ik. 'Ik heb geen idee. Maar ik dacht dat het misschien om een van zijn kleinkinderen ging.'

'Nathan?'

'Nee, de oudste. Hoewel Nathan zo'n lul is dat ik het hem eigenlijk wel zou gunnen om opgesloten te worden.'

Ze heeft geen idee hoe ze moet reageren. Volgens mij maak ik haar bang.

'Wat ik bedoel,' leg ik uit, 'is dat Nathan simpelweg te jong is om in mijn profiel te passen. Ik heb het over zijn oudere broer. Misschien sloot Jefferson hém destijds op in de kelder.'

'Ik weet dat hij een lastig kind was, maar waarom zou zijn opa hem in de kelder opsluiten?'

'Omdat Jefferson een sadist is die ervan geniet om macht over mensen te hebben.'

'Sorry, maar dat geloof ik gewoon niet.'

'Het is maar een theorie,' geef ik toe. 'Misschien was het geen sadisme, maar gewoon de enige manier om die lastige kleinzoon onder de duim te houden. Wie weet hoe vaak dat soort dingen gebeuren? Misschien was die kleinzoon getraumatiseerd. Of misschien hoort hij bij de één procent van de mensen bij wie de insula anterior, de cortex cingularis anterior, de somatosensorische cortex of de rechter amygdala niet goed functioneren.'

Haar ogen verwijden zich. 'Pardon?'

'De gebieden in de hersenen waar we empathie ervaren,' leg ik uit. 'De mensen die daar een stoornis hebben, noemen we over het algemeen psychopaten. De meeste vormen gelukkig geen enkel gevaar, maar als iemand niet in staat is om empathie te voelen en ook nog eens op jonge leeftijd mishandeld is, dan is er een kans dat diegene later...'

'Een seriemoordenaar wordt.' Aubreys gezicht is asgrauw.

'Ik wilde zeggen: iemand wordt die het leuk vindt om anderen pijn te doen, maar inderdaad. Ik snap dat dit nogal rauw op je dak valt. Ik ben geen expert op het gebied van psychopathie, maar ik heb me er vrij grondig in verdiept. Waarschijnlijk is mijn theorie onzin, maar ik moet het zeker weten. Ik móét de andere kleinzoon vinden. Dus je zou me enorm helpen met alles wat je over hem kunt vertellen. Ik begrijp heel goed dat ik veel van je vraag. Je hebt al zoveel voor me gedaan.'

Met open mond staat ze alle informatie te verwerken. Pas na een paar tellen zegt ze: 'Ik heb Chris al jaren niet meer gezien. Eigenlijk al niet meer toen Jefferson hier nog woonde.'

'Chris?' Ik staar naar haar lippen, eerst nieuwsgierig, dan verwachtingsvol. 'Is dat toevallig kort voor Christian?'

'Dat zei Jefferson tegen hem, ja. Maar aan mij heeft hij zich voorgesteld als Chris. Afgezien van wat smalltalk heb ik nooit echt met hem gesproken, dus ik denk niet dat je veel verder kan helpen.'

Ik probeer me te herinneren wat Amy precies schreef over de Christian die ze in de bus had ontmoet. *Op dit moment is het niet belangrijk, maar later wel.*

Ze heeft nooit de kans gehad om op te schrijven waarom ze hem noemde, wat er belangrijk aan hem was. En toen zei Elizabeth tegen Ila dat er helemaal geen Christian was geweest. Maar als hij wél echt bestond, waarom vermeldt Amy dan niet dat hij de kleinzoon van haar oude buurman was?

Wacht, misschien wist ze dat niet. Niet op dat moment in elk geval. Misschien realiseerde ze het zich pas later.

'Arme Jefferson,' vervolgt Aubrey. 'Zo'n lieve oude man. Ik weet dat jij daar anders over denkt, maar dat vind ik echt. Hij had altijd veel verdriet om wat er van zijn kleinzoon is geworden.'

'Wat er van hem is geworden?'

Ze tuit haar lippen. 'Ja. Hij bleek echt een rotte appel te zijn.'

Ik slik en zeg: 'Weet je hoe ik die Christian... Chris kan vinden? Of kun je daar op de een of andere manier achter komen?'

Ik verwacht van niet, maar tot mijn verbazing zegt ze:

'Reken maar dat ik weet hoe je Chris kunt vinden. Zoals ik al zei: een rotte appel. Dus voor zover ik weet, zit hij nog steeds weg te rotten in de gevangenis.'

44

Het is een vermoeiende rit. Ik moet me ver buiten de stad wagen, in een gebied waar ik nog nooit geweest ben. Naarmate het landschap ongerepter en het weer slechter wordt, voelt het meer en meer alsof ik de beschaving achter me laat. De regen spoelt over de voorruit en ik moet mijn neus zowat tegen het glas drukken om af en toe door een helder, onvervormd gedeelte te kunnen kijken. De radio verliest voortdurend signaal. Melodieën die warm en soulvol zouden moeten zijn, haperen steeds weer. Teksten over liefde zijn teruggebracht tot onbegrijpelijke woordfragmenten en staccato lettergrepen.

De regen is als een gordijn dat is neergelaten tussen mijn werkelijkheid en een andere dimensie. Ik rijd door een sombere wereld zonder zon of hoop. Het is alsof de regen me vertelt dat ik hier niet thuishoor. Maar ik neem zijn waarschuwing niet in acht. Ik ga niet terug.

Ik ben op jacht naar Drie.

Ik laat me door niets tegenhouden.

Niet door de zware reis. Niet door het weer. Niet door de muren van de gevangenis, die bij het naderen zo hoog oprijzen dat ik me nietig als een mier voel.

Eenmaal binnen ben ik vrijwel meteen volkomen gedesoriënteerd. Alle gangen lijken identiek. Alle bewakers zien er hetzelfde uit. Ik knijp mijn ogen dicht tegen de overweldigende hoeveelheid koud tl-licht, dat genadeloos vanaf de plafonds omlaag straalt en weerkaatst wordt door de kale muren en vloeren. In de wachtkamer is het luidruchtig. Een baby krijst en volwassenen praten op schreeuwtoon. De wanhoop om me heen is haast tastbaar. En dan zijn dit nog de vrije mensen.

Ik kijk strak naar mijn voeten om de vele blikken te ontwijken. Ze voelen allemaal dat ik niet een van hen ben en ze willen mijn medelijden niet.

Dan ontstaat er commotie. Iedereen staat op en komt in beweging, praat druk door elkaar. Ik begrijp dat we ergens anders heen gaan. Misschien is er een instructie geschreeuwd die ik niet heb gehoord, of misschien is er ergens een lamp aangegaan. In elk geval loop ik maar mee. Ik ben te klein om iets anders te zien dan de mensen voor me en heb dus geen idee waar we naartoe gaan.

De volgende ruimte is groter. Het lijkt wel een kantine van een middelbare school, maar dan zonder eten. Er staan een hele hoop tafels en aan elke tafel zit een man in een oranje overall. De bezoekers verspreiden zich, banen zich een weg tussen de tafels door, op zoek naar man, vader, broer, zoon. De baby huilt nog harder dan eerst.

Ik kijk om me heen, op zoek naar iemand die ik nog nooit heb ontmoet. Hij zou werkelijk overal kunnen zijn.

Iemand legt een hand op mijn rug. Geschrokken draai ik me om.

Een bewaker torent boven me uit. Hij gebaart naar de verste hoek, waar een man onderuitgezakt in zijn stoel zit te wachten, de benen zo ver uitgestrekt dat de zolen van zijn goedkope gevangenisschoenen zichtbaar zijn. Zijn kin ligt op zijn borst, zodat ik zijn gezicht niet kan zien.

Is dit hem?

De bewaker wil me opnieuw een duwtje geven, maar ik voel er niets voor om aangeraakt te worden en dus beweeg ik met de nodige tegenzin richting de man in de hoek.

De baby is eindelijk stil, maar de begroetingen, vloeken en scheldwoorden om me heen klinken des te luider.

Mijn ogen zijn gericht op de man in de hoek, op zijn voorovergebogen gestalte, op de zolen van zijn goedkope schoenen, op zijn kruin. Zijn haar is kort geschoren en in het kille tl-licht licht zijn hoofdhuid wit op.

Ik knipper pas voor het eerst weer met mijn ogen als ik voor zijn tafel sta. 'Christian?'

Hij tilt zijn hoofd net genoeg op om me te kunnen zien. Zijn ogen zijn bleekblauw en bloeddoorlopen. Hij geeft geen antwoord op de vraag.

Hij is mager, op het uitgemergelde af. Hij heeft zichtbare aderen op zijn onderarmen. Onder zijn ogen staan donkere wallen. Zijn haar is dof en grijs. Hij lijkt in niets op Amy's beschrijving. Dat had ik natuurlijk kunnen verwachten. Het is twintig jaar geleden. Hij is niet meer de jonge, knappe man waar ze over schreef. Hij is nu van middelbare leeftijd. Afgeleefd. Verslagen door de keuzes die hij heeft gemaakt.

'Ik ben Eve,' zeg ik. Iets anders kan ik niet verzinnen.

'Dat stond op het formulier, ja' antwoordt hij. 'Niet dat ik een Eve ken, maar ik had toch niets beters te doen.'

Alle duizend vragen die ik wilde stellen, zijn uit mijn hoofd verdwenen. Als een slaapwandelaar sta ik bij zijn tafel.

'Dat ding staat er niet voor de sier hoor.'

Nu pas zie ik de stoel. De metalen poten trillen en zwiepen als ik hem onder de tafel vandaan trek, waardoor er onplezierige trillingen door mijn arm gaan. Ik laat me op de stoel zakken, langzaam en onhandig, alsof ik bang ben dat hij mijn gewicht niet houdt.

Christian kijkt me uitdrukkingsloos aan.

Zodra ik zit, begin ik van de zenuwen met mijn handen te friemelen, waardoor ik me pijnlijk bewust van mezelf word. Daarom leun ik voorover, leg mijn onderarmen op tafel en stop mijn vingers tussen mijn ellebogen om ze stil te houden.

'Als je nog iets wilt zeggen, moet je opschieten,' zegt hij. 'Ik hoef nog maar negen maanden.'

'Bedankt dat je me wilde spreken. Dat waardeer ik.'

'Wat is er zo belangrijk?'

'Misschien klinkt het raar wat ik ga zeggen, maar...'

'Dat zal wel meevallen. Volgens mij ben je zelf raar. Dus wat je gaat zeggen, is voor zo'n raar iemand vast heel normaal.'

Ik slik. 'Herinner je je een meisje dat Amy heette en lang geleden naast je opa woonde?'

'Over hoe lang geleden hebben we het?'

'Ruim twintig jaar.'

Hij is zoals gezegd erg mager. Er komen tientallen vouwen in zijn gezicht als hij grijnslacht. 'Ik weet niet eens meer wat ik vanochtend heb gedaan, laat staan twintig jaar geleden. En we doen hier elke ochtend hetzelfde, kun je nagaan.'

'Ze had een zus, Maya, die een oogje op je had. Ze is later verongelukt met de auto.'

Er verschijnt een blik in zijn ogen die me doet denken dat hij het zich begint te herinneren. Misschien niet tot in detail, maar ik heb goede hoop dat er iets boven begint te komen wat diep in zijn hoofd begraven lag.

'En verder?' vraagt hij.

'De ouders van Amy en Maya maakten een paar jaar later een einde aan hun leven. Amy ging studeren. Je grootvader, Jefferson, was dol op haar. Op dat hele gezin trouwens.'

'Die ouwe zak heb ik al in geen eeuwen meer gezien.'

'Maar jij en Nate kwamen er vroeger toch vaak?'

'Jawel. Maar waarom wil je dat weten?'

'Was hij een fijne opa? Was hij lief voor jullie of...?'

'Wat? Of hij lief was? Waar de fuck heb je het over?'

'Iemand bij hem in het verzorgingshuis zei dat hij gemeen is, dat hij medebewoners opsluit op hun kamer of in een kast.'

Ik hoop in zijn ogen een teken van herkenning te zien. Maar ik zie alleen verwarring. En vervolgens vergenoegdheid.

'Van wie heb je dat gehoord? Een of andere seniele bejaarde?' smaalt Christian. 'Mooi is dat. Wat voor onzin heb je nog meer voor me?'

Ik besluit van onderwerp te veranderen. Al weet ik niet of ik hem nu moet geloven of die verschrompelde oude vrouw met haar felgroene ogen. Qua leeftijd zou Christian Drie kunnen zijn. Het probleem is dat hij in de gevangenis zit. Dus wil ik weten: 'Hoe lang zit je hier al?'

'Acht jaar en een beetje. Hoezo?'

Ik adem lang uit. Het is geen zuchten, maar meer het loslaten van alle opgebouwde spanning. Hij is Drie niet. Hij kan mijn ouders of mijn zus niet vermoord hebben. En hij kan dus ook niet degene zijn die mij gaat vermoorden als mijn tijd er over een paar weken op zit.

'Maar herinner je je Amy en Maya?'

Hij haalt demonstratief zijn schouders op. 'Misschien dat er inderdaad meiden naast ons woonde. Misschien kende ik ze. Misschien ook niet.'

'Alsjeblieft,' zeg ik. 'Ik móét het weten.'

'En dus? Wat heb ik ermee te maken dat jij iets moet weten?'

Hij kijkt om zich heen om te zien waar de dichtstbijzijnde bewaker is. Ze lopen hun ronde door de gangpaden tussen de tafels.

Ik zeg: 'Je zei zelf dat je toch niets beters te doen hebt.'

'Vooruit dan maar,' zegt hij. 'Ja, ik weet het nog. Naast mijn opa woonden twee leuke zusjes. Amy en Maya, Maya en Amy. En dus? Ik was nog maar een kind. Had mijn pikkie nog nooit natgemaakt. Niet dat ik niet wilde hoor.'

Ik haal opgelucht adem. 'En heb je op de universiteit gezeten?'

Op zijn gezicht verschijnt opnieuw een glimlach. 'Ja, klopt. Het is nu moeilijk te geloven, maar ooit was ik best slim. In die tijd zag je me nooit zonder boek. Fuck, dat is lang geleden. Ik kan het me niet eens meer voorstellen. Alsof ik naar een documentaire over iemand anders kijk. Als een soort alternatieve dimensie, ken je dat? Een spiegelbeeld.'

Nee, dat ken ik niet. Maar ik knik.

'Ik was geen nerd hoor.' Hij glimlacht bij de herinnering. 'Nee, dat niet. Ik was cool én slim. Ik was cool omdat ik slim was. En bijdehand dat ik was! Ik was zo fucking bijdehand omdat ik zo fucking slim was... Dat was mijn superkracht. Ik was zo slim dat ik alles kon doen wat ik wilde. Ik kon zelfs drugs gebruiken zonder mijn leven te verkloten, zoals al die domme junkies. De sukkels. Nee, daar hoorde ik niet bij.' Hij buigt zich wat naar voren en ik doe hetzelfde. 'Maar even onder ons,' zegt hij rustig, terwijl hij om zich heen gebaart. 'Het ziet er toch naar uit dat ik mijn intelligentie een beetje heb overschat. Eigen schuld. Ik moest mijn pa zo nodig laten zien dat ik geen loser was.'

‘Heb je Amy later nog eens ontmoet? In de tijd dat je je PhD deed, om precies te zijn?’

‘Dat heb ik niet eens een jaar volgehouden.’ Hij schudt zijn hoofd en wendt zijn ogen af. Om deze herinnering valt kennelijk niet te glimlachen. ‘Ik dealde toen al. Ik dacht dat ik het deed om mijn studie te bekostigen. Maar ik hield mezelf voor de gek. Ik verkocht die troep zodat ik het zelf kon gebruiken. Ik was de koning van de campus. Of ze nu in wiet of pillen deden, alle dealers haalden hun spul bij mij.’ Hij krabt met al zijn vingers tegelijk over zijn hoofdhuid in een plotseling, woest gebaar. Hij gromt. ‘Vroeger vond ik cijfers echt cool. Fuck zeg, wat voor iemand wás ik toen? Serieuze vraag, ik weet niet meer wie ik ben. Tegenwoordig kan ik niet eens meer een sudoku maken. Het is alsof dat deel van mij ergens op een plek in mijn hoofd is weggestopt waar ik niet bij kan.’

Hij stopt even met praten. Ik weet niet goed wat ik moet zeggen.

Maar dan gaat hij weer verder. ‘Maar ik vind het niet erg meer om stom te zijn. Ik weet dat ik mezelf vergiftigd heb. Zo gaan die dingen. Niets aan te doen. Het punt is dat ik wéét dat het slimme deel van mij daar nog ergens zit. Het is niet weg. Ik kan het alleen niet terughalen.’ Hij kijkt opzij. ‘Het liefst zou ik gewoon vergeten wie ik ben geweest, zodat ik niet tot mijn dood elke dag hoef te leven met het besef dat ik diegene nooit meer kan zijn.’

Hij veegt zijn ogen af met zijn mouw. Het duurt even voordat hij weer naar mij kan kijken.

‘Het spijt me,’ zeg ik.

‘Hoezo spijt het jou? Je hebt die fucking pijp toch niet in mijn handen gestopt?’

Ik reageer niet. Ik geef hem even de tijd om zich te vermannen. Uiteindelijk gaat hij weer rechtop op zijn stoel zitten en staart me aan. Hij lijkt boos. Ik realiseer me dat hij zich schaamt dat hij in mijn bijzijn heeft gehuild. Waarschijnlijk toont hij niet graag zwakte in de gevangenis, waar kracht je grootste goed is. Hoe dan ook, het is mijn schuld. Ik heb hem dit aangedaan. Zijn hele houding straalt ineens een intense afkeer uit en ik ben bang dat hij me naar de keel gaat vliegen. Ik probeer mijn angst niet te tonen. Ik probeer me goed te houden.

Hij knippert niet met zijn ogen. 'Zijn we klaar?'

'Ik heb nog een paar vragen. Alsjeblieft. Het is echt belangrijk.'

'Waarom? Wat moet je toch van me? Waarom is het in godsnaam zo belangrijk wie ik twintig jaar geleden was of wie ik toen kende? Shit man, *who cares*? Hoezo komt iedereen ineens hiernaartoe om het verleden op te rakelen?'

'Pardon? Wat bedoel je met "iedereen"? Is er nog iemand je komen opzoeken? Heeft iemand anders gevraagd naar Amy? Wie?'

Er spreekt plotseling veel te veel felheid uit mijn toon. Hij voelt mijn wanhoop en begrijpt dat hij ermee kan spelen. 'Misschien wel iemand zoals jij.'

'Wie dan?'

Hij kijkt me strak en zonder met zijn ogen te knipperen aan. 'Misschien óók iemand die het allemaal dacht te begrijpen.'

'De regel van drie,' stamel ik. 'Wie is er nog meer naar komen vragen? Waarom?'

Hij doet zijn mond open om te antwoorden. Ik wil zo graag horen wat hij te zeggen heeft dat ik me onbewust vol spanning naar voren buig.

Dan doet hij zijn mond langzaam weer dicht, laat opzettelijk zijn tanden op elkaar tikken, puur om mij te treiteren. Hij leunt achterover en kijkt over zijn schouder naar de dichtstbijzijnde bewaker.

'Yo,' roept hij naar de bewaker. 'We zijn klaar hier. Ik ken deze meid niet. Ze heeft zich gewoon naar binnen gebluft.'

De bewaker kijkt me argwanend aan en komt dichterbij. Een paar gevangenen in de buurt lijken het allemaal bijzonder komisch te vinden. Hij geniet gewoon van de aandacht, de zak.

'Nee,' zeg ik tegen Christian. 'Alsjeblieft. Ik wilde je niet boos maken. Ik wilde niet...'

'Pff, ik ben niet boos. Zoveel macht heb jij niet.' Hij is inmiddels een en al arrogantie. Overcompenserend. 'Ik vond dit gesprek gewoon saai worden.'

De bewaker komt dichterbij. Ik voel mijn kansen vervliegen met elke stap die hij zet.

'Ik doe alles wat je wilt,' dring ik aan, 'maar zeg alsjeblieft of je Amy ooit hebt ontmoet in de bus tussen de campus en de stad. Ben je haar letterlijk tegen het lijf gelopen?'

Langzaam wordt zijn houding minder arrogant. Ik lees nieuwsgierigheid in zijn blik

'Ze viel toch tegen je aan? Ze vertelde je dat ze onderweg was naar de kerk. Jullie herkenden elkaar op dat moment niet van vroeger. Maar later wel, of niet soms?'

Hij snuift spottend. 'Dat boeit toch geen hond?'

'Mij wel,' schreeuw ik. 'Mij boeit het wel. Zeg het. Waarom zeg je het niet? Zeg het!'

Ik ben waarschijnlijk tot in de verste uithoeken van de zaal te horen. De bewaker versnelt zijn pas. Nog een paar seconden.

'Je bent gestoord, jij,' zegt Christian glimlachend. Hij smakt met zijn lippen. 'Nog gestoorder dan Amy zelfs. Van een bus weet ik niets, maar toen het eenmaal weer dikke mik was tussen ons... *Damn*, wat een beest was ze.'

Mijn mond valt open.

Er glinstert iets in zijn ogen. De gebruikelijke arrogante blik is terug. De kracht die hij even kwijt was toen hij moest huilen is terug

'Dus je kende haar.' Ik schreeuw niet meer. Ik ben zo geschokt dat ik alleen nog kan fluisteren.

De schaduw van de bewaker valt over me heen. 'Mevrouw, het is tijd om te gaan.'

Christian haalt nog een keer overdreven zijn schouders op. 'Mijn beste klanten vergeet ik nooit.'

Hij knipoogt naar me. Die zak knipoogt.

Voor ik het zelf besef, reik ik over de tafel heen en grijp hem bij zijn overall. 'Wat weet je over haar dood?' De bewaker grijpt me van achter vast. 'Wat weet je? Wat weet je? Wát wéét je?!'

De bewaker trekt me van hem af en ondertussen zit hij maar te lachen. Hij zegt pas weer iets als ik weggesleurd word, krijsend en om me heen maaiend. Maar hij maakt geen geluid. Zijn mond vormt de woorden, zodat alleen ik ze begrijp.

Ik weet dat jij de volgende bent, zegt hij.

45

Ik word door een stel bewakers de gevangenis uit begeleid. Pas als ik weer achter het stuur zit, laten ze me met rust. De eerste tijd kan ik mezelf er niet toe brengen de motor te starten. Met mijn handen op het stuur zit ik maar wat de ruimte in te staren. Ik probeer me het hele gesprek te herinneren. Alles wat ik heb gezegd, alles wat Christian heeft gezegd. Ik ben doodsbang dat ik ook maar het kleinste detail vergeet. Het allerliefst had ik het gesprek natuurlijk opgenomen, maar ik moest mijn telefoon bij de ingang inleveren.

De reden dat ik zo fanatiek mijn best doe om me alles te herinneren, is vanzelfsprekend omdat er talloze vragen door mijn hoofd gieren. Hoe weet Christian dat ik de volgende ben? Wie is hem nog meer komen opzoeken om naar Amy te vragen? Waarom zei Elizabeth tegen Ila dat zíj Amy die dag naar de kerk had gebracht? Ik zal nooit een antwoord vinden op deze vragen als ik vergeet wat Christian gezegd heeft. Of wat hij niet gezegd heeft.

Een klootzak, maar als hij in de gevangenis zit, kan hij Drie niet zijn. Dus hoe weet hij dat ik de volgende ben? Heeft hij er gewoon naar geraden? Misschien heeft hij het zelf uitgevogeld? Zag hij mijn angst en wanhoop en vond hij het leuk om me te treiteren? Wat heeft hij al die jaren geleden van Amy gehoord?

Het is al bijna donker als ik eindelijk wegrijd, met boven me een grijze, laaghangende bewolking waaruit het aan één stuk door regent.

Pas als ik bijna terug in de stad ben, realiseer ik me wat ik moet doen. Ik zet meteen de auto aan de kant en zoek mijn telefoon.

Hij neemt direct op.

'Met Lestrange.'

'Twee jaar geleden zei u dat als u me kon helpen, u dat zou doen.'

'Met wie spreek ik?'

'U zou me ogenblikkelijk helpen, zei u. Weet u nog dat u dat gezegd hebt?'

Een pauze. 'Dat weet ik nog.'

'Dan is dit het moment,' zeg ik. 'Ik heb een lijst nodig van mensen die een bepaalde gevangene hebben bezocht. Kunt u daaraan komen?'

'Als het relevant is voor een zaak waar ik aan werk, zeker. Anders niet. Dan wordt het lastig.'

'Het is relevant voor meerdere zaken.'

'Gesloten zaken.'

'Die niet gesloten zouden moeten zijn. Ze zijn destijds alleen maar gesloten omdat niemand de moeite heeft genomen om zich er écht in te verdiepen.'

'Volgens mij hebben we het hier al eens over gehad.'

Er klinkt een subtiele neerbuigendheid in zijn stem. Ik denk dat ik al blij moet zijn dat hij niet ophangt.

'Wilt u me helpen of niet?'

'Waar gaat dit over?'

'Gaat u doen wat u beloofd hebt of niet?'

'Ik ben een man van mijn woord.' Hij klinkt vermoeid. Ik

weet niet of hij moe is in het algemeen of vooral van mij. 'Maar dat betekent niet dat ik zomaar alles doe wat iemand zegt dat ik moet doen.'

'Ik zeg niet dat u het moet doen. Het is een vraag. Ik vraag u om het beetje hulp dat u beloofd hebt, al vertikte u het destijds om me écht te helpen.'

'Ik weet dat je veel hebt meegemaakt en...'

'Ik héb niet veel meegemaakt. Ik maak het nóg mee.'

'Je maakt veel mee,' zegt hij. 'Dat begrijp ik. Ik heb zelf ook genoeg gezeik, elke dag weer. Het went, maar dat maakt nog niet dat ik het leuk vind. En al helemaal niet dat ik mijn werk er beter van ga doen.'

'Wilt u dat ik het aardiger vraag? Dat ik u op mijn knieën smeek? U kunt me niet zien, maar als het nodig is, dan doe ik dat.'

Hij geeft geen antwoord.

Ik ben woedend. Waarom helpt hij niet gewoon?

'O, wacht, u wilt er iets voor terug.' Mijn woede brengt een gemeenheid in me naar boven die ik niet verwacht had. 'Zal ik aan uw verschrompelde oudemannenpik zuigen? Is dat wat u wilt? Prima. Dan doe ik dat. Dan kom ik er meteen aan. We kunnen het in mijn auto doen, niemand hoeft erachter te komen. Als ik u alleen aan uw belofte kan houden door u te bevredigen, geen probleem hoor.'

Geen reactie. Ik hoor enkel zijn ademhaling. Misschien slikt hij iets weg. Gaat hij even verzitten.

Dat hij niet boos wordt, maakt me eerst alleen maar kwader. Ik wil dat hij mijn woede beantwoordt met zijn eigen woede, zodat ik hem kan haten zoals ik Christian haat en Johnathan en die zak van een vader van me en elke andere man aan wie ik precies niets heb gehad.

Maar dan word ik bang.

Hij zou makkelijk kunnen ophangen. Waarom hangt hij niet op? Ik had dat in zijn plaats al lang gedaan. Serieus, hij kan me elk moment wegdrukken en nooit meer opnemen als ik bel.

Ik begin te trillen.

'Alstublieft,' zeg ik, terwijl ik probeer te voorkomen dat mijn stem overslaat. 'Ik heb u al die tijd nooit iets gevraagd. Alleen dit. Eén onbeduidend verzoek. Een lijst met namen, meer niet. Of het nou uw zaak is of niet, u kunt de gevangenis toch even bellen? U kunt het toch vragen? U kent daar vast mensen die met een paar muisklikken die lijst kunnen uitdraaien. En zelfs al kent u er niemand, kom op, u bent van de politie. Natuurlijk helpen ze u. Zeker omdat het in een halve minuut bekeken kan zijn. Het stelt niets voor. Mensen doen elkaar wel duizend keer per dag dit soort kleine gunsten. U had al klaar kunnen zijn in de tijd die het me kost om deze zin uit te spreken. Alstublieft.'

Ik staar naar mijn spiegelbeeld in de achteruitkijkspiegel. Ik haat het gezicht dat naar me terugkijkt. Haar ogen zijn rood. Haar wangen zijn nat. Ze is zwak. Ze is wanhopig. Ze is meelijwekkend. Ze dacht dat ze dit wel alleen afkon.

Ze is een ongelooflijke prutser.

Ik haat haar nog meer dan ik hem haat.

'Oké,' zegt Lestrange na een eeuwigheid. 'Geef me de details.'

Dat doe ik. Maar ik bedank hem niet.

'Ik bel je vanavond terug op dit nummer.'

Hij hangt op.

Ik schreeuw.

Niet van angst of woede of pijn, maar uit een soort van bevrijding. Ik schreeuw om alle stress te laten ontsnappen die zich de afgelopen twee jaar in me heeft opgehoopt. Al die tijd heb ik gedaan alsof ik best om kon gaan met de druk. Alsof ik de stress kon wegstoppen tot het allemaal voorbij was. Gillend ram ik met mijn vuisten op het stuur. Ik sla op de claxon. Ik geef de deur een elleboogstoot. Ik stomp tegen het dak. Ik beuk met mijn achterhoofd tegen de hoofdsteun. Ik schop tegen de pedalen.

Ik weet niet hoe lang ik schreeuw. Maar ik heb een rauwe keel en pijnlijke handen als ik stop.

De ramen zijn beslagen.

Zo blijf ik een hele tijd zitten. Zonder te denken. Gewoon zitten. Ademen. Ik controleer of mijn telefoon nog genoeg batterij heeft en of hij niet per ongeluk op stil staat. Ik check of de trilfunctie is ingeschakeld en of het belsignaal zo hard mogelijk staat. Ik zie een paar vettige vlekken op het scherm, dus haal ik mijn mouw er even overheen. Ik weet dat ik mijn telefoon weg moet leggen, maar het lukt me niet. Ik ben veel bang dat ik Lestranges telefoontje misloop. Ik móét mijn telefoon voortdurend in het oog houden. Als ik hem bijvoorbeeld in mijn zak stop, belt hij niet. Ik weet het zeker.

Ik leg het toestel op mijn linkerbovenbeen, het scherm naar me toe gericht, zodat ik alleen maar even omlaag hoef te kijken om hem te zien.

Zo rijd ik naar de enige plek waar ik me veilig voel.

Ik rijd naar de kerk en naar mijn noodlot.

46

Ik ben er niet echt bij. Er dringt niets tot me door van wat er gezegd wordt. Ik zit op zo'n ongemakkelijke plastic stoel, telefoon in de hand. Met mijn andere hand pluk ik aan mijn lippen. De pijn helpt me de stress te beheersen, die zo hoog is dat alleen deze methode nog werkt. Ik druk mijn duimnagel met zo'n kracht in mijn onderlip dat de tranen in mijn ogen springen. De pijn is haast ondraaglijk. Dit is wat ik nodig heb. Alleen dit kan me helpen.

Ik weet dat ze naar me kijken, maar het kan me nu niet schelen. Natuurlijk zijn mijn gescheurde, bebloede lippen walgelijk om te zien. Vroeger vond ik het afschuwelijk als mensen me zo zagen. Niet alleen omdat ik er nu eenmaal niet onsmakelijk uit wilde zien, maar vooral omdat ik niet wilde dat iemand wist dat ik zoiets smerigs deed.

Wij lippenplukkers zijn nu eenmaal paria's. De maatschappij vindt zelfbeschadiging alleen aanvaardbaar als je er niet mee te koop loopt. Van jongs af aan leer je dat je je pijn moet wegstoppen, dat je je moet schamen voor je lijden. Niet huilen. Alles is oké. Je bent toch een grote meid? We krijgen al zoveel voor onze kiezen als mensheid en dan is het ook nog de bedoeling dat we ons er zonder klagen doorheen slaan. Stel je voor dat een ander zich ongemakkelijk voelt om jouw pijn, verdriet of armoede.

Doodgaan? Achter gesloten deuren graag.

Laat de buren er geen last van hebben.

Er zijn geen nieuwelingen vanavond. Geen Jonathan. Geen man van de juiste leeftijd. Geen Drie.

Dit is de enige plek waar ik veilig ben en nog steeds voel ik angst.

Ik ben zo dicht bij Drie dat ik hem bijna in mijn nek voel hijgen. Ik ben bang dat hij precies weet wat ik doe. Ik denk aan die auto die bij Amy's huis geparkeerd stond. Wist Drie welke stappen ik zou nemen?

Ik weet dat jij de volgende bent, waren de woorden die Christian vormde met zijn mond.

Heeft Ila hem destijds verteld wat ze doormaakte? Vond hij het daarom nodig om me zo te bespotten? Misschien had ze zijn connectie met Amy ontdekt en heeft ze alleen nooit de kans gehad om er iets over op te schrijven. Ila was immers de eerste die begreep dat degenen die haar voorgingen niet waren gedood door een bovennatuurlijke macht, maar door een persoon.

Hij heeft er daarentegen geen idee van dat ik op de hoogte ben van zijn bestaan.

Zou ze nog meer ontdekt hebben wat ze nooit heeft kunnen doorgeven? Net als bij Amy was er meer aan de hand dan ze heeft opgeschreven. Wat eigenlijk best opvallend is. Van beide meisjes stopt het dagboek precies op het moment dat duidelijk wordt dat ze meer te vertellen hebben. Dat zit me niet lekker. Het is een beetje té symmetrisch.

O god, bestaan er misschien dagboekdelen die ik nooit gelezen heb? Hebben ze meer geschreven dan ooit gevonden is?

Hebben ze Christian meer verteld dan ze mij hebben verteld?

Het lijkt me best aannemelijk dat Amy hem heeft verteld

in welke situatie ze zat. En Ila ook, of anders heeft hij er na haar dood wel via Nate over gehoord. Best kans dat Christian al vermoedde dat het volgende meisje hem uiteindelijk zou opzoeken.

Nee, hij leek veel te zeker van zijn zaak toen hij me bespotte. Hij weet meer over de regel van drie dan hij laat merken. Misschien kan een van die andere bezoekers me helpen.

Wat zei hij ook alweer? Iemand anders die het ook allemaal dacht te begrijpen? Betekent dat dat er nog iemand is die net als ik research doet naar Drie? Wat zou diegene ontdekt hebben wat ik nog niet weet?

Ik kan alleen maar hopen dat Lestrange niet met een enorm lange lijst bij me terugkomt. Ik heb niet veel tijd meer om dit raadsel op te lossen.

In gedachten speel ik het gesprek met Christian opnieuw af en leg elk woord op een goudschaaltje. Zijn PhD. Zijn drugsgebruik. De voldoening die zijn intelligentie hem schonk. De wetenschap dat deel van hem verdwenen is en nooit meer terugkomt.

Ik moest mijn pa zo nodig laten zien dat ik geen loser was.

Zijn pa! Wie is dat? Wie is de vader van Christian en Nathan? Wie is Jeffersons zoon?

'Shit,' sis ik. En op dat moment zet ik mijn nagel zo diep in mijn lip dat ik het uitschreeuw van de pijn.

Alle hoofden draaien naar mij.

Stephanie vraagt: 'Alles oké, Eve?'

Ik knik veel te enthousiast. Ze gelooft me niet.

'Wil je ons eens vertellen wat je bezighoudt?'

'Ik was nog niet klaar,' zegt Alejandro.

Sal snuift. 'Laat me raden. Er is iemand op kantoor door

wie je je niet genoeg gewaardeerd voelt en je weet niet hoe je dat moet uiten. We gaan dit drie kwartier uitgebreid bespreken en dan kom je tot de conclusie dat je alleen maar even met je collega hoeft te praten.'

Hij grijnst als een idioot.

'Kop dicht,' zegt Alejandro, terwijl hij hem een stomp op zijn arm geeft. 'Reageer je blauwe ballen nou niet op mij af. Alsof het mijn schuld is dat je vriendin niet vaker de voorbinddildo tevoorschijn haalt?'

Sal geeft Alejandro lachend een mep terug.

Iedereen in de groep moet grinniken om hun openlijke geflirt, behalve Stephanie en ik. Ze kijkt me nog steeds onderzoekend aan. Het is overduidelijk dat iets me bezighoudt. Het ontgaat haar niet dat ik mijn telefoon vastklem alsof mijn leven ervan afhangt, wat natuurlijk ook zo is.

'Niets aan de hand,' zeg ik voordat ze iets kan vragen. 'Ik verwacht een belangrijk telefoontje.'

Ze glimlacht geruststellend. 'Als je klaar bent om te praten, dan zijn we er voor je.'

Ik was helemaal niet van plan om te praten, maar tot mijn eigen verrassing doe ik het toch.

'Hebben jullie ooit ergens zo diep in gezeten dat je elk gevoel voor perspectief kwijt was?'

'Dat hangt van mijn date af,' zegt Alejandro.

Stephanie maakt hem met haar ogen duidelijk dat dit niet het moment is voor grapjes.

Ik ga verder: 'Ik ben bezig met ... tja, een soort project. Een langetermijnproject. Al dik twee jaar. En nu is het einde in zicht. Ik heb me uit de naad gewerkt. Twee jaar lang heb ik er mijn hele ziel en zaligheid in gestopt.' Mijn nagel drukt hard in mijn lip. ‘En nu twijfel ik ineens aan alles wat ik heb bereikt. Het lijkt er steeds meer op dat ik op het verkeerde paard heb gewed. Ik ben als een planetoloog die haar hele leven Pluto heeft bestudeerd en er dan achter komt dat het geen planeet is.’ Ik moet bijna lachen om mezelf. ‘Weet je? Ik heb het zo erg verkloot dat ik net zo goed twee jaar op mijn reet had kunnen blijven zitten. Dan was ik net zo ver geweest als nu.’

‘Zelftwijfel is heel normaal,’ zegt Stephanie na een moment stilte. ‘We hebben het allemaal weleens. Hoe meer je in iets investeert, hoe belangrijker het voor je is, hoe groter de angst dat het mislukt. Zelfvertrouwen hebben betekent niet dat je nooit aan jezelf twijfelt. Het betekent dat je de twijfel erkent, maar dat je je er niet door laat afschrikken.’

‘Zo ben ik,’ antwoord ik. ‘Zo ben ik precies. Zo wás ik, moet ik eigenlijk zeggen. Ik ben al die tijd enorm vastberaden geweest. Ik verdomde het om aan mezelf te twijfelen. Om me te laten afschrikken. Tot nu.’

Stephanie knikt. ‘Misschien kunnen we je beter helpen als je ons vertelt wat er is. Wat is dat voor project waar je al die tijd aan hebt gewerkt?’

‘Dat kan ik niet zeggen. Het klinkt vast heel belachelijk. Straks denken jullie nog dat ik gek ben.’

‘Nee hoor,’ zegt Alejandro.

‘Echt niet,’ voegt Sal eraan toe. ‘Er wordt hier niet geoordeeld. Dat zou je zo onderhand toch moeten weten.’

Zal ik het doen? Zal ik erover praten?

Ik kijk naar de groep, naar de bekende en wat minder bekende gezichten en ten slotte naar Stephanie, Alejandro en Sal en ik voel me schuldig dat ik zo’n groot deel van wie ik ben voor deze mensen verborgen houd. Ze zijn als familie voor me en geven meer om me dan mijn eigen ouders ooit hebben gedaan, maar al die tijd heb ik tegen hen gelogen. Niet direct, maar ik heb hun willens en wetens belet om me echt te leren kennen. En dat terwijl ze me alleen maar proberen te helpen.

Ook nu.

'Oké,' zeg ik. 'Hebben jullie weleens gehoord van de regel...'

Precies op dat moment gaat mijn telefoon over. Ik schrik zo hevig dat ik het ding bijna laat vallen.

Ja hoor, het is Lestrange.

'Sorry,' zeg ik tegen de groep. 'Ik moet deze opnemen.'

De poten van mijn stoel schuiven piepend over de vloer. Mijn handelingen zijn schokkerig en ongecoördineerd, zo'n haast heb ik.

'Sorry,' zeg ik weer, terwijl ik op weg ben naar de deur. 'Ga maar verder zonder mij.'

Ook Stephanie staat op. Ik voel me een beetje schuldig omdat dat vanwege haar wandelstok vrij moeizaam gaat. Het lijkt of ze iets gaat zeggen, me wil terugroepen misschien, maar daar kan ik niet op wachten. Ik duw de deur naar de gang open en neem de telefoon op. Dit is het gesprek waar mijn leven van afhangt.

'Ja?' is het enige wat ik kan uitbrengen.

'Eve? Lestrange hier.'

'Ja, ja. Bedankt voor het terugbellen. Wat bent u te weten gekomen? Hebt u de lijst?'

Ik loop richting de uitgang. Ik wil naar mijn auto. Mijn mond is droog. Ik merk dat er bloedkorstjes zitten onder de duimnagel waarmee ik in mijn onderlip heb zitten kerven.

'Ja, ik heb iemand van de gevangenis gesproken. Ze gaan me de namenlijst sturen, al weet ik niet of je daar veel aan zult hebben. Die Christian heeft nooit veel bezoek gehad, ook niet de allereerste keer dat hij moest zitten. Dit is namelijk niet de eerste keer dat hij is veroordeeld voor een drugsdelict. Op jou en zijn advocaat na heeft hij maar één andere bezoeker gehad.'

Ik verwacht dat hij zal zeggen dat het om Nathan gaat. Ik duw de buitendeur open en stap de regen in. Mijn auto staat vlakbij.

'De enige andere persoon die Christian ooit heeft bezocht,' gaat hij verder, 'is een vrouw. Ene Dougherty, Elizabeth S.'

Ik sta stokstijf. Regen klettert op mijn hoofd.

Elizabeth... Dat moet Amy's beste vriendin zijn. En Ila's docent. Hoe had ik ooit kunnen denken dat zij niet verbonden zou zijn met míjn verhaal? Dougherty zal de naam van haar man zijn. Of ze heeft haar naam veranderd. Irrelevante details op dit moment, want ik wil maar één ding weten:

'Wanneer?'

'Even kijken... Ik dacht al wel dat je niet zou willen wachten tot ik de lijst in handen had, dus ik heb alvast wat aantekeningen gemaakt... Ik ben bang dat ik niet alles heb opgeschreven, maar drie dagen geleden was ze er voor het laatst.'

Zeer recent dus. Vlak voordat ik van Christians bestaan en huidige verblijfplaats hoorde.

'Geeft ze nog steeds les? Aan welke universiteit?'

'Dat soort details houden ze niet bij van bezoekers.'

'Dat snap ik,' zeg ik. 'Maar u kunt er vast achter komen. U bent toch op het bureau, ook al is het laat? Ik hoor uw toetsenbord klikken.'

'Ik weet niet of dat helemaal ethisch is. Ze is een burger en heeft recht op privacy, net als jij.'

'Zoek haar op en ik bel u nooit meer. Dat beloof ik. Ik zal nooit meer om iets anders vragen. Hand op mijn hart.'

‘Dit is echt het laatste wat ik voor je doe,’ zucht hij gelaten.

‘Bedankt,’ zeg ik terwijl ik luister naar zijn getyp.

‘Nee,’ zegt hij na een moment. ‘Voor zover ik kan zien geeft ze geen les meer. Ze is nu therapeut. Ze leidt gespreksgroepen.’

Rillend over mijn hele lijf vraag ik: ‘Waar staat de S voor?’

47

Elizabeth Stephanie Dougherty.

Ze was in Amy's leven, in dat van Ila... en blijkbaar ook in het mijne. Ik had het kunnen verwachten. Elizabeth is degene die Amy op haar pad naar zelfvernietiging heeft gezet. Zij had dat voorgevoel. Zij had Amy verteld dat het onheil altijd in drieën komt. En dat ze niet geloofde dat Amy vervloekt was, kwam natuurlijk omdat ze wist hoe het echt zat. Ook was Elizabeth degene die Ila het dagboek van Amy gaf en de laatste persoon met wie Ila sprak. Het was Elizabeth die tegen Ila loog over het feit dat ze Amy naar de kerk had gebracht. En het was dus Elizabeth die Christian opgezocht heeft in de gevangenis.

Wat heeft ze nog meer gedaan?

Mij bestuderen, dat heeft ze gedaan. Ik heb me elke week voor haar opengesteld. Niet dat ik in de groep ooit over mijn situatie heb verteld. Maar ik ben altijd transparant en open geweest over mijn mentale toestand, mijn vertrouwensproblemen, mijn paranoia, mijn obsessieve aard, mijn pijnlijke familiegeschiedenis, mijn verdriet. Ik moet het haar nageven: ze is alles over me te weten gekomen. Het was de perfecte manier om mijn vertrouwen te winnen.

De perfecte manier voor Drie om in mijn nabijheid te komen.

Ik zat er dus toch naast met mijn theorie dat Drie een man zou zijn. En zoals ik al dacht dat zou gebeuren voel ik me nu vreselijk dom. Maar ik hoef in elk geval niet bang te zijn dat ik het onderspit delf als het op vechten aankomt. Ze kan niet eens lopen zonder stok.

Ik vraag me ineens af of ze die wandelstok wel echt nodig heeft of dat hij puur voor de show is? Om zwak te lijken? Om voor niemand een bedreiging te vormen?

Volkomen doorweekt ga ik weer naar binnen.

Met elke voetstap laat ik een waterige voetafdruk achter op het linoleum.

Als ik de klapdeur van het zaaltje langzaam openduw, kijkt alleen Stephanie even mijn kant op. In die korte blik lees ik verbazing en bezorgdheid vanwege mijn drijfnatte verschijning. Allemaal toneelspel natuurlijk. Ik schud glimlachend mijn hoofd en doe alsof ik het geloof. Alsof ik ontroerd ben door zoveel gespeelde bezorgdheid van de vrouw die van plan is me te vermoorden.

Ik ga weer zitten.

Ik luister naar het gesprek, maar geen woord ervan dringt tot me door. Ik stel wat algemene vragen, gooi er wat cliché-opmerkingen uit, knik belangstellend en kijk geïnteresseerd en meelevend. Het kost me niet eens moeite. Ik realiseer me dat ik in de afgelopen jaren een onvoorstelbaar gehaaide leugenaar ben geworden. Mijn hele leven is één grote act.

Na afloop van de bijeenkomst ga ik voor één keer niet als eerste weg. Ik blijf zelfs het langst van allemaal. Ik klets nog wat, eet een koekje, schenk nog wat koffie in. Alejandro maakt een paar grappen over mijn haar, dat één grote pluizige bende is van de regen. Lachend geef ik hem een por in zijn buik en zeg dat hij eerst maar eens moet afvallen. Sal ziet ons dollen en komt meedoen. Hij knijpt Alejandro in zijn lovehandles, ondanks zijn luidkeelse protesten. Stephanie kijkt glimlachend toe. Ze speelt bijna net zo overtuigend toneel als ik.

Sal en Alejandro vertrekken samen.

Ik ben alleen met Stephanie.

Eindelijk oog in oog met Drie.

'Gelukkig ben je nog niet weg,' zegt ze. 'Ik hoopte dat we even konden praten.'

In al die tijd dat ik op Drie jaagde, heb ik er nooit bij stilgestaan wat ik zou zeggen als ik hem eindelijk gevonden zou hebben. Haar.

'Natuurlijk,' zeg ik, nog steeds moeiteloos acterend. 'Hoezo?'

'Is er iets gebeurd?'

Wat is ze toch onschuldig. Wat is ze toch bezorgd. De zachtheid in haar stem. De bekommernis in haar ogen. Wat speelt ze het allemaal goed. Geen wonder dat ze me al die tijd voor de gek heeft weten te houden.

Maar dat is nu voorbij.

'Ja,' zeg ik. 'Dat kun je wel zeggen.'

'Dat telefoontje?'

'Onder andere.'

'Slecht nieuws?'

Ik schud mijn hoofd. 'Nee, niet slecht. Integendeel. Het is het beste nieuws dat ik in jaren heb gehad.'

'O,' zegt ze, 'wat fijn om te horen. Wacht, ik pak even een zakdoekje voor je.' Ze klemt haar wandelstok onder haar arm terwijl ze in haar tas grabbelt.

'Waarvoor?'

'Je lip,' zegt ze.

Ze vindt een pakje zakdoekjes en geeft er een aan mij. Ik dep mijn onderlip en houd het er even tegenaan.

Als ik het zakdoekje weer weghaal, kijken we beiden naar het puntje bloed dat in de vezels is getrokken.

'Bedankt,' zeg ik. En: 'Voor alles.'

'Graag gedaan. Ik hoop dat je iets aan deze bijeenkomsten hebt.'

Ik glimlach. 'Ik ook.'

Ze acteert voortreffelijk dat ze me niet begrijpt.

'Zullen we nog ergens een biertje gaan drinken?' vraag ik. 'Of koffie? Ik betaal.'

Ze kijkt verrast en ik weet dat dat geen toneelspel is. Welke moordenaar verwacht nu dat het slachtoffer samen naar de kroeg wil?

'Dat klinkt leuk,' antwoordt ze, 'maar ik heb nog een afspraak. Iets persoonlijks...'

'Zo laat nog?'

'Dat kan best. Ik ben een echte nachtbraker,' legt ze glimlachend uit.

O, dat geloof ik onmiddellijk.

Ik haal mijn schouders op en doe alsof ik teleurgesteld ben. 'Ander keertje dan. Tot volgende week.'

'Zorg goed voor jezelf, Eve.'

Reken maar, Drie.

Ik blijf wachten in mijn auto. Ik doe de lichten niet aan. Ik maak me zo klein mogelijk. Het is donker, het regent en dus ziet ze me niet als ze een paar minuten later vertrekt en steunend op haar stok naar haar auto loopt.

Ze ziet me niet als ze instapt.

Ze ziet me niet als ze wegrijdt.

Ze ziet me niet als ik haar begin te volgen.

48

Ik hoef niet op de benzinemeter te kijken om te weten dat de tank bijna leeg is. Ik had er niet op gerekend dat ik vandaag wéér een lange rit zou moeten maken. Eerst al naar de gevangenis en terug. En nu... Geen idee waar ik naartoe ga. Ik weet alleen dat ik de twee achterlichten in de verte achterna moet.

De stad uit, de duisternis in.

Iedereen die mij kent, weet dat ik een prima richtingsgevoel heb. Maar deze omgeving is me volslagen onbekend. Op een gegeven moment slaat Stephanie een zijweggetje in dat volgens een vervaagd bord toegang geeft tot een psychiatrisch ziekenhuis. Ik vraag me af of dit de plek is waar Amy al die jaren geleden opgenomen is geweest.

Wanneer ik het bord nader, zie ik dat de zijweg in feite een lange oprijlaan is die over een uitgestrekt privéterrein naar het ziekenhuis leidt. Het gebouw zelf wordt door een rij bomen afgeschermd van de doorgaande weg en ik denk dat dat de reden is waarom ik nergens licht zie. Ik neem de afslag niet meteen, maar rijd eerst een eindje verder en keer dan pas om. Zo hoop ik dat Stephanie het ziekenhuis al bereikt heeft of in elk geval zo ver gevorderd is dat ze mijn koplampen niet ziet.

Ik realiseer me al snel dat ik me heb vergist. Dat ik de lichten van het gebouw niet zie, komt helemaal niet door de bomen.

Het komt doordat het verlaten is.

Ik doe mijn lichten uit en zet de auto ergens halverwege de oprijlaan aan de kant. Ik wil mezelf niet verraden.

Ik haal diep adem en stap uit.

Het terrein is in geen jaren bijgehouden. Overal staan heuphoge struiken. Het lange gras golft als water in de wind. Bij elke golf klinkt een krassend, zoevend geluid. De bomen langs het pad torenen hoog boven me uit. Hun dunne, gekromde takken reiken als armen naar de lucht, met kale vingers die wijd gespreid omhoogsteken en lange nagels die grillige schaduwen op het golvende gras werpen. Er dwarrelen wat verschrompelde bruine bladeren rond.

Ook voor het ziekenhuis zelf is de tijd niet barmhartig geweest. De meeste ruiten zijn gebroken. Klimplanten glibberen als slangen over de gevel. De verf bladdert van de raamkozijnen. De beits van de voordeur is grauw geworden.

Geluidloos kom ik dichterbij. De gierende wind overstemt mijn voetstappen. Ik moet mijn ogen tot spleetjes knijpen tegen het haar dat in mijn gezicht waait. Een blaadje slaat tegen mijn wang en verpulvert direct.

Dan heb ik wind alleen nog in de rug en word ik vooruit geblazen.

Misschien denkt de wind dat ik me verzet. Maar dat is niet zo. Ik wíl dat hij me voortjaagt.

Sterker, ik heb de wind niet eens nodig. Ik ga geheel uit vrije wil op mijn doel af.

Daar staat Stephanies auto.

Waarom is ze hier gekomen?

Het is opgehouden met regenen. In tientallen plassen wordt het maanlicht weerkaatst. Ik zie ook mijn vervormde spiegelbeeld terwijl ik het gebouw steeds dichter nader.

Hoe lang is hier niemand geweest? Dat zal ik wel nooit precies weten, maar deze ramen zijn niet vanzelf kapotgegaan. Dat de deur openstaat, komt niet door de wind alleen.

Binnen is het nog steeds niet stil.

Met een hoge fluittoon blaast de wind door de gebroken ruiten. Maar daarbovenuit hoor ik het bonzen van mijn hart.

De vloer van de hal is bezaaid met stof en vuil. In de hoeken en langs de plinten liggen hoopjes bladeren en dode insecten. Ze moeten de ruimte delen met geplette bierblikjes, sigarettenpeuken, snoepwikkels en injectienaalden.

Een wild kleurpatroon, in de schaduwen iets donkerder, overdekt alle wanden. Bloedrood en nachtblauw vloeien over in zielloos zwart en waanzinnig groen. Dit is geen straatkunst, dit is het onsamenhangende gekrabbel van bezopen of bezeten mensen. Het is niet na te gaan hoeveel graffitispuiters een bijdrage hebben geleverd. Misschien maar één.

Op de muur boven een imposante trap staat in druipende rode letters: IK WIL NAAR HUIS.

Misschien zijn het de woorden van het ziekenhuis zelf, dat voor altijd op deze plek moet blijven, maar er eigenlijk al lang niet meer past.

Ik kan allerlei kanten op. Er zijn talloze gangen en deuren, en die trap. Ik speur de vloer af op zoek naar een teken dat Elizabeth hier geweest is. Ik zie hier en daar wel voetstappen en vegen in het vuil, maar die zijn duidelijk niet nieuw.

Deze plek zal me niet helpen.

Ik moet het alleen doen.

Zoals altijd.

Ik luister geconcentreerd, probeer het gesuis van wind weg te denken en de geluiden van binnen in het ziekenhuis te versterken.

En dan hoor ik het. Heel zacht, maar onmiskenbaar. Een scherp geluid vanuit de diepten van het gebouw. Voetstappen.

Voorzichtig loop ik in de richting van het geluid. Op mijn tennisschoenen met zachte zolen ben ik bijna onhoorbaar. Ik ben hier een indringer, maar ik voel me niet misplaatst. Ik verstoor deze waanzinnige plek niet.

Hoe verder ik me van de deur en de ramen verwijder, hoe donkerder de schaduwen worden. Het gieren van de wind is al snel gereduceerd tot gefluister en gemompel in de verte.

Verlaten gebouwen zijn nooit echt verlaten. Het is er nooit echt stil. Andere geluiden nemen het over van de wind: de muren kreunen en de vloer kraakt. Ik probeer mijn hart te dwingen te stoppen met bonken, maar het luistert niet naar me. Alsof het zich instinctief bewust is van iets wat ik nog niet wil accepteren.

Ik sluip door een lange gang die in de verte oplost in een pikzwarte massa. Stof zweeft rond in de paar zwakke lichtstralen die de duisternis doorklieven. Een lichte hint van parfum dringt mijn neus binnen.

Een verroeste brancard verspert me de weg. Hij heeft nog maar drie wielen en is half omgevallen, gekanteld in een onwaarschijnlijke hoek. Geen bekleding, alleen donker metaal. Enkel een paar flarden van leren riemen herinneren aan geworstel en geschreeuw van lang geleden.

Ik houd mijn ogen op de brancard gericht terwijl ik eromheen stap. Alsof het voorwerp me ineens zal bespringen, tot leven gewekt door kwaadaardige geesten die erin getrokken zijn toen het laatste beetje hoop stierf.

Stof kriebelt in mijn neus, die onweerstaanbaar begint te tintelen. Ik probeer me te verweren en geef pas toe als ik mijn gezicht met mijn mouw heb bedekt.

Mijn nies dreunt door de gangen, doet de muren trillen en verspreidt zich als een schokgolf tot in elke hoek van het ziekenhuis. Alles wat sliep, is nu onherroepelijk wakker. Wie zich alleen waande, weet nu wel beter.

Ik loop verder het duister in, waar enkel vage vormen van deuropeningen en lamparmaturen te onderscheiden zijn. Het is net zo stil als dat het donker is. Alleen mijn intuïtie wijst me de weg. Mijn onverschrokkenheid verdwijnt met elke aarzelende stap die ik dieper het duister in zet. Mijn vingers glijden langs de wand, proberen te voelen wat de juiste weg is. Ik durf niet achterom te kijken. Ik wil liever niet weten dat er achter me net zoveel ondoordringbaar zwart is als vóór me.

Dit ziekenhuis is inmiddels een doolhof geworden. Ik weet net zomin waar ik vandaan kom als waar ik naartoe ga.

Ik probeer mezelf wijs te maken dat de vreemde geluiden die ik hoor alleen in mijn hoofd zitten. Dat er niets rond mijn voeten scharrelt. Dat niemand daar in het donker naar me staat te kijken en me uitlacht.

Ik krijg een schok van schrik als mijn vingers op iets nats en slijmerigs stuiten. Ik breng mijn hand naar mijn borst, naar mijn bonzende hart. En daar, genesteld tegen mijn ribbenkast, voel ik de oplossing. Mijn telefoon.

Ik wilde hem niet eerder gebruiken omdat ik mezelf dan zou verraden, maar de behoefte om iets te zien is nu groter. Ik haal het apparaat dus uit mijn jaszak en schakel de zaklampfunctie in.

Meteen staart mijn spiegelbeeld me aan. Ik kan nog net een gil van schrik onderdrukken. In het witte licht van de telefoon ziet mijn gezicht er spookachtig uit.

Het natte op mijn vingers blijkt simpelweg vocht te zijn.

De muur is op die plek doorgerot en bestaat enkel nog uit een aangekoekte plak verbrokkeld pleisterwerk.

Ik schijn om me heen. De verwoeste gang geeft toegang tot een zaal, waar lege bedden langs de muren staan. Net als bij de omgevallen brancard zit er geen beddengoed meer op. Alleen de kale frames staan er nog. Mishandelde karkassen, van elke vorm van comfort ontdaan.

In het licht zijn de verrotting en het verval om me heen niet langer te negeren. Ik ben blij dat ik niet meer door het donker hoef te strompelen, maar wat ik nu zie, is ook niet bepaald gezellig.

Vlakbij is een deur met een klein vierkant raampje en ik til mijn telefoon op om in de cel erachter te kijken. Ik walg zo van de zwarte schimmel waarmee de gewatteerde muren zijn bedekt dat ik in een reflex een stap opzij doe.

Door de plotselinge beweging raak ik even uit balans en zwaai met de zaklamp in de gang waardoor ik ben gekomen.

Behalve rechte muren meen ik ook meer organische vormen te zien.

Bewoog er iets?

Ik heb mijn evenwicht terug en schijn nu recht de gang in. Ik zie niemand en toch geloof ik het niet helemaal. Ik bedoel, het is niet alleen deze gang. Er komen tientallen deuren en zijgangen op uit. Er zijn ik weet niet hoeveel plekken waar iemand zich zou kunnen verschuilen.

Voor me uit schijnend loop ik terug de gang in.

Ik kom niet ver. Al na een paar passen valt het licht op een openstaande deur. Erachter is een kleine kamer. Misschien ooit een kantoortje, maar nu heeft het zo ongeveer de uitstraling van een lege betonnen doos. Ergens tegen de verste muur staat een bureau met een stoel. Simpel meubilair zonder enige uitstraling.

Op het bureau ligt… iets.

Mijn keel voelt rauw als ik de kamer binnenga. Ik loop met korte, langzame stappen. Op de een of andere manier weet ik dat ik een verschrikkelijke fout maak, maar ik kan er niets tegen doen. Een onweerstaanbare kracht dwingt me verder naar binnen.

Hoe dichterbij ik kom, hoe meer ik kan onderscheiden. Het vinyl van de stoelzitting is gebarsten en gescheurd. Het bureaublad is dof en versleten door het vele gebruik.

Op het bureau ligt een notitieboek. In de zwarte kaft zijn letters gekrast.

De regel van drie.

49

Ik heb het nog nooit eerder gezien en toch ziet het er precies zo uit als ik verwachtte. Amy heeft nooit beschreven hoe het eruitzag, maar Ila wel. Een gewoon notitieboek met een zwarte kaft. De titel erin gekrast met een balpen. Meer dan twintig jaar geleden. De hoeken krullen een beetje om, waardoor het boek een soort ondiepe U op het bureaublad vormt.

Ik heb de dagboeken online gelezen, op het forum. Later heb ik ze gedownload en uitgeprint, zodat ik ze kon lezen waar en wanneer ik maar wilde. Op een gegeven moment kende ik ze zo goed dat ik ze niet eens meer hoefde te lezen.

Maar op deze plek, op dit moment, begin ik opnieuw met lezen.

Mijn handen trillen zo dat ik de pagina's nauwelijks omgeslagen krijg. Onbewust ben ik toch bang dat ze door mijn aanraking tot stof zullen vergaan, als een oeroude boekrol die in een vergeten graftombe gevonden is.

Op de eerste pagina staat het rijmpje.

Ik heb er altijd een hekel aan gehad. De nonchalante onomkeerbaarheid die uit die paar woorden spreekt. Het impliciete onheil. Snel sla ik de pagina om.

Eigenlijk wil ik niet verder lezen. Wat ik hier in mijn handen heb, bevat de letterlijke woorden van de twee meisjes die me zijn voorgegaan. De twee meisjes die de basis hebben gelegd voor alles wat ik heb bereikt. Zonder hen, zonder deze woorden, zou ik gewoon mijn leven leiden zonder te beseffen in welk gevaar ik verkeer. Ik ben ze zo ontzettend veel verschuldigd. En daarom lees ik liever niet verder. Ik wil niet dat ze sterven. Ik ken ze te goed. Ik heb hun levens geleefd. Zolang ik niet lees, hoeven ze al die angst en pijn niet te voelen.

Ik veeg mijn ogen af met mijn mouw.

Dan krijg ik een ingeving.

Snel sla ik de pagina's om. Amy's driftige hanenpoten en Ila's keurige schoonschrift schieten onder mijn ogen voorbij. Ila is verdergegaan waar Amy was gebleven en voegde haar eigen verhaal toe voor het volgende meisje.

Voor mij.

Het laatste derde deel van het notitieboek is leeg.

Ila's dagboek eindigt halverwege de pagina.

Hij heeft er daarentegen geen idee van dat ik op de hoogte ben van zijn bestaan.

Net als Amy's dagboek eindigt dat van Ila op een punt dat ze optimistisch was. Triomfantelijk zelfs. Amy begon haar dagboek toen ze wist dat ze zich vergist had. Toen ze zich realiseerde dat de vloek, zoals ze het noemde, nog niet voorbij was. Wanneer Ila begon, weet ik niet.

Ik blader door het laatste derde deel van het notitieboek. Ik weet niet wat ik eigenlijk verwacht te vinden op die lege vellen papier. Ik vraag me af wanneer ik mijn eigen pagina's zal beginnen te beschrijven.

Maar wacht eens even, wat doet dit notitieboek hier eigenlijk? Waarom slingeren Amy en Ila's originele, handgeschreven dagboeken rond in een verlaten psychiatrisch ziekenhuis?

Ik weet niet wat voor instinct me ertoe beweegt om de

bovenste lade van het bureau open te trekken. Ik kan onmogelijk weten wat ik daar denk te vinden en toch weet ik het. Er ligt een pen. Meer niet.

Een pen voor mij. Zodat ik kan beginnen met schrijven.

Als een vloedgolf overspoelt het besef me. Dáárom ben ik hier. Dáárom ben ik hierheen gelokt.

Drie heeft me in de val gelokt.

Mijn reactievermogen is uitmuntend. Al dat trainen, al dat oefenen heeft me voorbereid op dit ene explosieve moment.

Razendsnel draai ik me om.

Precies op tijd om Stephanies wandelstok recht op me af te zien komen.

50

Ik word keihard op mijn voorhoofd geraakt en zak direct naar de grond. Ik voel geen pijn. Ik voel helemaal niets. Het wordt donker om me heen en alle geluiden klinken ver weg, alsof de vloer zich opent en me opslokt.

Ik zak omlaag, door de tegels heen, door het beton, door de aarde eronder. Ik ben te moe om me te verzetten.

Zo ben ik niet, dat weet ik. Ik ben geen opgever. Maar mijn handen vinden geen houvast. Er valt niets vast te grijpen.

Ik kan me alleen maar willoos laten zakken.

Dieper, steeds dieper. Ik zak zo diep weg dat ik alleen nog een speldenprikje licht hoog boven me zie. Voor de rest ben ik omringd door de nacht.

Dan merk ik dat ik zweef in plaats van verder weg te zinken. Niets om me heen heeft nog massa. Mijn ledematen zijn vloeibaar in de lege ruimte.

Het speldenprikje begint te flikkeren als een verre ster, als een ster die zichzelf opbrandt.

Ik weet niet hoe ik het weet, maar als die ster stopt met schijnen, zal ik nooit meer licht zien.

Alsjeblieft, kleine ster, blijf schijnen. Voor mij.

Ik ben hier nog niet klaar voor.

Ik ben nog niet klaar voor de nacht.

Ik houd vol, als jij me maar niet in de steek laat.

De barmhartige ster hoort mijn smeekbede en flikkert niet langer.

Sterker nog, hij begint langzaam weer helderder te branden. De speldenprik wordt groter en verjaagt de duisternis. Ik voel dat ik weer omhoog zweef. Het lichtbaken roept me terug.

Ik knipper met mijn ogen tegen het verblindende licht van mijn telefoon.

Ik lig op de vloer van het kantoortje, precies op de plek waar ik ben gevallen. Mijn telefoon ligt naast me.

Dan komt de pijn.

Alsof er een withete pneumatische boor op mijn voorhoofd wordt gezet. De pijn is meedogenloos en wordt steeds erger naarmate mijn bewustzijn terugkeert. Maar dat alles zonder geluid. Ik kan nog steeds niets horen.

Er is alleen het suizen in mijn oor, waarvan het volume gelijke tred houdt met de pijn.

Drie is hier. Stephanie. Ik kan niets horen of zien, maar ik voel haar aanwezigheid. Ik heb zelfs het gevoel dat ze tegen me praat. Dat ze uitleg geeft over haar waanzin en me instrueert wat ik moet doen hier in deze gevangenis, waar ik moet blijven totdat ik mijn dagboek en daarmee haar levenswerk heb voltooid. Haar trilogie.

Ik probeer mijn hoofd weg te draaien van het verblindende licht. Het kost ongelooflijk veel moeite en de pijn is intens, maar het lukt. Nog steeds zie ik niet veel. Voor mijn ogen wordt een vuurwerkshow gegeven van flitsen en wazige vlekken.

Maar daarachter is nog de duisternis te zien. De duisternis van de rest van de kamer, waar het licht van mijn telefoon niet doordringt.

In die duisternis achter het vuurwerk beweegt iets.

Een gedaante verplaatst zich bij me vandaan.

Eerst begrijp ik het niet. Mijn verstand werkt te traag. Maar dan begrijpt mijn instinct het. Drie gaat weg, gaat deze cel uit, doet de deur achter zich op slot en laat mij hier achter voor de rest van mijn korte leven.

Ik wil haar iets toeschreeuwen, vragen stellen, maar mijn mond gehoorzaamt me niet meer.

Mijn handen daarentegen hebben geen bevelen nodig. Dankzij al die uren van oefening, van herhaling, neemt mijn spiergeheugen het over. Mijn hand verdwijnt in mijn zak, vindt wat hij zoekt, komt weer terug.

Weet je wat het verschil is tussen leven en dood, Drie?

De druk van één wijsvinger.

Ik neem de flits van het schot niet eens waar tussen al die andere flitsen.

De knal komt niet boven het onophoudelijke gezoem uit.

Maar ik weet dat ik raak heb geschoten omdat ik de grond voel trillen als ze neergaat.

Cordiet prikkelt mijn neusgaten. Ik heb nooit van de geur gehouden. Ik vraag me af of dit de laatste keer is dat ik het ruik.

Na een paar minuten, misschien wel tien, heb ik eindelijk voldoende kracht verzameld om overeind te komen.

Ik sta wankel op mijn benen en heb overal pijn, maar mijn zicht is weer helder genoeg om te zien dat Stephanie vlak bij de deur ligt. Het had praktisch niets gescheeld of mijn lot was bezegeld geweest.

Ik weet niet of ik zo doof ben door de klap op mijn hoofd of door het schot. Hoe dan ook hoor ik haar laatste ademtocht niet.

Ik heb haar recht in de romp geraakt, precies zoals ik op de schietbaan zo vaak heb geoefend. Ik heb de trekker maar één keer over hoeven halen. Ik kan het kogelgat niet eens zien in het zwakke licht.

Schokkend en krampend gaat haar mond open en dicht. Ze rilt over haar hele lichaam. Net zo'n oude zwart-witfilm waarbij het beeld niet stil kan blijven staan.

Ik denk niet dat ze zich bewust is van de situatie totdat ik naar haar toe begin te lopen, de .38 continu op haar gericht. Net buiten haar bereik blijf ik staan. Ik neem geen risico. Haar ogen draaien naar mij en daardoor weet ik dat ze er nog is. Ik ben er vrij zeker van dat de kogel in haar ruggengraat is blijven steken. Ze kan zich niet meer bewegen. Ze kan niet meer praten. Ze ligt daar enkel te trillen en naar lucht te happen als een vis.

Dan begint zelfs dat trager te gaan.

Het schudden van haar lichaam neemt af.

Ik kan niets bedenken wat ik tegen haar zou willen zeggen.

De druk van één wijsvinger. Het leven zou toch zwaarder moeten wegen dan dat. Voor de dood zou toch meer nodig moeten zijn dan een handbeweging die zo ongeveer even moeilijk is als het zetten van een potloodstreep. Hoe kan een mens bijzonder zijn als hij met al zijn bijzonderheid zo eenvoudig vernietigd kan worden?

Ik houd mijn revolver zo lang op haar gericht dat mijn schouder pijn begint te doen.

Als ik hem eindelijk laat zakken, adem ik lang en luid uit.

Drie is dood.

Ik heb haar gedood.

Ik ben duizelig. Ik ben bang dat mijn benen me niet kunnen dragen en ga op mijn hurken zitten. Mijn gedachten razen met lichtsnelheid door mijn hoofd. Er valt zoveel te voelen nu, zoveel te denken. Eén gedachte komt vreemd genoeg steeds terug. Het is eigenlijk meer een vraag.

Wat kost één kogel?

Op zich lijkt het heel makkelijk uit te rekenen: deel de prijs van een doos door het aantal kogels dat erin zit. Maar tellen alle kogels die ik op de schietbaan heb afgevuurd ook mee? Ik weet het antwoord niet. Ik ben geen filosoof. Maar zelfs als je de kosten van alle kogels optelt bij de prijs van het wapen en de huur van de schietbaan, kom je nog steeds niet op een bijzonder hoog bedrag.

Kennelijk is dit de prijs van gerechtigheid.

Voor Amy en Ila, voor hun families, voor de mijne.

Al die verloren levens die nu gewroken zijn.

Ik heb het systeem een fortuin bespaard.

Het klinkt alsof ik probeer te rationaliseren wat ik heb gedaan, maar in werkelijkheid heb ik het al lang geleden gerechtvaardigd.

Hoe had ik anders verwacht dat dit verhaal zou eindigen?

Had ik met mijn bevindingen naar Lestrange willen stappen? Had ik achterover willen leunen en hopen dat het niet al te lang zou duren voordat het rechtssysteem alle misstanden rechtgezet zou hebben? Had ik willen wachten tot Stephanie opgepakt, berecht en opgesloten was?

Zover vooruit heb ik eigenlijk nooit gedacht.

Het ging me er altijd puur om Drie te vinden voordat het mijn tijd was. Misschien beschermde ik mezelf door niet na te denken over wat er daarna zou gebeuren, door niet verder na te denken dan nodig was om mezelf te verdedigen. Want ik wist al lang wat ik moest doen. Ik was voorbestemd om te doden.

Is moorden om een moordenaar te stoppen nog wel moord?

Die vraag moeten slimmere mensen dan ik maar beantwoorden.

Grappig eigenlijk dat als ik mijn telefoon opraap en de zaklamp op haar dode gezicht richt, zij degene is die bang kijkt.

Misschien doen we dat op het einde allemaal wel.

Ik heb Stephanie natuurlijk vaak genoeg meegemaakt in de groep, maar ik heb nooit naast haar gezeten. Misschien kwam dat toevallig zo uit, die allereerste keer dat ik op een vrije stoel ging zitten en werd ik daarna uit gewoonte altijd naar dat deel van de kring getrokken. Of misschien heb ik toch altijd een soort behoedzaamheid gevoeld in haar buurt. Hoe dan ook, ik geloof niet dat het me ooit eerder is opgevallen dat ik langer ben dan zij. Een heel stuk zelfs. En ik ben al klein.

De sterke punten van Drie waren altijd sluwheid en geduld, en ik begrijp nu waarom. De enige manier waarop ze een gevecht kon winnen is door de tegenstander vanachter aan te vallen.

Natuurlijk wil ik weten waarom. Ik heb altijd al willen weten waarom. Wat maakt iemand tot een moordenaar? Helaas is dat een vraag die een lijk niet kan beantwoorden. En trouwens, er bestaan toch geen zinvolle antwoorden, geen verklaringen waardoor je het echt begrijpt. Ik heb genoeg interviews met moordenaars gelezen en gezien om dat te weten.

Ik kijk lang naar het dode lichaam aan mijn voeten. Ik heb nog nooit een lijk gezien. Ironisch genoeg ziet het er levensecht uit. Afgezien van een klein gaatje in haar kleding zou ze net zo goed iemand kunnen zijn die even is gaan liggen. Ze heeft haar ogen open en het is gewoon alsof iemand haar op mute heeft gezet. Als een personage op een televisiescherm dat ik wel zie, maar niet kan horen. De afstandsbediening ligt buiten bereik. Ik kan zien wat er gebeurt.

Ik weet niet hoe lang ik daar sta te kijken. Ik voel me... Ik weet niet hoe ik me voel. Ik weet alleen dat ik niet wil dat het eindigt.

Er is euforie. O, zeker. Vooral lichamelijk. Een stoot pure adrenaline dankzij alles wat er gebeurd is. Het is een ongelooflijk machtig gevoel om te weten dat ze dood is en dat ik dat gedaan heb. Maar ik voel iets wat nog groter is. Ik voel een intense voldoening. Misschien kun je het trots noemen. In elk geval heb ik nog nooit zoiets gevoeld.

Voor deze paar momenten ben ik als Drie.

Nu begrijp ik waarom.

51

In de groep heb ik heel veel dingen over mezelf geleerd waarvan ik soms niet eens wist dat ze de moeite waard waren om te leren. Het is hier een soort oefenruimte voor het leven. Je kunt jezelf zijn, maar als je faalt, heeft dat niet dezelfde gevolgen als in de echte wereld. Bijna niemand gaat helemaal alleen door het leven, dus de meeste van onze problemen worden veroorzaakt, laten we er maar geen doekjes om winden, door andere mensen. Door andere mensen en door hoe we ons tot ze verhouden. In deze groep draait het allemaal om relaties.

Als het nodig is dat je verandert en dat toch niet gebeurt, dan weet je dat therapie iets voor jou is. Misschien zit je vast in een chronisch gedragspatroon, misschien is er iets acuuts aan de hand. Hoe dan ook, de groep is waardevol omdat je er kennismaakt met veel verschillende perspectieven. Als iemand een probleem heeft opgelost en in de groep vertelt hoe, dan kun je daar waardevolle inzichten uit halen. Zeker als het om een oplossing gaat waar je zelf nooit aan gedacht zou hebben. Ik ben veranderd. Ik heb een tijdje een pony gehad om de blauwe plek en de zwelling te verbergen. En ik draag een bril, want mijn zicht is nooit helemaal hersteld.

Het is niet superdruk vanavond, maar aan de andere kant zijn er maar drie stoelen leeg. Dat is al een stuk beter dan eerst.

Veel vaste bezoekers zijn vertrokken toen Stephanie niet meer kwam opdagen.

Niemand mag de nieuwe therapeut. Alejandro rolt met zijn ogen naar me tijdens een lange, saaie monoloog over omgaan met verdriet. Ik probeer niet te lachen. Sal doet een paar keer alsof hij wegdommelt en dan weer wakker schrikt. Ook ik moet moeite doen om netjes op mijn stoel te blijven zitten.

We zijn weer schoolkinderen die zich aanstellen voor de invalleerkracht.

Toen de nieuwe groepsleider aankondigde dat hij Stephanie zou vervangen, deed ik net alsof ik verrast was, net als iedereen. En natuurlijk speculeerde ik na de bijeenkomst druk met de anderen mee. Waarom zou Stephanie weggegaan zijn zonder afscheid te nemen? Is ze verhuisd? Is ze ziek? Van de nieuwe groepsleider werden we in elk geval niets wijzer. Hij kondigde enkel aan dat hij vanaf nu de groep zou leiden, dat Stephanie niet meer terugkwam en dat hij best begreep dat niet iedereen daar blij mee was. Hij zou het niet persoonlijk opvatten als mensen naar een andere groep wilden overstappen of helemaal wilden stoppen.

Ik hield het nieuws in de gaten. Ik wachtte op een klop op de deur, maar die kwam niet. Ik wist zeker dat Lestrange me zou bellen. Ik was ervan overtuigd dat ik de hoofdverdachte zou zijn.

Ik bereidde me mentaal voor op het verhoor. Maar er kwam niets. Naar de reden kan ik alleen maar raden. Misschien was Lestrange al lang weer vergeten wat hij voor me had gedaan toen Stephanies lichaam gevonden werd. Gelukkig heeft hij het verhaal over de regel van drie nooit geloofd. Als hij dat wel had gedaan, kan het niet anders of hij had een verband gelegd.

Misschien moet ik me er maar niet veel over verbazen. Ik bedoel, er heeft ruim twintig jaar een seriemoordenaar rondgelopen zonder dat de politie het wist.

Al vrij snel houden we op met speculeren waarom Stephanie niet meer komt. Uiteindelijk wennen we aan de nieuwe man en zijn manier van doen. Alles went, toch? Mensen zijn als klei die nooit hard wordt. Eeuwig kneedbaar. Ze kunnen voortdurend opnieuw gevormd worden door nieuwe ervaringen. Misschien voelen we ons kwetsbaar doordat we zo makkelijk te vervormen zijn. Maar in wezen is dat geen kwetsbaarheid, geen zwakte, maar juist onze kracht. Ons aanpassingsvermogen geeft ons kracht.

De vervormingen die ik heb opgelopen toen ik een moordenaar werd, zijn alweer zo goed als gladgestreken. Voor mij geen littekens op mijn ziel. Ik heb niet eens nachtmerries. Sterker nog, ik heb nog nooit zo goed geslapen.

Ik heb nu fijne dromen. Prettige herinneringen.

'Wat lach je?' vraagt Alejandro als we in de pauze nog wat koffie en een koekje nemen. De koekjes zijn een stuk minder lekker dan toen Stephanie ze zelf bakte.

Ik haal mijn schouders op. 'Ik denk voor de verandering eens aan leuke dingen.'

'Hoe bestaat het,' zegt Sal.

Maar hij luistert niet echt. Hij zit op zijn telefoon en drinkt slurpend van zijn koffie.

Alejandro fronst zijn wenkbrauwen. 'Als je maar niet ineens gelukkig wordt en ons verlaat.' Hij prikt een puntige vinger in mijn schouder. 'Je moet niet zo'n saaie *normie* worden hoor, die vrolijk en zorgeloos door het leven danst.'

Ik sla zijn vinger weg. 'Maak je geen zorgen, ik ga niet weg. Serieus, waar zou ik heen moeten?'

Alejandro lijkt nog niet overtuigd. 'Hm. Misschien. Het is inderdaad zo dat wij de enigen zijn die jou enigszins kunnen verdragen.'

'Wat een bullshit,' gromt Sal.

'Aww,' zeg ik overdreven ontroerd. 'Lief van je.'

'Huh?'

'Dat het bullshit is dat alleen jij en Alejandro me kunnen verdragen.'

'Wat? Nee... Of ja natuurlijk. *Whatever.* Ik had het niet over jou.' Hij gebaart naar zijn telefoon. 'Ik ben eigenlijk...'

Alejandro geeft me een vertrouwelijke por met zijn elleboog. 'Hij heeft gewoon niet genoeg likes gekregen. Die jongen lééft voor de validatie van anderen. Hij kan er niet genoeg van krijgen. Dat is de echte reden dat hij hier komt.'

Sal glimlacht en schudt zijn hoofd. 'Ik leef alleen voor jouw validatie.'

Alejandro knijpt zijn ogen halfdicht en trekt een verbolgen pruilmondje. 'Dan moet je beter je best doen, schat.'

Ergens vind ik dat ik ze maar even hun gang moet laten gaan, maar er is iets in Sals gedrag dat me intrigeert. Ik wil meer weten.

'Vertel eens,' zeg ik. 'Wat is dat?' Ik gebaar naar zijn telefoon. 'Waar ben je mee bezig?'

'Ach, gewoon een trol die iedereen op zit te fokken,' zegt hij met een wegwerpgebaar, alsof hij weet dat hij zich er eigenlijk niet druk over zou moeten maken. 'Ik trap er ook altijd in.'

Alejandro ziet weer eens een uitgelezen kans om een plagerige opmerking te maken. 'Ach nee hè, beweert iemand dat je met een opgerolde sok in je sportbroekje rondloopt?'

Sal praat onverstoorbaar door tegen mij: 'Ik zit dus bij een paar van die forums... Een beetje nerdgedoe, zeg maar. Nerds die discussiëren over nerddingen. En nu is er dus op een zo'n site iemand die... Tja, die aan het trollen is. Die allemaal bullshit loopt te posten, snap je? Ik kan daar zó boos om worden. Ik bedoel, we zijn gewoon een stel mensen met een gedeelde interesse. Dan hoeft zo iemand toch niet zo flauw te doen?'

'Hoe heet dat forum?' vraagt Alejandro. 'Anonieme Kastzitters?'

'Hoor eens, hier ben ik te oud voor.' Sal verdomt het om te happen. 'Maar voor een goed mysterie kun je me altijd wakker maken. Hoe vreemder, hoe beter. Buitenaardse wezens, het paranormale... Seriemoordenaars. De enge, donkere kanten van de realiteit.'

'Vertel eens,' zeg ik. 'Wat zegt die trol?'

'Eerlijk is eerlijk: het is geen luilak.' Sal draait het scherm van zijn telefoon naar ons. 'Hij of zij heeft flink de schouders eronder gezet. Kijk eens naar die post, het is zowat een half boek.' Hij blijft maar scrollen om ons te laten zien dat het om een ontstellend hoeveelheid tekst het gaat. 'Zie je?'

Alejandro rolt met zijn ogen. 'Ik lees zelfs geen e-mails meer als ze langer zijn dan een paar regels. Beknoptheid wordt zwaar onderschat. Serieus, de mensheid moet eens leren om meer te zeggen met minder. Waarom moeten sommige mensen zo nodig honderd woorden gebruiken als drie genoeg is?'

'Grappig dat je drie zegt,' zegt Sal.

'Waarom is dat grappig?' wil ik weten.

'Dat is het aantal gaten dat hij zou willen hebben,' zegt Alejandro. 'Hij vindt twee niet genoeg.'

'Weet je, ik begin steeds meer te denken dat jij helemaal niet gay bent,' zegt Sal. 'Volgens mij speel je gewoon toneel. Probeer je te verbergen dat je eigenlijk een supersaaie hetero bent. Dat is de enige verklaring. Je doet gewoon té hard je best om interessant te lijken.'

'Waarom is het grappig dat hij drie zei?' vraag ik.

'Schat,' zegt Alejandro, 'ze hebben mijn moeder in het ziekenhuis vol moeten spuiten met hormonen om de bevalling op te wekken. Want ik wist in de baarmoeder al dat ik nooit vrijwillig een vagina zou aanraken.'

Sal moet lachen. Alejandro kijkt er heel tevreden bij.

'Wáárom is het grappig dat hij drie zei, verdomme?!'

Ze kijken me verbluft aan. Ook de meeste andere groepsleden hebben me horen schreeuwen en lijken geschokt.

'Gaat het?' vraagt Sal.

'Kom op, vertel nou.'

'Oké. Oké. Zoveel stelt het nou ook weer niet voor. Het is gewoon... Je hebt zo'n verhaal... Een rijmpje... Over de regel van drie. Een griezelig, mysterieus... iets.'

'Ik ken het.'

'Dat verbaast me niets. Een hele hoop mensen kennen het. Maar goed, ik ben er al een flinke tijd mee bezig. Daarom zit ik dus op dat forum. Om over de regel van drie te praten. Je kunt er ook dagboekaantekeningen lezen van een stel meiden die hun verhaal vertellen. Maar de dagboeken zijn niet compleet. Niemand weet wat er met ze is gebeurd. We weten alleen dat ze dood zijn.'

Ik knik. 'Ja, ja. Ik zat vroeger ook altijd op dat forum.'

'O, echt? Vet. Ik weet niet wie het allemaal heeft bedacht, maar ik vind het geniaal. Echt genieten, dat stuk dat een van die meisjes zo'n klein zwart zaadje uit haar hersenen haalt...' Hij krabt aan zijn hoofd. 'Dat ze haar eigen schedel openscheurt en dat er dan zo'n flap hoofdhuid over haar gezicht hangt en...'

Alejandro zucht. 'Mijn hemel, houdt het dan nooit op? Om de zoveel jaar hoort iemand dat stomme rijmpje en hup, daar worden al die oude theorieën weer gereanimeerd. En o, wat voelen ze zich allemaal slim omdat ze een of ander klein prutsdetail hebben ontdekt waar ze een uitgebreide theorie omheen hebben gebouwd. Die hele zooi is toch allemaal verzonnen, dus doe gewoon normaal en hou erover op.'

Ik heb het gevoel dat ik het onderwerp nu maar beter kan laten rusten voordat mijn rol ontdekt wordt. Maar ik kan het niet. Ik ben onderdeel van dit verhaal. Ik moet weten wat andere mensen ervan vinden.

'Dat bedoel ik,' zegt Sal. 'Die trol op het forum beweert dat haar... als het al een zij is natuurlijk... dat haar nieuwe dagboek het laatste in de rij is.'

'O ja?' is het enige wat ik kan uitbrengen.

'Het is eigenlijk best sneu,' gaat Sal verder. 'Dat mens is zó arrogant, het is haast hysterisch. Neem dit nou: *Ik ben degene die de regel van drie oplost. Ik zal je laten zien hoe ik dat doe.*'

'Ze klinkt inderdaad vrij vol van zichzelf,' beaam ik

Sal knikt. 'Ja toch?'

Het is een vreemde ervaring om iemand mijn woorden te horen voorlezen.

Ik had het forum in geen jaren meer bezocht. Ik had wel iets anders aan mijn hoofd dan me bezighouden met de wilde theorieën van een stel nerds. Als je erover nadenkt is het best grappig dat Drie me wilde dwingen mijn eigen dagboek te schrijven en dat ik het uiteindelijk nog gedaan heb ook. Waarom? Goede vraag.

Ik denk dat ik niet anders kan dan mijn verhaal vertellen.

Ik heb nog wel even zitten piekeren over hoe ik het moest

aanpakken. Ik voelde er natuurlijk weinig voor om een volledige bekentenis op internet te zetten. Maar ik wilde de wereld graag laten weten dat het voorbij was. En ik vond het belangrijk om mijn respect te bewijzen aan Amy en Ila. Zonder hen had ik dit alles nooit kunnen doen. Ik zou het vreselijk vinden als mensen zouden denken dat hun dood zinloos was. Iedereen mag weten dat ze niet voor niets zijn gestorven.

Dus vandaar.

Uiteraard heb ik de nodige details verzwegen of veranderd. Namen gewijzigd om de betrokkenen te beschermen. De waarheid, maar door een prisma.

Trouwens, het draait sowieso om perspectief. Wat Sal belangrijk vindt, is iets heel anders dan wat ik belangrijk vind.

Sal zegt: 'Had maar eerder gezegd dat je dit tof vond, dan hadden we erover kunnen kletsen. Maar... weet je, jij praat nooit echt over jezelf. Niet echt. Niet zoals ik of meneer de vaginahater.'

'Ik heb niets tegen vagina's, echt niet,' werpt Alejandro tegen. 'Ik ben juist onwijs pro-vagina. Sterker nog, ik vind dat we de heiligheid van de vagina moeten beschermen. Eigenlijk zouden we ze allemaal op een veilige plek moeten opsluiten... Liefst heel ver hiervandaan, zodat ik er nooit meer eentje hoef te zien, laat staan aan te raken. Nou ja, de vagina in ons midden mag uiteraard blijven.'

Ik maak een buiging alsof ik ontzettend dankbaar ben en vraag dan: 'Waarom zei je daarnet dat de regel van drie niet echt is?'

Voordat Alejandro antwoord kan geven, doet Sal zijn mond al open. Hij is veel te opgewonden dat hij eindelijk eens over zijn grote interesse kan praten. 'Reken maar dat het echt is. Maar wat de trol niet snapt, is dat het hele punt is dat je de puzzel niet moet kunnen oplossen. Er zijn geen herleidbare datums en er is maar één personage in het hele verhaal waarvan we de volledige naam kennen. En waar speelt het zich eigenlijk af? Niemand die het weet.'

'Dat is juist het bewijs dat het allemaal verzonnen is,' antwoordt Alejandro schouderophalend.

Sal schudt zijn hoofd. 'Nee, ik denk dat de moordenaar zelf de feiten verzwijgt en de namen verandert. Om te voorkomen dat iemand achter de waarheid komt.'

'Dat is wel heel simpel gedacht, vind je zelf ook niet?'

Sal zegt: 'Nee, vet griezelig juist. Eigenlijk zou ik me er niet meer zo druk over moeten maken, maar ik kan er niets aan doen. Als het je eenmaal is opgevallen, ga je op steeds meer dingen letten. Ik ben er alleen nog niet over uit of de dagboeken door de moordenaar zelf zijn geschreven, of dat hij ze vertelt wat ze moeten schrijven.'

'Hoe dan?' vraagt Alejandro.

'Als hij ze te pakken heeft,' begint Sal, 'dwingt hij ze om hun verhaal op te schrijven. Daar kickt hij op. Het gaat hem om controle, dominantie. Hij creëert een wereld zoals hij die graag ziet, overzichtelijk en georganiseerd. En uiteindelijk laat hij zijn werk los op de echte wereld, waar wij, de fanaten, erover gaan lopen theoretiseren en gaat hij verder naar het volgende meisje. Zo kan hij opscheppen over zijn prestaties en toch anoniem blijven.'

Alejandro zegt: 'Ik vind het allemaal niet erg plausibel klinken. Wie gaat er nou een heel dagboek schrijven voor een psychopaat?'

Ik zeg: 'Wat moet je anders als je opgesloten zit in een kamer met enkel een pen en een schrijfblok?'

'Misschien.' Hij wrijft over zijn kin. 'Maar zou een bovennatuurlijke verklaring niet beter zijn? Zoals dat ene meisje dacht. Een soort vloek... Die je oploopt als je het dagboek leest. En als je alle dagboeken gelezen hebt, heeft de regel van drie je definitief te pakken. Alsof je een voorwereldlijke boze geest vrijlaat die in de woorden opgesloten zat. Wie weet hebben we te maken met iets wat het menselijk begrip te boven gaat. Voor hetzelfde geld beheerst het zelfs het gesprek dat we nu voeren.'

'Zo meta,' lacht Sal. 'Als je gelijk hebt, dan zijn we inmiddels al verdoemd. Maar goed, dit is dus het hele punt. We maken onszelf gek door steeds maar te willen weten wat het allemaal betekent.'

'Er is één ding waar jullie helemaal niet aan denken en dat is de meest voor de hand liggende conclusie,' merk ik op.

'Namelijk?'

Ik glimlach. 'Dat ze geen trol is. Dat het allemaal echt is en dat het écht voorbij is. Waarom willen jullie daar niet aan?'

'Nou, als het voorbij is, is de lol er wel af' geeft Sal toe. 'En dan noemt dit meisje de slechterik nog "Drie" ook.'

Alejandro rolt met zijn ogen. 'Geen greintje originaliteit.'

Sal knikt. 'Het was ten minste nog een béétje geloofwaardig geweest als ze hem Negen had genoemd.'

Ze geven elkaar triomfantelijk een boks.

'Wat, hoezo?' Ik ben stomverbaasd. 'Waarom Negen?'

Ze kijken me aan alsof ik iets gezegd heb in een vreemde taal.

'Meen je dit?' vraagt Alejandro.

Sal zegt: 'Je maakt geen geintje?'

'Nee. Hoezo Negen? Waarom zou een trol de moordenaar Negen noemen? Wat heeft dat met de regel van drie te maken?

Het gaat over het getal drie. Hij heet toch Drie? Negen slaat nergens op.'

'Nou, drie maal drie is negen,' zegt Alejandro alsof hij iets aan een kleuter uitlegt. 'Dus. Als iemand geobsedeerd is door het getal drie, is het logisch dat hij nog meer kickt op drie drieën.'

'Ik kan me natuurlijk niet verplaatsen in een psychopaat,' zeg ik hoofdschuddend. 'Maar ik denk dat je er te veel achter zoekt. Het is de regel van drie, niet de regel van negen.'

'Is het je niet opgevallen dat alle personages behalve de slachtoffers een naam van negen letters hebben?'

Ik aarzel. 'Is dat zo?'

'Letterlijk allemaal. O, sorry, ik had even moeten waarschuwen voor spoilers.'

'Nee, nee. Ik bedoel, ja. Natuurlijk is dat me opgevallen. Maar wat boeit dat? Het maakt niets uit.'

'Dat weet ik zo net nog niet,' zegt Sal. 'Je krijgt dit soort dingen pas in de gaten als je echt diep in de tekst duikt. Het is niet de bedoeling dat je alles in één keer begrijpt. Als je alle verborgen aanwijzingen meteen ziet, is het hele mysterie weg, toch?'

'Niet om mezelf op de borst te kloppen,' zegt Alejandro met een verwaande zwaai van zijn hoofd. 'Maar ik zag de verborgen aanwijzingen meteen. Derde woord van elke derde alinea van elk derde hoofdstuk.'

'Je lult. Dat zag je niet meteen,' zegt Sal ongelovig.

'Je krijgt letterlijk aan het begin te horen dat het over het getal drie gaat. Gewoon een kwestie van opletten dus.'

'Maar,' begint Sal, 'dan heb je met jouw superieure intelligentie vast ook uitgevogeld dat je naar het negende woord van de negende paragraaf van het negende hoofdstuk moet kijken?'

Alejandro aarzelt even. 'Duh. Natuurlijk wist ik dat. Ik ben geen noob.' Hij verandert snel van onderwerp. 'Maar wat zegt de trol verder nog in haar zogenaamde dagboek?'

'O, je weet wel... Meisje komt achter identiteit van boef. Meisje maakt boef dood. Het standaardverhaaltje.'

'Als ik toch eens een cent kreeg voor elke griet die denkt dat ze het allemaal uitgevogeld heeft, dan kon ik me misschien eens echte therapie veroorloven. Snapt die meid dan niet dat ze allemáál vlak voor hun dood denken dat ze de waarheid op het spoor zijn?'

Sal haalt zijn schouders op.

Alejandro kreunt. 'Ik haat jullie zo erg. Ik dacht dat ik klaar mee was, maar nu wil ik weer in die dagboeken duiken. Hoeveel zijn er inmiddels? Echte bedoel ik. Die fanfiction-onzin interesseert me niet.'

'Ik heb ze allebei gelezen,' zeg ik. 'Ik moet dus alleen deze nieuwe van de trol nog inhalen.'

Stiekem geniet ik ervan om over mezelf te praten als 'de trol', alsof ik alles inderdaad alleen maar verzonnen heb om de nerds op het forum bezig te houden. Ik voel me als een beroemdheid die zich incognito onder haar fans mengt. Met een veel te grote hoed en een veel te donkere zonnebril. Nu ik eraan denk: ik zou inderdaad eens een nieuwe look moeten proberen nu ik eindelijk tijd heb om te leven. Een beetje glamour zou me goeddoen.

'Allebei?' vraagt Sal een beetje verward.

Alejandro lijkt al net zo verbaasd.

Ze staren me allebei verwachtingsvol aan. Alsof ze iets weten wat ik niet weet. Alsof dit een of andere rare strikvraag is. Ik weet niet goed hoe ik moet reageren.

Is dit een grap die ik niet begrijp?

'Uh... ja,' zeg ik aarzelend, terwijl ik elk moment een slagroomtaart in mijn gezicht verwacht. 'Ik heb allebei de dagboeken gelezen die online staan. Hoezo, jullie maar één dan?'

Alejandro brengt geschokt een hand naar zijn voorhoofd en doet zwaar overacterend een paar wankele stappen achteruit. De Tony Award kan hem niet ontgaan.

'Ik vind het vervelend om te zeggen,' zegt Sal. 'Maar momenteel zijn er vijf dagboeken die we met het hele forum aan het uitpluizen zijn.'

'Je loopt achter, schat,' vult Alejandro aan.

'En als deze nieuwe authentiek blijkt te zijn, zijn het er zes,' zegt Sal peinzend. 'Wat betekent dat er nog drie komen als Negen inderdaad mikt op negen meisjes, zoals sommigen van ons denken.'

Alejandro prikt me met een stijve vinger in mijn borst. 'Je moet wel bijblijven hoor, als je bij de echte fans wilt horen. Waar ben je al die tijd mee bezig geweest?'

Ik haal mijn schouders op. Ik weet niet goed wat ik moet zeggen, dus zeg ik: 'Ik had belangrijkere dingen te doen. In leven blijven, bijvoorbeeld.'

Alejandro tuit afkeurend zijn lippen.

Op fluistertoon zegt Sal: 'We kunnen maar beter weer gaan zitten voordat de zilvervos op zijn horloge gaat tikken.'

De zilvervos. Zo noemen we onze nieuwe therapeut.

Alejandro vraagt: 'Denk je dat het echt is?'

Ik zeg: 'Wat denk ik dat echt is?'

'Zijn haar.'

'Zijn haar?'

'Denk je dat zijn haar echt is?'

'Of ik denk dat zijn haar echt is?'

'Snavel dicht, stomme papegaai,' moppert hij.

Ik glimlach. Wat krijg je hem toch makkelijk op de kast. 'Ik denk het wel.'

Alejandro trekt zijn lippen samen. 'Ik weet het zo net nog niet. Die kuif is gewoon té vol. En hij beweegt nooit. Alsof hij betoverd is. Alsof dat ding buiten de newtoniaanse mechanica staat.'

'De newtoniaanse mechanica? Lees je elke dag een stukje in de encyclopedie voor het slapen gaan, of zo?'

'Natuurlijk, schat.' Hij geeft me een knipoog en gaan we terug naar de kring.

Als we allemaal weer zitten, klapt de nieuwe therapeut zijn leren notitieboek open en gaat verder waar hij gebleven was: 'Ze zeggen dat er vijf stadia van rouw zijn. Maar eigenlijk is het helemaal niet zo eenvoudig om een etiket te plakken op zo'n complex amalgaam van emoties. Als geen twee vingerafdrukken hetzelfde zijn, waarom zouden we dan verwachten dat twee mensen op dezelfde manier handelen, denken en voelen? Hoe jij rouwt, zal altijd anders zijn dan hoe ik rouw. Wat voor jou werkt en wat voor mij werkt, zijn per definitie verschillende dingen. Maar dat is niet erg. Jij houdt van chocolade-ijs en ik van aardbeien. Niemand bepaalt zelf wat hij of zij het lekkerst vindt en dus kan niemand het bij het verkeerde eind hebben.' Hij glimlacht stroef. 'Ik kan je geen definitieve oplossing voor je problemen geven, want die bestaat niet. Wat ik wel kan doen, is je helpen om zelf een oplossing te vinden.'

Ik krijg een vreemd déjà vu, alsof ik deze woorden ergens van ken.

Voordat ik de gedachte kan vervolgen, stoot Alejandro me aan en fluistert: 'Weet je wat? Ik denk dat ik ook een dagboek ga schrijven, zodat het verhaal ten minste verdergaat. Dan noem ik mezelf Fay of zoiets... Ik zal die trol eens laten zien dat het niet aan haar is wanneer het eindigt.'

Ik fluister terug: 'Ik kan niet wachten om het te lezen.'

Ik kijk hem niet aan, want mijn blik wordt naar de vloer getrokken. Het linoleum is onlangs gepoetst, merk ik. Ik zie mijn eigen spiegelbeeld.

Behalve dan dat ik in de ogen van Stephanie kijk. Ze glimlacht. Alsof ze trots op me is.

Ik ben ook trots op mezelf.

Ik heb mijn levenswerk afgerond. Ik heb het op tijd ingeleverd en er een uitstekend cijfer voor gekregen. Een tien met een griffel. Het verhaal dat ik op het forum heb gezet is één ding, maar deze trofee is alleen voor mij. Hij staat te glimmen in de prijzenkast in mijn hoofd, onzichtbaar voor de rest van de wereld.

En zo af en toe kijk ik er bewonderend naar. Een mens mag tevreden zijn met zichzelf, toch? Het is toch niet arrogant om blij te zijn met dit resultaat? Ik leef!

Ik heb de regel van drie opgelost.

Maar nu ik geen DNA-monsters meer hoef te nemen, geen bewijsmateriaal meer hoef te bestuderen, mijn spreadsheet niet meer bij hoef te werken... Nu zit ik ineens met een probleem.

Wat moet ik met al die vrije tijd?

ELIZABETH

52

Amy betekende veel voor me. Misschien wel té veel. Ze was de zus die ik nooit heb gehad. Tijdens mijn jeugd in de pleegzorg is er in mij een verlangen naar familie gegroeid dat zo sterk was dat het me bijna verteerde. Elke keer dat ik naar een nieuw kinderloos echtpaar werd overgeplaatst, elke keer dat ik als te lastig werd beschouwd, bad ik dat het voor het laatst zou zijn. Steeds weer hoopte ik vurig dat het nieuwe koppel me zouden willen houden. Dat ze niet enkel mijn pleegouders, maar mijn échte ouders wilden zijn. Dat ze me zouden adopteren en we met zijn drieën een gelukkig gezinnetje zouden vormen.

Maar uiteindelijk stopte ik met dromen.

Niemand wilde me. Niet mijn vader, die ons al zo vroeg had verlaten dat ik me hem niet eens meer kan herinneren. Niet mijn moeder, die me afstond omdat ze me niet kon vergeven dat ik haar grote liefde had weggejaagd.

Voor mij stond familie voor verdriet. Het stond voor in de steek gelaten worden. Voor het besef dat ik niet goed genoeg was om van gehouden te worden.

Bij afwezigheid van liefde bleef er enkel haat over.

Haat voor mijn vader omdat hij me verlaten had, haat voor mijn moeder omdat ze me weggegeven had en haat voor alle pleegouders die me voor even hadden laten denken dat ik eindelijk een thuis gevonden had.

Ik maakte kennis met Amy toen we opgenomen waren in dezelfde psychiatrische instelling. Zij voor haar zelfmoordpoging en ik omdat ik de nieuwe auto van mijn pleegvader in de hens had gezet nadat hij op een nacht in mijn bed was gekropen.

We hadden meteen een band. Amy had haar zus verloren waardoor haar gezin uiteenviel in drieën, wat nooit meer één geheel kon worden, en ik wist dat ik naar een ander koppel zou worden gestuurd om een gezin van drie te vormen, waar mijn hart ongetwijfeld opnieuw gebroken zou worden. Mits ik mijn woedeaanvallen onder controle kreeg uiteraard.

De artsen waren blij dat Amy en ik het zo goed met elkaar konden vinden. We hielpen elkaar te genezen. We bereikten bij elkaar wat louter medicatie niet kon bewerkstelligen. Al snel werd Amy niet meer als een gevaar voor zichzelf beschouwd en hoefden de verplegers mij niet meer zo in de gaten te houden als ik me in de gemeenschappelijke ruimten bevond.

Amy werd als eerste ontslagen. Dolblij kwamen haar ouders haar ophalen en ik had nog nooit zoveel afgunst gevoeld. Glimlachend zwaaide ik haar uit, maar vanbinnen kookte ik van woede bij het zien van die drie samen.

Hoe kon het dat zij een familie had die zoveel van haar hield, terwijl ik zoiets nooit had gekend omdat niemand het lang met me uithield?

Nu ze weg was, keerde mijn woede terug. Steeds vaker moest ik gefixeerd en verdoofd worden. Er werden dossiermappen vol geschreven over mij.

Mijn haat voor alles wat met familie te maken had steeg nu naar ongekende hoogten. Ik haatte Amy omdat ze deel uitmaakte van een familie. Ik haatte haar ouders omdat die ons uit elkaar hadden gehaald.

Waarom kon Amy niet gewoon in de steek gelaten zijn, zoals ik? Dan konden we ons eigen gezin zijn. Elkaar compleet maken. Alleen wij tweeën.

Met Amy had ik geen ouders nodig. Met mij had Amy geen ouders nodig.

Vrijwel continu voeg ik me af hoe het zou zijn als we alleen met z'n tweeën waren.

Maar het zou er sowieso nooit van komen als ik elke dag in een dwangbuis zat. Ik moest weg. Ik had mijn vriendin nodig.

En dus begon ik mijn woede te verbergen. Ik stopte hem diep weg, sloot hem op in een kist die dag na dag voller raakte en roodgloeiender werd van haat. Maar het werkte. Vanbinnen stond ik in brand, maar vanbuiten was ik kalm als een spiegelglad meer.

Het was slechts een kwestie van tijd voordat ze me vrij zouden laten en ik Amy kon gaan zoeken. Ik wilde haar laten zien dat we alleen elkaar nodig hadden en niemand anders. Ik zou haar ervan overtuigen dat we voorbestemd waren om ons eigen gezin te vormen. Ze had haar ouders niet nodig. Het was tenslotte hun schuld dat ze zichzelf gesneden had. Als ze echt om haar gaven, zou ze toch nooit het gevoel hebben gekregen dat ze geen reden had om te leven?

En toen gebeurde er iets wat ik niet had verwacht.

Amy werd weer opgenomen.

Mijn beste vriendin, mijn zus, was teruggekomen.

Ze had opnieuw geprobeerd zich van het leven te beroven, zo gingen de geruchten al meteen rond terwijl zij nog in de 24 uursobservatie zat. Ik had het dus goed gezien. Haar ouders verdienden haar niet. Ze hadden haar voor de tweede keer laten vallen.

Pas toen ze uit de isolatie kwam en zich tussen de andere patiënten mocht begeven, kwam ik achter de vreselijke waarheid.

Haar ouders hadden zichzelf verhangen.

Amy had ze op haar achttiende verjaardag gevonden, bungelend aan een touw in de garage. Een paar weken later probeerde ze hetzelfde te doen.

Ik had er zo naar verlangd om weer samen met mijn zus te zijn, maar niet op deze manier. Dit wilde ik niet. Ze was weer compleet gebroken en aan de ogen van de artsen en verpleegkundigen te zien verwachtte niemand dat ze een tweede keer over haar verdriet heen zou komen.

Maar ik zou ervoor zorgen dat het haar zou lukken.

Het werd mijn levensmissie om haar beter te maken. Mijn haat voor haar ouders was vergeten, de woede in mij naar de achtergrond verdwenen, want ik moest zorgen voor iemand die belangrijker was dan ikzelf.

Langzaam, beetje bij beetje, ging het beter met haar. Ik was elke dag bij haar. Als ze wilde huilen, dan deed ze dat op mijn schouder. Als ze haar verdriet eruit wilde schreeuwen, dan mocht ze dat tegen mij doen. Toen ze eraan toe was om te praten, luisterde ik. Toen ze weer vreugde kon ervaren, zorgde ik ervoor dat die vreugde zo groot mogelijk was.

We werden binnen enkele weken na elkaar uit de instelling ontslagen en niemand was verbaasd toen we samen gingen studeren.

Omdat ik nog onder het jeugdzorgsysteem viel, betaalde de overheid mijn collegegeld. Achteraf vraag ik me af of ik wel echt wilde studeren, maar één ding was zeker en dat was dat ik bij Amy wilde zijn. Ze was de enige familie die ik ooit gehad had.

Ik ben nooit over haar dood heen gekomen.

Maar mijn woede bleef weg. In dat opzicht heeft Amy me gered.

Het was heftig om haar dagboek te lezen, om een blik te werpen op haar gemoedstoestand in die laatste weken van haar leven, om erachter te komen dat ze vond dat ik haar verraden had. Misschien dacht ze dat omdat ik geen geloof hechtte in haar theorie dat ze gedoemd was om te sterven, dat het onheil altijd in drieën komt. Sorry, maar ik geloofde het echt niet. Ik ging er hooguit in mee omdat ik nu eenmaal alles voor haar overhad. Maar misschien was dat niet genoeg, bedacht ik me achteraf.

Jaren later, toen een van mijn studenten naar me toe kwam om over Amy te praten, om me te vertellen over iets wat op de campus de regel van drie genoemd werd, was ik stomverbaasd. Ik had oneindig vaak aan Amy gedacht, maar het was nooit in me opgekomen dat er verdachte aspecten aan haar dood zaten. Sommige mensen zijn simpelweg klaar met leven.

Toen stierf ook Ila.

Ik maakte mezelf wijs dat het toeval was. Ze had tenslotte diabetes. Met de beste wil van de wereld zijn dat soort dingen niet te voorkomen.

Dat is wat ik mezelf althans bleef vertellen, maar altijd was er die twijfel. Die *wat als...?*

En dan was er nog het schuldgevoel. Ik had Amy niet kunnen redden en ik had Ila bij lange na niet voldoende geholpen. Ik had meer moeten doen voor mijn beste vriendin en voor mijn student.

Uiteindelijk heb ik me laten omscholen. Ik werd therapeut. Misschien als manier om met het schuldgevoel om te gaan, misschien ook omdat ik gewoon mensen wilde helpen die het nodig hadden. En dat was dus wat ik deed. Ik hielp mensen in individuele sessies en in groepen. Ik hielp ze hun verslavingen te overwinnen, aan hun zelfvertrouwen te werken en vooral met hun verdriet om te gaan.

Ik trouwde. Ik scheidde.

Ik ontdekte dat ik aan perimenopauzale osteoporose leed toen ik tegen de hoek van mijn bureau aanliep en prompt mijn heup brak. Het is niet leuk om een stok nodig te hebben, maar ik ben blij dat ik überhaupt nog kan lopen.

Het schuldgevoel is nooit verdwenen. De twijfel ook niet.

En toen begon ik hele avonden op online forums te discussiëren over een legende die de regel van drie heette.

Op de een of andere manier was het dagboek dat ik Ila had gegeven op internet terechtgekomen. Ook Ila had een dagboek geschreven voordat ze stierf, in navolging van Amy. Er waren nog meer dagboeken te vinden, maar daarvan wist ik niet of ze authentiek of fanfiction waren. Ik las de wildste speculaties van internetspeurneuzen die het allemaal precies hadden uitgezocht. Sommigen waren ervan overtuigd dat Amy of Ila nooit hadden bestaan, anderen wisten zeker dat Amy nog leefde en hele gezinnen uitmoordde omdat haar eigen zus en ouders haar waren afgenomen.

Sommigen geloofden dat de regel van drie een vloek was.

Anderen dat de Dood zelf een wrede grap uithaalde.

Maar voor de meesten was een seriemoordenaar het meest logisch.

Ik wist niet wat ik van die theorie moest vinden, maar in een bovennatuurlijke verklaring geloofde ik zeker niet. Totdat het tegendeel bewezen wordt, is dit allemaal een bizar toeval.

Het was onwerkelijk om al die berichten en commentaren

van volkomen vreemden te lezen over mensen die ik had gekend. Niemand wist dat ik uit de eerste hand kennis had van de gebeurtenissen waarover ze allemaal zo fanatiek discussieerden. Niemand wist dat bepaalde feiten die Amy opschreef eigenlijk berustten op interpretatie of speculatie van haar kant. Niemand wist dat ze soms mensen een andere naam gaf of kenmerkende details wegliet. Het was af en toe bijna lachwekkend om mensen zo gepassioneerd theorieën te zien verdedigen waarvan ik wist dat ze op drijfzand waren gebaseerd.

Toen realiseerde ik me dat als íémand achter de waarheid kon komen, ik het was.

Ik zocht contact met mensen van vroeger, mensen die Amy hadden gekend. Maar niemand kon me echt helpen, aangezien niemand haar zo goed had gekend als ik. Uiteindelijk was Christian de enige ontbrekende connectie. Ik wist dat het niet waar was wat Amy schreef, dat ze hem in de bus had ontmoet, maar het was toch mogelijk dat ze hem een andere keer had ontmoet? Waarom was hij zo belangrijk voor haar verhaal?

Ik realiseerde me toen niet dat hij degene was die zorgde voor de pillen die we slikten en de wiet die we rookten. Niet rechtstreeks, maar de studenten van wie we onze drugs kochten, kregen ze van hem. Hij was fulltime gaan dealen toen hij met zijn opleiding was gestopt. Echt zo'n triest voorbeeld van een slimme jongen die zijn leven kapotmaakt door slechte keuzes te maken. Hij zat nog steeds in de gevangenis toen ik hem eindelijk op het spoor kwam.

In het begin wilde hij niet met me praten. Hij deed gemeen tegen me, wreed zelfs. Bijna gaf ik het op, totdat ik me realiseerde waarom hij zo geworden was: hij was mishandeld. Hij deed me denken aan mezelf toen ik jong was en vol woede zat.

Ik vroeg niet door wie hij was mishandeld, maar ik heb genoeg ervaring als hulpverlener om te weten dat het een familielid geweest moet zijn. Waarschijnlijk zijn vader.

Zijn gemeenheid, zijn wreedheid... het is een schild waarmee hij zichzelf beschermt. Langzaam, beetje bij beetje, kreeg ik hem zover dat hij het liet zakken. Toch vertelde hij niet echt veel waar ik iets aan had, totdat ik ontdekte dat hij de oudere broer was van Ila's vriendje op de universiteit. Had ik maar meer aandacht aan Ila besteed toen dat nog kon. Wie weet wat ik allemaal had kunnen ontdekken.

Toen werd omgeroepen dat het bezoek afscheid moest nemen, vroeg ik Christian of ik nog een keer mocht langskomen. Hij vond dat prima. Het leek hem wel leuk om samen met mij detectiveje te spelen en de regel van drie te kraken. Hij zei dat hij zijn vader zou bellen om te kijken wat die zich nog herinnerde. Ik zei maar niets. Een slachtoffer van mishandeling hoeft niet per definitie te breken met de dader. Als Christian nog contact heeft met zijn vader, dan is dat zijn keuze.

Op dat moment wist ik dat ik dicht bij de waarheid begon te komen.

Kort daarna beweerde iemand op het forum in het bezit te zijn van het originele dagboek dat ik aan Ila heb gegeven en waarin Ila zelf was verdergegaan. Er bleek meer in te staan dat nog niet eerder was geüpload, zo wordt beweerd.

Ik heb het niet meer van de opwinding. Dit zou wel eens het laatste stukje van de puzzel kunnen zijn.

Maar er is één probleem: de anonieme forumgebruiker wil het niet online zetten. Ik moet het persoonlijk komen ophalen. Hij of zij zal er wel geld voor willen zien.

Ik vind het best. Het geld interesseert me niet. Ik wil

antwoorden. Voor Amy en Ila. Ik kon ze niet helpen toen ze nog leefden, maar nu misschien wel.

Ik vind het best spannend om af te spreken met een iemand die zo geheimzinnig doet, maar als ik de waarheid wil kennen, moet ik doen wat hij of zij vraagt.

En misschien is het een hinderlaag, maar ik ben heus niet zo zwak als ik eruitzie. Als iemand iets van plan is, zal ik hem of haar eens laten kennismaken met mijn stok.

LESTRANGE

53

Ik ben ontzettend moe de laatste tijd. Ik vraag me af of ik dat altijd al geweest ben of dat het wegvallen van mijn verantwoordelijkheden al mijn energie heeft opgeslokt. Wie weet raakt een mens zijn energie kwijt als hij niets hoeft te doen.

Eigenlijk luister ik niet echt. Het liefst zou ik hier niet eens zijn, maar ik wil ook niet onbeleefd zijn en doe dus alsof ik luister. Mijn houding is alert en ik heb een gefocuste blik in mijn halfdicht geknepen ogen. Met regelmaat knik ik.

Het zou goed voor je zijn, heeft mijn vrouw gezegd. *Als je het niet voor jezelf doet, dan toch op zijn minst voor mij.*

Ze heeft een punt. We maken elkaar gek nu ik de hele dag thuiszit. Ik ben niet gewend om met mijn duimen te draaien en ik ben er ook helemaal niet goed in. Trouwens, probeer die worstenvingers van mij maar eens te draaien.

En dus stelde ze voor dat ik een hobby zou nemen. Het is belangrijk om een hobby te hebben, zei ze. Naast je familie en je partner en je vrienden en je werk en je verantwoordelijkheden is het in het leven heel gemakkelijk om jezelf te vergeten. Het is dus belangrijk om tijd voor jezelf vrij te maken. Het is heus niet egoïstisch om jezelf af en toe op de eerste plaats te zetten.

Allemaal heel logisch. Maar er is één klein probleempje: niets interesseert me als ik zoveel aan mijn hoofd heb.

Hij merkt dat ik er met mijn gedachten niet bij ben. 'Ik denk dat ik nu wel genoeg uitgelegd heb over het proces. Laten we er maar eens in duiken. Wat vond je zo verontrustend aan je laatste zaak?'

'Dat is het nu juist,' vertel ik. 'Het is niet eens een zaak.'

'Ik geloof niet dat ik je helemaal begrijp.'

'Er is een jonge vrouw verdronken in de baai.'

'Dat is vreselijk.'

'Ja,' verzucht ik. 'Niets wijst erop dat het iets anders was dan een tragisch ongeval. En toch heb ik er wekenlang aan lopen denken.'

'Ga verder.'

'Ze vertelde me dat ze dood zou gaan,' begin ik. 'Een tijdje terug, bedoel ik. Ze was ervan overtuigd dat ze een ongeluk zou krijgen. Natuurlijk wilde ik er niet aan. Toen zei ze dat ik haar wel zou geloven als ik haar in het mortuarium zou zien liggen.'

'Dat klinkt alsof ze behoorlijk in de war was.'

'Zeker weten.'

'Denk je dat je haar serieuzer had moeten nemen?'

'Ja. Of nee, niet echt. Ze was een fantast, dat is duidelijk. Maar dat wil nog niet zeggen dat ik het makkelijk kan loslaten. Bovendien heeft ze iemand vermoord, maar dat werd pas duidelijk na haar eigen dood. Toen we haar... research, zoals ze het zelf noemde, vonden.'

'Juist ja.'

'Het was mijn schuld. Ik ben zo stom geweest haar te helpen. Ik geloofde die onzin van haar. Voor heel even, tenminste. Maar daardoor heb ik haar vertrouwelijke informatie gegeven die leidde tot een fatale schietpartij.'

'Is dat waarom je geschorst bent?'

Ik vermijd zijn blik. Ik kan mezelf er niet toe brengen om

te antwoorden, dus knik ik alleen maar. 'Ik word gek van het nietsdoen.'

'Ik raad mijn patiënten vaak aan om hun gedachten op te schrijven.'

'In een dagboek of zoiets?'

'Precies. Een dagboek bijhouden kan helpen om de wereld om je heen te begrijpen. Het komt er gewoon op neer dat je de controle pakt,' legt hij uit. 'Als het leven geen zin heeft, kunnen we dat het beste er zelf maar aan geven. Sommigen grijpen naar drank of drugs. Anderen beginnen een hobby. Het kan enorm helpen om gewoon je gedachten op te schrijven. Het geeft je in elk geval iets te doen.'

'Ik zal erover nadenken.'

'Waarom geloofde je haar?' vraagt hij. 'Op dat ene moment bedoel ik.'

'Ze was wanhopig en bang. Ze smeekte me bijna,' antwoord ik, terugdenkend aan dat telefoongesprek toen ik aan het overwerken was. 'Ze had zelf geen familie en ik dacht aan hoe het zou zijn als mijn eigen dochter zo in de penarie zat en niemand haar wilde helpen.'

Terwijl ik praat, maakt hij aantekeningen. 'Dus familie is belangrijk voor je?'

'Familie is alles. Ik heb al dertig jaar een prima huwelijk. Twee kinderen, een jongen en een meisje. Nog jong genoeg om thuis te wonen, maar oud genoeg om weg te willen.'

Hij glimlacht stroef. 'Vertel eens over je kinderen.'

'Ze waren niet gepland. Allebei niet,' geef ik toe. 'Wat misschien maar beter is ook, want uit mezelf had ik niet zo gauw besloten om kinderen te nemen. En jij? Als je over jezelf mág praten, tenminste.'

'Ik ga je niet mijn diepste, donkerste geheimen vertellen,' zegt hij met weer die stroeve glimlach. 'Maar ik wil best iets over mezelf vertellen als dat jou helpt om je open te stellen. Ik heb twee zoons. Nathaniel en Christian. Wat vind je van het vaderschap?'

'De geboorte van James was het mooiste wat me ooit was overkomen. Tenminste, totdat Sia kwam. Want toen had ik dezelfde fantastische ervaring gewoon weer helemaal opnieuw. Ik weet niet waar ik het aan verdiend heb. Echt niet.'

'Sia,' herhaalt hij. En dan nog eens: 'Sia.' En opnieuw: 'Sia,' alsof hij het woord proeft op zijn tong. 'Mooie naam.' Hij glimlacht. 'Vertel eens wat meer over haar.'

Ten eerste: haal diep adem.
Ik kan niet genoeg benadrukken hoe belangrijk het is dat je blijft ademen. Doe het maar. Nu, ja. Adem langzaam in. Even wachten. En adem dan nog langzamer uit. Zie je? Je bent al rustiger. Ik wil dat je rustig bent, want je moet goed luisteren.
Ik ken je en ik weet dat je doodsbang bent. Doodsbang en in de war. Ik weet dat niemand je gelooft, dat je wanhopig bent, dat je denkt dat je gek wordt. Ik ken je omdat ik jou was. Ik dacht dat ik alles wist. Dat ik het allemaal doorhad. Maar niets was minder waar.
Ik zal je alles vertellen wat er gebeurd is, tot in de details. Ik zal precies vertellen wat er gebeurd is en hoe het gebeurd is. Want misschien merk jij iets op wat ik over het hoofd heb gezien. Ik weet dat het antwoord hier ergens moet zijn. Ik heb het zelf alleen niet kunnen vinden.
Dus concentreer je op wat ik te zeggen heb. Let op elk detail.
Maar voordat we beginnen, wil ik dat je één ding goed onthoudt.
Wat je gaat lezen, heeft mij niet kunnen redden.
Maar misschien kunnen we, als we samenwerken, jóú redden.

Veel geluk,
Sia

Dankwoord

Mijn hartelijke dank gaat uit naar iedereen die een bijdrage heeft geleverd aan de totstandkoming van dit boek, in het bijzonder James Wills, mijn briljante literair agent, die vanaf het begin in het concept geloofde en het team van uitgeverij Watson, Little. Verder dank aan mijn supergetalenteerde redacteur, Katherine Armstrong, wier ideeën en aandacht voor detail van onschatbare waarde zijn geweest, aan de fantastische mensen bij Simon & Schuster, onder wie Judith Long, Craig Fraser, Karin Seifried, Rich Vlietstra, Sabah Khan en het S&S-salesteam. En ten slotte dank aan de vele mensen die feedback hebben gegeven op de conceptversies of die me gewoon de gelegenheid hebben gegeven om wat in het luchtledige te wauwelen. In willekeurige volgorde: Alexandra Benedict, Mary Sweeney, Emily Field Griffin, Kevin Wignall, Rebecca Tinnelly, Saskia Kantsinger, Bodo Pfündl, Liz Barnsley en Chris Whitaker.